Âgé de vingt et un ans à la parution de *La Mort du privé*, roman sélectionné aux Edgars et salué par Lee Child, Steve Hamilton, Ken Bruen, Michael Koryta a été classé parmi « les meilleurs des meilleurs, tout simplement » par Michael Connelly. Michael Koryta a fini ses études supérieures de criminologie à l'université d'Indiana et travaille comme détective privé.

DU MÊME AUTEUR

Et que justice soit faite
Seuil, 2008
et « Points », n° P2170

Une tombe accueillante
Seuil, 2009
et « Points », n° P2297

La Nuit de Tomahawk
Seuil, 2010

Michael Koryta

LA MORT DU PRIVÉ

ROMAN

Traduit de l'anglais (États-unis)
par Anick Hausman

Éditions du Seuil

TEXTE INTÉGRAL

TITRE ORIGINAL
Tonight I Said Goodbye

ÉDITEUR ORIGINAL :
Thomas Dunne Books
An inprint of St Martin's Press, New York

ISBN original : 0-312-33245-9

ISBN 978-2-7578-0720-0
(ISBN 2-02-082589-9, 1re publication)

À Bob Hammel, à qui je dois beaucoup pour tout ce qu'il m'a appris, pour ses conseils, ses encouragements et son amitié.

Remerciements

Je tiens tout d'abord à remercier Peter Wolverton, Ruth Cavin, John Cunningham et tous ceux de St. Martin's Press qui m'ont accordé leur confiance et ont fait de cette expérience une merveilleuse aventure. Merci également à Bob Randisi et aux Private Eye Writers of America, qui, conjointement avec St. Martin's Press, offrent aux jeunes auteurs une chance extraordinaire.

Toute ma gratitude à :

Bob Hammel, sans qui rien ne serait arrivé.

Laura Lane, écrivain et éditrice d'exception, et amie avant tout.

Don Johnson, remarquable enquêteur qui m'a donné une chance hors du commun.

Michael Hefron, toujours motivé, qui m'a tenu la porte ouverte alors que lui-même se retirait.

Steward Moon qui a le meilleur *hook shot*[1] de tous les graphistes de la profession.

Janice Rickert, Bob Zaltsberg et tous ceux du *Herald-Times*.

1. Terme de basket-ball. Lancer effectué d'une seule main et suivant une trajectoire arquée. *[NdT]*

David Hale Smith qui arrive à être à la fois un bon agent et un type formidable.

Et à ma famille qui m'a toujours encouragé, soutenu et supporté, en particulier mes parents, Jim et Cheryl Koryta, et ma sœur, Jennifer.

1

C'est par un après-midi glacial de la première semaine de mars que John Weston vit pour la dernière fois son fils vivant ; sa petite-fille était en train de confectionner un bonhomme de neige tandis que les deux hommes discutaient dans l'allée conduisant à la maison. Avant son départ, John lui avait décoché une tape paternelle sur l'épaule en lui promettant de le revoir bientôt. Il l'avait effectivement revu peu de temps après – allongé à la morgue moins de quarante-huit heures plus tard, mort d'une blessure à la tête causée par une balle de petit calibre. L'horreur de voir sa petite-fille dans un état similaire lui avait été épargnée, mais pour une raison qui ne lui était pas d'une grande consolation : Betsy Weston, âgée de cinq ans, et sa mère étaient portées disparues.

C'est ce que me raconta John Weston, chez lui à North Olmsted, dans la banlieue ouest de Cleveland, cinq jours plus tard. La salle de séjour, propre et bien rangée, était plongée dans une demi-obscurité – tous les stores étaient tirés – et il y flottait une forte odeur de cigarettes. Pendant qu'il parlait, le vieil homme me fixait d'un regard acéré qui ne laissait paraître nulle trace de tristesse, mais dans lequel on pouvait lire une grande détermination.

– Écoutez-moi, monsieur Perry, dit-il en soufflant un nuage de fumée dans ma direction, je connais mon fils. Il ne s'est pas suicidé et il n'a fait aucun mal à sa famille, j'en suis certain. Vous avez vu les informations ? Vous avez entendu ce qu'ont raconté ces imbéciles ? Ils ont dit que mon fils avait tué sa propre femme et sa fille avant de se flinguer. (Il frappa du plat de la main sur la table basse, le choc faisant déborder le café de ma tasse.) Je ne tolérerai pas ça. Je veux savoir ce qui s'est passé et je veux que vous m'y aidiez, vous et votre associé.

Il était assis sur un énorme canapé en cuir, et moi, face à lui, sur un étrange fauteuil en bois incurvé pourvu d'un gros coussin en plastique ondulé. Inclinant le buste vers l'arrière, je glissai instantanément sur l'assise jusqu'à ce que ma tête se retrouve parallèle aux accoudoirs. Gêné par le ridicule de cette position, j'en essayai quelques autres avant de capituler devant la loi de la pesanteur et le glissant du coussin et de me redresser pour m'asseoir sur le bord du siège, les coudes sur les genoux. J'avais l'air plus tendu que je ne l'étais vraiment, mais je n'avais rien trouvé de mieux.

– Monsieur Weston, lui dis-je, j'ai vu les informations à la télé, mais la police n'a pas confirmé la théorie du meurtre et du suicide. Ce ne sont que les propos d'un présentateur qui essaie d'accrocher son audience en exploitant le côté sensationnel de l'affaire.

Weston ne s'était pas départi de son regard acéré. Bien qu'approchant des quatre-vingts ans, il restait d'une taille imposante. Il avait dû être costaud plus jeune. Ses jambes s'étaient amaigries et son abdomen ramolli, mais la largeur de sa poitrine et de ses épaules témoignait de sa forme passée. Il avait une chevelure grisonnante presque intacte, un nez qui semblait trop petit pour son visage et un regard dur et perçant qui lui donnait l'air d'être toujours sur le point de se mettre en colère. Le petit doigt manquait à sa main droite ainsi que la dernière phalange de l'annulaire. Tandis que je sirotais mon café, il se retourna et me montra deux tableaux accrochés au mur derrière lui.

– Vous voyez ces tableaux ?

Plutôt bien faits, ils représentaient des scènes militaires de la Seconde Guerre mondiale. Rien de très recherché, juste une représentation précise de la vision d'un artiste de talent. Bref, mon genre de tableaux – quelque chose qu'on peut apprécier sans avoir besoin d'une maîtrise d'arts plastiques.

– C'est un de mes amis qui a peint ça, reprit-il avant de se mettre à tousser bruyamment – une quinte sèche et rauque qui rappelait le frottement d'une pelle sur un trottoir abîmé. Pas mal, non ?

– Très bien, même.

Je terminai mon café et reposai la tasse sur la table basse à côté de la carte de visite que je lui avais donnée et sur laquelle on pouvait lire : Perry et Pritchard – détectives privés. Lincoln Perry, c'était moi, et Joe Pritchard, mon associé. En affaires depuis six mois seulement, nous avions déjà réussi à accumuler des dettes importantes. Nous évitions de nous vanter de ce talent particulier, surtout auprès de nos clients. Avant d'ouvrir une agence de détectives, Joe et moi faisions équipe à la Brigade des stupéfiants de Cleveland. J'avais été contraint de démissionner et Joe avait pris sa retraite un an plus tard. Je ne sais plus comment il m'avait convaincu de rencontrer seul John Weston pendant que lui s'occuperait d'un prétendu interrogatoire de routine. Je regrettais déjà d'avoir accepté.

– Ce que vous voyez là, ce sont un planeur CG-4A et un avion remorqueur, enchaîna Weston en se tournant à nouveau vers les tableaux. J'étais pilote de planeurs.

– Ça doit être une expérience unique en son genre.

– C'est vrai. Il n'y a jamais rien eu de semblable, ni avant ni après. Quand on s'est retrouvés au Vietnam, on avait des hélicoptères pour faire le boulot, mais, dans ma guerre à moi, c'étaient des planeurs.

Je pensai un instant à ce que ce devait être de se laisser dériver en silence vers les champs de bataille, sans moteur pour contrôler sa trajectoire.

– Ça faisait quoi de piloter un truc pareil ?

– Comme d'être assis dans la véranda et de piloter la maison, dit-il avec un sourire. J'ai participé à deux missions de combat et à plusieurs ravitaillements. Au cours de ma seconde mission de combat, l'atterrissage a été un peu difficile, j'y ai laissé quelques doigts, mais j'ai quand même dû combattre toute la nuit. Formé au maniement des armes comme des soldats de commando, on était tenus de défendre le territoire sur lequel on atterrissait. Je me suis battu contre les Nazis toute la nuit, sans le moindre médicament pour soulager la douleur dans ma main. Mais ç'aurait pu être pire. Certains planeurs se sont écrasés à l'atterrissage et d'autres ont été abattus. Bon sang, des balles étaient passées à travers la toile de mon avion !

– Vous l'avez échappé belle, on dirait.

J'ignorais où il voulait en venir avec cette conversation, mais ça ne me gênait pas de l'entendre jusqu'au bout.

– Comme vous dites ! Mais là où je l'ai vraiment échappé belle, c'est pour une mission à laquelle je n'ai pas participé. J'avais été désigné pour atterrir en France, littéralement au cœur des forces allemandes, et les chances de survie étaient si minces que c'était pratiquement une mission suicide. Nous étions prêts à partir et faisions nos adieux à tout le monde, convaincus que ce serait un voyage sans retour. Mais juste avant le décollage, on nous a annoncé que la mission était annulée parce que Patton venait de s'emparer du bastion nazi. (Il alluma une cigarette avec son Zippo en acier et en tira une profonde bouffée.) Aujourd'hui, les gens n'arrêtent pas de critiquer Patton, mais moi, je porterai cet enfant de salaud dans mon cœur jusqu'à la fin de mes jours.

J'avais toujours été un admirateur de Patton, au moins pour l'efficacité du bonhomme et son génie militaire, mais estimant que Weston n'aurait que mépris pour mon enthousiasme – je n'avais quand même jamais servi mon pays –, je gardai le silence. Il tira sur sa cigarette pendant un moment, observant les tableaux par-dessus son épaule, perdu dans ses souvenirs. Puis il se tourna vers moi, les yeux rétrécis par la concentration et la détermination.

– Je vous remercie d'avoir accepté de me rencontrer, dit-il. Après notre première conversation téléphonique, j'ai cru que vous ne vouliez pas de moi comme client.

– Le fait que je sois venu ne signifie pas que j'accepte de travailler pour vous, monsieur Weston. Une des équipes de police les plus compétentes de la ville est déjà sur cette affaire et, d'après ce que je sais, le FBI est même venu lui donner un coup de main.

– Un coup de main pour faire traîner les choses et perdre du temps, oui ! gronda-t-il.

– Je ne pense pas qu'ils perdent du temps, monsieur.

– Ah non ? Et ils sont où, leurs résultats ? Ces cons de flics se pointent ici tous les jours et devinez ce qu'ils ont réussi à faire ? Je vais vous le dire, moi ! Que dalle ! En cinq jours, ils n'ont absolument rien foutu.

Il avança la lèvre inférieure et souffla vigoureusement un nuage de fumée devant son visage.

– Il faut du temps pour progresser dans une enquête de cette ampleur, monsieur.

– Écoutez, dit-il en essayant de contenir sa colère, c'est de mon fils qu'il s'agit. De mon fils et de sa famille. Il faut que je fasse quelque chose, mais je sais très bien que je ne peux rien faire tout seul. J'ai besoin de trouver quelqu'un qui travaille pour moi. Quelqu'un qui puisse mettre toute son énergie dans cette enquête.

Je poussai un soupir. John Weston était convaincu que son fils avait été assassiné, alors même que les forces de police n'arrivaient pas à s'entendre sur ce point. La théorie la plus répandue dans les médias – selon une source policière non identifiée – était que Wayne Weston avait tué sa famille avant de se suicider. On n'avait pas retrouvé de cadavres et aucune preuve tangible ne permettait d'expliquer leur disparition. La maison ne présentait aucun signe d'effraction et tout semblait normal, à l'exception du cadavre de Wayne Weston.

– Bien, mais… pourquoi nous, monsieur Weston ? lui demandai-je. Pourquoi vouloir nous impliquer alors que la police fait déjà tout ce qu'elle peut ?

– Parce que vous connaissiez mon fils.

Je levai une main pour lui signifier la prudence.

– Je l'avais rencontré, c'est tout, précisai-je.

– Peu importe. Vous le connaissiez et lui vous connaissait et vous respectait. Il m'avait confié que vous et votre associé feriez du bon boulot dès que vous seriez à votre compte.

J'avais rencontré Wayne Weston à une conférence de détectives privés à Dayton, deux mois auparavant. C'était une de ces manifestations qui durent deux jours et proposent des colloques consacrés aux différents aspects du travail de détective pendant la journée, les soirées consistant en repas copieux et bien arrosés dans une ambiance de franche rigolade. C'est Joe qui avait voulu y aller pour nous permettre de faire connaissance avec les gens de la profession qui bossaient dans la région, de prendre des contacts et éventuellement de décrocher quelques boulots.

Un soir, Wayne Weston était venu s'asseoir à la même table que moi. C'était le genre de mec qui aimait se faire remarquer – costumes chers et belles bagnoles –, mais il était sympa et charismatique. Et, d'après ce qu'on m'avait dit, c'était un super-détective. Il avait bossé pour l'agence Pinkerton pendant quelques années avant de revenir à Cleveland pour se mettre à son compte et il semblait bien gagner sa vie. Notre conversation s'étant limitée à un échange de noms, je fus étonné d'apprendre qu'il avait parlé de nous à son père.

– Mon fils ne s'est pas suicidé et n'a fait aucun mal à sa famille, insista Weston. Ce sont les plus grosses conneries que j'aie jamais entendues ; c'est absurde et révoltant. Quand ils ont dit ça hier aux infos, j'ai failli me pointer là-bas pour leur botter le cul. Je veux savoir ce qui est vraiment arrivé à ma belle-fille et à ma petite-fille pour ne plus m'inquiéter et que ces cons de présentateurs la bouclent.

Ses yeux lançaient des éclairs. Il tenta de calmer sa colère en tirant furieusement sur sa cigarette. Un instant je crus qu'il allait l'expédier en une seule bouffée.

– Qu'attendez-vous de nous exactement ? lui demandai-je. Qu'on essaie de savoir si votre fils a été assassiné ou qu'on retrouve sa femme et sa fille ?

– Les deux, dit-il en lâchant un nuage de fumée qui me piqua les yeux. À mon avis, les deux sont liés.

Il voyait probablement juste sur ce point. Mais je n'étais toujours pas convaincu. Les flics n'allaient pas apprécier notre présence et je n'avais pas la moindre envie de me faire embarquer dans un délire médiatique.

– Écoutez, ajouta-t-il, j'ai assez d'argent pour payer. J'ai une bonne retraite et un compte épargne. Je paierai ce que vous voudrez.

– Il ne s'agit pas d'argent, monsieur Weston.

– Ah non ? ! Et de quoi alors ?

– La police a mis beaucoup d'enquêteurs sur cette affaire, lui répondis-je. Ils ont des ressources et des informations auxquelles nous n'avons pas accès et, en plus, ils ont une semaine d'avance sur nous. Je vous conseille d'attendre les premiers résultats pour voir ce qu'ils vont en faire. Si dans deux ou trois semaines ils n'ont toujours fait aucun progrès, rappelez-nous et nous reverrons la question.

Je n'avais aucunement l'intention de revoir la question, je voulais juste calmer le jeu.

– Savez-vous pourquoi je vous ai montré ces tableaux ? demanda-t-il. Pourquoi je vous ai raconté ce qui était arrivé à ma main ?

– Non, monsieur.

Il écrasa son mégot dans un cendrier qui se trouvait sur la table et me jeta un regard plein de mépris en hochant la tête.

– Wayne était des vôtres. Même ville, même métier – et vous êtes peu nombreux dans la profession. Autrefois, ça voulait dire quelque chose. Quand j'étais à la guerre, on se battait pour nos hommes. Avant la bataille, pendant les préparatifs, on parlait de patriotisme, on voulait sauver le monde, protéger la liberté de nos familles restées au pays. Mais vous savez quoi ? Sous les coups de feu, on oubliait tout ça. On se battait pour ceux qui étaient à côté de nous, pour les copains, on protégeait les siens, dit-il en me regardant tristement. Ma génération est sans doute la dernière à avoir eu ce genre de loyauté, ce genre d'élan fraternel.

Sacré laïus qu'il m'avait servi là ! Je ne répondis pas immédiatement, mais ses propos m'avaient touché, comme il l'avait espéré d'ailleurs. J'avais peu connu Wayne Weston et il est vrai que nous étions dans la même profession – pas dans la même guerre –, mais, assis là, en face de cet homme avec ses tableaux de la Seconde Guerre, sa main amochée, son fils mort et des membres de sa famille disparus, ce genre de raisonnement sonnait faux.

– Pourquoi faites-vous ça ? demanda-t-il. Pourquoi ce métier ? Pour vous enrichir en traquant le mari infidèle ? Vous croyez impressionner les femmes en leur disant que vous êtes détective privé ? C'est ça ?

Je baissai les yeux et dus faire un effort pour ne pas lui répondre trop sèchement.

– Non, dis-je d'une voix égale. Rien de tout ça, monsieur.

– Sans blague ? Mais alors pourquoi faites-vous ça, bon sang ?

Je gardai le silence.

– Alors ? Vous allez me répondre, fiston ?

Je levai la tête et le regardai droit dans les yeux.

– Je le fais parce que je suis sacrément bon.

– Ah vraiment ? Vous vous croyez si bon que ça ?

– Je le crois, oui. Et mon associé aussi.

Il m'adressa un sourire qui n'avait rien d'amusé ni de joyeux.

– Alors prouvez-le.

Nos yeux se rencontrèrent et je soutins son regard un moment avant de lui adresser un rapide hochement de tête.

– D'accord, nous allons vous le prouver.

2

– C'est la dernière fois que je te laisse rencontrer un client potentiel tout seul, me lança Joe. Je croyais qu'on avait décidé de ne pas fourrer le nez dans ce sac de nœuds.

Nous nous étions retrouvés au bureau le lendemain matin. Joe revenait d'un jogging de huit kilomètres, encore haletant et trempé de sueur. Je pensais que ce serait le meilleur moment pour lui annoncer la nouvelle : il serait trop fatigué pour réagir. Pas de veine ! Il lui fallait plus qu'une course de huit kilomètres dans le froid pour le fatiguer.

– Pourquoi ne pas tenter le coup, Joe ? On ne roule pas sur l'or, alors pourquoi refuser les boulots qu'on nous propose ?

– Parce que ça n'en vaut pas la peine.

Il soupira et s'épongea le visage avec une serviette. Il portait des chaussures de jogging, un pantalon de sport et un blouson en nylon ; si on avait demandé à dix inconnus de deviner son âge, tous lui auraient donné dix ans de moins.

– C'est juste que je n'ai pas envie de coller aux basques des flics de Cleveland, Lincoln.

Je le comprenais. Joe avait pris sa retraite seulement six mois auparavant et je savais que bosser sur une enquête de police, de l'extérieur cette fois, lui paraîtrait étrange. C'était trop tard maintenant. J'avais conclu un accord avec Weston et j'avais un chèque de deux mille dollars dans ma poche pour en témoigner.

– Allez, avoue que cette affaire t'intéresse et qu'on n'a pas vraiment un grand choix de boulots en ce moment.

Il poussa un vague grognement, mais ne prononça pas un mot, regardant autour de lui comme s'il attendait que les meubles viennent à sa rescousse. Notre petit local se trouve dans la partie ouest de la ville, au premier étage d'un vieux bâtiment en pierre abritant une banque. Il se compose d'une pièce avec deux tables de travail, une petite salle de bains et un deuxième bureau plus petit. Le vieux plancher de bois a sacrément besoin d'être astiqué, le brillant de la peinture fraîche qui recouvre les murs semblant parfaitement incongru dans ce lieu plutôt vétuste. Ma contribution à l'ameublement trône en face de nos bureaux : une rangée de quatre sièges en bois provenant de l'ancien stade de la ville. Après la démolition du Cleveland Stadium au début des années quatre-vingt-dix, certains accessoires ont été vendus aux enchères comme souvenirs. J'ai acheté ces sièges et les ai fait remettre en état. Je leur trouvais plutôt fière allure, même s'ils pouvaient paraître un peu déplacés dans ce lieu. Joe en parlait avec toutes sortes de noms vulgaires et refusait de s'y asseoir. Difficile de croire qu'il avait été un fan des *Indians*, l'équipe de base-ball de la ville. La nostalgie lui est un sentiment inconnu.

– De toute façon, j'ai déjà dit à Weston qu'il pouvait compter sur nous, repris-je. Alors ce n'est pas la peine de discuter pour savoir si on aurait dû ou pas dû accepter l'affaire. Occupons-nous plutôt de savoir par où on va commencer.

– On pourrait commencer par aller chercher un sandwich, répondit-il. Je meurs de faim.

Joe a un appétit vorace, mais comme il boit rarement autre chose que de l'eau et qu'il parcourt plusieurs kilomètres par jour, il est resté mince et en forme bien qu'il ait dépassé la cinquantaine.

– Je n'ai guère prêté attention à cette affaire, dis-je en ignorant sa remarque, et on devrait peut-être lire les articles de journaux qui en parlent avant de passer le moindre coup de fil à la police. Je déteste avoir l'air de ne pas être au courant, tu sais.

– Tu cherches une excuse pour entraîner Lois Lane [1] dans cette affaire, dit-il en soupirant. Et moi qui croyais que les choses ne pouvaient pas empirer !

Je grimaçai un petit sourire.

– Je suis sûr qu'Amy sera ravie de nous aider.

– Génial ! Voilà ce qu'on va faire : tu t'occupes de récupérer toutes les informations sur l'enquête et pendant ce temps-là, je vais me chercher un truc à manger. Quand je reviens, tu me fais un résumé rapide de la situation et, comme ça, je pourrai me concentrer sans être dérangé par les gargouillis de mon estomac, ajouta-t-il en poussant sur le bureau pour faire reculer sa chaise.

– D'accord, dis-je alors qu'il ouvrait déjà la porte pour partir. Je vais me taper le plus gros du boulot, je le sens bien. Vous autres, les vieux, n'avez pas l'énergie nécessaire.

Amy Ambrose accepta de passer nous voir pendant sa pause déjeuner avec tous les articles concernant l'enquête. Aux environs de midi, elle franchit le seuil en fronçant le nez.

– Ça empeste dans votre cage d'escalier ! lança-t-elle. Les poivrots sont revenus dormir ici ?

– Bonjour à toi aussi.

– Ouais, ouais, ça va.

1. Personnage de fiction, journaliste et petite amie de Superman. *[NdT]*

Elle se débarrassa de son manteau et s'affala sur un des sièges du stade. Elle était ravissante, comme toujours. Ses cheveux avaient poussé depuis notre première rencontre pendant l'été, mais ils étaient toujours du même blond foncé et légèrement bouclés. Amy travaillait au *Cleveland Daily Journal* et pendant l'été elle avait été chargée de couvrir une enquête criminelle. La victime fréquentant la salle de sport dont j'étais propriétaire, un jour elle était apparue à ma porte pour me poser des questions. Avec mon charme habituel, je lui avais dit d'aller se faire voir ailleurs. Elle était revenue le lendemain, avec plus de renseignements sur l'enquête et sur ma personne qu'il était possible d'en rassembler en une nuit (par la plupart des journalistes en tout cas). Elle avait gagné mon estime, obtenu ma coopération et peu de temps après mon amitié. Elle parlait sans détour et ne manquait pas d'audace, mais elle était surtout totalement elle-même et d'une grande sincérité. C'est ce qui nous avait attiré l'un vers l'autre – nous étions tous les deux des solitaires et ne comptions que sur nous-mêmes dans les situations difficiles. À l'exception de Joe, c'était mon amie la plus proche et même si je déclarais à qui voulait l'entendre qu'elle était comme une sœur pour moi, une petite partie de mon cerveau devait reconnaître que je n'éprouvais pas tout à fait le même pincement au cœur quand je voyais ma sœur et quand j'étais en présence d'Amy.

– Alors comme ça, toi et Pritchard croyez réussir là où des dizaines de flics et d'agents du FBI se cassent les dents ? m'asséna-t-elle.

– On n'a pas cette prétention. Ça devrait nous prendre deux, voire trois jours.

– C'est ça, oui, dit-elle avec un sourire. J'ai comme l'impression que vous avez du pain sur la planche. J'ai parcouru la plupart des articles avant de venir et si les flics ont la moindre piste valable, ils n'en ont pas fait part à la presse, ça, c'est sûr.

– Tu ne bosses pas sur cette affaire ?

– Non, ils l'ont filée à un autre journaliste, un dénommé Steve. Il écrit bien, mais je ne pense pas qu'il ait beaucoup de flair pour le travail d'enquête.

Notant un faux pli sur son pantalon, elle fronça les sourcils et tenta de l'aplanir avec la paume de la main. Ce sont les petites choses qui l'agacent le plus. Que le siège arrière de sa voiture soit un véritable dépotoir ne la gêne en aucune façon, mais elle ne supporte pas les faux plis.

– Alors, tu as trouvé des trucs ?

– Tiens, voici tous les articles que Steve a écrits sur l'affaire, dit-elle en me tendant un tas de feuilles. C'est tout ce que j'ai pu trouver.

Je les parcourus rapidement. Ça faisait beaucoup d'articles en cinq jours, mais rien qui puisse m'en apprendre plus que ce que je savais déjà. Le cadavre avait été découvert mercredi matin par sa femme de ménage. Weston était mort d'une blessure par balle à la tempe droite, blessure apparemment auto-infligée. L'arme, un Smith & Wesson calibre .38, reposait dans sa main droite au moment de la découverte du corps. Elle était enregistrée sous son nom. On avait appelé la police et le reste de la journée s'était passé à rechercher la femme et la fille de Weston, recherche qui était restée sans succès. Dans la soirée du mercredi, la police avait signalé leur disparition. Rien ne laissait supposer un enlèvement – crime relevant du FBI –, mais quelques agents du bureau de Cleveland s'étaient joints aux forces de police locales. D'après l'article, certains voisins et autres relations pensaient que le drame pouvait être lié à une affaire sur laquelle Weston enquêtait, mais la police n'avait pas confirmé cette théorie. Il ne s'agissait probablement que d'hypothèses générées par le côté mystérieux du métier de détective. Les flics avaient fouillé le bureau et la maison de Weston et « suivaient activement plusieurs pistes », mais Rick Swanders, l'inspecteur chargé de l'enquête, avait déclaré n'avoir aucune raison de croire que l'épouse et la fillette aient pu être victimes d'un individu sur lequel Weston aurait enquêté.

– Eh bien, tu vois, dis-je lorsque j'eus terminé ma lecture, je n'ai pas encore résolu l'affaire. Il va peut-être falloir que j'interroge une ou deux personnes.

– Je me disais que tu allais sans doute reconstituer les faits juste en lisant ces articles, dit Amy en prenant un air dépité. C'est une sacrée déception !

– Se peut-il que ton copain Steve possède des détails qu'il aurait cachés à ses lecteurs ?

– Ça se peut en effet, mais à mon avis il y a peu d'espoir. Tu sais comme les flics sont peu bavards au début d'une enquête de ce type. Sauf s'il a une source d'information sérieuse, je ne pense pas qu'il en sache plus que ce que tu viens de lire.

J'acquiesçai d'un hochement de tête. Ça faisait un bout de temps que j'avais quitté la police, mais pas assez pour avoir oublié la méfiance justifiée des flics à l'égard des médias.

– Alors, tu fais quoi maintenant ? demanda Amy.

– Dès que Joe sera de retour, nous irons voir le père de Weston. Nous lui poserons des questions précises et nous essayerons de savoir ce qu'était la vie de son fils au cours de ces derniers mois. Après, nous contacterons la police pour voir si elle est prête à coopérer avec nous. Dès que ce sera fait, nous pourrons nous concentrer sur le boulot de Weston, nous pencher sur les dernières enquêtes qu'il a menées et voir si on tombe sur quelqu'un qui avait une dent contre lui.

Elle hocha la tête.

– Tu crois qu'il a été assassiné ?

– D'après tout ce que j'ai pu lire ou entendre, la réponse est non, je ne crois pas qu'il ait été assassiné. Je crois qu'il s'est flingué. Mais comme son père tient à ce que nous prouvions le contraire, je vais devoir aborder l'affaire en supposant qu'il ne s'est pas suicidé. En plus, si sa femme et sa fille sont toujours vivantes, il a probablement été assassiné. Et donc, jusqu'à ce que quelqu'un me prouve qu'elles sont bel et bien mortes, je vais faire comme si la police était sur la mauvaise piste.

– Tu n'as pas vraiment l'air enthousiaste !

– Je ne le suis pas. J'ai comme un mauvais pressentiment : on va empocher l'argent du père pour aller fourrer le nez dans cette histoire et, dans deux ou trois semaines, les flics vont annoncer à la presse qu'ils ont retrouvé les cadavres de sa femme et de sa fille à l'endroit où Weston les a balancés. J'espère me tromper, mais j'ai du mal à me sortir ça de la tête.

– Alors pourquoi as-tu accepté ce boulot ?

– Quand quelqu'un est aussi déterminé à me confier une enquête, je me dois de tenter le coup.

Elle se passa le bout de la langue sur les lèvres et fronça les sourcils.

– Moi non plus, je ne peux pas m'empêcher de penser qu'il s'est fait descendre, surtout à cause du genre de boulot qu'il faisait. La nature même de sa profession rend la chose encore plus sordide, tu ne trouves pas ?

– Un peu, dis-je en m'inclinant vers l'arrière et en posant mes pieds sur le bureau.

– Au fait, reprit-elle en changeant de sujet, comment va Angela ?

– Pourquoi tu dis ça sur ce ton ? Comme si tu te moquais de moi ?

Elle leva les sourcils et tenta de prendre un air innocent.

– Moi ! ? Me moquer de toi ! ? Mais pas du tout. Ne sois pas si susceptible, voyons. Alors, comment ça se passe entre vous deux ?

– Angela et moi suivons chacun notre chemin.

– Ah vraiment ? Je suis désolée de l'entendre, dit-elle sur un ton qui me disait qu'elle ne l'était pas le moins du monde. Je peux te demander pourquoi ?

– Nous étions très différents, bafouillai-je. Elle était euh… un peu…

– Sans cervelle.

– Ce n'est pas ce que je voulais dire, dis-je en fronçant les sourcils.

– Oh, désolée, dit-elle avec un sourire railleur. Mauvaise réponse.

– Elle n'était pas comme ça. Et, de toute façon, tu ne l'as vue qu'une fois ; alors, tu es mal placée pour en parler.

– Une fois m'a suffi, Lincoln.

– Et toi ? Ta vie amoureuse ? Ton copain présentateur, M. Jacob Terry ? dis-je en prenant une voix profonde de baryton.

– Ça va.

Je lui adressai un sourire.

– Qu'est-ce qui t'attire le plus chez lui ? Le parfum romantique de son eau de toilette musquée ou les litres d'huile capillaire dont il enduit son étonnante crinière pour que le vent ne le décoiffe pas quand il est en reportage ?

– Tu es jaloux, dit-elle. C'est ça !

– De manière pratiquement incontrôlée, répondis-je en hochant la tête. Je n'en dors pas la nuit.

– Rigole si tu veux, Lincoln, mais je sais exactement pourquoi ça n'a pas marché entre Angela et toi. C'est parce que tu n'arrêtes pas de penser à moi.

Je lui montrai la porte du doigt.

– Fiche le camp d'ici ! J'ai du boulot.

Elle sourit et bondit sur ses pieds.

– Moi aussi, j'ai du boulot. Mais j'attends un coup de fil très bientôt pour que tu me racontes ce que tu auras découvert.

– Je t'appellerai.

Une demi-heure plus tard, Joe était de retour et nous partîmes rendre une petite visite à John Weston. Dès que Joe fut au volant, je lui racontai ce que j'avais appris dans les articles qu'Amy avait apportés, ce qui n'était pas grand-chose.

– J'espère que le bonhomme n'est pas aussi grande gueule que tu l'as dit. J'ai un peu de mal avec ce genre de mecs.

– Tu veux dire… ceux qui sont comme toi ?

– Tu ne peux pas la boucler un peu ?

Weston nous accueillit sur le seuil de sa maison dans un nuage de fumée. Je lui présentai Joe et ils échangèrent une poignée de main.

– J'espère que vous n'allez pas faire traîner les choses autant que votre associé, lui dit-il.

Il me portait déjà dans son cœur.

– Ni lui ni moi ne faisons traîner les choses une fois qu'on a accepté une affaire, lui renvoya Joe. Et cette fois, c'est lui qui a dû me convaincre. Pas l'inverse.

– Rien à faire de vos histoires. Tout ce que je veux, c'est que vous vous mettiez au boulot.

Il nous conduisit jusqu'à la salle de séjour. Je me dirigeai immédiatement vers le siège à dossier inclinable à l'autre bout de la pièce, abandonnant à Joe le fauteuil de torture.

Weston retourna s'asseoir sur le canapé et brandit un cahier.

– J'ai commencé hier, tout de suite après votre départ, dit-il en m'adressant un signe de tête. J'ai écrit tout ce qui me venait à l'esprit sur mon fils. J'ai essayé de me focaliser sur les événements récents, bien sûr, mais j'ai aussi noté des informations d'ordre plus général. J'ai pensé que ça pourrait vous être utile.

Je jetai un coup d'œil à Joe. Il venait de comprendre quelque chose que je savais déjà. John Weston avait du chagrin et il avait peut-être sale caractère, mais il allait vouer tous ses efforts à la résolution de l'enquête. Il est souvent difficile d'interroger la famille de la victime parce que les gens se laissent emporter par leurs émotions. Ce ne serait pas un problème avec lui.

– Allez-y. Jetez un coup d'œil et dites-moi si j'ai oublié quelque chose, reprit Weston en agitant le cahier dans ma direction.

Je fus impressionné par ce que j'y découvris. Il avait rempli presque vingt pages d'une écriture nette et précise, toute en lettres majuscules. Chaque catégorie était précédée d'un titre : « Historique de l'agence », « Relations d'affaires », etc. Il avait même collé des photos sur certaines pages et ajouté des légendes permettant de les identifier. C'était exactement le type de document que Joe et moi avions pensé rédiger après cet entretien.

– C'est très complet, dis-je. Nous apprécions beaucoup, monsieur Weston. C'est le genre de renseignements qu'il nous faut pour progresser rapidement dans cette enquête.

Il alluma une deuxième cigarette.

– C'est ce que j'ai pensé, dit-il. Les flics m'ont déjà posé toutes ces questions, ou presque. C'est pour ça que je savais ce qui vous intéresserait. Je me suis dit qu'on gagnerait du temps si je vous mettais tout ça par écrit.

Je tournai les pages et m'arrêtai sur une photo de Wayne Weston en uniforme.

– Votre fils a été dans l'armée ?

– Oui. Huit ans dans les Marines. Il était membre de l'unité *Force Recon*, déclara fièrement Weston.

Je comprenais les raisons de sa fierté ; *Force Recon* est l'unité d'intervention spéciale des Marines, l'équivalent des *Green Berets* et des *Navy's SEALs*.

– Quel âge avait-il quand il a arrêté ?

– Vingt-huit ans. Dès qu'il a quitté l'armée, il est rentré ici et a signé avec l'agence Pinkerton. Il pensait que le travail d'enquêteur serait intéressant et qu'ils n'allaient pas refuser d'embaucher un ancien de *Force Recon*. Il est resté plusieurs années avec cette agence, puis il a rencontré Julie et s'est marié. Comme chez Pinkerton il faisait beaucoup de déplacements professionnels, il a décidé de se mettre à son compte.

– Ça faisait combien de temps qu'il était à son compte ? demandai-je.

– Neuf ans, dit-il sans marquer la moindre pause pour réfléchir à sa réponse. Et il gagnait sacrément bien sa vie. Superbe baraque, belles bagnoles pour lui et Julie et tout à l'avenant.

Derrière le rideau de fumée qui s'échappait de sa cigarette, son regard s'était encore assombri.

– Vous m'avez dit n'être au courant d'aucun problème particulier, lui dis-je. Pas de querelles familiales, pas de problèmes financiers, rien de tout ça.

– C'est exact. Je lui parlais au moins une fois par semaine et tout semblait aller pour le mieux. Enfin, presque. Il m'avait semblé un peu plus sérieux ces derniers mois, un peu moins disposé à plaisanter, ajouta-t-il en tirant une bouffée de sa cigarette et en haussant les épaules. C'était probablement juste l'hiver qui le déprimait. Vous savez comme ces saletés d'hiver de Cleveland peuvent vous foutre le bourdon.

– Lui est-il arrivé de vous faire part de ses problèmes professionnels ? demanda Joe. Une enquête difficile, un client exigeant, des trucs comme ça ?

– Non, pas une seule fois.

Il avait répondu avec un air mal à l'aise – pas comme s'il mentait, plutôt comme s'il était gêné de ne pouvoir trouver quelque chose à quoi attribuer la mort de son fils.

– Il travaillait seul ?

– Oui.

Weston leva un doigt en l'air et partit d'une quinte de toux qui rappelait le moteur pétaradant d'un diesel. Il parvint à la contenir, lâcha un juron, tira une profonde bouffée de sa cigarette et poursuivit.

– Au début, il avait un associé, mais le mec a déménagé à Sandusky et Wayne s'est retrouvé tout seul. Disons qu'il avait une… comment dit-on déjà ?… une assistante. Une étudiante diplômée qui effectuait des recherches pour lui occasionnellement, quand il était vraiment débordé.

– Connaissez-vous son nom ? demanda Joe.

– Elle s'appelle April Sortigan. Je l'ai noté dans le cahier.

J'arrêtai de feuilleter ce dernier et contemplai les photos de sa belle-fille, Julie, et de sa petite-fille, Elizabeth. J'avais déjà vu leurs photos aux informations et dans les journaux, mais il ne s'agissait que de portraits d'identité, alors que celles du cahier les représentaient engagées dans diverses activités familiales. Julie Weston était une vraie beauté : teint mat, look d'Italienne, corps à faire rêver les hommes et sourire si éclatant et sincère que j'eus envie de détourner les yeux.

Elizabeth Weston était la réplique miniature de sa mère. Même teint mat, mêmes yeux sombres et cheveux noirs, et aussi impossible que cela puisse paraître, sourire encore plus rayonnant. Sur une photo où elle apparaissait vêtue d'une robe bleu ciel avec un bouquet de fleurs à la main, elle semblait rire aux propos du photographe. La légende notée par Weston indiquait que le cliché datait de Pâques dernier. Sur un autre, la fillette portait un chapeau de fête et tenait un hot dog. Un peu de Ketchup avait barbouillé le coin de son beau sourire. John Weston avait écrit « Cinquième anniversaire, août » au-dessous. Je refermai le cahier en me disant que j'aurais préféré voir des clichés moins personnels, quelque chose de plus froid, comme les photos d'identité que nous avions l'habitude de regarder.

Nous continuâmes d'interroger Weston encore un peu, mais il était encore trop tôt pour lui poser des questions plus spécifiques et pour ce qui était des informations d'ordre plus général, elles nous attendaient dans le cahier.

– Nous vous contacterons tous les deux ou trois jours, promit Joe avant de partir. Et dès qu'on a une piste, on vous appelle pour vous poser d'autres questions.

– D'accord, dit Weston, debout sur le seuil. Faites pour le mieux et ne regardez pas à la dépense, le prix n'a aucune importance pour moi. Je veux juste prouver que mon fils a été assassiné et retrouver ma petite-fille et sa mère.

Joe bougea légèrement sa mâchoire d'avant en arrière, laissant errer son regard sur un mât de drapeau qui trônait au milieu de la pelouse.

– Nous allons faire de notre mieux pour découvrir la vérité, dit-il. Mais je veux que vous sachiez que, s'il s'avère que votre fils s'est suicidé, nous n'allons pas vous mener en bateau et vous embobiner. Nous vous dirons la vérité et nous passerons à autre chose.

Weston serra la poignée de la porte dans sa main.

– J'apprécie les gens qui ne racontent pas de conneries, dit-il. Mais je ne suis pas né d'hier et je suis loin d'être idiot. Si vous êtes des bons, vous découvrirez que mon fils a été assassiné. J'en mettrais ma tête à couper.

En plongeant mon regard dans le sien, je me dis qu'il l'avait sans doute déjà fait.

3

Joe se renversa en arrière, faisant grincer sa vieille chaise, et lança une boulette de papier par-dessus ses pieds posés sur le bureau. La boulette décrivit un arc de cercle avant d'atterrir dans la corbeille à papier déjà bien remplie.

– Le meilleur moment de toute l'histoire du baseball, dit-il. Vas-y, tu commences.

Je balançai à mon tour une boulette de papier dans la corbeille et réfléchis un instant.

– Bill Mazeroski et le *home run* qui a assuré la victoire sur les Yankees dans le septième match du championnat. En tout cas, pour ce qui est du beau geste et du style, personne ne fait mieux que Ruth annonçant une balle et frappant un *home run*.

– Pour moi, dit Joe, le meilleur moment, c'est Kirk Gibson qui se traîne en boitant vers la plaque de but et qui met hors jeu ce gagneur de Eckershley. Et pour ce qui est du beau geste et du style comme tu dis, c'est Fisk qui agite la balle de *home run* en courant vers la première base.

– Tu appelles ça du grand style ? Mais c'est de l'enthousiasme infantile ! Rien à voir avec Ruth au lancer. Et Gibson, excuse-moi, ce *home run* leur a fait gagner le match, pas le championnat.

– Comme tu voudras, dit-il en froissant une autre feuille de papier avant de la lancer par-dessus le bureau.

La boulette rebondit sur le bord de la corbeille et atterrit par terre. C'était ce à quoi nous avions occupé la dernière demi-heure. On appelait ça une séance de « brainstorming ».

J'allais à nouveau interroger Joe sur les meilleurs moments du base-ball lorsque la porte du bureau s'ouvrit et deux hommes pénétrèrent dans les lieux.

– Il faut vraiment qu'on fasse installer une sonnette, dis-je. On dirait que les gens ne savent plus frapper aujourd'hui.

– Salut, Rick, dit Joe en s'adressant à l'un des visiteurs.

Rick Swanders, l'inspecteur chargé de l'affaire Weston, était un homme trapu aux joues flasques et au teint rougeaud. Son coéquipier, plus grand et plus mince, avait une pomme d'Adam extrêmement proéminente et des cheveux blond-roux. Il portait un jean et une parka des *Cleveland Indians*. Swanders, lui, était vêtu d'un costume d'hiver chiffonné.

– Salut, Pritchard, dit Swanders avant de se tourner vers moi et d'ajouter : Perry.

– Salut, Rick.

D'un geste du pouce, Swanders désigna son compagnon.

– Lui, c'est Jim Kraus ; il est de la police de Brecksville. Quand on a appris ce matin que John Weston vous avait embauchés, on s'est dit que ce serait une bonne idée de passer vous voir pour discuter.

Il jeta un coup d'œil sur les boulettes de papier amoncelées dans la corbeille et sur le plancher.

– J'espère que nous n'avons rien interrompu d'important.

– Asseyez-vous, dit Joe.

Swanders avança une des chaises réservées aux clients et Kraus s'installa dans un des sièges du stade. Il me fut immédiatement sympathique.

– Alors qu'est-ce que vous pensez faire au juste, tous les deux ? demanda Swanders. Faire honte aux vieux briscards de chez nous, faire les gros titres des journaux et chevaucher vers le couchant ?

– Pas besoin du couchant, dis-je.

Je connaissais vaguement Swanders du temps de mon service dans la police, mais je n'avais jamais travaillé avec Kraus. Brecksville était une banlieue chic relativement peu étendue et la police n'y était pas équipée pour gérer une enquête de cette ampleur. C'est pourquoi le CPD [1] leur donnait un coup de main. Kraus n'avait pas l'air du tout dépassé par la situation ; il semblait même plus détendu que Swanders qui m'observait en se mâchouillant les lèvres.

– Vous recherchez la femme et la fille ou vous essayez de prouver que ce n'était pas un suicide ?

– On essaie de comprendre ce qui s'est passé, dis-je. Et ça inclut les deux aspects, enfin… je crois.

– Et vous serez payés que vous arriviez à résoudre l'affaire ou non, pas vrai ?

– Oui. Mais c'est pareil pour vous.

– C'est vrai, mais ce n'est pas quelqu'un de la famille de la victime qui me signe mon chèque.

Je m'apprêtais à dire que ce n'était pas tout à fait exact car John Weston était un contribuable comme un autre, mais ç'aurait été mesquin et idiot de ma part et je parvins à m'interrompre à temps.

– Tu es venu juste pour ronchonner ou tu as une autre raison d'être ici ? s'enquit Joe. Nous n'avons aucunement l'intention de vous faire du tort, ni de vous chercher des embrouilles ou d'être sur votre dos, vraiment.

1. Cleveland Police Department. *[NdT]*

Notre métier, c'est d'enquêter. John Weston nous a demandé d'enquêter sur cette affaire et c'est ce que nous allons faire.

Joe, mieux que moi, pouvait les convaincre que nous étions inoffensifs. Mes promotions rapides dans la police ne m'avaient pas fait bien voir auprès de certains de mes collègues les plus anciens et l'appui de Joe m'avait aidé à dépasser cette hostilité. Dans la famille de Joe, on était flic au CPD depuis quatre générations. Aussi loin qu'on se souvienne, il y avait toujours eu des Pritchard en uniforme dans les quartiers ouest de la ville. Le père de Joe était inspecteur aux Homicides et son oncle était mort en service commandé. Tous les flics de la ville connaissaient les Pritchard et, dans cette famille, il était inconcevable que les garçons fassent autre chose que flic. Joe était le dernier de la lignée. À trente ans, il avait épousé une femme de presque vingt ans son aînée, réduisant ainsi considérablement les chances d'avoir un fils qui prendrait la relève. Ç'avait été terrible pour le père de Joe qui attachait une grande importance à l'engagement de plusieurs générations de Pritchard dans la police. Mais Joe et Ruth étaient heureux, bien plus heureux que n'importe quel couple que je connaissais. Quand elle était morte quelques années auparavant, elle avait emporté avec elle une partie du cœur de Joe. Le boulot – qui avait toujours été important pour lui – était devenu sa vie et, plutôt que de s'installer dans une retraite pépère, il avait décidé de devenir détective. Il n'aimait rien plus que ça.

Swanders et Kraus échangèrent un regard, pas vraiment ravis, mais Swanders hocha la tête, signifiant son respect à Joe pour son engagement de plusieurs décennies dans la police.

– D'accord, Pritchard. Je dois dire que je n'ai pas été enchanté d'apprendre que vous étiez tous les deux impliqués dans cette affaire. C'est déjà assez compliqué comme ça. Mais si vous jouez franc jeu avec nous, on fera pareil. (Il poussa un soupir et frotta sa barbe naissante.) Avec tout le foin que font les médias autour de cette affaire, ça ne va pas être du gâteau. Tout ce que vous pouvez espérer, c'est que les journalistes ne vous tombent pas sur le dos à vous aussi.

– C'est si pénible que ça ? demandai-je.

– Tu as tout compris.

Swanders se pencha en avant et posa ses avant-bras sur ses genoux. Ce mouvement fit remonter légèrement ses manches, dévoilant une montre en or trop petite pour son poignet et entourée de bourrelets de graisse.

– Et donc, comme on va tous très bien s'entendre, pourquoi ne pas nous dire ce que vous avez fait jusqu'à maintenant ?

– Ça, dit Joe en lui montrant le tas de boulettes de papier.

– Déjà dans l'impasse, hein ? demanda Kraus avec un petit sourire railleur.

– Eh ! dit Joe, ce n'est que notre première matinée sur l'affaire.

– Juste pour information, dis-je, je vous ferai remarquer que la plupart des boulettes de papier qui sont par terre sont celles de Joe. Les miennes sont dans la corbeille.

– Vous croyez que Weston s'est suicidé ? demanda Joe.

– Oui, répondit Kraus. (Swanders acquiesça d'un signe de tête.) À en juger par la scène de crime, toute autre hypothèse est difficile à imaginer.

– Et le profil psychologique de la victime ? demandai-je. Est-ce qu'il semblait avoir des problèmes ? Avez-vous des preuves comme quoi il était instable ?

Kraus plissa les paupières et fronça les sourcils. Swanders lui fit signe de prendre la parole.

– Oui et non, dit Kraus. Certaines de ses relations nous ont dit qu'il était tendu, morose, un truc comme ça. Mais je ne fais jamais grand cas de ce genre d'histoires parce que dès que les journaux annoncent que le mec s'est suicidé, tous ceux qui le connaissaient commencent à s'imaginer des trucs et tentent de trouver une justification à son acte.

– Mais vous n'avez rien trouvé qui puisse expliquer un suicide ou, mieux encore, un acte criminel contre sa famille ? demandai-je. Sa femme ne le trompait pas, il n'était ni alcoolique ni cocaïnomane, rien de tout ça ?

Une fois de plus Kraus et Swanders échangèrent un regard, se concertant en silence pour décider de ce qu'ils pouvaient nous dire.

– C'était un joueur, finit par lâcher Kraus après avoir reçu comme par osmose l'accord muet de Swanders. Du genre flambeur. Il se rendait souvent à Windsor et pariait pas mal d'argent sur des événements sportifs.

Windsor, de l'autre côté du lac, en face de Detroit, accueillait les plus grands casinos du Canada. Je ne fus pas terriblement surpris d'apprendre tout ça ; c'était bien l'idée que je me faisais de Weston.

– Beaucoup de gens aiment jouer, dit Joe. Ça ne veut pas dire qu'ils sont suicidaires. Juste idiots.

– Ses comptes bancaires ont été vidés, dit Swanders. On s'attend à découvrir qu'il était criblé de dettes.

– Avez-vous une idée de la personne à qui il pouvait devoir de l'argent ?

Il fit non de la tête.

– Pas encore, mais nous y travaillons.

– Si c'est vrai, j'imagine que ça ouvre de nouvelles perspectives, dit Joe. Ce que je veux dire, c'est que les dettes de jeu peuvent expliquer son suicide, mais pas l'assassinat de sa femme et de sa fille. Ceux à qui il devait de l'argent auraient-ils pu s'en prendre à sa famille et le descendre après ?

Swanders et Kraus froncèrent tous les deux les sourcils.

– C'est possible, dit Swanders. Mais, à ce point de l'enquête, on peut presque tout imaginer. Il n'y a pas la moindre preuve que quelqu'un se soit introduit dans la maison, ni le moindre signe de violence. Les voisins affirment que Mme Weston et sa fille étaient chez elles mardi soir, mais qu'elles n'ont été vues nulle part le mercredi matin. D'après les mecs de l'équipe médicale, Weston est mort entre minuit et quatre heures du matin mercredi. Ce qui signifie que quelque chose s'est passé le mardi soir, même si les voisins n'ont rien vu ou entendu d'inhabituel. L'hypothèse de l'effraction est donc peu probable, sauf si elles ont été embarquées par l'unité d'élite des *Delta Force* ou un truc comme ça.

– Et le coup de feu ? demanda Joe.

– Personne ne semble l'avoir entendu, mais ce n'est pas surprenant, dit Swanders. Trois heures du mat', un seul coup de feu. Plus facile qu'on ne croit de ne rien entendre quand on dort. En plus, on est à Brecksville. Là-bas, les gens entendent un coup de feu et croient que c'est l'engin soufflant du jardinier qui pétarade.

– Peut-on jeter un œil sur le rapport de la scène de crime ? demanda Joe.

Swanders haussa les épaules.

– J'ai envie de dire non juste pour t'emmerder, mais comme ce rapport ne va pas t'aider beaucoup de toute façon, pourquoi pas. Vous avez un fax ? demanda-t-il en regardant autour de lui d'un air sceptique comme s'il n'était même pas sûr qu'on ait le téléphone.

– Oui, dit Joe avant de lui en donner le numéro.

– Très bien, dit Swanders en se levant. On vous tient au courant, les gars, et vous faites pareil.

– Comptez sur nous, dit Joe.

– Hé, lançai-je avant qu'ils franchissent le seuil, avez-vous parlé à April Sortigan ? L'étudiante qui bossait pour Weston, je crois ?

Kraus agita la main.

– Pas la peine de s'embêter avec ça. Ce n'est qu'une gamine qui a rencontré Weston sur un projet d'école ; il l'a trouvée sympa et lui a filé quelques procès-verbaux sans intérêt à éplucher pour ajouter à son CV. Je lui ai parlé au téléphone et c'était une perte de temps.

Ils quittèrent le bureau et Joe et moi restâmes assis, les yeux rivés sur la porte close.

– Bon, dit Joe, il doit être temps de se mettre au boulot.

– Probablement.

– L'angle joueur est intéressant, dit-il. Il faudrait savoir à qui il devait de l'argent ou qui voulait se débarrasser de lui.

– Je n'aime pas. Trop gentil et trop simple.

– Parfait, dit Joe. Je suis gentil et toi tu es simple. Juste l'affaire qu'il nous faut.

– Tu connais quelqu'un à Windsor ?

– Pas encore, mais laisse-moi une heure ou deux au téléphone et j'y aurai quelques copains.

– Bon plan. Je dois voir cette fille, April, dans une demi-heure. On peut se retrouver plus tard dans l'après-midi si tu es toujours éveillé.

Il fit mine de bâiller profondément.

– Tu vas lui parler même si Kraus dit que c'est une perte de temps ?

– Il y a deux choses à savoir avec les flics, lui renvoyai-je. La première, c'est qu'il leur arrive de laisser passer certains trucs et, la deuxième, c'est qu'il leur arrive de mentir à des emmerdeurs de privés comme nous. Et donc, oui, je vais la voir.

April Sortigan habitait dans un petit appartement encombré, à dix minutes de notre bureau. Elle vivait seule, entourée de sept chats. Dans la minuscule salle de séjour, les félins semblaient sortir droit des murs. Je crus d'abord qu'il y en avait une bonne trentaine. Sortigan était une jeune fille grande et mince avec des cheveux de jais, un petit nez légèrement busqué et des lunettes à monture noire et carrée. Son corps était svelte et musclé, plutôt agréable à regarder, mais pas du genre à déclencher des sifflements d'admiration dans la rue. Assise, jambes croisées, elle pianotait des doigts sur l'accoudoir du canapé pendant que nous parlions. Quelques minutes avaient suffi à me convaincre qu'elle ignorait tout des affaires et de la vie privée de Weston. Peut-être Kraus avait-il raison. C'était une impasse – mais, malheureusement, une impasse qui n'en finissait pas de parler. Si encore elle avait parlé de Weston, mais elle ne parlait que d'elle. J'essayai de suivre ses propos tout en comptant le nombre de bagues qu'elle avait aux doigts. J'en étais déjà à neuf – et je n'avais pas fini – lorsqu'elle s'interrompit soudain.

– Vous avez rencontré Wayne Weston pendant vos premières années de fac ? demandai-je en essayant de la ramener au sujet qui m'intéressait avant qu'elle se mette à énumérer ses références et ses activités parascolaires.

– C'est exact. Je travaillais sur un projet concernant les accidents liés à des vices structuraux quand j'ai appris qu'il avait enquêté sur un cas semblable dans un procès en responsabilité civile. Je lui ai posé des questions et, comme le boulot m'intéressait, je suis restée en contact. Il a proposé de me former au travail de recherche dans les archives publiques avant que je poursuive mes études de droit.

Un gros chat tigré se précipita au milieu de la pièce et se jeta sur un journal posé par terre. Il devait croire que le journal allait passer à l'attaque d'une minute à l'autre. April Sortigan n'y prêta aucune attention.

– Avez-vous beaucoup travaillé pour lui ? demandai-je.

– Non, pas vraiment. Il m'a montré comment ça fonctionnait. Vous savez, dans le bureau du greffier, le bureau du juge, tout ça. Tous les mois, j'effectuais quelques travaux de recherche pour lui, mais rien d'important.

– Il vous avait demandé quelque chose récemment ?

– En fait, oui. Il y a environ quinze jours, il m'a envoyé une liste de trois noms en me demandant d'effectuer les recherches de routine dans diverses bases de données et au bureau des services du comté. Il m'a dit qu'il ne pouvait pas s'en occuper parce qu'il partait en voyage et m'a demandé de lui faxer les résultats de mes recherches.

– Savez-vous où il allait ?

– Non, mais j'ai gardé le numéro de fax.

– Je peux le voir ?

– Bien sûr.

Un chat gris et obèse sortit de derrière mon fauteuil en se dandinant, se hissa péniblement sur le canapé, à côté de Sortigan, et miaula bruyamment. Ce n'était pas vraiment un miaulement, plutôt le genre de sirène qui annonce un raid aérien. Sortigan roucoula quelques mots à voix basse et lui gratta le menton.

Je me raclai la gorge pour attirer son attention.

– Avez-vous toujours cette liste de noms ?

– Bien sûr. En fait, j'ai tous les renseignements que j'ai trouvés sur eux. Pour être honnête avec vous, c'étaient des mecs pas clairs.

– Les flics vous ont-ils déjà posé des questions à ce sujet ?

– Oui. Mais comme je vous l'ai dit, je n'ai pas la moindre idée du sens de ces informations. Et il n'est pas vraiment rare que les gens sur lesquels nous recherchons des renseignements aient des casiers judiciaires, vous savez. Il n'y avait donc là rien d'inhabituel.

– Je comprends. Puis-je jeter un coup d'œil sur ces noms et ce numéro de fax ?

– Évidemment. Attendez un instant, je vais chercher le dossier.

Elle posa le gros chat gris par terre. Il poussa un petit grognement de protestation et s'affala sur le sol, où il décida très vite que c'était un endroit aussi confortable qu'un autre pour un petit somme. Ah, la vie de chat !

Peu après, Sortigan revint avec un dossier cartonné, dans lequel se trouvaient trois liasses imprimées détaillant les renseignements qu'elle avait trouvés sur les trois hommes. C'était le genre de travail que Joe et moi avions l'habitude de faire et elle semblait s'être acquittée de sa tâche de manière tout à fait correcte. Les trois hommes étaient russes et tous possédaient un casier judiciaire. Peut-être les lois et les frontières de leur nouveau pays n'avaient-elles pas été clairement définies ?

– Puis-je faire des copies de tout ça ? demandai-je.

– Vous pouvez garder les originaux. Ce n'est pas comme si j'allais en avoir besoin. Un patron mort ne paie plus ses employés.

4

– Vladimir Rakic, Ivan Malaknik, Alexei Krashakov, dis-je à haute voix. Tous la trentaine, nés en Union soviétique et avec casier judiciaire. Et il se trouve que le défunt Wayne Weston a enquêté sur eux dans les semaines qui ont précédé son assassinat.

À ces mots, Joe sourcilla.

– Son assassinat ? On le sait maintenant ?

– C'était pour l'effet théâtral, dis-je en haussant les épaules.

– Quels sont les chefs d'accusation ?

– Rien de bien méchant. Plusieurs inculpations pour voies de fait, deux pour coups et blessures, une accusation de vol les impliquant tous les trois et qui s'est terminée en non-lieu, un cas d'agression contre un officier de police et une plainte pour menaces.

– Ah, zut, dit Joe. Ils m'ont tout l'air de braves garçons. Mal compris, c'est tout.

J'acquiesçai d'un hochement de tête.

– Ces brutes de flics de Cleveland sont parfaitement insensibles aux différences culturelles et aux valeurs morales que nos visiteurs russes espéraient trouver auprès des autorités américaines.

– C'est tout à fait ça, reconnut Joe. Que comptes-tu faire ?

– Aller frapper à leur porte pour leur dire que je recherche une mère et sa fille disparues ?

– Peut-être un peu trop direct, non ?

– Ah, bon, dis-je. Alors, dans ce cas, je suis à court d'idées.

– Ça ne m'étonne pas. Heureusement que je bosse un peu plus sérieusement que toi. J'ai passé quelques coups de fil à Windsor et je n'ai pas appris grand-chose ; mais je ne me suis pas découragé, j'ai changé d'optique et j'ai appelé John Weston. Je lui ai demandé de joindre son avocat pour que celui-ci appelle la banque de son fils et qu'il les harcèle jusqu'à ce qu'ils nous refilent certains dossiers. Ce qu'ils ont fait assez rapidement d'ailleurs. Swanders et Kraus avaient raison ; Wayne Weston était complètement à sec. Deux mille dollars sur son compte courant et cinq cents sur son compte épargne. Il avait liquidé tous ses titres et tous ses fonds d'investissement.

– Ce qui s'explique peut-être par sa passion du jeu.

– J'ai aussi demandé des détails sur les derniers chèques déposés sur son compte. Cinq au cours des deux derniers mois, et tous d'émetteurs différents, dit Joe en jetant un coup d'œil sur le bloc-notes posé devant lui. Deux agences immobilières, deux entreprises en bâtiment et un cabinet d'avocats.

Je fronçai les sourcils.

– Le cabinet d'avocats, je veux bien, mais je ne vois pas ce qu'il a pu faire pour des agences immobilières et des entreprises en bâtiment.

– Peut-être a-t-il vérifié l'existence d'écoutes téléphoniques ou installé du matériel de surveillance électronique, suggéra Joe. Il y a des agences qui font ce genre de boulot.

– C'est possible, mais pourquoi l'agence immobilière et pas le propriétaire ? Ça me paraît bizarre.

Il fit un geste de la main signifiant qu'il ne voyait pas le problème.

– N'importe quel individu ou société peut engager un détective privé.

– C'est vrai, mais on devrait quand même se pencher sur les enquêtes que Weston avait en cours pour voir ce qu'on peut en tirer. Au cas où il aurait levé un lièvre, il me paraît logique de commencer par les boulots les plus récents.

– Oui, peut-être, dit Joe sans beaucoup d'enthousiasme.

– Tu as une meilleure idée ?

Il fit non de la tête.

– Pas vraiment. Voyons ce qu'on peut trouver sur ses dernières enquêtes et sur ces Russes.

– Dis-moi ce que tu as dans l'idée.

– Que ce mec ne s'est pas suicidé. S'il n'y avait que lui, ça ne vaudrait même pas le coup de fourrer notre nez là-dedans. Mais c'est la disparition de sa famille qui me préoccupe. C'est une chose d'accumuler les dettes de jeu et de se tirer une balle dans la tête pour s'en sortir, mais c'en est une autre d'assassiner sa propre famille. Et s'il a tué sa femme et sa fille, comment s'y est-il pris ? Quand l'a-t-il fait ? Où sont les cadavres ? Dans la plupart des affaires de ce genre, le meurtre et le suicide se suivent généralement de près.

– C'est vrai.

– Et donc, dit-il en continuant sur sa lancée, s'il les a tuées, il s'est manifestement donné beaucoup de mal pour dissimuler les cadavres, ce qui ne correspond pas au schéma classique du mec qui a prévu de se suicider. Pourquoi prendre la peine de cacher les corps si tu dois te flinguer juste après ?

– Tu crois qu'on devrait partir de l'hypothèse qu'il s'est fait descendre ?

Il m'adressa un sourire fatigué.

– Je ne sais pas. Mais quoi qu'il en soit, je ne me fais pas trop de soucis pour Weston. Il s'est suicidé ou bien quelqu'un l'a liquidé. D'accord. On a le cadavre. Mais qu'est-ce qui a bien pu arriver à cette femme et à sa fille ?

– C'est ce que nous sommes censés découvrir, mon vieux.

– Je sais, dit-il en agitant une liasse de papiers dans ma direction. Swanders a tenu parole et nous a faxé le rapport de la scène de crime.

– Et… ?

– Tous les éléments indiquent qu'il s'agit d'un suicide. Ils ont vraiment passé la maison au peigne fin et n'ont trouvé aucun signe d'effraction ou de violence. Weston a été tué à bout portant avec son propre pistolet braqué sur la tempe.

– Quelqu'un d'autre aurait pu lui tirer dessus, essuyer l'arme pour effacer les empreintes et la lui remettre dans la main.

Il haussa les épaules.

– Il n'y avait aucune trace de poudre dans sa main, ce qui n'est pas une preuve très convaincante qu'il ait tiré le coup de feu lui-même. Mais bon, ce n'est pas toujours le cas avec les suicides. Et donc, ce que tu dis est possible, même si c'est peu probable. C'était un pro, le mec, tu es d'accord ? Un ancien de *Force Recon* et un enquêteur professionnel. Il est difficile d'imaginer que quelqu'un ait pu lui piquer son flingue et lui tirer dessus à bout portant aussi facilement avant de zigouiller sa famille, et tout ça sans attirer l'attention des voisins. Il me semble que la mère et la fille auraient poussé quelques cris, non ?

– Peut-être que le mec les a flinguées en premier.

– Pendant que Weston restait à se ronger les ongles ? Tu rigoles !

Je soupirai et me grattai la tête.

– Quand ont-elles été vues pour la dernière fois toutes les deux ?

– Les voisins affirment qu'elles étaient dans leur jardin à sept heures ce soir-là.

– Il a donc fallu qu'elles quittent la maison, qu'elles tombent sur le présumé tueur et qu'il revienne chez elles pour achever Weston.

– Weston a été tué après minuit. Probablement vers trois ou quatre heures du matin. Tu crois qu'il attendait chez lui sans rien faire alors que sa femme et sa fille n'étaient toujours pas rentrées ?

– Peut-être qu'il dormait et qu'il ne s'est pas rendu compte qu'elles n'étaient pas là.

– Tu crois qu'il dormait en chemise et cravate ?

J'étais à court d'idées.

– Ce que je crois, c'est qu'il va falloir bouger d'ici pour la suite.

– C'est déprimant, non ? On n'est pas si bons que ça, en fait.

Dans l'heure qui suivit, Joe et moi nous accordâmes sur la manière de procéder. Il estimait plus efficace de travailler séparément au début ; on pourrait ainsi mener plusieurs tâches de front. Il allait se pencher sur les dernières enquêtes de Weston et suivre la piste des relations de jeu. J'allais, moi, essayer d'en savoir plus sur les trois Russes et contacter les amis de Weston dont les noms figuraient dans le cahier que nous avait remis son père. J'espérais qu'au moins l'un d'entre eux pourrait me renseigner sur Weston et son goût pour les jeux d'argent.

Amy appela pour savoir comment progressait l'enquête. La patience n'a jamais fait partie de ses qualités principales. Je lui racontai la visite de Swanders et de Kraus et lui rapportai les questions que se posait Joe. Elle n'y voyait pas de réponse.

– Quelque chose que je puisse faire pour aider ? demanda-t-elle.

– Pas question que je te refile des tuyaux pour ton journal.

– Ce n'est pas ce que je veux, Lincoln ; je demandais juste si vous aviez besoin d'aide.

– D'accord. Si tu as tellement envie d'aider, tu peux balancer les noms de mes trois Russes dans tes bases de données et voir ce qui en sort. À mon avis, il devrait y avoir au moins un article sur eux. L'accusation de vol a probablement attiré l'attention de quelqu'un de chez vous.

– Donne-moi les noms.

Je m'exécutai et elle promit de se renseigner et de me tenir au courant. J'appelai ensuite quelques-uns des amis proches de Weston. John avait noté six noms dans la colonne « Amis », plus les numéros de téléphone de cinq d'entre eux qui vivaient dans le même État. Le sixième était un ancien Marine qui habitait en Floride. J'essaierais de trouver son numéro si mes autres coups de fil ne donnaient rien. La police les avait sans doute déjà contactés, mais je devais quand même commencer par là.

Quatre heures plus tard, j'avais interrogé cinq personnes. Trois des « amis » répertoriés par John Weston m'avaient confié qu'ils n'étaient pas vraiment des proches, juste des relations avec qui il lui arrivait de jouer au golf. Lorsque je les avais interrogés sur Weston et son goût du jeu, ils m'avaient tous répondu qu'ils ne pouvaient pas m'en dire grand-chose.

« Il lui arrivait assez souvent de faire des paris en jouant au golf, m'avait dit l'un d'eux. Mais il ne misait jamais beaucoup, juste dix ou vingt dollars sur une partie ou peut-être cinq ou dix sur un trou. C'était juste un truc qu'il faisait pour ajouter un peu de piquant à la chose, pour relancer la compétitivité. »

Les deux autres avaient admis être proches de Weston, mais écarté l'idée qu'il puisse avoir eu d'importantes dettes de jeu. D'après eux, il faisait ça pour s'amuser et il ne s'agissait en aucun cas de conduite compulsive. Je leur avais parlé un moment, essayant d'identifier d'autres mobiles ou sources de problème, mais n'avais rien découvert de semblable. À la fin de l'après-midi, je n'avais aucune nouvelle piste, mais de plus en plus de questions sur Wayne Weston. Son père nous avait donné les noms de ceux qu'ils croyaient proches de son fils, mais aucun de ces individus ne semblait bien le connaître. Même les soi-disant amis « proches » n'avaient eu que des contacts occasionnels avec lui, et tous prétendaient que c'était un homme secret qui fréquentait peu les autres et parlait rarement de sa vie privée. Ce n'était pas le genre de réponse que j'avais espéré entendre.

Joe quitta le bureau tandis que j'interrogeais les dernières personnes. Apparemment, ses coups de fil à Windsor n'avaient pas été très fructueux. Lorsque je raccrochai enfin le téléphone, il commençait à faire sombre dans la rue. Amy, qui avait tellement envie d'aider, n'avait toujours pas rappelé avec des renseignements sur les Russes. Je décidai d'en rester là pour la journée et de me rendre à la salle de sport pour m'éclaircir l'esprit – en espérant que le lendemain matin j'aurai une vision plus claire de la situation et de meilleures idées.

J'étais propriétaire d'une salle de sport, la « Sweat Alley », qui se trouvait à quelques rues seulement du bureau. Après avoir été renvoyé de la police, j'avais décidé d'investir le maigre héritage que m'avait laissé mon père et de gagner ma vie en gérant une petite entreprise. Depuis, j'avais abandonné la gestion de la salle à Grace, une femme d'une cinquantaine d'années au tempérament caustique, mais on pouvait m'y trouver presque tous les soirs.

Lorsque j'arrivai, le parking était presque plein. Je dois admettre que Grace savait mieux s'y prendre que moi pour faire tourner la boutique. Elle avait ouvert des cours d'aérobic et réussi à attirer pas mal de clients en faisant de la publicité dans les clubs du troisième âge du quartier. Depuis, les revenus avaient littéralement explosé et, dans la salle, on trouvait aussi bien des grands gaillards en train de soulever des poids que des grands-mères aux cheveux blancs.

Il était dix-sept heures passées ; Grace était partie et le bureau était fermé. J'utilisai ma clé pour entrer et fis quelques étirements avant de passer aux haltères. Un Noir du nom d'Alan Belle était déjà au banc de musculation et soulevait une paire d'haltères de trente-cinq kilos chacune. Nous échangeâmes un signe de tête. Ça faisait plusieurs mois qu'il fréquentait la salle et il nous arrivait de parler un peu. Je commençai une série d'exercices et me rappelai qu'il avait servi dans les Marines.

– Salut, Alan, dis-je dès qu'il eut terminé sa série.

– Oui ?

Il se tourna vers moi en essuyant la sueur qui lui dégoulinait dans les yeux. Il y avait beaucoup d'hommes baraqués ou en super-forme ici, et puis il y avait Alan Belle. Il ne possédait pas la masse musculaire des haltérophiles, son corps était svelte et ciselé et ses muscles ceux d'un véritable athlète. Il était grand – un bon mètre quatre-vingt-dix – et avait été un des meilleurs joueurs à la fois dans l'équipe de foot et dans l'équipe de basket du St. Ignatius College, connu depuis longtemps comme une véritable pépinière de talents sportifs à Cleveland.

– Vous étiez bien dans les Marines, n'est-ce pas ?

– Six ans dans le corps expéditionnaire, répondit-il.

– Mon père aussi en faisait partie, ajoutai-je. Je porte le nom du Marine qui lui a sauvé la vie au Vietnam. Vous connaissez l'unité *Force Recon* ?

Il eut un petit sourire et frotta son crâne rasé.

– Oui, je les connais. Ces mecs-là sont de vrais durs à cuire, c'est tout ce que je peux vous dire. Ils voulaient me recruter, mais comme je n'avais pas envie de faire carrière dans l'armée et que j'aimais bien mon unité, j'ai refusé.

– Ils ont un entraînement très dur, non ?

– Tous les Marines ont un entraînement très dur, Perry, mais les soldats de *Force Recon* suivent une formation spéciale. On leur apprend toutes les sales combines, les techniques des opérations spéciales. Oui, c'est ça leur truc : les opérations spéciales. Moi, par exemple, en tant que membre du corps expéditionnaire, j'étais considéré « compétent » en matière d'opérations spéciales. Ce n'est pas la même chose. Et pour ce qui est de l'entraînement, on peut dire que ces mecs-là sont au top. Ils sont formés aux techniques de combat aérien et nautique, aux techniques d'évasion et au corps à corps… tous les trucs sympas.

– Je vois.

– Pourquoi est-ce que ça vous intéresse ?

– J'ai rencontré un mec qui était dans les *Force Recon* et ça m'a donné envie d'en savoir plus.

Belle éclata de rire.

– C'est ça, ouais. J'espère juste que vous faites partie de ses potes. Faut surtout pas se fâcher avec ces mecs-là !

Je me concentrai à nouveau sur mes exercices de musculation, en commençant par une série spéciale biceps, avant de passer aux épaules et aux pectoraux sur la presse multifonctions. J'essayai de maintenir une respiration régulière et de travailler la forme, veillant à appliquer la même force et à reproduire le même geste pour chaque mouvement, avec la régularité des cylindres d'un moteur. De la sueur perlait à mon front et mes muscles commençaient à se faire sentir. Ce n'était pas une sensation désagréable, plutôt une douleur que je savais salutaire. Lorsque j'eus terminé, je quittai la salle pour aller courir. Il faisait froid dehors ; on était déjà au mois de mars, mais à Cleveland ça ressemblait plus à la fin de l'hiver qu'au début du printemps. Il y avait encore des traces de neige dans les parkings, mais les trottoirs étaient dégagés et on pouvait courir sans risque. Je faisais du jogging par tous les temps, mais il était plus agréable de courir sans avoir à se préoccuper des plaques de verglas qui pouvaient se dissimuler dans les zones d'ombre.

Après avoir parcouru quelque six kilomètres dans le froid, mon corps s'était réchauffé sous mon sweat-shirt et de la sueur commençait à ruisseler sur mon visage. De retour à la salle de sport, je restai sur le trottoir le temps de reprendre mon souffle avant de monter à l'étage. Mon appartement se trouve juste au-dessus de la salle et il m'arrive parfois, tard dans la nuit, d'entendre le bruit sourd des haltères et l'entrechoquement des plaques métalliques lorsqu'un couche-tard s'entraîne en bas.

Je pris une douche et changeai de vêtements avant de me poster devant mon frigo béant pour voir ce que j'allais me préparer à dîner. Le téléphone sonna alors que j'étais en train de me dire que j'allais devoir faire un tour à l'épicerie, vu les options limitées qui s'offraient à moi. Je décrochai en pensant que c'était Joe et en espérant que ce n'était pas Angela qui m'appelait une fois de plus pour contester ma décision de mettre un terme à notre brève relation.

– Allô ?

– Lincoln, j'ai besoin de toi.

C'était Amy et elle n'avait pas l'air contente.

– Qu'est-ce qui ne va pas ? lui demandai-je.

Silence.

– Amy ? Qu'est-ce qui se passe ?

– Viens. Je t'explique dès que tu arrives.

Elle raccrocha et je poussai un long soupir en lâchant la porte du réfrigérateur qui se referma toute seule. Tant pis pour le dîner. Je saisis mes clés et quittai l'appartement.

Quelque temps auparavant, j'avais échangé ma Jeep contre un pick-up Chevy Silverado de quatre ans. J'aime les grosses voitures et avec quatre roues motrices je pouvais affronter les pires hivers de Cleveland, mais Amy et Joe n'arrêtaient pas de se moquer de ce nouvel achat. Il faut reconnaître que quand je voulais rouler vite, comme c'était le cas en ce moment, les gens avaient tendance à me céder le passage.

En me garant dans le parking devant chez Amy, je remarquai immédiatement sa voiture. Son Acura était garée à sa place habituelle, mais le côté normal de la situation s'arrêtait là. Les côtés et l'arrière du véhicule étaient tout cabossés, les quatre vitres cassées et le pare-brise tout craquelé.

Je coupai le contact et bondis hors de mon pick-up, stupéfait par le spectacle qui s'offrait à moi. J'étais en train de passer les mains sur les bosselures de la carrosserie lorsque Amy sortit de son appartement.

– C'est joli, non ? dit-elle.

Elle était en jean et sweat-shirt, les bras serrés autour de la taille, pas à cause du froid me sembla-t-il, mais plutôt dans un geste de réconfort. Elle avait les yeux secs et paraissait calme, mais je percevais une tension et une angoisse que je n'avais jamais vues chez elle. Depuis que je la connaissais, elle avait toujours affiché une attitude de grande confiance, voire de bravade. Je fus surpris de la voir si ébranlée.

– Qu'est-ce qui s'est passé ? demandai-je.

– Je me suis laissée un peu emporter par mon désir de vous aider, dit-elle avec un sourire.

– Pardon ?

– Quand tu m'as donné ces noms cet après-midi, j'ai vérifié dans les archives, mais je n'ai pas trouvé grand-chose. Il y avait un article sur le vol dans lequel ils étaient impliqués, mais c'était à peu près tout. Et comme je ne voulais pas revenir bredouille, j'ai décidé de mener ma petite enquête. J'ai trouvé l'adresse de deux des hommes et me suis rendue sur place pour parler aux voisins, dit-elle avec un sourire forcé. Apparemment, ce n'était pas la décision la plus sage.

Je braquai les yeux sur elle.

– C'est eux qui t'ont fait ça ? Les mecs de la liste que je t'ai donnée ?

Elle acquiesça d'un hochement de tête.

– Oui. Les voisins ne m'ont pas été d'un grand secours et ils semblaient nerveux. Je suis partie sans avoir rien appris de plus et je suis passée au bureau pour travailler encore une heure avant de rentrer chez moi. Quand je suis arrivée dans le parking, quatre hommes m'attendaient. Trois d'entre eux avaient des battes de base-ball et ils ont commencé à taper sur ma voiture et à casser les vitres. Je hurlais en essayant de saisir mon portable pour appeler la police, mais le quatrième, un grand blond baraqué, s'est penché vers ma portière en souriant. (Elle serra les dents et fronça les sourcils, en colère.) Dans le parking, les gens hurlaient, quelqu'un criait qu'il fallait appeler la police et, lui, il souriait. Complètement insouciant. Il m'a tendu ma carte de visite à travers la vitre cassée et m'a dit : « Je crois que vous feriez bien de nous oublier, madame. » Puis il est parti. Ils sont remontés dans leur super 4 × 4 et ils ont quitté le parking.

Je regardai à nouveau sa voiture, les quelques milliers de dollars de dégâts causés avec tant de désinvolture, et j'inspirai profondément plusieurs fois de suite pour contenir la colère qui montait en moi.

– Comment peux-tu être sûre qu'il s'agissait des types de la liste ? C'était peut-être des individus impliqués dans le procès que tu es en train de couvrir ou dans une autre affaire.

Elle hocha vigoureusement la tête de gauche à droite.

– Non, Lincoln, ça ne pouvait être qu'eux. J'ai fait circuler ma carte dans tout le voisinage et c'est probablement comme ça que ce connard l'a eue. Et, en plus, il avait un accent étranger. Son anglais était impeccable, mais il parlait d'une manière hachée, en faisant attention à chaque mot. C'était manifestement une deuxième langue pour lui et je suis prête à parier qu'il était russe.

– La police est venue ?

– Oui. Ils ont fait un rapport pour acte de vandalisme. Ça devrait faciliter les choses avec la compagnie d'assurances, mais je leur ai dit que je n'avais pas la moindre idée de qui étaient ces types. Je ne pense pas qu'ils m'aient cru, mais je m'en fiche. J'ai pensé qu'il valait mieux t'en parler d'abord, dit-elle en inclinant la tête. Qui sont ces types, Lincoln ?

– Je n'en sais rien, dis-je. (Je me posais moi-même la question.) Des criminels auxquels Wayne Weston semblait s'intéresser peu de temps avant sa mort. C'est tout ce que je sais pour le moment. Je suis vraiment désolé, ajoutai-je en tapotant le flanc de sa voiture.

Elle fit un geste rapide de la main.

– Ne t'inquiète pas, Lincoln, ce n'était pas ta faute. Tout ce que tu voulais, c'est que je cherche leurs noms dans les archives. J'ai été idiote d'aller poser des questions sans savoir à quoi je m'exposais, mais c'est mon boulot et ç'a été ma première réaction.

– Tu devrais pouvoir porter plainte, s'il s'agissait bien des Russes en question, dis-je. Mais il vaudrait mieux que tu me laisses m'en occuper d'abord.

– Il n'est pas question que je porte plainte. J'ai juste posé quelques questions et tu as vu comment ils ont réagi, dit-elle en montrant la voiture. Je crois qu'il vaut mieux ne pas les provoquer.

Je détournai le regard. L'intimidation est une arme puissante et très moche. Mais c'est une arme efficace. Ils avaient réussi à intimider Amy alors qu'elle ne m'avait jamais paru être le genre de personne susceptible de se laisser impressionner par de telles méthodes.

Apparemment, elle était en train de penser la même chose.

– Les crapules, ça me connaît, dit-elle doucement. J'ai l'habitude de traiter avec des escrocs, des assassins, des voleurs et des violeurs. J'écris des articles sur eux, j'expose leurs affaires privées dans la presse et ils ne voient pas ça d'un très bon œil. Pourtant, ça ne m'a jamais vraiment inquiétée. Mais, avec ces types, ce n'était pas pareil. Ils étaient complètement indifférents… tu comprends ? Celui qui m'a parlé était… je ne sais pas… vide en dedans. Comme s'il avait pu me violer, me tuer ou m'offrir des roses et que ça n'ait fait aucune différence pour lui. (Elle inspira profondément.) Qui sont ces types, Lincoln ? demanda-t-elle à nouveau.

L'arrivée d'un coupé blanc Lexus m'empêcha de répondre et d'avouer mon ignorance. Le véhicule s'immobilisa à côté de mon pick-up dans un crissement de pneus. Amy et moi nous retournâmes et elle porta aussitôt ses mains à sa tête.

– Jacob, dit-elle. J'avais complètement oublié qu'il devait venir.

Jacob Terry descendit de sa Lexus et nous adressa un grand sourire. Grand et bel homme, il avait une dentition parfaite et des sourcils, des ongles et une coupe de cheveux tout droit sortis de l'institut de beauté, alors que les miens affichaient plutôt « coiffeur pour hommes ». C'était soi-disant le présentateur le plus en vogue de la ville, mais je me souviens d'une époque où c'étaient Pee Wee Herman et Geraldo Rivera qui avaient du succès à la télé, alors ça ne veut pas dire grand-chose.

– Salut, chérie ! lança-t-il à Amy. Et vous êtes Lincoln Perry, c'est bien ça ?

– Oui.

Il me décocha un sourire radieux et me tendit la main, apparemment enchanté de me trouver là.

– Ravi de vous revoir, monsieur Perry.

– De même, monsieur Terry, dis-je en me rendant compte pour mon plus grand déplaisir que nos deux noms rimaient.

Peut-être pourrait-on s'associer lorsque Joe prendrait sa retraite. Agence Perry et Terry. Berk !

Terry continuait de sourire et ne semblait pas avoir remarqué l'état épouvantable de la voiture d'Amy.

– Qu'est-ce qui vous amène ? s'enquit-il.

– La bagnole défoncée à un mètre devant vous, répondis-je en lui lâchant la main. Bon Dieu, Jake, pour un journaliste professionnel, vous n'êtes pas vraiment le mec le plus observateur du monde !

Amy eut du mal à réprimer un sourire et Jake à conserver le sien.

– Il faut croire, dit-il en jetant un coup d'œil par-dessus mon épaule pour découvrir la voiture d'Amy. Qu'est-ce qui s'est passé, nom de Dieu ? Tu as eu un accident ?

Je tournai la tête vers la voiture. Vu son état, je me demandai comment on pouvait croire un seul instant qu'il puisse s'agir d'un accident. Peut-être pensait-il qu'elle avait embouti l'arrière d'un semi-remorque et qu'une cargaison de battes de base-ball Louisville Sluggers avait dégringolé sur sa bagnole.

– Non, ce n'est pas un accident, dit-elle. Ma voiture a été vandalisée.

– Quoi ? ! Mais c'est horrible ! Tu sais qui t'a fait ça ?

Elle me jeta un coup d'œil avant de faire non de la tête.

– Probablement des mômes qui avaient bu ou qui s'étaient défoncés et voulaient s'amuser un peu.

– Je suis désolé, ma chérie, dit-il en s'approchant pour l'embrasser et lui frotter le dos.

Je détournai le regard vers la voiture d'Amy.

– C'est bon, dit-elle. Je vais bien.

– Tu es toujours d'accord pour aller dîner ? s'enquit-il.

– Bien sûr, dit-elle. Lincoln, tu veux te joindre à nous ?

Je les regardai tous les deux en passant rapidement en revue toutes les réponses qui me venaient à l'esprit et en essayant de choisir la moins caustique. Il me fallut un moment avant d'y arriver, mais je finis par dire :

– Non, merci.

– D'accord. En tout cas, merci d'être venu. Et tiens-moi au courant pour la suite.

– Pas de problème. (J'adressai un bref signe de tête à Jake.) Ravi de vous avoir revu, Jake.

– Jacob, reprit Amy. Il déteste qu'on l'appelle Jake.

Terry sembla rougir un peu, mais ne releva pas la remarque. Je m'inclinai en signe d'excuse.

– Désolé, Jacob. Ça ne se reproduira pas.

Je grimpai dans mon pick-up pour reprendre la route. En jetant un coup d'œil dans le rétroviseur, je constatai que Terry tenait toujours Amy dans ses bras. De toute façon, ça ne me gênait pas. C'est vrai, quoi. Pourquoi ça m'aurait gêné ? Il n'y avait aucune raison. Je montai le volume de la musique.

De retour chez moi, j'appelai Joe pour le mettre au courant.

– Comment va Amy ? demanda-t-il lorsque j'eus terminé.

– Je crois que ça va. Elle était un peu secouée, mais elle est solide. Et Jacob Terry est avec elle pour la réconforter.

– Pas besoin de dire ça avec tant d'amertume !

– Quelle amertume ?

– Laisse tomber. De mon côté, j'ai quelques bonnes nouvelles. Je me suis renseigné sur les agences immobilières, les entreprises de bâtiment et le cabinet d'avocats. Ces derniers ont refusé de me parler en me disant que quelqu'un pourrait me rappeler vendredi si je le souhaitais. Très aimable à eux. Quant aux responsables des deux agences immobilières et des entreprises de bâtiment, ils ont eu l'air de ne rien comprendre à mes questions. D'après eux, on m'avait mal renseigné et quand j'ai insisté en leur affirmant le contraire, ils m'ont avoué ne pas comprendre de quoi je parlais et ont soutenu qu'à leur connaissance, personne n'avait embauché de privé dans leur société.

– Ils mentent.

– Je ne crois pas, dit-il. C'est ce que j'ai cru au début. Mais comme ils me débitaient tous la même chanson, j'ai réfléchi un moment et j'ai décidé de creuser la question. Si aucun des responsables n'a signé de chèque à Weston, qui d'autre aurait pu le faire ?

– Si ce n'était ni le président, ni un des dirigeants de la boîte, peut-être un des comptables.

– Ou bien ?

– Ou bien ? (Je réfléchis un instant.) Qui d'autre, Joe ? Les dirigeants de la boîte, le comptable ou le proprio. Ce sont les seuls autorisés à émettre des chèques sur la société.

– Eh bien voilà, dit-il. Le proprio. Il se trouve que c'est le même pour les deux agences immobilières et les sociétés de bâtiment. Et tu ne devineras jamais qui c'est.

– Non, avouai-je. Je ne sais pas. Alors, tu me le dis ?

– Jeremiah Hubbard.

– Tu rigoles !

– Non.

Jeremiah Hubbard était l'un des hommes les plus riches de la ville. Un multimillionnaire qui avait fait fortune dans l'immobilier – l'équivalent de Donald Trump à Cleveland. Comme on pouvait s'y attendre, c'était aussi un des citoyens les plus influents de la ville, un homme qui avait une emprise considérable sur le conseil municipal.

– Tu crois que Weston travaillait pour Hubbard ?

– C'est ce qui semble le plus logique pour l'instant. Et en poussant un peu mes recherches, j'ai appris que le cabinet d'avocats qui avait payé Weston représentait aussi Hubbard.

– Mais pourquoi passer par l'intermédiaire de ses sociétés pour payer Weston ? Pourquoi ne pas lui avoir signé un chèque personnel directement ?

– Peut-être souhaitait-il que ça reste discret.

Je réfléchis un moment en écoutant la respiration régulière de Joe et le bruit lointain d'une télévision.

– Un détective privé mort, une famille portée disparue, des gangsters russes et un des hommes les plus riches de la ville, ajoutai-je au bout de quelques minutes. Un sacré mélange, non ?

Joe soupira.

– J'ai comme l'impression que cette affaire ne tourne plus seulement autour des jeux d'argent, pas toi ?

– J'ai la même impression, en effet.

5

Même si des brutes armées de battes de base-ball pouvaient impressionner Amy, il en fallait plus que ça pour la déstabiliser. Lorsque j'arrivai au bureau le lendemain matin, la corbeille du télécopieur débordait d'articles sur les Russes, accompagnés d'un petit mot qui disait : « Dès que tu les trouves, botte-leur le cul de ma part. »

Je les lus attentivement, puis les reposai, déçu. La plupart des chefs d'accusation étaient mineurs et les journalistes en avaient à peine parlé. Le plus sérieux était un vol à main armée, mais l'affaire avait été classée avant même d'être jugée.

Je pensais me rendre au bureau des services du comté pour en savoir plus sur cette affaire lorsque Joe fit irruption dans le bureau. D'un mouvement d'épaules il se débarrassa de son blouson et je remarquai le .357 dans son holster. Je le regardai en haussant les sourcils.

– T'es parano ou tu te prends pour l'héritier de Charlton Heston ?

– Tu peux me croire parano si tu veux, dit-il, mais je n'aime pas le tour que prend cette affaire. Et si jamais on tombe sur ces connards de Russes, j'aimerais bien leur dire que je n'ai pas du tout apprécié la façon dont ils ont traité une de nos collègues.

– Je savais que tu aimais beaucoup Amy, dis-je en souriant.

– C'est ça, ouais.

Il s'installa au bureau à côté de moi et d'un signe de tête désigna le tas de télécopies.

– C'est quoi, tout ça ?

Je les lui donnai et attendis qu'il les lise. Je me demandais pourquoi il portait une arme. Pour avoir passé du temps à ses côtés dans la rue, je savais qu'il possédait une étonnante intuition du danger. S'il jugeait bon de porter une arme, j'avais sans doute intérêt à faire pareil. Ou à prendre des vacances.

– Pas grand-chose d'utile dans tout ça, dit Joe en me rendant les articles. Je continue d'enquêter sur Hubbard. Hier soir, j'ai appelé Aaron Kinkaid. Tu sais, le mec qui habite Sandusky. Weston et lui ont été associés pendant quelques années.

– Je vois.

– Il m'a dit que Weston bossait sur une affaire qui concernait Hubbard, mais pas pour lui directement.

– Répète-moi ça ?

Joe haussa les épaules.

– Je voulais en savoir plus, mais il était sur le point de partir et m'a dit qu'il ne pouvait pas me parler. Mais il a accepté de me rencontrer cet après-midi.

– À Sandusky ?

– Oui.

– Ce n'est pas la porte à côté.

– Ça peut valoir le coup.

– Au point où on en est, il ne faut rien négliger.

Il hocha la tête.

– Tu m'accompagnes et, à nous deux, on épingle le pauvre mec ?

Je haussai les épaules.

– Si tu veux, mais il serait peut-être plus efficace de continuer à enquêter séparément, au moins au début.

– C'est pour ça que je voulais un associé, dit-il. Pour gagner du temps, être plus efficace et ne pas perdre une semaine sur chaque fausse piste.

– Et, comme ça, je pourrai traquer les Russes à travers la ville pendant que toi tu vas à Sandusky interroger un type devant un *cappuccino*.

– Je ne bois pas de *cappuccino*.

– Alors dans ce cas, c'est différent, en effet.

Joe partit pour Sandusky et je pris la direction du centre-ville, armé d'un bloc-notes et d'un crayon. Arrivé au bureau des services du comté, je m'installai à l'ordinateur pour rechercher le numéro d'audience correspondant à l'inculpation de vol qui m'intéressait et demandai le dossier. Je le feuilletai rapidement et n'eus aucun mal à trouver ce que je cherchais. C'était un substitut du procureur du nom de James Sellers qui s'était occupé de l'affaire. Je notai son nom sur mon bloc-notes et regagnai le bureau.

James Sellers était toujours en fonction. On me passa sans difficulté son numéro de poste et je lui expliquai qui j'étais.

– S'agit-il d'une affaire en cours ? s'enquit-il. Je n'ai pas le droit de vous parler des affaires sur lesquelles je travaille. Les règles déontologiques de ma profession me l'interdisent.

Les règles déontologiques de sa profession ? L'éthique des hommes de loi ? La notion était intéressante.

– Il ne s'agit pas d'une affaire en cours, répondis-je.

Je lui expliquai brièvement de quoi il s'agissait en espérant ne pas me faire rabrouer avant d'avoir terminé. Manifestement, ce n'était pas la peine de s'inquiéter.

– Mais bien sûr que je vais vous parler de ces salopards, dit-il. Je peux vous en raconter sur eux ! À quoi s'occupent-ils ces temps-ci ?

Il valait probablement mieux ne pas mentionner le nom de Weston. Partout les nouvelles s'ébruitent vite et le bureau du procureur ne faisait pas exception à la règle. Je lui expliquai que j'enquêtais sur une affaire dans laquelle les Russes se trouvaient mêlés, sans donner plus de précisions.

– Ça faisait à peine six mois que je bossais ici quand on m'a refilé cette affaire, dit-il. On n'avait aucun élément solide, juste un témoin oculaire. Et c'était bien beau jusqu'à ce qu'on se retrouve au tribunal sans la moindre preuve solide et avec un avocat de la défense qui vous sort que votre témoin est un ancien héroïnomane. En plus, ces mecs-là étaient représentés par Adam Benson, un des avocats les plus chers de la ville. Moi, je n'étais qu'un bleu et j'ai demandé à deux ou trois anciens du bureau ce qu'ils pensaient de mes chances.

– Et… ?

– Ils m'ont ri au nez. Ils m'ont dit que je n'avais pas la moindre chance de gagner contre Benson avec les preuves que j'avais. (Il se racla la gorge avant de continuer.) Avez-vous déjà entendu parler de Dainius Belov ?

– Comment vous dites ?

Il répéta le nom et je lui dis que non.

– Non, je ne crois pas.

– Vous auriez pu le connaître, vu que vous étiez flic. Apparemment, c'est un gros bonnet de la Mafia russe. En tout cas, c'est ce qu'on m'a dit.

– Et ces mecs-là ont quelque chose à voir avec lui ?

– Un des substituts les plus anciens du bureau – une certaine Winters, si ça vous intéresse – m'a dit que, d'après le FBI, c'étaient tous les trois des hommes de main de Belov. Et, pour couronner le tout, devinez qui est l'avocat préféré de Belov ?

– Adam Benson.

– Il ne s'agit que de présomptions tout à fait insuffisantes devant un juge, mais je trouve tout ça plutôt convaincant.

Je savais très peu de choses sur la Mafia russe, mais la Mafia italienne, elle, bien que toujours célébrée dans des films et des spectacles comme *The Sopranos*, en avait pris un sacré coup dans l'aile – et pas seulement à New York, non, dans le pays tout entier. Les familles de Cleveland, relativement puissantes à l'époque de la Pizza Connexion dans les années soixante-dix et quatre-vingt, avaient pratiquement disparu. Depuis la chute de l'Union soviétique, la Mafia russe était devenue une puissance bien plus influente dans le milieu du crime organisé américain. Je savais que le bureau local du FBI disposait d'une équipe spécialisée dans la lutte contre le crime organisé et qu'il collaborait avec certains enquêteurs de police de Cleveland, mais je n'en avais jamais fait partie. Si j'avais déjà entendu le nom de Dainius Belov, je l'avais oublié depuis.

– Avez-vous des informations sur ces hommes ? demandai-je. La date de leur arrivée ici, le nom de ceux avec qui ils travaillent, des trucs comme ça ?

– Non, pas vraiment. Cette affaire remonte à un bout de temps et, comme je vous l'ai dit, nous avons très rapidement abandonné les poursuites.

J'hésitai un instant, me demandant ce que je pourrais apprendre d'autre. Je voulais savoir s'il pouvait y avoir un lien entre Jeremiah Hubbard et Belov, mais je ne voulais pas être à l'origine d'une rumeur qui aurait eu vite fait de se répandre à travers les bureaux de l'administration municipale. Si les Russes ne m'avaient pas liquidé avant, Hubbard m'asphyxierait sous un tas de billets de cent dollars. Je remerciai Sellers et raccrochai.

Joe et moi avions travaillé sur une affaire de détournement de fonds dans une société d'assurances peu de temps avant de signer avec John Weston et je passai l'après-midi à compléter le rapport d'enquête avant de l'envoyer, accompagné d'une facture. Il valait mieux déblayer le terrain pour mieux se consacrer à l'affaire

Weston. Joe rentra tard dans la soirée et passa chez moi pour discuter. Apparemment, le voyage jusqu'à Sandusky n'avait pas été une totale perte de temps.

– En fait, Kinkaid n'a pas quitté Weston par choix personnel, dit Joe en jetant un regard autour de lui et en fronçant les sourcils comme si le décor ne le satisfaisait pas.

Je savais que ce n'était pas de ça qu'il s'agissait. J'avais déplacé certaines choses et il s'en était rendu compte sans pouvoir dire exactement ce que c'était. Il est comme ça, Joe – extrêmement observateur et incroyablement agacé par les changements imprévus et par tout ce qui contredit ses souvenirs. Dès qu'il sent que quelque chose n'est pas à sa place, il est incapable de se concentrer tant qu'il n'a pas identifié l'origine de son agacement.

– Weston l'a viré ? demandai-je en essayant de capter son attention.

– Je ne sais pas si « virer » est le terme exact lorsqu'un associé demande à l'autre de partir, mais disons que Weston l'a laissé tomber. Au bout de trois ans de collaboration, il a décidé qu'il préférait bosser seul. Kinkaid était furieux parce qu'ils avaient pas mal de clients et qu'ils gagnaient bien leur vie, mais Weston lui a racheté ses parts et l'a laissé prendre tous les clients qu'il voulait. Kinkaid n'est plus enquêteur. Il s'est spécialisé dans la sécurité et dirige une société de surveillance à Sandusky. Mais il en veut encore à Weston pour ce qu'il a fait.

– Il ne semble pas avoir opposé beaucoup de résistance.

– Tu tiendrais vraiment à continuer à bosser avec un associé qui ne veut plus de toi ? dit-il sans lâcher du regard un lampadaire en laiton avec une tablette ronde en verre, posé près du canapé.

– Tu as raison.

– Et donc j'ai commencé par lui poser des questions sur Weston, tu sais… les trucs de routine sur leur relation et le nombre d'années qu'ils avaient bossé ensemble… (Il s'interrompit au milieu de sa phrase en désignant le lampadaire.) Tu as bougé ce truc, non ?

Depuis sa dernière visite, j'avais dû déplacer ce lampadaire de quelque cinquante centimètres pour éviter le reflet sur l'écran de la télévision.

– Oui, je l'ai déplacé, il doit y avoir un an, dis-je en mentant effrontément. Tu vieillis, Joe. Ta mémoire commence à te lâcher.

Au regard qu'il me lança, je compris qu'il n'en croyait pas un mot.

– Et donc, continua-t-il, je suis resté sur les trucs de routine un moment avant de lui parler des jeux d'argent et des Russes.

– Il sait quelque chose ?

– Il n'a jamais entendu parler des Russes et dit que si les flics croient à cette histoire de jeu, ils ont vraiment le nez dans le trou du cul. D'après lui, Weston n'avait rien d'un joueur sérieux. Il aimait bien aller à Windsor pour les spectacles et l'ambiance du casino, mais il ne jouait jamais beaucoup. Il lui arrivait de faire des paris parce qu'il adorait le sport, il disait toujours qu'il aurait dû être présentateur ou journaliste sportif… du genre expert du fauteuil si tu vois ce que je veux dire. Kinkaid a reconnu qu'il avait un certain flair pour les gagnants, mais qu'il n'avait jamais parié de grosses sommes d'argent.

– Peut-être qu'il s'est laissé emporter par sa passion ces dernières années.

Joe fit non de la tête.

– J'ai posé la même question à Kinkaid et il a tout de suite répondu que c'était impossible. D'après lui, Weston avait un tempérament de comptable et faisait très attention à ses dépenses. Le mec consultait son compte en banque tous les jours et vérifiait la comptabilité de la boîte toutes les semaines. Et, apparemment, quand il jouait, il faisait super-attention à son pognon. Il réservait une somme d'argent à ce qu'il appelait ses petites folies – les paris, les vacances, ce genre de choses.

– Je vois.

Je posai les pieds sur ma vieille table basse et contemplai mes tennis tout éraflés. Il était temps d'en racheter une paire, mais ça voulait dire aller dans un magasin où un gamin fringué comme un arbitre allait essayer de me convaincre d'acheter le dernier modèle branché. Je pourrais peut-être les faire durer encore quelques mois.

– Un joueur raisonnable il y a six ans ne l'est pas forcément resté. Tous ceux qui jouent de façon régulière prennent le risque de devenir des joueurs compulsifs.

– Tu as sans doute raison.

– Kinkaid t'a-t-il dit autre chose ?

Joe hocha la tête en souriant.

– Je lui ai posé des questions sur Jeremiah Hubbard. Apparemment, Weston bossait sur une affaire le concernant juste avant d'annoncer à Kinkaid qu'il voulait faire cavalier seul.

– Peut-être Hubbard voulait-il faire de lui son laquais personnel, sans avoir à payer Kinkaid en plus, suggérai-je en repensant aux nombreux chèques envoyés par Hubbard à Weston.

– Ça paraît bizarre vu que Hubbard n'était pas un client. C'était plutôt une cible.

– Une cible ?

– Parfaitement. La première connexion de Wayne Weston avec le père Hubbard, c'était de bosser pour la mère Hubbard.

– Parle clairement, Ésope.

– Ésope n'a pas écrit les contes de la mère Hubbard, il a écrit des fables.

Je poussai un long soupir.

– Garde ça pour *Jeopardy*[1], Joe. Dis-moi juste ce qui s'est passé.

– Weston et Kinkaid bossaient pour Mme Rita Hubbard, l'épouse bien-aimée de Jeremiah. Celle-ci le soupçonnait d'avoir une liaison et voulait en avoir la preuve. Weston et Kinkaid n'étaient pas particulièrement friands de ce genre d'affaires, mais vu les sommes d'argent en jeu, il leur était difficile de refuser. Alors ils ont accepté et c'est Weston qui a fait le plus gros du boulot. Il semblerait qu'ils se soient bien débrouillés. Kinkaid m'a dit qu'ils avaient enregistré les déclarations de plusieurs employés d'hôtel qui avaient vu Hubbard avec sa maîtresse ; ils avaient des photos, une vidéo et même des cassettes audio… ce qui ne devait pas être mal. Un boulot de pro mené de main de maître et généreusement rétribué par Mme Hubbard.

– Ex-Mme Hubbard, j'imagine ?

– Non, dit-il en hochant la tête. Elle semblait prête à le menacer de divorce, mais les choses en sont restées là. D'ailleurs, ça ne me surprend pas vraiment. Jeremiah devait être prêt à accepter n'importe quoi pour ne pas perdre la moitié de sa fortune dans un jugement de divorce, et sa femme n'était probablement pas très enthousiaste à l'idée de renoncer à son standing. Tu sais comment sont ces couples pleins de pognon ; ils détestent l'idée d'un scandale public. Mieux vaut vivre dans la douleur que dans le déshonneur.

– Tu crois que Weston continuait à bosser pour elle ?

– J'en doute. Mais écoute ça : Hubbard aurait appelé Weston environ un mois après la fin de l'enquête. Jeremiah Hubbard, pas sa femme.

– Furieux, probablement.

1. Jeu télévisé où l'on doit trouver les questions correspondant aux réponses proposées. *[NdT]*

– Et pas sans raison. Weston l'a rencontré et tout ce qu'il a dit à Kinkaid, c'est qu'Hubbard l'avait menacé de lui faire fermer boutique s'il s'avisait de se mêler de sa vie privée encore une fois. Il faut croire que l'épouse avait donné le nom de Weston à son mari ou bien qu'il l'avait trouvé tout seul.

– C'est n'importe quoi !

– Tu crois ?

– Évidemment. D'abord Hubbard menace Weston de lui faire fermer boutique et, après, il lui demande de bosser pour lui ? Impossible. Ou bien la femme d'Hubbard a continué de payer Weston, ou bien Weston a menti à Kinkaid quand il lui a raconté son entrevue avec Hubbard.

– Mais pourquoi mentir à son associé ?

Je haussai les épaules.

– Il ne voulait plus de son associé, alors pourquoi pas ? Il a dû négocier une affaire bien juteuse avec Hubbard et voulait en profiter tout seul.

Joe se massa doucement les tempes avec le pouce et l'index.

– Et donc, Hubbard est tellement impressionné par le boulot de Weston qu'il lui demande de bosser pour lui alors que le mec vient de bousiller son mariage et probablement de lui faire perdre sa maîtresse.

– Pourquoi pas ? Ce n'est pas en étant petit et mesquin qu'Hubbard a gagné des millions ; c'est parce qu'il est extrêmement futé et sans pitié. S'il avait besoin d'un détective privé, il a très bien pu demander à Weston de travailler pour lui après avoir vu de quoi il était capable. Peut-être voulait-il l'empêcher de bosser pour sa femme et préserver sa vie privée.

– C'est possible, mais je suis pratiquement sûr que Weston n'a plus bossé pour sa femme. Tu crois qu'elle s'adresserait aux avocats de son mari pour signer les chèques destinés à Weston ? Ça ne tient pas la route.

Je quittai le canapé et allai à la cuisine pour faire du café. Je versai un mélange du Guatemala dans la cafetière et revins dans le séjour avec un verre d'eau pour Joe.

– C'était quand la dernière fois que tu as épousseté ce taudis ? demanda-t-il en faisant glisser un doigt sur le dessus de la table basse.

Il leva le doigt et me montra la saleté qui s'y était accumulée.

– Enlève ton tablier et accroche-le à la porte quand tu rentres chez moi, dis-je.

– T'as appris des trucs sur les Russes ?

Le café étant en train de passer, on entendait le cliquetis du percolateur dans la cuisine d'où s'échappait un délicieux arôme.

– Dainius Belov, dis-je. Ce nom te dit-il quelque chose ?

– Bien sûr.

Je fronçai les sourcils.

– Je serais le seul à n'avoir jamais entendu ce nom ?

– Tu ne connais pas Dainius ? Tu plaisantes ! Comment as-tu pu faire équipe avec moi pendant deux ans et être resté aussi stupide ?

– C'est qui, ce type ?

– Ce qui se rapproche le plus d'un chef de la Mafia dans cette ville. Bien sûr, je ne parle pas de la Mafia italienne, mais de son équivalent russe. Il est ici depuis quinze ans, peut-être plus. Tu n'as quand même pas oublié Chester Avenue ?

– Si.

Il laissa échapper un grognement et leva les yeux au plafond comme s'il priait le ciel de l'aider à supporter un crétin de mon espèce.

– LP, tu me fais honte. Chester Avenue, c'était notre plus gros coup de filet chez les trafiquants de voiture depuis dix ans.

– Je bossais aux Stups, pas sur les vols de bagnoles.

– Moi aussi, mais je me tenais un minimum au courant. On a découvert une vingtaine de véhicules volés dans un vieil entrepôt de la banlieue est, pas loin de Chester Avenue. On a bouclé deux des hommes de Dainius, mais lui est resté intouchable, personne ne voulait témoigner contre lui. C'était quand même un joli coup qui a fait la une des journaux et la police a marqué des points.

Je me souvenais vaguement que quelques voitures volées avaient été retrouvées, mais je n'avais pas du tout associé l'incident à Belov. Ça s'était passé pendant mes premières années de service, à l'époque où je faisais les nuits et ne connaissais que très peu d'inspecteurs.

– Il fait toujours dans le vol de bagnoles ?

– D'après ce que je sais, oui, mais il ne se limite certainement pas à ça. Il a une équipe de choc et de gros moyens financiers, ça, c'est sûr.

Il prit une gorgée d'eau et fixa le fond du verre comme s'il n'aimait pas ce qu'il y voyait.

– Es-tu en train de me dire que Dainius est de mèche avec les connards qui ont bousillé la bagnole d'Ambrose ?

– C'est ce qu'on m'a dit.

Je lui rapportai ma conversation avec Sellers avant de retourner à la cuisine pour me verser un café. Lorsque je revins vers lui, il avait l'air sinistre.

– Je n'aime pas du tout ça, dit-il. Jeremiah Hubbard et Dainius Belov ? Ces deux-là ne me disent rien qui vaille.

– Tu crois qu'il y a un rapport entre les deux ?

Il hocha la tête.

– Oui. Pour moi, les deux sont liés.

– Par quoi ?

– Par le cadavre de Wayne Weston, dit-il en levant les yeux vers moi.

Je hochai la tête à mon tour.

– Tu crois que les Russes pourraient avoir la femme et la fille ?

– Peut-être, même si je ne vois pas pourquoi ils les garderaient vivantes. Évidemment, pour le moment, je ne vois aucune raison à tout ça, parce qu'on est vraiment dans le noir total. Si je me souviens bien – comme c'est toujours le cas – plusieurs des hommes de Belov sont des anciens de la *Spetznatz*. Tu sais bien… l'équivalent soviétique de nos forces spéciales et de nos unités d'opérations clandestines.

– Des mecs plutôt dangereux, quoi.

– Oui, dit Joe avec un large sourire. Mais, au moins, on sait à qui on a affaire. Eux, non.

6

La demeure de Wayne Weston, à Brecksville, affichait un air d'élégance modeste. La grande bâtisse en briques était impressionnante et avait manifestement coûté cher, mais n'avait rien d'ostentatoire. Au-delà d'une rangée de sapinettes, une allée goudronnée y conduisait. On distinguait encore des restes de neige au pied des arbres, là où le soleil n'arrivait pas. Un garage pour deux voitures était construit légèrement en retrait de l'habitation principale. Il se dégageait du lieu une impression de paix et de sécurité. La police avait fouillé le moindre recoin de la propriété, mais Joe et moi avions décidé d'aller y jeter un coup d'œil pour essayer de mieux comprendre qui était Wayne Weston et voir le genre d'endroit où il vivait avec sa famille. C'est à l'heure où le soleil se lève, où les gens normaux quittent leur maison pour se rendre au bureau que nous arrivâmes chez un mort pour nous imprégner de l'atmosphère des lieux. Sacrée façon de commencer la journée !

Je m'arrêtai à côté de la Buick de John Weston, garée devant le garage. Derrière la maison, sur une terrasse équipée d'un barbecue à gaz et d'une table d'extérieur, il nous attendait, assis à la table et les yeux rivés sur ce qui restait d'un bonhomme de neige.

– C'est ma petite-fille qui l'a fait, dit-il d'une voix chargée d'émotion tandis que nous le rejoignions sur la terrasse. La veille du jour où elle… où elle a disparu.

Le bonhomme de neige avait commencé à fondre et faisait à peine cinquante centimètres de haut. La carotte qui lui tenait lieu de nez s'était décrochée et avait roulé dans l'herbe. Un bonnet de ski rose était perché sur sa tête et les deux petits cailloux qui marquaient l'emplacement des yeux étaient toujours là, fixant John Weston d'un air railleur qui semblait dire « Moi, je suis encore là, mais pas elle ».

Weston finit par détourner le regard et nous tendre une clé.

– C'est pour la porte d'entrée. Allez-y, prenez tout votre temps. Regardez où vous voulez, ça m'est égal. Moi, je ne peux plus entrer là-dedans.

Là-dedans. Comme un enfant qui aurait peur de descendre à la cave, terrifié à l'idée de ce qu'il pourrait y trouver. John Weston, lui, redoutait ce qu'il ne trouverait pas dans la maison.

Joe prit la clé et nous quittâmes la terrasse. Nous contournâmes la maison et arrivâmes à la porte d'entrée. Elle donnait sur un espace au plancher de bois. Sur la gauche s'ouvrait un long couloir et sur la droite une petite pièce meublée d'un canapé, d'un rocking-chair en bois et d'une vieille machine à coudre. Il y avait quelques tableaux aux murs et une petite table avec quelques exemplaires du *Time*, mais ça ressemblait plus à un lieu de passage qu'à une pièce à vivre. Nous prîmes à droite.

La cuisine se trouvait juste après. Nous jetâmes un coup d'œil dans les placards et les tiroirs. Le réfrigérateur était plein et il y avait deux steaks et une boîte de glaces en bâtonnet dans le congélateur. Tout était impeccable et parfaitement en ordre ; on avait l'impression que les gens de la maison n'allaient pas tarder à rentrer.

Nous passâmes ensuite dans la salle à manger, où trônait une table en chêne pouvant accueillir une vingtaine de personnes. Cette pièce ouvrait sur une salle de séjour en contrebas, équipée d'un ensemble télé-vidéo haut de gamme et meublée de fauteuils confortables et usés. C'est là que le cadavre de Weston avait été découvert, même s'il n'en restait plus aucune trace. Nous passâmes la pièce au peigne fin, soulevant les coussins et ouvrant les boîtiers des cassettes vidéo, mais ce n'était que simple formalité. La police n'aurait rien laissé passer. C'était la seule façon que nous connaissions de fouiller une pièce et c'était mieux que de rester plantés là et de sentir le vide autour de nous. Dès que nous eûmes terminé, nous regagnâmes notre point de départ et prîmes sur la gauche, le long du couloir. Nous n'avions pas échangé un mot depuis notre arrivée. Le silence se faisait pesant. On sentait une vie de famille autour de nous, comme si à tout instant la porte pouvait s'ouvrir, une voix de mère et un rire de fillette emplissant soudain la maison.

Quatre portes donnaient dans le couloir. La première ouvrait sur une salle de bains, la deuxième sur un bureau équipé d'une table de travail, d'un meuble de rangement et de deux étagères murales. Il y avait un espace vide au milieu de la table et plusieurs cordons électriques enroulés par terre. C'est là qu'avait dû se trouver l'ordinateur de Weston avant que la police ne l'emporte. Quelques photos de famille, le programme encadré du championnat de base-ball de 1953 et quelques romans de John Grisham et de Dean Koontz occupaient les rayonnages. Nous commençâmes par les tiroirs du bureau et le meuble de rangement.

Je m'occupai de ce dernier et constatai que deux des tiroirs étaient complètement vides. Les autres contenaient les garanties des appareils ménagers de la maison, des dossiers d'assurance, de vieux albums souvenirs du lycée, des catalogues et de nombreux autres articles qui n'avaient rien à voir avec le travail de Weston. Le seul dossier intéressant contenait ses papiers militaires. Sa feuille de libération récapitulait les formations spéciales qu'il avait reçues et la liste était longue : combat nautique, combat aérien, spécialiste en reconnaissance longue portée en territoires hostiles et en destruction d'objectifs. Il avait été aussi expert dans le maniement du fusil et des armes de poing. Sacré CV ! Mon père se vantait souvent de son passage dans le corps expéditionnaire de la marine, mais ce n'était rien à côté de ce qu'avait fait Weston.

– T'as trouvé quelque chose ? me demanda Joe en jetant un coup d'œil par-dessus mon épaule.

– Juste ça.

Je lui tendis le dossier et nous le consultâmes ensemble. Weston avait reçu plusieurs insignes honorifiques, mais il n'y avait aucun détail concernant les missions auxquelles il avait participé. C'est toujours comme ça avec les soldats des opérations spéciales. Ensuite, il avait été rendu à la vie civile.

– Assez impressionnant, dit Joe. Mais ça ne nous aide pas beaucoup. Rien d'intéressant dans le bureau non plus, sauf si tu as besoin de Scotch ou de crayons à papier. J'ai trouvé cette carte sur le bureau. Regarde un peu les initiales.

Il me tendit une enveloppe toute simple sur laquelle figurait l'adresse de Weston. Le tampon de la poste datait du début février, quelques semaines avant sa mort. Pas d'adresse d'expéditeur. À l'intérieur se trouvait une feuille de papier à lettres simple mais élégante, bordée d'un liseré d'or. On y avait noté ces quelques mots à l'encre noire : « Tous nos remerciements pour une autre mission menée à bien. Elle a eu les résultats attendus. » Aucune explication permettant de savoir de quelle « mission » il s'agissait, ni quels « résultats » elle avait eus. La carte était signée J.E.H.

– Hubbard ? demandai-je.

Joe haussa les épaules.

– C'est possible, oui. Gardons cette lettre, on pourra peut-être vérifier l'écriture.

– Et si c'est celle d'Hubbard ?

– Ça ne nous servira pas davantage, mais au moins on connaîtra l'expéditeur.

Nous passâmes aux pièces suivantes. Joe s'occupa de la chambre des parents et je me dirigeai vers celle d'Elizabeth Weston. C'était une pièce claire aux murs roses, pleine d'animaux en peluche. Le dessus-de-lit avait pour motifs des petits chats. Une grande maison de poupée en plastique trônait dans un coin. Tout respirait le bonheur et l'innocence. La fenêtre donnant sur le jardin, j'aperçus John Weston, toujours assis dehors, le regard rivé sur le bonhomme de neige que sa petite-fille avait confectionné. Il faisait enfin soleil à cette heure et la neige brillait en fondant doucement. Weston contemplait le bonhomme et je me dis qu'au moins il avait la satisfaction de le voir disparaître lentement. Pour lui, ça voulait sans doute dire quelque chose.

Au bout d'un fil à pêche accroché à la tringle à rideaux pendait un petit prisme en cristal en forme de cœur qui réfléchissait les rayons du soleil et les transformait en arcs-en-ciel dansant sur les rideaux blancs. Je le pris dans ma main et passai le pouce sur la surface ciselée avant de le décrocher et de le mettre dans ma poche. C'était un geste spontané et j'ignorais pourquoi j'avais fait ça. Je voulais juste être sûr de ne jamais oublier cette chambre et cette petite fille.

Je jetai un coup d'œil rapide dans les placards et les tiroirs, écartant les vêtements et les jouets qui s'y trouvaient. Après avoir refermé un peu sèchement le dernier tiroir sans avoir rien trouvé, je m'assis sur le bord du lit et poussai un long soupir. Je ne m'étais pas rendu compte que j'avais retenu mon souffle pendant tout ce temps, comme si je ne voulais pas respirer dans la chambre de la gamine. Que l'air ne pénètre pas dans mes poumons et je pourrais peut-être ressortir en prétendant n'être jamais venu ici – tout ça n'aurait jamais existé, la fillette de cinq ans n'aurait pas disparu et son père ne serait pas mort.

Assis sur le lit, je fus envahi par un sentiment d'abattement qui n'était dû ni à la fatigue ni au stress, mais à la pensée de vivre dans un monde où les enfants pouvaient disparaître d'un lieu comme celui-ci, où tout exhalait le bonheur et l'innocence. Je tendis le bras et commençai à examiner les peluches. Il y en avait des dizaines par terre, ours, lapins et surtout beaucoup de petits chats.

Je les retournai, les serrai dans mes mains, les caressai et scrutai leurs yeux de plastique impassibles comme s'ils allaient pouvoir me dire quelque chose. Certaines étaient habillées, d'autres faisaient des bruits quand on leur appuyait sur le ventre, d'autres encore avaient des membres articulés. Un ours érudit portant lunettes tenait une craie en plastique dans une patte et une ardoise, en plastique elle aussi, sous le bras. En le regardant de plus près, je m'aperçus que l'ardoise servait de couvercle à un petit livre tenu par un fermoir. Je le dégageai de sous son bras, l'ouvris et constatai qu'il s'agissait d'un journal. Sur la première page, une écriture de femme disait : « Joyeux Noël, Betsy ! On t'embrasse, Maman et Papa. »

Je le feuilletai rapidement. Les pages étaient remplies de dessins et d'écrits enfantins. Pas mal de petits bonshommes stylisés, beaucoup de cœurs, et le prénom Betsy écrit de toutes les couleurs. La fillette avait aussi noté quelques phrases d'une orthographe rudimentaire. « Maman a fé de la soup et des croc-messieur. » Il y avait entre cinq et six pages par mois. Chaque fois, elle avait consciencieusement noté la date. Avril avait été correctement orthographié, mais elle avait eu plus de mal avec février. Je continuai à tourner les pages jusqu'à sa dernière entrée. Elle datait du quatre mars, l'avant-veille du jour où on avait découvert le cadavre de Weston et où la disparition de Betsy Weston et de sa mère avait fait la une des journaux de la ville.

Joe passa la tête à la porte.

– Rien dans la chambre des parents. Et ici, quelque chose d'intéressant ?

– Elles sont vivantes, Joe, dis-je sans me retourner.

– Pardon ?

– Betsy Weston a écrit ça dans son journal le soir où elle a disparu.

Joe traversa la pièce et vint s'agenouiller près de moi. Sur la page du journal, griffonné au crayon vert par une main enfantine était écrit : « Ce soir, jé di au revoir. »

7

– « Ce soir, jé di au revoir », lut Joe à haute voix.

Il leva les yeux vers moi et ajouta :

– Qu'est-ce que ça veut dire, bon sang ?

– Ça veut dire qu'elle savait qu'elle partait.

– C'est bien beau comme idée, mais tu n'as pas grand-chose sur quoi te baser.

– Elle a écrit ou dessiné quelque chose tous les jours pendant un an, Joe. Le soir où sa mère et elle ont disparu, elle a écrit ça, et tu crois que ça ne veut rien dire ?

Il examina à nouveau la page du journal et soupira avant de déclarer d'un air pensif :

– Je ne dis pas que ça ne veut rien dire. Je me demande seulement comment elle a pu écrire ça. Dire au revoir à qui ? À sa maison ou à son père ?

– Aux deux.

– Embarque ce journal. Mais fais en sorte que le vieux ne le voie pas. Ce n'est pas la peine de lui donner de faux espoirs.

Nous quittâmes la maison et allâmes inspecter le garage. Il s'y trouvait un 4 × 4 Toyota et une Lexus, ainsi qu'une collection d'outils et de jouets. Julie Weston et sa fille n'étaient pas parties dans une de leurs voitures. Ce qui ne voulait pas dire qu'elles n'étaient pas parties vivantes.

Nous rejoignîmes John Weston pour lui rendre la clé.

– Vous avez trouvé quelque chose ? demanda-t-il.

Joe et moi échangeâmes un regard.

– Ça nous a aidés de voir la maison, monsieur Weston, répondit Joe.

Weston le regarda d'un air absent et ne répondit pas. Nous partîmes en promettant de rester en contact. Lorsque je m'engageai sur la route, il était toujours assis à la même place. Je me demandai s'il allait y passer la journée.

– Bon, dit Joe, on n'est pas beaucoup plus avancés. Maintenant, tu es persuadé qu'elles sont vivantes à cause d'une phrase trouvée dans le journal d'une gamine. Et, même si je respecte ton intuition, ça ne nous aide pas vraiment à les retrouver.

– Non, c'est vrai.

Je m'engageai dans Brecksville Road et pris vers le nord en direction de la ville, longeant le Cuyahoga, le fleuve qui serpente jusqu'au centre-ville et traverse les « Flats ». Le soleil brillait et le thermomètre digital du rétroviseur affichait une température extérieure de huit degrés – pas assez chaud pour moi, même si c'était la température la plus élevée depuis des mois. L'hiver s'accrochait, refusant de céder la place au printemps. Il avait été long et rude avec presque deux mètres cinquante de neige et des températures invariablement basses qu'aggravait le vent glacial venu du lac. Autour du premier mars, j'avais commencé à en avoir assez. Je n'en pouvais plus de cette neige qui n'en finissait pas de fondre, de cette météo qui continuait d'annoncer du mauvais temps et de cet air glacé qui m'oppressait les poumons chaque fois que j'allais courir.

– On fait quoi maintenant ? demanda Joe, interrompant mes pensées.

Je détachai brièvement mon regard du van qui roulait devant moi et tournai vers lui un regard vide.

– Tu rêves ou quoi ? ajouta-t-il. C'est quoi, la prochaine étape d'après toi ?

Je reportai mon regard sur la route en haussant les épaules.

– Je n'en sais rien. Nous avons quelques idées maintenant, mais aucun fait concret, rien qui ressemble à une preuve tangible. D'après moi, il faudrait faire bouger les choses, voir si on peut susciter des réactions.

– C'est une bonne idée. On a toujours été partisans de foncer dans le tas tous les deux.

– En cas de doute, foncer bille en tête, déclarai-je avec un sourire.

– Brillante formule, dit Joe en hochant la tête. Bon alors… qui va-t-on secouer en premier ? Tu veux qu'on retrouve les Russes et qu'on balance quelques coups de batte sur leur bagnole ?

– Faut garder des trucs à faire pour demain, dis-je. À mon avis, on devrait commencer par Jeremiah Hubbard.

– On balance des coups de batte sur sa bagnole ?

– Uniquement s'il refuse de nous recevoir.

Joe pivota sur son siège et se tourna vers moi pour voir si j'étais sérieux.

– Tu veux vraiment parler à Hubbard aujourd'hui ?

– Pourquoi pas ? Il y a peu de temps, lui – ou ses associés pour être plus précis – ont payé Weston pour qu'il fasse un certain boulot. C'est à peu près la seule chose dont nous soyons sûrs. Alors autant commencer par là et voir où ça nous mène.

– Et tu crois qu'il va être tellement impressionné par nos capacités de déduction qu'il avouera ses liens avec la Mafia russe et se laissera arrêter ?

– Il est difficile de savoir comment il va réagir, mais il est encore plus difficile d'imaginer quelqu'un qui ne soit pas impressionné par nos capacités de déduction.

Joe fit glisser ses doigts dans ses cheveux gris coupés court. Il soupira et se massa la nuque comme s'il essayait de faire disparaître une douleur qui s'y serait logée.

– Merde, dit-il. De toute façon, je n'ai pas de meilleure idée. Et, en plus, j'ai toujours eu envie de faire la connaissance d'Hubbard.

– Sais-tu où se trouve son bureau ?

Il acquiesça d'un hochement de tête.

– Dans le centre-ville. Il a un grand bureau vitré en haut de la Terminal Tower, ou un truc comme ça.

– Génial. Je suis sûr qu'il sera ravi de nous montrer la vue.

– Un mec aussi riche ? Il ne doit pas manquer de temps libre.

Une vérification rapide dans l'annuaire nous permit de confirmer les dires de Joe ; les bureaux d'Hubbard se trouvaient bien dans la Terminal Tower, en centre-ville. C'était incontestablement le bâtiment le plus connu de Cleveland. Longtemps tenant du titre de plus haut bâtiment de la ville – et deuxième plus haut du monde –, il était maintenant éclipsé par le Key Building. Mais la Terminal Tower possède une aura que n'ont pas les autres édifices de la ville, quelle que soit leur taille. Les bureaux qu'elle abrite se vendent pour des sommes exorbitantes et j'étais sûr que celui d'Hubbard faisait partie des plus chers.

Arrivé dans le centre, je m'engageai dans le parking de Tower City et parvins péniblement à me garer dans un espace manifestement conçu pour un véhicule de type Geo Metro ou Honda Civic. Puis nous nous dirigeâmes vers la Terminal Tower. Dans l'entrée, nous consultâmes le répertoire des bureaux : la Jeremiah Hubbard Enterprises se trouvait au trente-deuxième étage de la tour qui en comptait cinquante-deux.

– Bon Dieu ! lâcha Joe. On devrait peut-être monter les escaliers en courant, qu'en penses-tu ?

La porte de l'ascenseur s'ouvrit avec un bruit de carillon et je haussai les épaules.

– Vu que l'ascenseur est déjà là, on n'a qu'à le prendre.

Arrivés au trente-deuxième étage, nous longeâmes un couloir jusqu'au bureau d'Hubbard. J'ouvris la porte et nous pénétrâmes dans un espace couvert de tapis somptueux, de meubles sombres en noyer et d'élégants éclairages en cuivre. Quelques tableaux étaient accrochés aux murs et une petite fontaine en pierre glougloutait discrètement sur ma gauche. Les meubles et le décor coûtaient à eux seuls ce que Joe et moi devions payer de loyer en dix ans. Et ce n'était que le bureau de la secrétaire.

Une femme blonde et séduisante d'une cinquantaine d'années leva les yeux de dessus son ordinateur et nous adressa un sourire. Elle portait un casque à écouteurs, discutait avec quelqu'un de ses rendez-vous et tapait sur son clavier à toute allure avec un air parfaitement décontracté. Une vraie pro multitâches. Elle souleva une main de son clavier et leva un doigt pour nous signifier qu'elle en avait pour une minute, puis elle reprit sa conversation téléphonique tout en continuant à taper. Nous nous installâmes dans des fauteuils en cuir rouge foncé parfaitement en accord avec les meubles en noyer.

– Ce n'est pas mal ici, dis-je. Évidemment, ça n'a pas le petit côté rétro de notre bureau avec les sièges du stade, mais, sinon, c'est tout à fait correct.

– On pourrait peut-être penser à déménager, dit Joe.

– Peut-être.

La secrétaire mit fin à sa conversation, appuya sur une touche du téléphone pour déconnecter ses écouteurs et leva à nouveau les yeux vers nous.

– Désolée de vous avoir fait attendre, dit-elle. Avez-vous un rendez-vous, messieurs ?

– Non, répondit Joe. C'est juste une petite visite. Ça ne devrait pas être long.

– Je vois. Et à qui souhaitez-vous rendre cette petite visite ?

– À Jeremiah Hubbard, dit Joe.

Elle nous adressa un sourire doux et poli. Le genre qu'on réserve à un enfant de quatre ans qui vous annonce qu'il veut piloter un avion.

– Je suis désolée, dit-elle. M. Hubbard n'accepte aucune visite sans rendez-vous. C'est un homme extrêmement occupé.

– Allez, dis-je, il doit être fatigué de compter son argent. Une petite diversion ne lui fera pas de mal.

– M. Hubbard accepte les diversions avec rendez-vous préalable, dit-elle sans se départir de son sourire.

Elle avait une belle bouche – des lèvres pulpeuses, mais pas trop, et de jolies dents blanches.

– Vous pourriez au moins lui poser la question, non ? dis-je en riant. Je crois qu'il risque d'avoir envie de nous parler plus que vous ne l'imaginez. Dites-lui que nous sommes ici pour lui parler de Wayne Weston.

Elle haussa légèrement les sourcils. L'affaire Weston faisait la une des journaux depuis plusieurs jours et la seule mention de son nom allait sans doute engendrer quelques haussements de sourcils. J'allais devoir m'y habituer.

– Wayne Weston, reprit-elle. Je vois. Veuillez patienter un instant, je vous prie.

Elle appuya sur plusieurs touches de son téléphone et se détourna légèrement avant de prononcer quelques paroles à voix basse et de raccrocher très vite.

– M. Hubbard sera ravi de vous recevoir, annonça-t-elle. Veuillez me suivre, s'il vous plaît.

Je lançai un coup d'œil à Joe et, cette fois, c'est moi qui haussai les sourcils. Je n'avais pas imaginé que ce serait si facile. La secrétaire se leva et nous conduisit le long d'un autre couloir. J'observai le mouvement de ses hanches et de ses jambes sous sa jolie – mais très professionnelle – robe bleue. J'eus l'impression qu'elle accentuait légèrement le balancement de ses hanches. J'essayai de me persuader qu'elle le faisait pour mon bénéfice.

Nous passâmes devant plusieurs portes avant d'atteindre le fond du couloir où s'en ouvrait une à double battant, mais sans indication de nom. Il devait s'agir du bureau d'Hubbard. Lui seul pouvait justifier des doubles portes et être assez important pour ne pas avoir besoin de plaque nominative. La secrétaire poussa un des battants et s'effaça pour nous laisser entrer.

Je passai devant elle et pénétrai dans un bureau qui me coupa le souffle – autant qu'un bureau puisse le faire. Il n'était pas aussi spacieux que je m'y attendais, mais suffisamment vaste pour qu'on puisse y jouer au football sans problème. Ici aussi, les meubles étaient en noyer ou en cuir rouge foncé et la pièce était décorée avec goût, mais c'est la fenêtre qui capta toute mon attention. Une immense baie vitrée en forme d'ogive dominait la ville qui s'étendait en contrebas. La vue était tout simplement exceptionnelle. Trente-deux étages plus bas, j'aperçus la fontaine du monument aux morts qui scintillait au soleil. J'eus envie de m'approcher de la vitre, de regarder en bas et de prendre quelques minutes pour admirer, mais Jeremiah Hubbard se leva de derrière son énorme bureau en noyer, nous signifiant clairement que le panorama n'était pas l'élément le plus impressionnant de ce lieu.

– Messieurs, dit-il en contournant son bureau la main tendue vers nous tandis que la secrétaire refermait doucement la porte.

Hubbard se tenait bien droit dans son costume bleu marine, le dos raide, les épaules en arrière et le menton légèrement relevé. Je notai immédiatement que, sous les vêtements bien coupés, la partie supérieure de son corps était plus ramollie et enrobée qu'on aurait pu le croire. Sa chevelure était impressionnante ; masse de boucles blanches et souples, elle était parfaitement dessinée et me fit penser à une perruque poudrée de l'époque coloniale. Il avait la peau du visage tendue et ses lèvres minces et serrées remontaient légèrement vers l'extérieur comme si on lui avait un peu trop tiré sur la peau. Probablement le résultat d'une opération de chirurgie esthétique visant à prévenir le double menton qui ne manquerait pas d'apparaître avec les années. Il n'était pas d'une beauté saisissante, mais l'aplomb imperturbable qu'il affichait – la confiance qui se lisait dans son regard et dans chacun de ses mouvements – faisait qu'on devait le remarquer au milieu des autres.

– Lincoln Perry, dis-je en lui serrant la main. Ravi de faire votre connaissance, monsieur. Mon associé, Joe Pritchard.

Il hocha la tête en silence et serra la main de Joe avant de pivoter en douceur sur les talons et de regagner son bureau. Il s'installa dans son gros fauteuil directorial et laissa échapper un soupir compatissant. J'eus l'impression que nous allions nous faire gronder pour avoir osé faire irruption dans son bureau et lui faire perdre son temps. On dit que le temps c'est de l'argent et, pour Jeremiah Hubbard, l'argent comptait plus que tout.

– Eh bien, dit-il en retirant ses lunettes et en les posant sur le bureau, que puis-je pour vous, messieurs ?

Joe se tourna vers moi et d'un signe de tête je lui signifiai de répondre.

– Nous aimerions vous parler de Wayne Weston, dit-il.

Hubbard passa le bout de sa langue sur ses lèvres minces et fronça les sourcils.

– S'agit-il du même Weston qui fait la une des journaux locaux depuis quelque temps ?

– Lui-même, dit Joe.

Hubbard hocha la tête lentement avant de se renverser en arrière et de braquer son regard sur nous. Au bout de quelques secondes de silence, il haussa les sourcils et fit un geste de la main signifiant à Joe de poursuivre.

– Connaissiez-vous M. Weston ? lui demanda Joe.

– En quoi cela vous intéresse-t-il ?

– Nous avons des raisons de croire qu'il travaillait pour vous, monsieur Hubbard, dit Joe. Nous espérions que vous nous en diriez davantage sur ce point.

– Qu'est-ce qui vous fait croire qu'il travaillait pour moi ?

– Il y a peu de temps, il a encaissé cinq chèques émis par des sociétés que vous possédez et les dirigeants de ces sociétés affirment n'avoir aucun lien avec lui.

– Je suis effectivement affilié à de très nombreuses sociétés, monsieur Pritchard.

– Je comprends. Ce que je vous demande, c'est si Wayne Weston a travaillé pour vous, lui renvoya Joe d'un ton sec.

Hubbard posa les mains sur le bureau et entrecroisa les doigts avant de se pencher vers nous.

– Si j'avais engagé un individu tel que M. Weston, il me semble que ç'aurait été pour une affaire confidentielle, voire délicate, vous ne croyez pas ?

– Nous n'avons aucunement l'intention de nous mêler de votre vie privée. Toutefois, on nous a demandé d'enquêter sur le meurtre éventuel de M. Weston et pour cela nous devons nous pencher sur les dernières affaires qu'il a traitées. Tout renseignement vous concernant demeurera confidentiel. Nous devons juste savoir sur quoi il travaillait.

– Qui vous a embauché pour ça ?

– Le père de M. Weston.

À ces mots, Hubbard changea très légèrement d'expression. Ce fut comme si ses traits s'étaient imperceptiblement détendus – il avait l'air moins renfrogné, les plis de son visage étaient moins profonds. Cette réponse semblait le rassurer. Je me demandai pour qui il avait cru que nous travaillions et pourquoi il avait été soulagé d'entendre que c'était pour le père de Wayne Weston.

– Messieurs, dit-il, je crains de ne pouvoir vous être d'aucune utilité.

Joe hocha la tête.

– Nous respectons votre décision, monsieur Hubbard. Mais je veux quand même que vous compreniez que nous allons poursuivre notre enquête, avec ou sans votre collaboration.

L'air renfrogné qui s'était estompé quand Joe lui avait annoncé que nous travaillions pour John Weston apparut à nouveau sur son visage.

– Combien va vous rapporter cette enquête ? demanda-t-il. Combien d'argent allez-vous gagner pour nous harceler, moi et mes associés ?

Joe fronça les sourcils.

– Nous n'avons pas l'intention de harceler qui que ce soit, monsieur. Mais nous avons été embauchés pour enquêter sur les dernières affaires de Wayne Weston et, si vous êtes mêlé à ces affaires, nous devrons vous interroger.

– Combien ? répéta Hubbard.

– Je n'en sais rien, dit Joe. Ça dépendra du temps qu'on passera sur l'enquête. Mais qu'est-ce que ça peut vous faire ?

– Est-il possible que ça dépasse vingt mille dollars ?

Joe me jeta un regard et esquissa un sourire.

– Non, pas vraiment.

– Alors, je vous les donne. Vingt mille dollars pour que vous ne veniez plus nous emmerder, ni moi ni mes associés.

Je l'observai attentivement. Nous étions dans son bureau depuis environ deux minutes, nous ne lui avions posé que quelques questions et il voulait déjà nous payer vingt mille dollars pour qu'on le laisse tranquille ?

– Avec tout le respect que nous vous devons, dit Joe, je ne comprends pas la raison de cette offre.

D'un geste de la main, Hubbard écarta la remarque.

– Mon temps est précieux et j'ai mieux à faire que de traiter avec vous et de répondre à vos questions, dit-il. Je suis déjà assez stressé comme ça. Je préfère vous tenir à l'écart de mes affaires. Vingt mille dollars pour moi, c'est comme dix dollars pour vous. (Il marqua une pause et nous jeta un regard méprisant.) Peut-être même dix cents.

Je ris doucement et Joe hocha la tête.

– C'est la première fois qu'on nous propose de l'argent pour arrêter une enquête, dit-il, mais j'ai bien peur que nous soyons obligés de refuser. Nous avons déjà un client et nous avons promis de faire de notre mieux pour le satisfaire. Accepter votre offre reviendrait à trahir sa confiance et je n'ai aucune envie de le faire.

Son visage se durcissant, Hubbard se contenta de hausser les épaules et de prendre un air indifférent, comme si nous venions de refuser le café qu'il nous proposait sous prétexte que nous ne voulions pas de caféine.

Joe et moi échangeâmes un regard avant de reporter notre attention sur Hubbard.

– Monsieur Hubbard, dis-je, notre boulot consiste à découvrir comment les choses se sont passées. Si Weston travaillait pour vous, nous le saurons bientôt. Nous saurons aussi ce qu'il faisait, quand et pourquoi. Vous pouvez faire gagner du temps à tout le monde ou nous renvoyer. Ça nous est égal. Mais n'imaginez pas une seule seconde que votre refus de répondre à nos questions va nous empêcher de poursuivre notre enquête. Ça va seulement nous retarder.

C'était la première fois que je prenais la parole depuis notre échange de poignées de main et Hubbard posa sur moi un regard méprisant et lourd de menaces. Le genre de regard que les hommes échangent dans les bars et qui est généralement suivi par le craquement d'une queue de billard ou le bruit sourd d'un coup de poing. Au milieu d'un bureau si élégant et venant d'un homme aux manières si raffinées, ce regard provocant semblait particulièrement déplacé.

– Les gens comme vous me dégoûtent, dit-il. (Sa voix était plus basse, rauque et grinçante comme un taille-crayon trop plein.) Vous vivez dans la fange. Vous y bâtissez votre carrière, débusquant les secrets, épiant et fouinant dans les affaires des autres. Vous vous déshonorez, parce que votre métier, les moyens mêmes de votre existence exigent que vous renonciez à toute dignité morale pour pouvoir salir la vie des autres. Et vous acceptez ça. Vous ne gagnez pas beaucoup d'argent, mais ce n'est pas grave, parce que vous tirez de grandes satisfactions de votre métier… ah, le plaisir de ruiner la vie des gens, de devenir expert dans l'art de fouiller, de provoquer, de tourmenter et de harceler, poursuivit-il d'une voix tremblante de colère. Vous me rendez malade.

Je laissai échapper un petit sifflement avant de me tourner vers Joe en hochant la tête.

– Je savais qu'on était des moins que rien, mais, à ce point-là, je n'imaginais pas.

– Sortez d'ici, dit Hubbard.

– Vous connaissez un certain Dainius Belov ? lui demandai-je.

Il redressa la tête d'un geste brusque avant de prendre une profonde respiration et de lisser sa cravate. Il fronça les sourcils, l'air à la fois surpris et contrarié d'avoir réagi de la sorte, comme si ma question avait stimulé une partie de son cerveau qu'il avait décidé d'ignorer pendant cette conversation.

– Si vous avez d'autres questions, veuillez vous adresser à mon avocat, monsieur Richard Douglass, dit-il d'une voix plate.

– Dicky D., dis-je. Comment va-t-il, ce vieux briscard ?

– Sortez, répéta-t-il avec force.

– Dicky D. ? fit Joe en se tournant vers moi.

– C'était pour ne pas avoir l'air trop impressionné, murmurai-je d'un air théâtral. Tu crois que ça a marché ?

– Non.

Nous nous levâmes et Joe se tourna vers lui.

– Je vais vous laisser notre numéro, dit-il. Juste au cas où vous changeriez d'avis.

– Ça ne risque pas, dit Hubbard.

– Je préfère quand même savoir que vous l'avez. Avez-vous un bout de papier sur lequel je puisse le noter ?

– J'ai une carte de visite sur moi, proposai-je.

Joe fit non de la tête et prit un air agacé.

– C'est mon numéro personnel que je veux laisser à M. Hubbard. C'est un homme important.

– Je vous ai demandé de sortir d'ici, répéta Hubbard. Dois-je appeler la sécurité ?

– Monsieur, si vous voulez bien me donner un bout de papier pour que j'y inscrive mon numéro de téléphone, nous nous retirons tout de suite, dit Joe en avançant vers le bureau pour y prendre une feuille qu'il plia avant de la déchirer en deux moitiés.

Il y inscrivit rapidement son nom et son numéro de téléphone et la tendit à Hubbard.

– Au cas où vous changeriez d'avis…

– Dehors ! cria Hubbard.

Nous nous retirâmes. Dès que j'eus franchi le seuil, j'entendis Hubbard me hurler de fermer la porte. Je la laissai ouverte et emboîtai le pas à Joe. Dans l'entrée, la jolie secrétaire nous adressa un sourire.

– C'était plutôt rapide, dit-elle.

– Des affaires importantes nous attendent, dis-je. Nous ne pouvons pas nous permettre de laisser M. Hubbard nous faire perdre plus de temps.

Je m'apprêtais à franchir le seuil lorsque Joe s'immobilisa brusquement. Je faillis le percuter lorsqu'il se retourna vers la secrétaire.

– Excusez-moi, dit-il, mais… connaissez-vous le deuxième prénom de M. Hubbard ?

– Elisha, répondit-elle.

– Jeremiah Elisha, dit-il en refermant la porte derrière nous. C'est accrocheur comme nom.

– Question judicieuse, inspecteur, dis-je une fois dans l'ascenseur. Je parie que c'est Hubbard qui a écrit la note de remerciements ?

Joe me tendit une demi-feuille de papier. C'était l'autre moitié de celle sur laquelle il avait noté son numéro de téléphone. C'était aussi le même papier à lettres que celui que nous avions trouvé chez Weston.

– Beau boulot, dis-je. Bien joué.

– Si au moins ça voulait dire quelque chose. Mais ce n'est pas le cas. Cette note ne veut absolument rien dire et on se doutait déjà qu'elle venait d'Hubbard.

Ce n'est qu'à mi-chemin du parking que nous recommençâmes à parler. Je crois que nous avions tous les deux eu peur qu'Hubbard lance ses gorilles à nos trousses pour nous ramener menottés jusqu'à son bureau afin que j'en referme la porte.

– Sympa, le mec, reprit Joe. Je m'attendais à ce qu'il soit un peu plus distant avec tout l'argent qu'il a. En fait, il a plutôt les pieds sur terre, non ?

– Les pieds sur terre, c'est ça. Alors que nous, on patauge dans la fange et qu'on s'éclate dans notre boulot de merde.

– Il nous a bien sermonnés, dit Joe en riant. Tous ces trucs comme quoi on le dégoûte, on le rend malade. Impayable, non ?

– Il a dû se laisser emporter par la passion. C'est bizarre qu'un mec qui n'a rien à cacher s'emballe comme ça.

– Au moins aussi étrange que de nous proposer vingt mille dollars pour nous écarter de son chemin.

– C'est beaucoup d'argent en effet, dis-je en activant le déverrouillage automatique du pick-up pour ouvrir la portière de Joe. On a sans doute eu tort de ne pas accepter. En fait, je dois t'avouer que je t'en veux d'avoir pris cette décision tout seul sans prendre le temps d'en discuter avec moi.

– Très incorrect de ma part, en effet, dit Joe en se laissant tomber sur son siège tandis que je mettais le contact et passais la marche arrière. Je ne sais pas ce qui me prend de décider tout seul comme ça. Mais si ça peut te consoler, on multiplie nos chances de se faire descendre si on continue de bosser sur cette affaire.

– C'est rassurant, dis-je. Bien sûr, vingt mille dollars, ce n'est pas mal, mais ce n'est rien comparé à la décharge d'adrénaline qui t'envahit au milieu d'une fusillade avec la Mafia russe. Et si on allait les chercher, ces Russes, hein ?

– On va d'abord les localiser. Je ne pense pas qu'il soit nécessaire d'avoir une conversation avec eux pour le moment.

– D’accord, grand-père. Je ne voudrais surtout pas te bousculer.

Je passai les cinq minutes suivantes à manœuvrer le pick-up pour l’extirper de la place de parking. C’était déjà un espace étroit et depuis notre arrivée un van s’était garé juste derrière nous, n’arrangeant pas les choses. Je reculai de quelques centimètres, braquai à fond, avançai un peu, braquai à nouveau et repassai la marche arrière pour gagner quelques centimètres. Joe se mit à grommeler.

– On est en ville ici, dit-il. Tu as toujours habité en ville. Alors pourquoi avoir un tel monstre ? Tu ne nous fais pas la crise d’identité du cow-boy par hasard ? Si tu veux, je peux t’acheter les bottes et le chapeau… les éperons aussi, peut-être ?

– Joe, bon sang, tu roules en Taurus ! Alors tu la boucles, tu sors la tête à la portière et tu me dis si j’ai encore quelques centimètres de ton côté.

8

Il se trouve que Vladimir Rakic et Alexei Krashakov habitaient pratiquement dans mon ancien quartier. J'avais grandi dans une rue étroite à l'écart de Clark Avenue et les deux hommes partageaient une maison à deux niveaux douze rues plus loin, dans la partie sud. Je n'avais jamais connu les gens qui vivaient à cet endroit, même si je passais devant presque tous les jours quand j'étais enfant. Je ne sais pas pourquoi, mais qu'ils habitent sur le territoire de mon enfance ne me les rendait pas plus sympathiques.

Nous parcourûmes plusieurs fois la rue avant de trouver une place pouvant servir de poste d'observation. Nous étions face au soleil et la luminosité nous obligeait à plisser les paupières, mais c'était ce que nous avions trouvé de mieux. Joe avait insisté pour que nous prenions sa Taurus ; d'après lui, mon pick-up se serait fait trop remarquer dans le quartier. J'avais eu beau lui dire qu'il n'y avait pas pire qu'une Taurus pour se faire repérer comme « flics en planque », il avait ignoré ma remarque.

Il gara la Taurus et nous nous préparâmes à attendre. En passant en voiture, nous n'avions vu aucun véhicule dans l'allée conduisant à la maison, ni le long du trottoir le plus proche. Apparemment, les Russes n'étaient pas là. La maison était d'un bleu pâle que les intempéries avaient fait virer au gris, mais c'était une des mieux entretenues de la rue. Dans le quartier, beaucoup de maisons étaient construites sur le même modèle et je me souvenais, pour être entré dans certaines d'entre elles, que chaque étage comptait deux chambres, une petite cuisine, une salle à manger, une minuscule salle de bains et une salle de séjour. Il y avait sans doute aussi une cave humide et froide et un grenier bas de plafond.

Joe regarda autour de lui d'un air revêche.

– Ce quartier s'est complètement dégradé, nom de Dieu ! Quand j'ai commencé dans le métier, cette rue était plutôt pas mal. Aujourd'hui, les gens ne prennent même plus soin de leurs baraques.

– J'ai grandi dans ce quartier, moi, lui dis-je.

Il arrêta de pianoter des doigts sur le volant et pointa un doigt vers moi.

– C'est vrai, ça. J'avais oublié. Tu connais des gens par ici ? Quelqu'un qui pourrait nous rancarder sur les Russes ?

– Pas dans la partie sud, répondis-je en faisant non de la tête.

Il ne restait plus qu'à attendre. Heureusement que la température avait légèrement augmenté depuis quelques jours parce qu'il avait fallu éteindre le moteur pour ne pas se faire remarquer et ça voulait dire pas de chauffage. La rue était tranquille. Derrière nous, dans Clark Avenue, la circulation était dense, mais, dans cette petite rue latérale, les voitures étaient plutôt rares. Un homme avec une vieille parka militaire et une barbe de plusieurs jours avançait en titubant sur le trottoir. Il jeta un coup d'œil à la voiture, nota notre présence, marmonna quelques mots et traversa. Dans la main gauche, il tenait un sac en papier qu'il porta à ses lèvres juste avant d'atteindre le coin de la rue.

– Je t'avais dit que cette bagnole n'était pas discrète, dis-je. Il nous a pris pour des flics.

– Un mec comme ça ? Il croit probablement qu'une voiture sur trois est une bagnole de flics.

– À ton avis, il y avait quoi dans son sac ? Du Southern Comfort[1] ?

– Du Old Grand-Dad[2], me renvoya Joe sur le ton de la confidence. Aucun doute là-dessus.

Une heure s'écoula avant que le facteur vienne rompre la monotonie ambiante. Il passait d'une maison à l'autre avec lenteur, grimaçant chaque fois qu'il grimpait quelques marches, comme si les ans et le poids de la sacoche avaient fini par lui abîmer le dos.

– Tu crois qu'on devrait jeter un œil sur leur courrier ? demanda Joe. Voir s'il y a une lettre d'Hubbard ?

– Ça ne gêne personne, que je sache.

– Disons que ça pourrait être gênant s'il y a quelqu'un dans la maison ou s'ils débarquent au moment où t'es devant leur porte.

– J'aime bien ta manière de glisser ça en douceur.

– Glisser quoi ? dit Joe en écarquillant les yeux d'un air innocent.

– Que c'est moi qui serais devant leur porte.

Il sourit en écartant les mains.

– Eh, c'est toi qui voulais passer à l'action, non ? Je ne voudrais surtout pas t'en empêcher.

Je descendis de voiture et avançai le long du trottoir, la tête baissée et les mains dans les poches. Juste un gars du coin qui fait une petite balade. Il ne me manquait plus que la bouteille dans le sac en papier pour me fondre dans le paysage.

1. Marque d'une liqueur de whisky, littéralement « Réconfort du Sud ». *[NdT]*

2. Marque de bourbon, littéralement « Vieux grand-père ». *[NdT]*

La maison se trouvait à une cinquantaine de mètres de l'endroit où nous étions garés. Personne ne sembla remarquer ma présence et l'unique voiture qui passa dans la rue ne ralentit pas son allure. Je grimpai les quatre marches qui menaient à la porte d'entrée, la peinture écaillée craquant sous mes semelles. Les deux fenêtres qui donnaient sur le devant étaient poussiéreuses et l'intérieur de la maison bien sombre. Une solide double porte en acier protégeait la porte d'entrée en bois. Une vieille boîte à lettres en fer-blanc était accrochée au mur, à côté de la porte. Je soulevai le couvercle d'un doigt et en vidai le contenu. Quatre enveloppes, toutes des publicités. Un coup pour rien. Je les reposai dans la boîte et tirai sur la poignée de la double porte. Elle était verrouillée. Je m'approchai de la fenêtre et collai mon visage contre la vitre en me protégeant les yeux pour tenter de voir à l'intérieur. Un crissement de pneus dans la rue me fit me retourner. Une Lincoln Navigator noire s'avançait dans l'allée.

Les deux hommes qui se trouvaient à l'intérieur n'avaient pas l'air particulièrement aimables. Ils ouvrirent les portières et descendirent du véhicule sans me lâcher des yeux. Celui qui conduisait avait quelques centimètres de moins que moi ; brun et trapu, il avait le teint pâle et les mâchoires carrées. Il contourna la voiture et baissa la fermeture Éclair de son gros blouson bleu pour pouvoir glisser la main à l'intérieur. L'autre homme était blond, grand et particulièrement large d'épaules. Il avait un nez protubérant et légèrement busqué, des pommettes saillantes et des mâchoires carrées qui donnaient un air de puissance à son visage.

Je restai immobile, affichant un grand sourire sans rien dire. Ils s'approchèrent lentement, gravirent les marches et se dressèrent devant moi, me bloquant entièrement le passage.

– Des enfants sont en train de mourir, dis-je.

Ils échangèrent un regard perplexe.

– Qu'est-ce que vous dites ? demanda le plus petit avec un fort accent.

– Du Sida, ajoutai-je d'un ton désinvolte. Des enfants sont en train de mourir en ce moment même, messieurs. Pas seulement des adultes. Des enfants. Réfléchissez à ça. Et pensez à ce que vous avez fait pour résoudre ce problème. (Je sentais leurs regards scrutateurs posés sur moi.) Ce n'est pas grave, messieurs. Peu d'entre nous s'impliquent suffisamment dans ce combat. Mais ça ne veut pas dire qu'il soit trop tard pour faire quelque chose.

Le grand blond prit la parole.

– Vous voulez de l'argent ?

Son accent n'était pas aussi prononcé que celui de son compagnon, mais il parlait d'une voix hésitante qui indiquait clairement que l'anglais était une deuxième langue pour lui.

Je fis non de la tête.

– Nous ne voulons pas d'argent. Nous voulons un remède.

Il hocha la tête.

– Vous faites partie de quel groupe ? demanda-t-il.

Je me raclai la gorge.

– Je, euh… représente… VUS.

– VUS ? répéta-t-il en fronçant les sourcils.

– C'est ça. V-U-S. Ça veut dire « Vaincre Universellement le Sida ». C'est notre objectif, messieurs. Vous êtes sûrement d'accord avec nous.

Il m'examina attentivement et ses yeux se rétrécirent.

– Vous avez des informations sur votre action ? Une brochure ?

Sa voix me faisait penser à un message préenregistré sur un ordinateur.

D'un hochement de tête, je lui fis signe que non.

– Je ne suis pas ici pour faire de beaux discours, je défends une cause, messieurs. Vous avez entendu parler du Sida, n'est-ce pas ? Avez-vous vraiment besoin d'un papier plein de statistiques pour évaluer l'ampleur du danger ?

J'essayai de prendre un ton légèrement hostile pour le remettre à sa place et qu'il arrête de me poser des questions.

Il m'observait d'un air froid et calculateur, comme on examine des morceaux de viande sur l'étal du boucher. Je rencontrai son regard et compris tout de suite qu'il ne croyait pas un mot de mon histoire.

– Je suis inoffensif, dis-je.

– Vous voulez de l'argent ? répéta-t-il.

– Si vous voulez m'en donner, je veux bien l'accepter, répondis-je en souriant. Chaque dollar représente un petit pas vers la guérison. Et chaque petit pas, une vie sauvée. Celle d'un enfant, peut-être.

Il porta la main à la poche arrière de son pantalon noir et en sortit une grosse liasse de billets retenus par un clip en or. J'entrevis un insigne militaire sur le clip, mais sa main m'empêchait de bien voir. Il tira un billet de vingt dollars et me le tendit.

– Vingt petits pas alors, dit-il en faisant rire son compagnon.

– Merci, monsieur. Vous ne pouviez pas mieux placer votre argent.

– Bien sûr, dit-il en s'écartant pour me laisser passer.

Je descendis les marches et longeai l'allée en sifflotant sans me retourner, prétendant ignorer leur présence et leur regard qui ne me lâcherait qu'une fois que j'aurais disparu.

La Taurus de Joe n'était plus là. Je continuai à marcher vers l'angle de la rue. Ils se demandaient sûrement pourquoi je ne frappais pas aux portes des voisins.

Peut-être étaient-ils déjà à mes trousses pour me poser la question. Ou me flanquer une raclée.

Une voiture ralentit derrière moi. Joe. Je descendis du trottoir et ouvris la portière avant de me laisser tomber sur le siège.

– Roule.

Je jetai un coup d'œil dans le rétroviseur au moment où il s'engageait dans Clark Avenue. La maison des Russes n'était plus visible, mais au moins ils n'étaient pas debout sur le trottoir à me regarder filer.

– J'ai vraiment choisi le bon moment ! dis-je. On est restés dans la bagnole, quoi, deux bonnes heures sans que rien ne bouge ? Et je suis pas devant leur porte depuis vingt secondes qu'ils débarquent !

– Je voulais klaxonner, mais j'ai pensé que ça ne servirait à rien. De toute façon, tu n'aurais pas eu le temps de te planquer et je me serais fait remarquer, dit Joe en s'arrêtant dans le parking d'une station-service. Alors, que s'est-il passé ?

Quand j'eus fini mon histoire, il riait tellement qu'il dut poser son visage écarlate sur le volant.

– Tu leur as piqué vingt dollars ? dit-il en haletant. C'est incroyable, LP ! Des enfants sont en train de mourir ? C'est le premier truc qui t'est venu à l'esprit ?

– Ça a marché, non ? dis-je en haussant les épaules.

– Faut croire.

– Je n'ai pas l'impression que le grand mec m'ait cru, dis-je en repensant à son regard froid et calculateur. En fait, je suis sûr que non, il savait que je mentais, mais il n'a pas compris pourquoi et m'a laissé filer.

– C'est pas lui qui t'a donné les vingt dollars ?

– Si, mais je suis sûr qu'il n'était pas dupe.

Joe s'essuya les yeux et respira un grand coup.

– Il fallait le faire ! Et moi qui croyais que tu allais leur parler de la bagnole d'Ambrose et qu'il faudrait que je vienne te tirer de là. Au lieu de ça, tu leur sers un baratin sur les enfants qui meurent et tu les escroques de vingt dollars !

Il rit à nouveau en démarrant la voiture et reprit la route.

– Il faut que je te montre quelque chose, reprit-il. Je voulais d'abord entendre ton histoire et je me suis dit qu'il valait mieux te faire disparaître de leur vue, mais je crois que ça va t'intéresser.

Il tourna à gauche pour repasser dans la rue des Russes.

– Vise un peu l'Oldsmobile verte de ton côté, dit-il en roulant doucement.

Lorsqu'il passa devant, je ne tournai pas la tête, mais je pris le temps de bien la regarder dans le rétroviseur. Joe tourna à l'angle de la rue avant de refaire le tour du pâté de maisons.

– Tu le vois ?

J'acquiesçai d'un hochement de tête.

– Le mec assis devant ; on dirait que lui aussi surveille la maison.

– Tu as raison. Il est arrivé en même temps que les Russes, mais il est resté en retrait. Il a fait le tour du pâté de maisons et a choisi une place avec un bon angle de vue sur la maison, exactement comme nous. Apparemment, nous ne sommes pas les seuls sur le coup.

– Tu as le numéro d'immatriculation ?

Il me décocha un regard furieux.

– Si j'ai le numéro d'immatriculation ? À qui crois-tu parler, hein ? Non seulement j'ai relevé le numéro, mais j'ai aussi pris six clichés de la bagnole verte et de la Navigator des Russes.

– Désolé.

– C'est bon. On a deux photos des Russes et une de leur bagnole. Qui manque-t-il ?

– Malaknik, je crois. Amy a dit qu'il habitait dans les quartiers est.

– Tu veux qu'on aille jeter un coup d'œil là-bas ou tu crois qu'il vaut mieux rester dans le coin encore un peu ? Le spectacle doit être meilleur qu'on croyait vu qu'on n'est pas les seuls spectateurs.

Je regardai l'heure et constatai qu'il était presque cinq heures.

– Tu dis avoir pris des photos du Navigator ?

Joe acquiesça d'un hochement de tête.

– Alors, retournons au bureau. Je veux les envoyer à Amy par e-mail pour voir si elle reconnaît la voiture. Ensuite, on ira faire un tour à Brecksville pour interroger les voisins de Weston. On s'occupera de Malaknik demain.

De retour au bureau, Joe transféra les photos de son appareil numérique sur l'ordinateur. Les clichés étaient corrects : on y voyait clairement les deux voitures ainsi que leurs plaques d'immatriculation en gros plan. L'Oldsmobile verte était immatriculée en Caroline du Sud.

– Il est venu de loin pour surveiller les Russes, dis-je. Il doit avoir une bonne raison.

– La voiture vient de loin, dit Joe, pas forcément le conducteur.

Une fois le transfert effectué, j'envoyai les photos à Amy et Joe en imprima quelques-unes. Puis nous repartîmes pour Brecksville.

Il nous fallut une demi-heure pour interroger les voisins. Tous nous regardèrent d'un air soupçonneux et nièrent avoir vu le Navigator. Après la quatrième maison, Joe décida de leur montrer aussi les photos de l'Oldsmobile verte.

– Pourquoi pas ? me dit-il. Vu qu'on a déjà les photos, ça ne coûte rien de demander.

L'idée s'avéra bonne. Cinq maisons plus loin, une femme qui habitait un peu plus bas dans la rue, mais en face, hocha la tête en voyant la photo du véhicule.

– Bien sûr, dit-elle. C'est le policier.

– Le policier ? répéta Joe.

– Oui, dit-elle avec un sourire. Il est passé hier et il posait les mêmes questions que vous. Il voulait savoir si j'avais remarqué des voitures suspectes, ce genre de choses. Mais, en fait, nous n'avions rien à lui dire. (Elle nous regarda d'un air triste.) C'est vraiment horrible. Cette fillette était si mignonne.

– Ce policier vous a donné son nom ? lui demandai-je.

Elle plissa les paupières en essayant de se souvenir.

– Davis ? Davidson ? Un nom comme ça. En tout cas, il avait un badge. Il me l'a montré.

Nous la remerciâmes et rebroussâmes chemin. Joe shoota dans quelques cailloux et nous restâmes un instant sur le trottoir, dos à la maison.

– Y a pas un flic de Cleveland qui roule dans une Oldsmobile aussi petite, dit-il. C'est une Alera, nom de Dieu ! Pas le genre de véhicule que possède la police. Et elle n'a même pas d'antenne !

– Tu connais un inspecteur Davis ou Davidson ?

– Non.

– Moi non plus. À mon avis, c'est un imposteur.

Il acquiesça d'un signe de tête et jeta un coup d'œil de l'autre côté de la rue, vers la maison des Weston.

– Nous avons donc un troisième larron venu d'on ne sait où, dit-il. On ne peut pas négliger ça.

Nous continuâmes nos visites et interrogeâmes deux autres voisins qui eux aussi avaient reçu la visite de « l'inspecteur Davis » la veille. Ils avaient tous vu son badge, mais il ne portait pas d'uniforme et ce n'était pas un des inspecteurs avec qui ils avaient parlé au début de l'enquête.

Il faisait nuit lorsque nous quittâmes enfin le quartier. Joe voulant aller dîner tout de suite, je dus le convaincre de passer d'abord au bureau. Je voulais appeler Amy pour lui demander si elle avait vu les photos. Il était tard, mais Amy avait l'habitude de commencer tard le matin et de rester tard le soir. Lorsque je parvins à la joindre, elle était encore au bureau.

– C'est bien le 4 × 4, dit-elle immédiatement.

– Tu es sûre ?

– Absolument. Ces jantes en alu tape-à-l'œil ne passent pas inaperçues. (J'entendais le cliquetis des touches de son clavier sur lequel elle tapait à toute allure.) As-tu une idée du lien qu'il pourrait y avoir entre eux et Weston ?

– Non, mais j'ai un autre service à te demander.

– Je ne sais pas, Lincoln. Ma voiture est encore au garage depuis le dernier service que tu m'as demandé.

– D'accord, dis-je d'un air désinvolte. Je comprends. Je ne t'en veux pas. Bon, faut que j'y aille. Merci d'avoir jeté un coup d'œil aux photos.

– Attends une minute, dit-elle. (Je ne pus m'empêcher de sourire.) Je voulais juste te taquiner un peu, Perry, pas besoin de prendre la mouche. Que veux-tu que je fasse ?

– Sais-tu qui est Jeremiah Hubbard ?

– Évidemment.

– Bon. Je veux savoir tout ce qu'il a fait au cours des six derniers mois. Son nom apparaît régulièrement dans la presse, mais je veux savoir pourquoi, quand et avec qui il entretient des relations.

Le cliquetis des touches du clavier s'interrompit.

– Tu crois qu'Hubbard a quelque chose à voir avec Weston ?

– Peut-être.

– Lincoln, il faut absolument que j'aie cette histoire.

Je poussai un soupir.

– Amy, on a déjà parlé de ça des milliers de fois. Je ne peux pas te parler des affaires confidentielles sur lesquelles je travaille, je perdrais toute crédibilité. Je sais que tu as envie d'écrire un bon article, mais c'est impossible.

– Salaud. Mais, bon, tant que tu me tiens au courant. (Le cliquetis reprit.) Je vérifie tout ça et je te rappelle.

Au moment où je raccrochais, quelqu'un tambourina sur le panneau vitré de la porte – bruit de grêle s'abattant sur une fenêtre. Joe et moi échangeâmes un regard en fronçant les sourcils. Nous n'avions pas l'habitude de recevoir des clients impromptus et il était déjà tard.

– Entrez, lança Joe.

La porte s'ouvrit et les inspecteurs Swanders et Kraus firent leur entrée, suivis d'un troisième individu que je ne connaissais pas. Mince et de taille moyenne, ce dernier était impeccablement coiffé – le genre de coiffure avec une raie parfaite qui prend du temps. Il portait des vêtements bien coupés et parfaitement repassés. Ça suffisait pour savoir que ce n'était pas un flic. La mallette dans sa main gauche confirma mes soupçons.

– Salut la compagnie ! lança Swanders avec un petit hochement de tête.

– Swanders, dit Joe en lui rendant son signe de tête. Kraus. Comment ça va, les gars ?

– Ça va, dit Kraus en s'asseyant sur un des sièges du stade sans attendre d'y être invité.

Swanders fit de même, mais l'inconnu resta debout et traversa le bureau d'un pas décidé – manifestement, il était habitué à être l'élément dominant du groupe. Il porta la main à sa poche en avançant vers nous et en sortit un petit étui en cuir qu'il ouvrit d'un coup sec avant de nous le mettre sous le nez. Il y avait un badge dans la partie gauche et une carte d'identité sous plastique dans la partie droite. Joe se souleva sur les coudes pour mieux voir, mais sans enlever ses pieds du bureau.

– FBI, dit-il. Bon Dieu ! On joue dans la cour des grands, on dirait !

L'inconnu inclina le badge dans ma direction et je lus le nom qui figurait sur la carte d'identité. THADDEUS CODY, AGENT SPECIAL, FBI.

– Thaddeus, dis-je. Sans déconner ? Je parie que vous en voulez à mort à vos parents, pas vrai ?

– Appelez-moi Thad, dit-il avec un sourire pincé. Ou Agent Cody.

Il empocha son étui en cuir et nous regarda à tour de rôle comme s'il attendait une réaction de notre part. Un coup d'œil lui suffit pour comprendre qu'il n'allait en obtenir aucune. Il hocha la tête et prit place sur une chaise.

– Ça fait longtemps que vous travaillez ensemble tous les deux ? demanda-t-il en croisant les jambes au niveau des chevilles après avoir lissé les plis de son pantalon.

– Même bureau depuis dix-neuf ans, dit Joe.

– Vraiment ? dit Cody en haussant un sourcil.

– Ouais.

Cody jeta un coup d'œil à Swanders et ajouta :

– Pourquoi me mentir, monsieur Pritchard ? Vous commencez plutôt d'un mauvais pied.

Joe retira ses pieds du bureau et avança sa chaise.

– Quel est l'intérêt de poser des questions dont vous connaissez déjà les réponses, agent Cody ? Et franchement, je me fiche un peu de quel pied on commence, étant donné qu'on ne vous a pas invité ici. Si vous avez quelque chose à nous dire, allez-y, vous pouvez parler. Sinon, je vais vous laisser pour aller dîner. Il est tard et je suis un vieux ronchon qui aime bien manger.

Swanders étouffa un petit rire et se tourna vers Cody.

– Je vous l'avais dit.

– Tu lui avais dit quoi ? demandai-je.

– Je lui avais dit que ça risquait d'être difficile avec vous, juste parce que ça vous amuse.

– C'est ça qui est formidable quand on bosse à son compte, dis-je en grimaçant un sourire.

Cody se racla la gorge et nous regarda avec une expression douloureuse, comme s'il venait d'attraper une écharde sur son siège en bois.

– Je m'excuse, messieurs, dit-il en adressant un signe de tête à Joe. Je n'aurais pas dû commencer par vous poser des questions dont je connais déjà les réponses. Et oui, il y a quelque chose dont je veux vous parler.

– Nos honoraires sont tout à fait raisonnables, dis-je. Mais si vous voulez nous charger de résoudre une enquête sur laquelle vous et vos potes du FBI vous cassez les dents, le montant de la provision sera assez élevé. On court le risque de compromettre notre réputation en frayant avec les crétins du FBI.

Cody pointa son index vers moi et ouvrit la bouche pour répliquer, mais se ravisa. Il replia son doigt dans son poing et fit retomber sa main sur sa cuisse, leva la tête vers le plafond et poussa un long soupir comme pour relâcher les tensions de son corps et trouver la paix intérieure avant de se mettre en position de yoga. Un instant, je crus qu'il allait vraiment se rouler par terre, faire le poirier ou prendre la position du cygne. Il garda les yeux au plafond pendant quelques secondes et lorsqu'il ramena sa tête en avant, il affichait un grand sourire.

– Voilà ce qu'on va faire, dit-il. On va braquer les projecteurs sur vous pendant dix, voire quinze minutes, pour que vous puissiez faire votre numéro. Vous pouvez vous en prendre à mon employeur, à ma femme, à ma mère, à qui vous voulez. À la fin du premier acte, j'applaudirai poliment et on pourra peut-être se mettre au boulot.

Kraus se mit à rire et Joe haussa les épaules.

– Allons-y, mettons-nous au boulot, Cody.

Il acquiesça d'un hochement de tête et se pencha pour ouvrir sa mallette. Il en sortit un dossier, dont il tira quatre grandes photos en noir et blanc. Il les étala sur le bureau, face à nous. Je reconnus immédiatement deux des hommes : Rakic et Krashakov, les deux Russes à qui j'avais parlé plus tôt dans la journée. Les deux autres m'étaient inconnus. Le premier était un homme corpulent avec une épaisse moustache, un menton charnu et des petits yeux sombres. Plus jeune, l'autre avait des cheveux bruns, un bouc et une vilaine cicatrice sur la tempe gauche.

– Vous les reconnaissez ? demanda Cody.

Je hochai la tête.

– Ces deux-là, oui, dis-je en montrant Rakic et Krashakov. Pas les autres.

Cody se renversa en arrière et nous regarda attentivement.

– Comment avez-vous pu établir un lien entre ces deux hommes et Wayne Weston ?

– Qui vous a dit ça ? demandai-je.

– Messieurs, je croyais qu'on n'allait pas jouer à ces jeux-là, dit-il avec un soupir.

Je jetai un coup d'œil à Joe, il m'adressa un petit signe de tête indiquant que je pouvais parler. Nous étions payés pour résoudre une enquête et le FBI disposait de ressources qui pouvaient nous aider. Il ne rimait à rien d'éluder leurs questions ou de vouloir rivaliser avec eux.

– April Sortigan, lâchai-je en regardant Kraus. Il se trouve que ce n'était pas du tout une impasse. Elle m'a dit que Weston lui avait demandé de chercher des renseignements sur trois hommes. Elle m'a donné leurs noms et on a voulu en savoir plus. D'après ce que je sais pour le moment, ce sont des hommes de main de la Mafia russe.

– Qui vous a dit ça ? demanda Cody.

– Nous sommes enquêteurs, lui répondis-je. Et donc, nous enquêtons. Alors, vous allez nous dire de quoi il s'agit, oui ou non ?

Il acquiesça d'un hochement de tête.

– Dans cette ville – et dans le reste du pays – la Mafia russe prospère. C'est la plus grande puissance du crime organisé au monde ; rien ne s'en approche. Ils entretiennent des relations avec quatre-vingts pour cent des banques en Russie, ce qui fait que le blanchiment d'argent n'est pas un problème pour eux, et ils sont en train d'étendre leur empire sur la terre entière. Cleveland est une de leurs dernières cibles.

Il posa son doigt sur le corpulent à moustache.

– Lui, c'est Dainius Belov, le chef de la Mafia russe à Cleveland et il ne faut pas sous-estimer son pouvoir. Il est plus puissant que n'importe lequel des gangsters italiens de la ville n'en a jamais rêvé. Alexei Krashakov, dit-il en montrant sa photo, est un de ses lieutenants. Rakic et Malaknik font équipe avec lui. Ils sont un peu trop incontrôlables au goût de Belov et c'est pour ça que leur pouvoir est limité, mais ils sont très actifs. Ils sont mêlés à des trafics d'héroïne et de cocaïne, à de l'escroquerie à l'assurance, à des affaires de prostitution et à des trafics d'armes, bref, ils sont impliqués dans toutes les arnaques possibles et imaginables.

Il y avait de la lassitude et de l'abattement dans sa voix et je me dis qu'il avait dû passer trop d'heures à étudier les photos de ces hommes en réfléchissant au moyen de les faire tomber.

– Nous nous intéressons particulièrement au trafic d'armes, reprit-il. Ces gens-là font circuler une grande quantité d'armes dans la ville et nous avons bien l'intention de les en empêcher. Fusils d'assaut, mitraillettes, jusqu'à des missiles. Et ils sont vraiment doués. De véritables pros. La moitié des hommes de Belov faisait partie des forces spéciales en Afghanistan dans les années quatre-vingt. Certains étaient liés au KGB. Nous avons une équipe spéciale qui bosse sur eux en collaboration avec les inspecteurs du CPD. (Il soupira.) Et pour le moment, je dois avouer que nous n'avons pas grand-chose.

– Mais… le rapport avec Wayne Weston ? demanda Joe.

Cody ramassa les photos et les tapota sur le bureau avant de les ranger dans son dossier.

– Ces types sont sur écoute depuis des mois, dit-il, des années pour certains. Une semaine avant l'assassinat de Wayne Weston, son nom a été prononcé au cours d'une des conversations enregistrées. Les Russes s'expriment prudemment au téléphone et il nous a été difficile de comprendre dans quel contexte son nom était apparu. Néanmoins, il semble que Weston leur ait posé un problème, un gros même. Quelques jours plus tard, il est mort et sa famille a disparu.

– Et vous croyez qu'ils sont derrière tout ça, dit Joe.

Cody acquiesça d'un signe de tête.

– Nous en sommes pratiquement sûrs. Il nous reste juste à le prouver.

– Avez-vous la moindre idée de ce qui les unit ? demandai-je.

– Pas encore, répondit Cody en faisant non de la tête. Nous étions prêts à ouvrir une enquête préliminaire sur Weston lorsque son nom est apparu sur nos enregistrements. Mais il a été tué avant et l'affaire est devenue beaucoup plus urgente.

– Il a été tué, répétai-je en regardant Swanders et Kraus. Et donc, vous ne croyez plus au suicide ? (Comme ils ne répondaient pas, je continuai.) En fait, vous n'y avez jamais cru, pas vrai ?

– Ne leur en voulez pas, dit Cody. Les premiers résultats de l'enquête laissaient penser qu'il s'agissait probablement d'un suicide. Puis on nous a contactés et nous sommes intervenus pour disons… donner un coup de main. On a demandé aux forces de police de s'en tenir à la théorie du suicide pour ne pas effaroucher les Russes.

Je montrai Swanders du doigt.

– Bref, l'histoire des jeux d'argent, c'était des conneries depuis le début, c'est ça ?

Il haussa les épaules et Kraus grimaça un sourire.

– J'espère que vous n'avez pas perdu trop de temps avec ça, dit-il.

– Juste assez, répondit Joe sèchement. Mais alors pourquoi vouloir bosser avec nous maintenant ? Parce qu'on n'est pas aussi bêtes que vous l'espériez ?

Cody eut un large sourire.

– Je n'aurais pas dit les choses tout à fait comme ça, mais, en gros, vous avez vu juste. Ça nous convenait tout à fait de vous laisser enquêter de votre côté tant que vous ne nous gêniez pas. Mais quand vous vous êtes pointés chez Rakic cet après-midi, nous avons compris que nous ne pouvions pas vous laisser continuer comme ça.

– Vous surveilliez la maison ? demandai-je. (Il acquiesça d'un hochement de tête.) L'Oldsmobile verte, c'est ça ? Immatriculée en Caroline du Sud ?

Cody haussa les sourcils et fit non de la tête.

– Nous n'avons personne dans un véhicule de surveillance.

– Allez, arrêtez !

– Non, c'est vrai. Je ne vais pas dévoiler où se trouve notre équipe de surveillance, mais nous n'avons aucun agent en planque dans une voiture.

Je jetai un coup d'œil à Joe.

– Ça veut dire qu'ils ont loué une maison, dis-je. Ces Russes sont plus importants que nous le pensions.

– C'est quoi, cette voiture dont vous parlez ? voulut savoir Swanders. Quelqu'un d'autre surveille la maison ?

– Et interroge les voisins en leur montrant un badge et en se faisant passer pour un flic. Il se fait appeler Inspecteur Davis.

– Vous plaisantez ? ! s'écria Swanders en se redressant sur sa chaise, pas content du tout. Y a un abruti qui parle aux voisins et qui se fait passer pour quelqu'un de chez nous ? Mais c'est qui ce mec, bordel ! ?

Je haussai les épaules.

– S'il n'est ni du FBI ni de la police, ça vaut sans doute le coup de savoir qui c'est.

– Vous avez eu le temps de bien voir le véhicule ? demanda Cody.

Joe hocha la tête.

– J'ai le numéro d'immatriculation et plusieurs photos. Votre équipe de surveillance doit avoir tout ça, elle aussi.

– Je leur poserai la question, dit Cody. Je peux utiliser votre téléphone ?

Joe le fit glisser vers lui et Cody appela quelqu'un pour lui parler de la voiture verte. Il hocha la tête d'un air sombre et raccrocha.

– Ils l'ont vue, dit-il, mais apparemment elle n'est plus là. Ils ont le numéro d'immatriculation et je leur ai demandé de le vérifier. Apparemment, il est resté une heure dans la rue, puis il est parti sans jamais être sorti du véhicule. (Il se mordillait les lèvres, les yeux rivés au téléphone.) Je n'aime pas ça du tout.

Pendant quelques secondes, personne ne dit mot, puis il hocha la tête en grommelant, arrachant ses pensées de ce prétendu flic et revenant vers nous.

– Pouvez-vous nous dire ce qui s'est passé avec Rakic et Krashakov aujourd'hui, monsieur Perry ?

Je leur racontai ma mésaventure. Lorsque j'eus terminé, Cody regarda Swanders d'un air interrogateur, peut-être pensait-il – ou espérait-il – que je lui racontais des bobards pour le faire marcher. Swanders lui fit signe que non et poussa un soupir.

– Vous prétendiez faire du porte-à-porte pour une œuvre caritative ? dit Cody.

– Et tu les as délestés de vingt dollars ? demanda Swanders.

– Pour lutter contre le Sida ? ajouta Kraus.

– Oui.

– Après tout, ça pourrait être pire, lâcha Cody au bout d'un moment.

C'était le genre de remarque du type à qui on vient d'annoncer que son cancer n'est mortel que dans quatre-vingt-dix pour cent des cas.

– Ce qui s'est passé ne me réjouit pas, mais ç'aurait pu être pire.

– Il aurait été facile d'éviter ça, dis-je. Si Swanders et Kraus avaient été honnêtes avec nous dès le début, nous n'en serions pas là.

– C'est le FBI qui a pris les décisions sur ce coup-là, dit Kraus. Ils nous ont dit de ne pas vous mêler à tout ça, et c'est ce qu'on a fait. Rien de perso.

– N'y voyez rien de personnel, en effet, confirma Cody. Nous voulions agir avec discrétion. Maintenant que vous êtes impliqués, nous ne pouvons pas prendre le risque de vous voir compromettre cette enquête.

– Vous avez l'intention de nous obliger à laisser tomber ? demanda Joe.

Cody fronça les sourcils.

– Je ne vous oblige pas à laisser tomber. Je vous demande seulement de ne pas aborder ces types. Nous ne voulons surtout pas les effrayer. Plus ils auront l'esprit tranquille, plus il y aura de chances qu'ils commettent une erreur. Et c'est là qu'on les attend.

– Je ne voudrais pas être rabat-joie, dit Joe, mais j'ai l'impression que vous avez que dalle.

– Nous n'avons pas grand-chose, dit-il d'un air sombre, mais nous avons l'intention d'y remédier. Pour le moment, on s'occupe de Wayne Weston. Nos enquêteurs n'ont pas réussi à prouver qu'il était vraiment détective privé. Il avait sa licence, bien sûr, mais rien n'indique qu'il ait eu des clients. Nous avons plusieurs témoignages de gens qui ont dû s'adresser à d'autres agences parce qu'il avait refusé de travailler pour eux.

– Savez-vous pour qui il travaillait ? demanda Joe.

– Aucune idée. Et vous ?

Joe m'adressa un petit clignement d'œil et un signe de tête.

– Jeremiah Hubbard.

– Jeremiah Hubbard ? répéta Cody surpris.

Joe lui raconta ce que nous savions, y compris les détails de notre visite dans ses bureaux et les chèques encaissés par Weston et émis par des sociétés dont Hubbard était propriétaire. Cody écouta attentivement. Il ne semblait pas ravi à l'idée qu'Hubbard puisse être lié aux Russes.

– Nous avons des centaines de noms d'individus censés être associés à Belov, dit-il lorsque Joe eut terminé. Mais Hubbard n'en fait pas partie, ni lui ni aucun de ses gens.

– S'il est associé à Belov, il tient probablement à ce que ça reste discret, dit Joe. Hubbard est un des hommes les plus puissants de la ville.

– Ça, c'est sûr ! dit Cody. C'est la version licite de Dainius Belov.

Le silence envahit le bureau tandis que le vent tournoyait autour du bâtiment, faisant vibrer les vieilles vitres. Un nouveau front froid arrivait sur la ville, balayant les premiers signes de printemps apparus dans la journée.

– Depuis combien de temps surveillez-vous Rakic et Krashakov ? demandai-je.

– Plusieurs mois.

– Et la nuit où Weston a été tué… ? dis-je en laissant ma question en suspens.

Cody hocha la tête.

– Ils étaient chez eux. Ce qui ne veut pas dire qu'ils n'ont pas commandité l'opération. Ça veut juste dire qu'ils n'y ont pas participé personnellement.

– D'après vous, qu'est-il arrivé à la femme et à la fille de Weston ?

Cody se pencha en avant et appuya ses avant-bras sur ses genoux.

– Il y a plusieurs années de ça, dit-il en regardant le plancher, à l'époque où le FBI essayait de faire tomber John Gotti à New York, nos écoutes téléphoniques ont enregistré une conversation au cours de laquelle un des hommes de Gotti menaçait un de leurs associés. Il le mettait en garde contre la Mafia russe qui se trouvait manifestement impliquée dans l'affaire. Et voici ce qu'il lui a dit : « Nous, les Italiens, on vous tuera, mais les Russes, ils sont cinglés, ils tueront tous les vôtres. »

Il gardait les yeux fixés au plancher.

– Vous pensez qu'elles sont mortes ? demanda Joe.

– Oui, dit Cody. Je le crois.

9

Les six mois précédant le meurtre de Wayne Weston avaient vu un Jeremiah Hubbard très occupé. À la fin de l'automne, il avait commencé à acquérir des biens en centre-ville, dans le quartier qui borde le fleuve et qu'on appelle les « Flats ». Il avait annoncé son intention d'y construire un complexe pouvant rivaliser avec ceux de La Nouvelle-Orléans ou d'autres villes fluviales. Le lieu comprendrait un restaurant cinq étoiles, deux boîtes de nuit qui accueilleraient les plus grands artistes du pays et un bar pour les fans de sport. Le tout construit au bord d'une magnifique promenade aménagée sur les berges du fleuve. Hubbard avait promis d'en faire l'endroit le plus branché de la ville. De quartier populaire plein d'entrepôts miteux et de bars ouvriers, les « Flats » s'étaient transformés en un haut lieu de la vie nocturne, mais Hubbard voulait faire encore mieux. Le seul problème, c'était que son idée avait dix ans de retard. Avec la réhabilitation du quartier, les prix avaient grimpé et son projet allait lui coûter une petite fortune.

En février, il avait accompli un grand pas vers la réalisation de son rêve en achetant trois parcelles de premier ordre à un certain Dan Beckley qui possédait un petit restaurant, un magasin de souvenirs et un parking dans ce quartier. Au départ, Beckley avait regimbé à l'idée de vendre à Hubbard, mais quelques semaines plus tard il avait accepté, apparemment pour une somme bien moindre que le prix initial demandé. Hubbard possédait déjà plusieurs parcelles attenantes et se trouvait donc beaucoup plus près de son but. Il ne lui restait qu'à acquérir les parcelles adjacentes. Côté nord, ses terres étaient bordées par un restaurant de fruits de mer haut de gamme et dont la renommée attirait une clientèle nombreuse. Il ne serait pas facile de convaincre les propriétaires de vendre, même pour Hubbard. Côté sud, une boîte de strip-tease, *The Wild River : A Gentlemen's Club*, s'était installée depuis environ six ans et le propriétaire, qui en tirait un bon bénéfice, ne semblait avoir aucune intention de vendre. Quelques années auparavant, ce lieu avait fait parler de lui de façon peu flatteuse le jour où un mineur en état d'ébriété s'était noyé dans le fleuve en tombant du ponton après s'être éloigné de son groupe de copains. Manifestement, cet incident n'avait pas affecté les affaires. Il ne semble pas y avoir mieux que les bars à strip-tease pour générer un revenu stable.

Le journal mentionnait les rencontres qui s'étaient tenues le mois de février précédent entre Hubbard et les propriétaires du restaurant de fruits de mer et de la boîte de strip-tease. Apparemment, les négociations ne s'étaient pas bien passées. Hubbard avait accusé les propriétaires de demander des prix « exorbitants » – à quoi ceux-ci avaient répondu que s'il ne voulait pas payer le prix, c'était tant pis pour lui parce qu'ils n'étaient pas pressés de vendre. À la fin du mois, la situation ne s'était toujours pas débloquée.

Joe et moi apprenions tout ça en lisant les fax qu'Amy nous avait envoyés tôt le lendemain matin. La visite de Cody, la veille au soir, avait mis fin à nos projets de surveillance des Russes, mais nous n'avions aucune raison d'interrompre nos recherches sur Hubbard. Nous décidâmes donc de commencer par parler à Dan Beckley.

Après quelques coups de fil, j'appris que ce dernier avait acheté un pressing dans le quartier de Middleburg Heights après avoir vendu sa boîte à Hubbard. Apparemment, son bureau se trouvait dans l'arrière-boutique. Nous décidâmes d'aller lui rendre une petite visite.

Le pressing de Beckley – E-Zee Kleen [1] – se trouvait dans une petite rue commerçante, sur le côté ouest de Pearl Road, juste après l'intersection de Bagley Road. Je pénétrai dans le parking pour me garer tandis que Joe contemplait l'enseigne de la boutique en soupirant.

– Mais qu'est-ce qu'ils ont tous, bordel ! ? dit-il.

– Quoi ?

– E-Zee Kleen ? Ça veut dire quoi ça ? Ils ne peuvent pas écrire ça correctement, non ?

– C'est plus tape-à-l'œil comme ça, lui dis-je. Plus accrocheur.

– Oh, épargne-moi ça ! dit-il en me foudroyant du regard.

Nous entrâmes dans la boutique. Deux femmes étaient en train de charger des machines à laver pendant qu'un Chinois de petite taille gesticulait au comptoir face à une femme d'une cinquantaine d'années qui avait l'air de s'ennuyer ferme. Nous nous postâmes derrière lui en attendant notre tour. Il fulminait à propos d'un accroc qu'il avait remarqué sur un costume revenant du nettoyage. L'employée expliquait qu'elle ne pouvait rien faire vu qu'il n'avait pas de reçu et que l'accroc remontait à six mois, comme il le disait. Ce n'était pas la réponse qu'il avait espérée et il lui fallut cinq bonnes minutes pour le lui faire savoir. Nous commencions à

1. Orthographe phonétique de « Easy Clean », littéralement « Lavage facile ». *[NdT]*

perdre patience. Joe finit par se racler la gorge et par interpeller l'employée par-dessus le petit homme.

– Nous sommes venus voir Dan Beckley. Est-il dans le coin ?

D'un signe de tête, elle désigna la porte derrière elle.

– Il est dans son bureau, mais il est peut-être au téléphone. Allez-y quand même.

Le Chinois se tourna vers nous.

– Excusez-moi de vous interrompre, dit-il à Joe en le foudroyant du regard, mais j'étais en train de parler.

– Non, dit Joe en lui rendant son regard, vous étiez en train de débiter des inepties.

Ce disant, il contourna le comptoir et ouvrit la porte.

Je regardai l'homme indigné et haussai les épaules.

– Il n'est pas du matin, dis-je. Mais il n'est pas vraiment de l'après-midi, ni du soir non plus d'ailleurs.

J'emboîtai le pas à Joe et nous pénétrâmes dans une petite pièce carrée équipée d'un vieux bureau métallique et d'un meuble de rangement, sur lequel trônait un petit poste de télévision diffusant un talk-show. Il y flottait une odeur de bière et de transpiration. Un homme corpulent et rougeaud avec de grosses joues et des petits yeux enfoncés était assis derrière le bureau. Il portait une chemise écossaise dont les premiers boutons étaient défaits, dévoilant une petite chaîne en or au milieu d'une touffe de poils grisonnants.

– Vous êtes ici pour le sèche-linge ? demanda-t-il.

– Non, dit Joe en hochant la tête.

L'homme poussa un soupir.

– Allez savoir. Ça fait des jours que ces fumiers me promettent de passer, et toujours rien. En attendant, il n'y a que quatre sèche-linge qui marchent. C'est vraiment chiant !

Joe posa sur lui un regard vide et garda le silence.

– Qu'est-ce que vous voulez ? demanda l'homme.

– Vous êtes Dan Beckley ?

– Tout juste. À qui ai-je l'honneur ?

Je jetai un coup d'œil à Joe. « À qui ai-je l'honneur ? » Il y a des expressions qui sont cool quand c'est Robert DeNiro qui les dit, mais qui sont ridicules quand c'est quelqu'un d'autre. Joe lui donna notre carte de visite. Beckley y jeta un coup d'œil avant de la laisser tomber sur le bureau.

– Je me disais bien que ç'allait être une journée pourrie, dit-il. C'est quoi, le problème ?

– Il n'y a pas de problème, dit Joe. Nous voulons juste vous parler.

– De quoi ?

– De Jeremiah Hubbard.

Beckley grimaça comme s'il venait d'avaler quelque chose d'immonde.

– Je n'ai rien à vous dire sur lui.

– Il y a peu de temps, vous lui avez vendu des biens, dis-je. Au départ, vous lui aviez dit ne pas être intéressé. Puis vous avez réfléchi et d'après ce que j'ai entendu dire, ça n'a pas été une super-affaire pour vous. Que s'est-il passé ?

– Ce qui s'est passé ? Il ne s'est rien passé, dit-il en croisant les bras sur son abdomen protubérant. J'ai décidé de vendre, c'est tout.

– Je vois, dis-je en hochant la tête. Le nom de Wayne Weston vous dit-il quelque chose ?

– Non, répondit-il en fronçant les sourcils.

– C'est un associé d'Hubbard. Un enquêteur, comme nous. Il a été assassiné il y a une semaine.

Quelque chose changea soudain dans son expression – pas à la mention du meurtre, juste avant, quand je lui avais dit que Weston était enquêteur.

– Je ne regarde pas souvent les infos. Je n'aime pas entendre parler d'assassinats, de trafic de drogue et de toute cette merde. En tout cas, je n'ai jamais entendu parler de ce Weston, ajouta-t-il en levant le menton d'un air provocant.

– Pourquoi avez-vous changé d'avis sur la vente de votre bien ? demanda Joe. Il doit bien y avoir une raison. Un type comme Hubbard a suffisamment d'argent. Vous auriez pu lui soutirer beaucoup plus que ça.

– Je me suis bien débrouillé, merci. J'ai eu ce que je voulais et je suis passé à autre chose. Je ne vois pas en quoi ça peut vous intéresser.

Il arrive parfois qu'on sente certaines choses. Appelez ça pressentiment, réaction viscérale, intuition ou instinct – parfois on devine la vérité sans pouvoir l'expliquer, c'est comme un tressaillement quelque part dans l'inconscient, un truc qui vous dit que quelque chose ne va pas. Et dans le bureau de Beckley, là, sous son regard menaçant – il avait les bras croisés sur le ventre et les épaules en arrière, sur la défensive –, c'est exactement ce que je ressentais.

– Par quoi vous tenait-il ? lui demandai-je doucement.

Sa tête partit brusquement en arrière comme si je venais de lui décocher un coup sous le menton.

– Qu'est-ce que vous dites ?

– Comment vous tenait-il ? répétai-je.

C'était la réaction qu'il avait eue lorsque je l'avais informé que Weston était enquêteur qui avait déclenché le tressaillement que je venais de ressentir. J'ignorais pourquoi, mais un déclic s'était fait dans sa tête et il venait de comprendre quelque chose qui lui avait échappé jusque-là.

– Je ne sais pas de quoi vous parlez, dit-il.

Joe recula d'un demi-pas en un mouvement à peine perceptible. Il me laissait le champ libre, conscient que j'opérais sur un pressentiment qu'il ne partageait pas.

– Dan, soyez gentil, lui lançai-je, ne me racontez pas de conneries.

– Je vous prie de sortir d'ici, dit-il en montrant la porte. Immédiatement !

– Nous ne partirons pas, ajoutai-je d'une voix calme. Vous n'avez pas vendu à Hubbard pour si peu juste parce que vous en aviez envie. Vous êtes trop malin pour ça. Il suffit de regarder Hubbard, de penser à tout l'argent qu'il a dans les poches pour avoir envie de lui extorquer jusqu'à son dernier dollar. Alors, pourquoi ne l'avez-vous pas fait ?

– Allez au diable !

J'ignorai sa remarque et me penchai vers lui, les mains posées à plat sur le bureau et le visage tout près du sien.

– Écoutez-moi, Dan. Il y a deux façons de procéder. Soit vous me dites comment Hubbard vous tenait, soit vous me laissez le découvrir moi-même. D'une façon ou d'une autre, je finirai par le savoir. Et je n'aime pas qu'on me mente. C'est ce que vous êtes en train de faire et, jusqu'à ce que je sache pourquoi, je vais vous pourrir la vie. Vous allez être mon obsession, Dan. Je ne vais plus vous lâcher.

Il leva les yeux vers moi, le menton tremblant légèrement. Il respirait fort et pressait ses mains l'une contre l'autre. Il était en colère. Puis il ouvrit un des tiroirs du bureau et en tira une enveloppe, qu'il me jeta. Elle me frappa à la poitrine avant de tomber par terre.

– Allez-y ! lança-t-il d'une voix rageuse, la bouche tordue de colère. Allez-y, jetez un coup d'œil.

Je saisis l'enveloppe et l'ouvris. Elle contenait plusieurs photos. Je les passai en revue lentement tandis que Joe regardait par-dessus mon épaule. Sur le premier cliché, Dan Beckley était dans une voiture, en train de parler à une femme debout sur le trottoir. Celle-ci portait des talons aiguilles, une minijupe rouge et des bas résille noirs. Sur le deuxième, il lui donnait de l'argent et elle était dans la voiture, la tête enfouie dans son entrejambe. Sur le dernier cliché, elle s'éloignait de la voiture, dans laquelle Beckley était toujours assis.

Je glissai les photos dans l'enveloppe.

– Alors, c'est comme ça que ça s'est passé, dis-je. Hubbard vous a envoyé des photos de vous avec une prostituée et vous avez marché avec lui ?

Il acquiesça d'un hochement de tête.

– Impossible de prouver que c'était lui. On m'a juste envoyé les photos accompagnées d'une petite note, sur laquelle figurait le prix qu'il m'avait offert. Mais le message était clair, dit-il en baissant les yeux. J'ai une femme et un fils. Je ne voulais pas qu'ils voient ça.

– Avez-vous essayé de négocier ou avez-vous accepté sa proposition ? demanda Joe.

– Je n'ai pas essayé de le contacter, mais nous savions tous les deux ce qui se passait.

Je reposai l'enveloppe sur son bureau.

– Merci de nous avoir accordé un peu de votre temps, Dan. Et ne vous inquiétez pas, rien de tout ça ne sortira d'ici.

Il me fit un doigt d'honneur sans lever les yeux de son bureau. Nous quittâmes les lieux. Le Chinois était toujours au comptoir en train de se plaindre à l'employée qui avait l'air prête à l'étrangler. Il s'interrompit lorsque Joe l'effleura en passant, mais reprit de plus belle dès que nous eûmes atteint la porte.

Nous grimpâmes dans la voiture et je mis le contact, mais sans enclencher la marche arrière pour quitter le parking.

– C'est donc ça que Weston faisait pour lui, dis-je. Pas étonnant que le mec arrive à négocier de bonnes affaires.

– Ça explique pourquoi Weston n'avait pas l'air de bosser pour d'autres clients, dit Joe. C'était juste un extorqueur bien payé. Hubbard devait lui donner assez de travail.

– Si Weston faisait ça depuis un moment, la liste de ceux qui auraient pu vouloir le tuer doit être longue.

– Et les Russes ? demanda Joe.

Je pianotai des doigts sur le volant.

– C'est vrai. Et les Russes dans tout ça ?

Je restai assis un moment sans rien dire, puis j'ajoutai :

– On pourrait retourner voir Hubbard, lui dire ce qu'on sait et voir ce qu'il raconte.

– Je n'aime pas ça, dit Joe en hochant la tête. Pas tout de suite, en tout cas.

– D'accord. Mais qu'est-ce qu'on fait maintenant ?

– On rentre au bureau. On jette un autre coup d'œil aux articles qu'Amy nous a envoyés pour voir si Hubbard a pu faire chanter d'autres personnes. Et après, on appelle Cody.

J'étais en train de quitter le parking et de m'engager sur la route lorsque je sentis que Joe m'observait.

– Quoi ?

– Je pensais juste à la façon dont tu as pressuré Beckley dans son bureau. T'as une sacrée intuition, mon vieux.

– J'ai eu du bol, c'est tout.

Au bureau, le répondeur clignotait. Joe vérifia les messages pendant que je passais en revue les fax d'Amy en notant tous les noms associés à Hubbard au cours des derniers mois. Lorsque Joe raccrocha, j'avais déjà une liste de sept noms. Il avait l'air soucieux.

– Qui c'était ?

– Cody, répondit-il. Ses hommes ont vérifié la plaque d'immatriculation de l'Oldsmobile verte qu'on a vue hier.

– Et… ?

– Le numéro ne correspond pas à la voiture.

– Ç'aurait été trop facile. Je pourrais peut-être demander le numéro aux Russes. Jusqu'à présent, ils se sont montrés plutôt serviables.

Il fronça les sourcils.

– Je ne pense pas que ce mec soit avec eux. Pourquoi planquer devant chez eux s'ils bossaient ensemble ? D'après moi, il n'est pas dans leur camp. Et il semble bien qu'il s'intéresse à Weston.

– Ça fait réfléchir, pas vrai ?

– Ouais.

Il tapota un crayon sur le bureau et contempla le mur un instant.

– D'après Cody, il s'agit d'une plaque volée en Caroline du Sud il y a deux jours, à Myrtle Beach exactement. Ça fait un bout de chemin.

– S'il l'a parcouru en voiture. Mais il aurait très bien pu piquer la plaque, prendre l'avion, louer une voiture et échanger les plaques à ce moment-là pour se couvrir.

– Et peux-tu me dire pourquoi un mec de Myrtle Beach viendrait à Cleveland avec un faux badge pour interroger les voisins de Weston ? Et comment pourrait-il connaître les Russes ? Même s'il a pris l'avion, il ne peut pas être ici depuis plus de deux jours, avec l'histoire de la plaque volée. Et donc, on peut supposer qu'il était déjà au courant pour les Russes.

– Au courant de quoi ?

Il haussa les épaules.

– De quelque chose en tout cas. Il interroge les voisins sur la nuit de la mort de Weston. Pourquoi ?

– Encore un mec qui enquête ?

– Mais il bosse pour qui, lui ?

Je soupirai en hochant la tête. Je n'avais aucune réponse. Sentant une douleur diffuse m'envahir les épaules, je fis quelques mouvements pour me détendre. J'avais besoin d'exercice ou d'un massage.

– Que penses-tu de l'agent Cody ? demanda Joe.

– Typique FBI. Intelligent, frimeur, grande gueule. Et probablement tout à l'esbroufe.

Il hocha la tête.

– C'est ce que je pense, moi aussi. Je ne sais pas s'il nous a menti hier soir, mais je suis sûr qu'il ne nous a pas dit tout ce qu'il savait. À l'entendre, le FBI aurait repris l'enquête juste parce que le nom de Weston est apparu sur un enregistrement ? Des conneries, oui ! Je suis persuadé qu'il y a plus que ça.

– Tu crois qu'on devrait lui parler de Dan Beckley ?

– Je n'en sais rien. Nous nous sommes engagés envers John Weston. Le FBI peut nous empêcher de progresser dans l'enquête si la direction qu'elle prend ne leur convient pas. Et je ne tiens pas à ce que ça arrive.

– Weston travaillait pour Hubbard en lui fournissant les moyens de faire chanter ses partenaires, dis-je. En plus, il est pas mal impliqué dans les affaires municipales. Va savoir combien de secrets Weston lui a révélé au cours de toutes ces années.

– Assez pour que certains soient assez furieux pour vouloir le tuer.

– Évidemment. Mais les Russes dans tout ça ? Il y a pas mal de gens qui seraient prêts à dérouiller Weston pour ce qu'il a fait, mais peu qui s'en prendraient à sa famille. Ça ressemble plus à une tactique de la Mafia.

– Et il ne faut pas oublier le mec de l'Oldsmobile verte, dit Joe. Après tout, il est peut-être du FBI, lui aussi.

– Cody a dit que non. Et Swanders était furieux quand il a su que le mec avait un badge et qu'il se faisait passer pour un flic du CPD.

– D'après moi, Swanders ne sait rien, mais je n'en dirais pas autant de Cody. Tu sais combien les mecs du Bureau protègent les leurs, surtout les agents infiltrés. Cody n'hésiterait pas à mentir pour couvrir un de leurs agents. Et ce n'est pas Swanders qui a laissé le message disant que la plaque d'immatriculation avait été volée à Myrtle Beach. C'est Cody.

– Es-tu en train de me dire qu'il a menti là aussi ?

– Je dis que c'est une possibilité.

Nous aurions pu continuer à nous interroger et à nous lamenter une heure ou deux de plus que ça n'aurait pas fait avancer les choses. Joe décida de consulter à nouveau les fax d'Amy et je les lui fis passer. À défaut de meilleure idée, j'entrepris de jeter un coup d'œil à notre maigre dossier d'enquête. Son contenu n'était pas particulièrement impressionnant : le cahier de notes de John Weston, les feuilles de renseignements sur les Russes que m'avait données April Sortigan et les notes que j'avais prises après ma conversation avec le substitut du procureur James Sellers. Je relus tout ça encore une fois pour voir si je n'avais rien laissé passer ou si certains éléments prenaient un sens nouveau après nos dernières découvertes. Je ne trouvai pas grand-chose. Le dossier de Sortigan n'était pas particulièrement utile – elle y avait juste noté quelques informations extraites de divers procès-verbaux. Rien que je n'aie déjà consigné en mémoire, mais je relus tout ça quand même.

Et mon regard s'arrêta sur un numéro de téléphone inscrit sur un petit papier jaune collé sur le dossier. J'essayai de me rappeler s'il s'agissait d'un numéro relié à l'enquête ou si c'était juste une note personnelle qu'elle avait oublié d'enlever en me remettant le dossier. Enfin je me rappelai. Sortigan m'avait dit que Weston voulait qu'elle lui faxe les renseignements sur les Russes à ce numéro vu qu'il n'était pas en ville.

J'allumai mon ordinateur et me connectai à Internet. Il existe plusieurs services d'annuaire inversé qui permettent d'obtenir une adresse si on a un numéro de téléphone et inversement. Je me connectai à ceux que j'avais l'habitude d'utiliser et entrai le numéro de téléphone avant de cliquer sur le bouton Rechercher. Quelques secondes plus tard, la base de données me renvoyait sa réponse : Pas d'adresse correspondante. Je ne fus pas surpris. Ce genre de recherche ne fonctionne que pour les numéros listés et la plupart des numéros de fax ne le sont pas.

Je gardai les yeux rivés à l'écran pendant quelques instants en essayant de penser à une autre manière de procéder. Je pourrais envoyer un fax à ce numéro sous un prétexte quelconque en espérant que quelqu'un réponde. Le problème, c'est que je ne trouvais aucun bon prétexte. Peut-être valait-il mieux être honnête et envoyer un fax à notre en-tête en espérant impressionner le destinataire. Mais quand ils sont intimidés par des détectives privés, les gens ont tendance à se fermer plutôt qu'à accepter de donner des informations. J'examinai le numéro de fax encore une fois et me connectai à une nouvelle base de données. Je devais au moins pouvoir identifier l'indicatif de zone du numéro. J'entrai les trois premiers chiffres dans le moteur de recherche et obtins une réponse immédiate. L'indicatif de zone correspondait à la partie de la Caroline du Sud dans laquelle se trouvait Myrtle Beach.

– Hé, Joseph ! m'écriai-je. (Il me répondit par un grognement.) Quand Weston a demandé à Sortigan de lui trouver des infos sur les Russes, il lui a dit de les lui faxer dans une autre ville. Je n'arrive pas à trouver l'adresse correspondant au numéro, mais j'ai vérifié l'indicatif de zone et devine quelle ville s'y trouve ?

– Myrtle Beach.

– Bon sang, pourquoi faut-il toujours que tu sois si malin ? lui renvoyai-je en le foudroyant du regard. Moi qui voulais t'épater en t'annonçant un truc incroyable !

Il se pencha pour jeter un coup d'œil sur mon écran.

– C'est intéressant. Cody n'a peut-être pas menti sur la plaque d'immatriculation volée.

– Que pouvait bien faire Weston à Myrtle Beach quelques jours avant son assassinat ?

– Est-ce qu'il connaît quelqu'un là-bas ?

– Pas que je sache.

Joe regarda à nouveau l'écran en se frottant négligemment les mâchoires.

– Appelle John et demande-lui.

Je décrochai le téléphone et composai le numéro de Weston. Il répondit après la deuxième sonnerie et je me présentai.

– Oui, qu'y a-t-il ? demanda-t-il d'une voix où perçait une impatience contenue qui me donna envie de m'enfoncer un peu plus dans ma chaise.

Pour Joe et moi, les journées passaient vite, mais, manifestement, pour John Weston, elles s'écoulaient avec une lenteur atroce.

Je lui expliquai que nous avions fait quelques progrès, mais que nous ne lui donnerions des détails qu'après avoir pu confirmer nos théories. Il rouspéta un peu, mais je restai sur ma position. Je n'avais aucune envie d'annoncer au pauvre homme que son fils était un extorqueur qui s'était trouvé dans le collimateur de la Mafia russe. J'avais l'obscur pressentiment qu'il faudrait le lui dire un jour ou l'autre, mais je ne voulais pas brusquer les choses avant d'être absolument sûr de mon fait.

– Nous avons établi certains liens avec Myrtle Beach en Caroline du Sud. Il semble que Wayne s'y soit rendu peu avant sa mort et nous aimerions savoir s'il avait des amis ou des relations là-bas ?

– Il est allé en Caroline du Sud ? demanda Weston. Tiens donc, il ne m'en a pas parlé. Vous êtes sûrs ?

– Avait-il des amis ou des relations là-bas ? répétai-je patiemment.

Je doute que Wayne Weston ait beaucoup partagé avec son père, mais qu'il lui ait caché quelque chose surprenait le vieil homme.

– Oui, bien sûr, dit John Weston. Randy Hartwick. Je vous ai déjà parlé de lui.

– Ah bon ?

– Tout est noté dans le cahier, bon sang ! lâcha-t-il sèchement. C'est pour ça que j'ai passé tout ce temps à écrire, pour que vous ayez toutes les informations sous les yeux et que vous ne veniez pas m'emmerder chaque fois que vous avez la moindre petite question.

Je saisis le cahier et le feuilletai rapidement. Le nom de Randy Hartwick figurait effectivement dans la catégorie « Amis ». Leur amitié remontait à leurs années passées dans les Marines, mais dans le cahier il était dit qu'il vivait en Floride.

– Je vois bien son nom, dis-je, mais il est écrit qu'il habite en Floride.

– C'est à cause de Myrtle Beach, me renvoya Weston agacé, probablement plus par sa propre erreur que par ma remarque. Toutes ces satanées plages attrape-touristes à la con, je m'y perds, moi !

– Je comprends. Avez-vous eu des nouvelles de M. Hartwick récemment ?

– Non. J'ai appelé et je lui ai laissé un message pour les obsèques parce que… disons que ça me paraissait bizarre d'enterrer Wayne sans que Randy soit là. Mais il ne m'a pas rappelé.

Il avait dit ça avec circonspection, comme s'il s'efforçait de ne laisser percer aucune amertume dans ses propos ; il n'avait pas tout à fait réussi.

– Je vois. M. Hartwick et votre fils sont-ils restés proches après leur passage dans les Marines ?

– Très proches, oui. Tous les ans, ils partaient pêcher ensemble quelques jours. Wayne me disait que… en dehors de sa famille, bien sûr… Randy Hartwick était la seule personne à qui il pouvait faire entièrement confiance. Il disait qu'il lui confierait sa vie en un instant, sans la moindre hésitation et sans aucun regret.

C'est comme au combat, vous savez. Il faut avoir ce genre de loyauté.

– C'est vrai, dis-je en espérant ne pas avoir à entendre un autre de ses sermons sur la loyauté. (Il aurait dû rester dans l'armée. Il aurait fait un sacré général.) Dans le cahier, vous écrivez que M. Hartwick travaillait pour un hôtel. Savez-vous ce qu'il y faisait ?

– Il s'occupait de la sécurité. Vous savez… il installait les alarmes et les caméras de surveillance, fournissait les gardes, tout ça, quoi. C'était un de ces hôtels chics pour vacanciers.

– Vous rappelez-vous son nom ?

– Merde, grommela-t-il. (Il resta silencieux quelques secondes, réfléchissant à ma question.) Golden Palms ? Non, ce n'est pas ça. Pas Palms. Nom de Dieu ! C'était quoi ce foutu nom ? Golden Beaches, Golden Palms. Un truc comme ça.

– Je vérifierai pour voir si je trouve quelque chose d'approchant.

– D'accord.

– Eh bien, c'est tout ce que j'avais à vous demander, monsieur. Je vais essayer de retrouver M. Hartwick. On vous rappelle bientôt.

– J'espère bien, dit-il d'une voix à peine audible et pas sur le ton bourru et autoritaire dont il était coutumier. J'espère bien.

Je raccrochai et regardai Joe.

– J'ai notre lien avec Myrtle Beach.

– Qui est-ce ?

– Randy Hartwick. Il était dans le même bataillon *Force Recon* que Wayne Weston. Apparemment, ils ont fait leurs classes ensemble à Twenty-nine Palms et ne se sont plus quittés jusqu'à leur entraînement spécial et leur intégration dans *Force Recon*. En tout cas, c'est ce qui est dit dans le cahier de Weston. Au téléphone, il m'a dit qu'Hartwick était la seule personne en qui son fils avait entièrement confiance. Qu'il aurait mis sa vie entre ses mains sans hésiter.

Joe m'écoutait avec intérêt.

– Et Weston a rendu visite à Hartwick juste avant sa mort, dit-il.

– Peut-être. Nous ne pouvons pas en être sûrs, mais c'est probable. John Weston dit qu'Hartwick était responsable de la sécurité dans un grand hôtel de Myrtle Beach. Il n'a pas eu de ses nouvelles depuis un moment, même après qu'il l'a appelé pour lui dire ce qui s'était passé et l'inviter aux obsèques.

– Tu crois que le mec de l'Oldsmobile, c'était Hartwick ?

– Possible.

– Mais qu'est-ce qu'il fout ici à se faire passer pour un flic ?

– D'après John Weston, son fils et lui étaient liés par une loyauté à toute épreuve. Peut-être Hartwick est-il venu ici pour trouver qui avait tué son copain ou savoir ce qui était arrivé à sa femme et à sa fille.

– Il vient ici pour enquêter et il ne prend pas la peine de contacter John Weston ? Il ne vient même pas à l'enterrement ?

Je refermai le cahier et le jetai sur le bureau.

– Moi aussi, je trouve ça bizarre.

– Essaie de trouver l'hôtel, dit Joe. Je crois qu'il faut agir vite sur ce coup. Si c'est lui le mec qui interroge les voisins et qui surveille les Russes, il doit avoir pas mal de réponses.

Je me retournai vers mon ordinateur et lançai quelques recherches rapides sur « Myrtle Beach », « hôtel » et « Golden ». En moins de cinq minutes, j'avais trouvé. L'hôtel Golden Breakers de Myrtle Beach affichait fièrement ses cinq étoiles, ses suites luxueuses, un restaurant panoramique, des jacuzzis, plusieurs piscines, une salle de sport, un sauna et même une « Lazy River » de cent trente mètres de long que les enfants pouvaient descendre. Je notai le numéro et appelai l'hôtel.

– Bonjour, dis-je lorsque la voix aimable de la réceptionniste répondit. Je voulais juste vous faxer quelque chose, mais j'ai perdu votre numéro. Pourriez-vous me le donner ?

Elle s'exécuta avec grâce et je comparai aussitôt le numéro avec celui que Sortigan m'avait donné. C'était le même. Je remerciai la réceptionniste, raccrochai et levai les yeux vers Joe.

– Le Golden Breakers, annonçai-je. C'est là que Sortigan a envoyé un fax à Weston. Je suis presque sûr que cet hôtel est aussi celui qui emploie Randy Hartwick.

– Rappelle et demande-le, dit Joe.

Ce que je fis.

– Désolée, monsieur Hartwick est en déplacement, répondit la réceptionniste après m'avoir mis en attente quelques secondes.

– En déplacement ? répétai-je. (Joe me jeta un coup d'œil et m'adressa un signe d'encouragement.) Savez-vous où il est allé ou quand il reviendra ?

– J'ai bien peur que non.

– Oh, c'est très ennuyeux, dis-je en feignant une profonde déception. Je dois vraiment lui parler aujourd'hui. J'ai bien peur qu'un de ses amis proches soit décédé et je sais qu'il voudrait être averti le plus vite possible. Avez-vous une idée de la manière dont je pourrais le contacter ?

– Oh, c'est terrible, dit-elle d'une voix si pleine de compassion que j'en éprouvai quelques remords. M. Hartwick a un téléphone portable. Je ne connais pas son numéro, mais si vous me donnez dix minutes je pourrais probablement l'obtenir.

– Ce serait parfait.

Je lui donnai le numéro du bureau et elle promit de me rappeler.

Je venais juste de raccrocher et de me tourner vers Joe, prêt à lui rapporter ma conversation téléphonique, lorsque quelqu'un frappa à la porte. Nous tournâmes notre regard vers l'entrée et échangeâmes un bref signe de tête, nous attendant à voir Swanders et Kraus, ou peut-être Cody.

– Entrez, dit Joe.

L'homme qui pénétra dans la pièce n'était ni Swanders, ni Kraus, ni Cody, mais apparemment Joe le connaissait. Moi, je ne l'avais jamais vu.

– Qu'est-ce qui vous amène, monsieur Kinkaid ? dit Joe en avançant vers lui la main tendue. Je vous présente mon associé, Lincoln Perry. Lincoln ? Aaron Kinkaid. Aaron travaillait avec Wayne Weston.

Je serrai la main de notre visiteur. Kinkaid était grand – un bon mètre quatre-vingt-quinze –, très mince et avait des cheveux roux foncé. Les quelques taches de rousseur disséminées sur l'arête de son nez accentuaient le contraste saisissant entre ses cheveux roux et ses yeux verts. Il avait des mains énormes, du genre qui peut couvrir un ballon de basket comme d'autres tiennent une balle de softball. Sa grande taille, sa minceur, ses cheveux roux et ses taches de rousseur évoquaient pour moi un garçon de ferme, alors qu'il devait approcher de la quarantaine.

– Ravi de faire votre connaissance, dit-il.

Il parlait d'une voix légèrement traînante, avec des inflexions languissantes qui accentuaient encore cette image de jeune campagnard. Il s'assit en joignant les mains, fronça les sourcils et regarda fixement ses chaussures.

– J'ai bien peur d'avoir quelque chose à vous dire qui ne va sans doute pas vous faire plaisir, monsieur Pritchard, dit-il.

Joe haussa les sourcils, mais garda le silence.

– Voyez-vous, poursuivit Kinkaid, je n'ai pas été tout à fait honnête quand vous êtes venu à Sandusky pour me parler. Mais je voudrais me rattraper. Ce que je veux dire, c'est que, si vous êtes d'accord, j'aimerais travailler avec vous.

– Travailler avec nous ? dit Joe.

Kinkaid acquiesça d'un hochement de tête.

– Oui, monsieur. Travailler avec vous sur l'affaire Weston, je veux dire. Je crois pouvoir vous aider et je voudrais vraiment le faire.

– Pourquoi ? demandai-je. (Il leva les yeux pour la première fois.) Pourquoi avoir d'abord menti à Joe et vouloir nous aider maintenant ?

Nos regards se croisèrent un instant avant qu'il se remette à fixer ses chaussures.

– Parce que je suis amoureux de la femme de Wayne Weston.

10

Pendant une minute, personne ne dit mot, puis Aaron Kinkaid se mit à raconter son histoire. Il affirma avoir menti à Joe uniquement sur les circonstances de sa séparation d'avec Wayne Weston. Il lui avait dit que Weston n'avait donné aucune explication et qu'il avait mis fin à leur association pour des raisons qui lui étaient inconnues. En réalité, Weston avait une excellente raison de se séparer de Kinkaid : celui-ci avait déclaré ses sentiments à Julie Weston – sentiments qui avaient grandi au fil des mois.

– Je sais qu'elle aussi éprouvait des sentiments pour moi, reprit-il. Elle me l'a même dit. Mais elle devait penser à sa fille. Elle m'a demandé de l'oublier et pendant quelques semaines tout s'est bien passé. Puis elle s'est sentie mal à l'aise et en a parlé à Wayne.

Je jetai un coup d'œil à Joe et vis qu'il regardait Kinkaid avec un air de mépris non dissimulé, manifestement peu impressionné par quelqu'un qui pouvait poursuivre de ses assiduités la femme de son associé. Ruth, l'épouse de Joe, était morte plusieurs années auparavant et, pour lui, le mariage était plus sacré que jamais. Mais il se garda bien de dire quoi que ce soit.

Wayne Weston, furieux, avait voulu affronter Kinkaid. Celui-ci n'avait pas nié les sentiments qu'il éprouvait pour sa femme et Weston lui avait demandé de partir. Dans un premier temps, Kinkaid avait refusé.

– Et puis j'ai bien compris que la situation était sans espoir, dit-il. Nous n'aurions jamais pu retravailler ensemble. Wayne ne me faisait plus confiance et je le comprenais… je ne lui en voulais pas. Quand on ne peut pas faire confiance à son associé, il vaut mieux changer d'activité. Et c'est ce qu'on a fait.

Il passa une grande main osseuse dans ses cheveux.

– Je veux que vous compreniez que je suis très attaché à Julie. À votre façon de me regarder, je vois bien ce que vous pensez de moi… je suis un salaud de première qui veut la femme de son associé juste parce qu'elle est chasse gardée, ou peut-être juste à cause de sa beauté. Mais ce n'était pas ça pour moi. Julie est une femme exceptionnelle.

Il me regarda, comme si je pouvais comprendre ce que Joe ne comprenait pas.

– Elle est vraiment spéciale. Oui, bien sûr, elle est superbe, mais au bout de quelques mois je ne faisais plus attention à son physique. Elle ne ressemble à aucune autre femme. Elle a une profondeur, une qualité d'intelligence et d'humanité, comment dire… (Il hocha la tête.) C'est comme si elle pouvait vous percer à jour, vous comprendre mieux que vous ne le pouvez vous-même. J'ai essayé de ne plus penser à elle. J'ai même essayé de ne plus m'approcher d'elle, mais ça n'a pas aidé. Il n'y avait rien à faire. Je sais que vous ne voyez en moi qu'un fumier qui a voulu piquer la femme de son associé, mais je vais vous dire une chose : je l'aimais comme je n'ai jamais aimé personne. Et je sais que je n'aimerai plus jamais personne comme elle.

Ni Joe ni moi ne prononçâmes un seul mot. On est bons pour ça, quelquefois. On bosse bien ensemble, mais on est encore meilleurs quand il s'agit de garder le silence.

– Écoutez, finit par dire Kinkaid, je suis au courant de la mort de Wayne et de la disparition de Julie et de Betsy et je voulais rester en dehors de tout ça. Je ne voulais même pas m'autoriser à y penser, parce que je savais qu'au lieu de déplorer la mort de mon ancien associé je me mettrais à penser à revoir sa femme. Et je me sentais vraiment moche. Mais maintenant, je m'en fiche. Il faut que je sache où sont cette femme et cette petite fille. C'est tout ce qui m'importe. Dès que j'aurai découvert ce qui leur est arrivé, je me retire et c'en sera fini de tout ça. Mais il faut que je sache, vraiment.

Joe se racla la gorge.

– C'est parfait, Kinkaid. Je respecte votre désir de nous aider, mais ce n'est pas comme ça que nous travaillons. Lincoln et moi travaillons seuls. Exclusivement. On ne travaille jamais avec personne d'autre, vous comprenez ? Si vous voulez absolument aider, je vous donnerai le numéro des inspecteurs chargés de l'affaire. Peut-être apprécieront-ils votre aide plus que nous.

– Je comprends votre réaction, dit Kinkaid en joignant les mains et en hochant la tête. Mais je vous rappelle que je ne suis pas étranger à ce type de travail. Je connais bien le boulot de privé. En fait, j'ai plus d'expérience que vous deux réunis. Je sais, vous étiez flics, mais on s'y prend différemment quand on n'a pas de badge. Je connais toutes les ficelles du métier et je suis rapide.

– Merci, mais on a assez de mal à avancer comme ça, tous les deux, dis-je.

Joe hocha la tête.

– Je dois souvent lui tenir la main, mais pour l'instant on s'en est toujours sortis tout seuls. Et je crois qu'on va continuer.

Kinkaid se leva, son grand corps se dressant au-dessus du bureau de Joe.

– Très bien, dit-il. Je ne vais pas vous supplier. Mais vous faites erreur. Je connaissais Wayne Weston mieux que personne. Je connais son passé, sa façon de penser, ses habitudes. Et je vais découvrir ce qui s'est passé dans cette maison. Vous pouvez y compter.

La sonnerie du téléphone retentit. Je commençai par l'ignorer en me disant que celui qui appelait pouvait laisser un message sur le répondeur, puis je me souvins de la réceptionniste du Golden Breakers qui devait me rappeler. Je saisis le combiné et décrochai.

– Allô ?

– Bonjour, ici Rebecca au Golden Breakers de Myrtle Beach, annonça une voix jeune et joviale. Je crois que nous nous sommes déjà entretenus au sujet de Randy Hartwick, le responsable de la sécurité ?

– Oui.

– Eh bien, nous avons trouvé le numéro de portable de M. Hartwick.

Elle me lut le numéro tandis que Kinkaid se tenait debout sur le seuil, une main sur la poignée de la porte. Je la remerciai avant de raccrocher. J'aurais préféré qu'elle n'ait pas parlé si fort. Pourvu que Kinkaid ne l'ait pas entendue.

Il avait parfaitement entendu.

– Randy Hartwick, hein ? dit-il devant la porte.

Je regardai Joe, il haussa les épaules : il me laissait le soin de répondre.

– Que savez-vous de lui ? demandai-je.

Kinkaid se retourna vers nous, la main toujours sur la poignée de la porte.

– Randy Hartwick est probablement l'homme le plus dangereux que je connaisse. (Il hésita, son regard passant de Joe à moi.) Vous feriez bien de vous méfier. Dommage que vous travailliez exclusivement seuls, dit-il en reprenant les paroles de Joe. Parce que si vous décidez de coincer Hartwick, vous aurez besoin de toute l'aide possible.

Il ouvrit la porte et franchit le seuil, puis il marqua une pause pour nous laisser une dernière chance. Joe me jeta un coup d'œil et poussa un soupir.

– Ramenez-vous ici et asseyez-vous, dit-il.

Kinkaid grimaça un sourire, ferma la porte et regagna sa chaise.

– Très bien, dit-il. Mettons-nous au travail.

Ce que Kinkaid savait de Randy Hartwick remontait à ses premières années avec Wayne Weston. Hartwick était venu lui rendre visite plusieurs fois et Weston les avait présentés.

– C'est un de ses potes des Marines, dit-il. Ils sont toujours restés proches, même si c'était une très mauvaise idée.

– Pourquoi une mauvaise idée ? demandai-je.

Il m'adressa un sourire crispé.

– Ils étaient tous les deux de *Force Recon*. Des durs de dur ! Ce sont eux qui participent aux guerres secrètes et se chargent des sales boulots dans la plus grande confidentialité. Les opérations clandestines, c'était leur truc, et Hartwick… disons que ça l'est resté. Il est toujours accro au danger et à l'adrénaline qui va avec. Wayne lui aussi était accro, mais pas autant qu'Hartwick. Nous en parlions souvent après les visites de Randy et, chaque fois, Wayne avait des étincelles dans les yeux. L'espace d'un instant, il dérivait vers son monde à lui. Mais il lui suffisait de poser le regard sur une photo de Julie et de sa fille pour revenir sur terre. Hartwick a quitté les Marines deux ans après Wayne. Il a essayé de trouver des boulots dans la sécurité, mais ça ne l'a pas branché longtemps.

– C'est pourtant ce qu'il fait maintenant, dis-je.

Kinkaid m'adressa le genre de sourire qu'on réserve à ceux qui croient que tout l'argent qu'ils paient aux impôts est utilisé à bon escient.

– C'est une couverture, dit-il. Il est où maintenant, hein ? En train d'évaluer les besoins de surveillance pour un club de loisirs ? Un aéroport privé, peut-être ?

Je lui adressai un petit signe de tête pour lui signifier qu'il n'était sans doute pas loin de la vérité et son sourire s'élargit.

– Oui, c'est bien ce que je pensais. Avec ce genre de boulot, il n'a pas besoin d'être constamment sur place. Et ça lui laisse beaucoup de temps libre pour ses autres activités.

– C'est-à-dire ?

– Le trafic d'armes. Et il s'y connaît, croyez-moi.

Malgré mon désir de me tourner vers Joe, je gardai les yeux rivés sur Kinkaid en essayant de rester de marbre. Cody nous avait dit que les Russes faisaient du trafic d'armes. Et maintenant, Kinkaid nous apprenait que l'ami le plus proche de Weston en faisait aussi.

– Avec qui bosse-t-il ? demanda Joe. Enfin… je devrais peut-être plutôt dire pour qui ?

Kinkaid fronça les sourcils.

– Ça, je ne peux pas vous le dire. Hartwick ne s'est jamais vraiment confié à moi, vous savez, et Wayne… disons que ça fait des années qu'on n'a pas parlé de tout ça. Je ne connais aucun nom, je sais seulement que des Soviétiques étaient impliqués. Des anciens de la *Spetznatz*, l'équivalent russe de *Force Recon*.

Après ça, il fallait absolument que je regarde Joe. Il me rendit mon coup d'œil et je sus immédiatement ce qu'il pensait : tout bien considéré, nous avions peut-être bien fait d'arrêter Kinkaid à la porte.

Kinkaid avait surpris mon regard.

– Quoi ? (Et comme personne ne répondait, il ajouta :) Pourquoi vous me regardez comme ça ? Qu'est-ce que j'ai dit ?

Joe bougea sur sa chaise et se renversa en arrière, joignant les mains derrière la tête.

– Peu de temps avant sa mort, Weston s'intéressait à des gangsters russes opérant à Cleveland. Nous avons voulu nous renseigner sur eux et, hier, un agent du FBI et des flics de Cleveland sont passés nous voir pour nous dire de laisser tomber.

– Ils vous ont dit pourquoi ?

Joe hocha la tête.

– Ils nous ont dit qu'un groupe de Russes qui bossaient pour Dainius Belov avait tué Wayne Weston. Apparemment, le nom de Weston avait été entendu sur un enregistrement d'écoutes téléphoniques. Ils ignorent quel était le lien entre eux, en tout cas c'est ce qu'ils nous ont déclaré. Mais ils nous ont aussi dit que les Russes faisaient du trafic d'armes.

Kinkaid étira ses longues jambes devant lui et inclina la tête.

– Ont-ils parlé d'Hartwick ?

– Pas un mot.

– Alors pourquoi vous intéressez-vous à lui ? demanda-t-il en fronçant les sourcils.

Joe lui parla de l'Oldsmobile verte et des plaques d'immatriculation volées en Caroline du Sud et lui expliqua comment j'avais découvert qu'Hartwick était employé dans un hôtel de Myrtle Beach. Kinkaid écoutait attentivement, ses yeux verts exprimant un intérêt intense.

– Quand vous êtes venu me voir à Sandusky, vous m'avez posé des questions sur Jeremiah Hubbard, dit-il. Qu'est-ce qu'il vient faire dans tout ça ?

– Bonne question, dis-je. On espère trouver la réponse bientôt.

Je lui rapportai notre conversation avec Hubbard ainsi que notre visite à Dan Beckley dans la matinée. Il hochait la tête doucement pendant que je parlais. Il avait l'air soucieux, mais pas surpris.

– Je m'en doutais, dit-il lorsque j'eus terminé. Lorsque Wayne et moi nous sommes séparés, je suis resté en contact avec certaines personnes avec qui nous avions travaillé. Au bout de quelques mois, j'ai entendu des rumeurs comme quoi il n'acceptait aucun nouveau client et qu'il s'était trouvé un boulot hautement confidentiel et super-bien payé. Bon sang, quand on voit sa baraque, on sait qu'il gagnait du pognon. Mais renseignez-vous un peu dans le milieu des privés et vous entendrez pas mal de trucs comme quoi son business n'était pas légal.

– Il semble qu'il ait fourni à Hubbard les moyens de faire chanter certaines personnes, dis-je. Mais comment a-t-il pu être de mèche avec Belov ? Pour l'instant, on n'en a pas la moindre idée. Et maintenant, on a un ancien Marine qui chasse sur les mêmes terres que nous. Ça fait beaucoup de questions et pas suffisamment de réponses.

– Vous dites qu'Hartwick interrogeait les voisins en se faisant passer pour un flic ? Je me demande ce que ça veut dire. Si Wayne était mêlé aux affaires de Belov, à tous les coups, c'est Hartwick qui lui a filé un coup de pouce. Mais qu'est-ce qu'il peut bien faire à traîner dans le quartier en posant des questions ?

– Peut-être exactement la même chose que nous, suggérai-je. Peut-être essaie-t-il de découvrir ce qui est arrivé à Weston et à sa famille.

– C'est possible, dit-il en grimaçant. Mais avec un mec comme lui, j'ai tendance à croire qu'il y a une histoire de pognon là-dessous. Et si c'est le cas, vous pouvez être sûrs qu'il est là pour le récupérer.

– Vous croyez qu'il est assez con pour essayer d'escroquer la Mafia russe ?

Kinkaid sourit d'un air railleur.

– Assez stupide pour essayer ? Randy Hartwick sauterait sur l'occasion, monsieur Perry. C'est le genre de défi qu'il ne manquerait pas de relever. Il se croit le plus fort et le plus dangereux de tous. Et il est persuadé qu'il est le plus malin.

– Qu'est-ce qu'il essaie de faire ?

– Je n'en sais rien. Mais vous avez son numéro de téléphone, non ?

– C'est vrai.

– Eh bien, pourquoi ne pas l'appeler et le lui demander ?

Joe me regarda et haussa les épaules.

– Pourquoi pas ? dit-il. S'il ne répond pas ou s'il te raccroche au nez, on se débrouillera tout seuls, mais s'il accepte de nous parler, ça pourrait nous économiser pas mal d'efforts.

– Très bien.

Je saisis le téléphone et composai le numéro que la réceptionniste du Golden Breakers m'avait donné. Au bout de la troisième sonnerie, une voix d'homme répondit d'un ton cassant :

– Hartwick.

– Monsieur Hartwick, je m'appelle Lincoln Perry.

– Oui ?

– Je suis enquêteur et je travaille pour John Weston. Mon associé et moi-même souhaiterions vous poser quelques questions concernant vos relations avec le fils de John.

Pendant quelques secondes, je n'entendis que sa respiration.

– J'ai bien peur de ne pas pouvoir vous aider, dit-il d'une voix où perçait la prudence.

– Vous roulez toujours avec cette Oldsmobile verte ?

Il y eut un autre silence.

– Vous êtes les mecs de la Taurus ?

– Oui.

– Vous dites que vous bossez pour John ?

Dès que j'eus confirmé, il poursuivit.

– D'accord, on peut parler.

– Pourriez-vous passer au bureau dans l'après-midi ? Je peux vous expliquer comment venir. Ce n'est pas difficile à trouver.

– Pas question, dit-il. Ne prenez pas ça personnellement, mais je préfère décider moi-même du lieu de rendez-vous tant que je ne sais pas où je mets les pieds. (Il marqua une petite pause, réfléchissant aux possibilités.) Vous êtes où ?

Je lui expliquai où se trouvait le bureau.

– D'accord, voici comment nous allons procéder. Je vais faire un petit tour en bagnole pour voir si je peux trouver un endroit qui me convient. Dès que j'en ai repéré un, je vous appelle et vous venez m'y retrouver.

– Ça marche, dis-je en pensant à la description que Kinkaid nous avait faite de Hartwick comme étant l'homme le plus dangereux qu'il connaisse.

Ça pouvait très bien être un piège, mais au moins serions-nous un minimum préparés. J'étais content que Kinkaid ait décidé de venir à Cleveland. Sans lui, nous aurions abordé Hartwick avec les précautions d'usage – mais avec un mec comme ça, les précautions d'usage risquaient de ne pas suffire. Je lui donnai le numéro du bureau avant de raccrocher. Joe et Kinkaid me regardaient d'un air interrogateur.

– Il a accepté de nous rencontrer, mais selon ses propres termes. Il va repérer un endroit convenable et nous rappellera pour que nous allions l'y retrouver.

– Merde, dit Kinkaid en fronçant les sourcils et hochant la tête. Je n'aime pas ça du tout. Ça m'a tout l'air d'un traquenard. Il contrôle beaucoup trop la mise en scène.

Je me tournai vers Joe. Son visage était parfaitement inexpressif et il ne réagit pas aux propos de Kinkaid.

– Alors, grand-père ? dis-je.

– Ce mec m'a tout l'air d'avoir pas mal de réponses, dit Joe. Si c'est la seule façon qu'il nous parle, on y va. Il est tout seul et nous sommes trois. Ça devrait aller.

– Vous croyez qu'il vaut mieux se séparer ? demanda Kinkaid. Qu'un de nous reste en retrait en cas de problème ?

– Je ne m'attends pas à ce qu'il y ait de problèmes, répondit Joe, mais ce n'est peut-être pas une mauvaise idée. Quoi qu'il en soit, je crois qu'il vaut mieux que vous ne soyez pas avec nous pour ce rendez-vous.

– Quoi ? ! Oh, allez ! (Il se pencha en avant et frappa du plat de la main sur le bureau.) C'est des conneries tout ça, Pritchard. Vous voulez que je vous aide ou pas ? Je connais ce mec mieux que vous. Il faut que je sois là quand vous l'interrogerez.

Joe fit non de la tête.

– Hors de question. Je sais que vous connaissez bien Hartwick, mais ce n'est pas forcément une bonne chose. S'il vous voit, il risque d'être sur ses gardes. Il sait que vous connaissez certaines choses de son passé et ça peut jouer contre nous. Pour le moment, vous êtes notre joker. On ne vous jette pas encore sur la table.

Kinkaid avança les lèvres et souffla un grand coup, affichant la moue boudeuse de l'enfant qui apprend à siffler.

– Joe a raison, dis-je. Pour l'instant, Hartwick pense que nous ne savons rien. Et même si nous ne savons pas grand-chose, ce que nous savons, c'est grâce à vous. Il vaut mieux le prendre par surprise, lui laisser croire qu'il est le plus malin et qu'il contrôle la situation. Nous aurons une meilleure chance de savoir ce qu'il fait ici.

J'étais à deux doigts de croire ce que j'étais en train de dire. D'une certaine manière, il y avait du vrai là-dedans, mais ce n'était pas la raison pour laquelle je tenais à éloigner Kinkaid. Il s'était montré honnête jusqu'à présent, il fallait le lui reconnaître, mais je n'étais pas habitué à travailler avec lui. Joe et moi avions procédé à des centaines d'interrogatoires ensemble, on était rodé au travail d'équipe et je ne voulais pas que la présence de Kinkaid vienne compromettre nos efforts. J'ignorais totalement comment il pourrait réagir en cas d'échange de coups de feu si ça tournait mal. Et si c'était un coup monté, Kinkaid risquait d'être un problème.

– Ça vous gêne que je fume dans votre bureau ? demanda Kinkaid une dizaine de minutes plus tard en rompant ce qui était devenu un silence relativement long, alors que nous attendions toujours le coup de fil d'Hartwick.

– Je préférerais que vous ne le fassiez pas, dit Joe. Je déteste l'odeur de la fumée froide et il ne fait pas assez bon pour ouvrir les fenêtres.

– Pas de problème. Je vais sortir quelques minutes.

Il quitta la pièce et je me tournai vers Joe, soulagé de pouvoir échanger quelques mots avec lui en l'absence de Kinkaid.

– Alors, que penses-tu de lui ?

– Kinkaid ? dit-il en haussant les épaules. Il m'a déjà menti une fois et il a essayé de se taper la femme de son associé. Ça fait de lui un fumier, non ? Mais il a l'air d'avoir sincèrement envie de nous aider et, quoi que je pense du bonhomme, il faut bien admettre qu'il peut nous être utile. Il connaît Weston et nous a déjà aidés avec Hartwick. Je propose qu'on accepte sa présence un moment. Cette enquête est suffisamment difficile ; une aide de plus ne peut pas faire de mal.

– Je suis d'accord avec toi, dis-je. D'après ce qu'on sait de lui, il vaut mieux se méfier, mais s'il peut nous aider, j'en ai rien à foutre d'avec qui il veut coucher. Si nous retrouvons Julie Weston, je la lui laisse.

– Tu continues à penser qu'elle et sa fille sont toujours vivantes ?

– Toute autre possibilité serait trop déprimante.

11

Après s'être séparé de Wayne Weston, Aaron Kinkaid avait déménagé à Sandusky, où il avait trouvé un emploi d'enquêteur principal pour une société de sécurité. Quelques années plus tard, il était devenu associé dans l'affaire et dirigeait seul les opérations, son unique associé étant simple bailleur de fonds. Il nous racontait tout ça en attendant le coup de fil d'Hartwick.

– Comment vous êtes-vous retrouvé dans le métier ? lui demanda Joe. Vous n'étiez pas flic ?

– Non. Je n'ai jamais été flic, dit-il d'un air penaud. Je sais que ça va vous paraître minable, mais, pour être honnête, ce sont les films qui ont déclenché ma vocation. Vous savez, Bogart en Sam Spade ou Philip Marlowe, Nicholson dans *Chinatown* ? Quand j'étais jeune, j'étais en admiration totale devant ces mecs. À la fac, j'étudiais le marketing et me croyais destiné à vanter les mérites d'un diluant spécial dans les quincailleries ou des conneries comme ça, mais, le soir, je rentrais chez moi et je regardais des vieux films à la télé en rêvant à un métier comme ça. L'élément de surprise constant me fascinait, l'idée qu'un client mystérieux puisse entrer dans votre bureau à n'importe quel moment et vous transporter dans une nouvelle aventure…

Il s'interrompit et fixa le mur, perdu dans ses souvenirs. Puis il hocha la tête et revint à la réalité.

– C'est drôle, reprit-il, j'avais choisi ce métier pour le suspense et maintenant je dirige une société de sécurité, dans laquelle je passe plus de temps à me préoccuper de stratégies marketing et de résultats financiers qu'à enquêter. J'ai fini par faire ce que je voulais éviter.

– Ça arrive, dis-je.

Joe me jeta un regard entendu que Kinkaid ne pouvait pas comprendre. Après avoir été contraint de quitter la police, j'avais voulu renoncer à tout ce qui touchait à mon ancienne vie, comme j'avais dû renoncer à mon badge. J'avais rompu avec presque tous mes anciens collègues, acheté une salle de sport et je m'étais plongé dans ma nouvelle vie de petit entrepreneur. Il avait fallu bien des efforts à Amy pour me convaincre d'enquêter sur le meurtre d'un de mes clients et me renvoyer à la vie que j'avais tant cherché à oublier. Quelque part en chemin, je m'étais rendu compte que je n'étais pas fait pour le monde des affaires. Tout ce qui m'intéressait touchait au travail d'enquête – les questions et les réponses, les faits établis et les éléments inconnus. La recherche de la vérité m'enflammait, elle donnait un sens à ma vie, je m'y épanouissais. Je ne pouvais plus renoncer à tout ça.

– Je me souviens de Bogart en Spade, dit Joe en interrompant mes pensées. J'étais gamin quand je l'ai vu pour la première fois, et j'ai quelques années de plus que vous. C'est un sacré vieux film. Comment s'appelle le mec qui a écrit le bouquin ?

– Dashiell Hammett.

Kinkaid et moi répondîmes à l'unisson, ce qui nous fit tous rire.

– Qu'y avait-il donc de si fascinant dans cette histoire ? dis-je en m'interrogeant tout haut. C'est vrai quoi, le film était plutôt bon et Bogart était génial, mais, pour ce qui est de l'intrigue, je ne vois pas. Comment ce film a-t-il pu devenir un classique ? Quand je pense que le bouquin est toujours en vente soixante-dix ans après.

– C'est la fin du film qui en a fait un classique, dit Kinkaid. L'idée que pour Spade la loyauté envers son associé est plus importante que l'argent ou l'amour. Il n'aime pas beaucoup son associé – il couche même avec sa femme –, mais il a quand même cette loyauté…

Il s'interrompit brusquement, la bouche encore à moitié ouverte, alors que nous venions de comprendre la signification de ce qu'il était en train de dire. Joe et moi détournâmes le regard et, pour la première fois depuis qu'il avait pénétré dans ce bureau, Kinkaid sembla manquer d'assurance. Je comprenais pourquoi. Il ne s'intéressait pas à cette affaire par loyauté pour son ancien associé. Il s'y intéressait parce qu'il était toujours amoureux de la femme de Weston. La mort de celui-ci était plutôt une chance pour lui.

– Bon, j'arrête, dit-il d'un air gêné avant de se mettre à rire de lui-même.

La sonnerie du téléphone lui épargna d'autres commentaires. Joe décrocha.

– Pritchard et Perry. Oui, ici Joe Pritchard. Vous avez parlé à Lincoln tout à l'heure, mon associé. Préférez-vous entendre sa douce voix ou bien pouvons-nous régler ça entre nous ? Oui. Entendu.

À la différence de la réceptionniste du Golden Breakers, l'interlocuteur de Joe parlait à voix basse et ni moi ni Kinkaid ne pouvions saisir ses paroles, mais il était clair qu'il s'agissait d'Hartwick. Joe prononça encore quelques mots – rien qui puisse suggérer de quoi ils parlaient – avant de raccrocher.

– Il accepte de nous voir, dit-il. Mais il a choisi un drôle d'endroit.

– Où ça ? demandai-je.

– Juste en bas de l'avenue. Tu sais… les tables de pique-nique derrière le petit resto chinois qui sert des plats à emporter ?

Il me fallut une minute pour visualiser l'endroit dont il parlait. J'acquiesçai d'un signe de tête.

– Je vois.

– C'est là qu'il veut nous retrouver. C'est bizarre comme choix.

– En fait, c'est bien choisi.

– Comment ça ?

– Réfléchis, Joe. Assis à une de ces tables, tu as une vue parfaitement dégagée devant toi et sur les deux côtés, et derrière, tu es protégé par la clôture du cimetière. Ce resto chinois est entouré de trois parkings. S'il y a garé sa voiture, il peut se tirer vite fait, prendre à droite dans la rue latérale et foncer vers Chatfield ; il ne lui reste plus qu'à s'engager dans l'avenue et il peut filer dans n'importe quelle direction. Il peut aussi traverser directement le parking du concessionnaire Ford.

– J'avais déjà compris, dit-il. C'est un bon choix pour quelqu'un qui a peur de se faire piéger. Mais je croyais que c'était nous qui craignions le traquenard.

C'était bien vu. J'avais automatiquement jugé l'endroit du point de vue de celui qui veut éviter le danger. Mais pour quelqu'un qui voulait faire un mauvais coup, ce n'était pas l'endroit idéal. Trop d'espaces ouverts et une trop grande visibilité.

– Eh bien, dis-je, nous ne devrions pas être trop déçus par son choix. Ça veut dire qu'il n'a pas l'intention de nous tuer.

– Pas encore, dit Kinkaid.

– Alors vous, vous êtes vraiment optimiste, pas vrai ? dit Joe en faisant la grimace.

– En général, je suis plutôt optimiste, c'est vrai, répondit Kinkaid en fronçant les sourcils. Mais comme je vous l'ai déjà dit, je connais Hartwick mieux que vous. S'il est impliqué dans une sale affaire, et il y a de grandes chances qu'il le soit, il n'hésitera pas à éliminer tout ce qui peut représenter une menace pour lui. Et, d'après moi, c'est exactement ce que vous êtes pour lui.

– C'est vous qui avez eu l'idée de l'appeler.

– Je sais. Mais ce n'est pas moi qui ai décidé que vous iriez seuls au rendez-vous. Et je n'ai pas l'intention de vous laisser faire.

– Nous avons déjà parlé de ça, commença Joe.

Kinkaid l'interrompit d'un geste de la main.

– Je sais, vous ne voulez pas qu'il me voie et, même si je n'aime pas ça, je ferai comme vous voudrez. Je disais juste qu'il vous faudra du renfort avec un mec comme lui. Y a-t-il un endroit où je puisse m'installer et avoir une vue dégagée de la scène ?

– Pas à proximité, non, dit Joe. C'est pour ça que c'est un bon choix pour lui, s'il a peur de nous. Si vous êtes dans les parages, il est sûr de vous voir.

– Il commence à faire sombre.

– Laissez tomber, Kinkaid. Le mec était dans une unité d'élite de l'armée. Il a été formé aux opérations spéciales. Vous pourriez peut-être vous poster de l'autre côté de la rue, mais même ça c'est risqué.

– Le cimetière, dis-je. C'est là qu'il pourrait se planquer. On ne peut pas y accéder depuis l'avenue, mais une fois qu'il sera dedans, il pourra se rapprocher de la clôture juste derrière nous.

– Mais elle fait presque deux mètres de haut, objecta Joe. Il ne verra rien.

– C'est du grillage, ça ne sera pas vraiment un problème. Et de toute façon, il vaut mieux qu'il ne soit pas trop près. Au lieu d'être juste dans notre dos, il vaut mieux qu'il ait une bonne visibilité au cas où une menace se présenterait.

– C'est vrai.

– De l'autre côté de la clôture, le cimetière s'étend sur une colline en pente douce et en se postant tout en haut, Kinkaid pourrait nous voir distinctement et surveiller le reste du parking.

La tête de Kinkaid oscillait de gauche à droite comme un éventail, nous écoutant à tour de rôle. Joe réfléchit un instant et me décocha un petit signe de tête.

– La meilleure solution, c'est le haut de la colline. Il sera relativement loin, mais il aura une vue dégagée et c'est ça qui compte. Il lui sera plus facile de grimper là-haut sans se faire remarquer que de se planquer de l'autre côté de la rue ou dans le parking.

– C'est une chance qu'Hartwick ne soit pas d'ici, dis-je. Il doit improviser alors que nous, nous connaissons bien les lieux.

– C'est vrai, dit Joe en consultant sa montre. Mais il faut qu'on file. Il m'a dit qu'il était déjà sur place et qu'il comptait nous voir très vite. Vous avez une arme et un téléphone portable ? demanda-t-il à Kinkaid.

– Oui.

– Bon. Si vous voyez quelque chose de suspect, appelez-moi sur mon portable et laissez sonner une fois avant de raccrocher. Ça sera le signal qu'il nous faut dégager au plus vite. Si les choses tournent mal, appelez la police.

Joe donna à Kinkaid son numéro de portable et lui expliqua comment entrer dans le cimetière. J'ouvris le tiroir de mon bureau et en sortis mon Glock 9 mm. Je vérifiai le chargeur et insérai une balle dans le canon pour être prêt à tirer. Je fixai mon holster à ma ceinture, tout contre ma colonne vertébrale, et y plaçai le Glock. Les battements de mon cœur s'étaient légèrement accélérés, mes sens étaient en alerte. J'étais prêt à passer à l'action.

Kinkaid partit en premier. Nous patientâmes quelques minutes pour lui laisser le temps de s'introduire dans le cimetière. Dehors, le ciel s'obscurcissait et des ombres s'étiraient devant la fenêtre. Joe vérifia le

Smith & Wesson qu'il portait dans son holster d'épaule, puis il le remit en place sans rattacher la courroie de sécurité.

– Comment te sens-tu ? me demanda-t-il.

– En pleine forme. Et toi ?

Il était calme, mais il y avait une tension nouvelle dans sa posture.

– Je ne sais pas, LP. Ce mec est bizarre.

– C'est Kinkaid. Il n'arrête pas de répéter qu'Hartwick est dangereux. C'est ça qui te trouble.

– Tu as raison.

Il se leva et enfila son blouson en montant la fermeture Éclair à moitié pour pouvoir saisir son arme plus facilement.

– Allons-y, dit-il.

Nous prîmes la Taurus. Le resto chinois se trouvait à un kilomètre à peine du bureau. Amy et moi y commandions à manger de temps en temps. La nourriture n'était pas trop mauvaise, sauf qu'ils forçaient un peu sur l'ail. Mais leur soupe Wonton était géniale. La circulation était encore très dense, mais l'heure de pointe tirait à sa fin. Joe conduisait et j'avais les yeux rivés sur la route. Comme on l'avait déjà fait des milliers de fois. Sauf que, maintenant, on n'avait plus nos badges. Impossible d'appeler le central pour qu'ils envoient les renforts.

Joe s'engagea dans le parking du restaurant et coupa le moteur. Une benne à ordures trônait dans l'angle du parking adjacent au cimetière. À droite, des emplacements de parking appartenant à un drugstore. À gauche, une concession Ford brillamment éclairée avec des véhicules flambant neufs. Il y avait cinq tables de pique-nique rondes à l'arrière du restaurant chinois. L'été, des parasols y faisaient de l'ombre, mais pas aujourd'hui. Un homme seul assis à une des tables, dos au parking du drugstore au lieu d'être dos au grillage du cimetière comme je m'y attendais. L'Oldsmobile verte était garée devant lui, capot tourné vers le concessionnaire Ford.

– C'est lui, dis-je. Dos au parking, pas moins. Il est plus confiant qu'on croyait.

Joe fit non de la tête.

– Non. Juste plus malin. Il a garé sa bagnole à cet endroit pour pouvoir regarder droit devant tout en surveillant le parking derrière lui dans les rétroviseurs. Il s'est dit que le cimetière était plus dangereux – il est plus sombre et moins ouvert – et il préfère l'avoir dans son champ de vision.

Nous descendîmes de voiture pour nous diriger vers sa table. Hartwick avait la tête légèrement tournée de côté, surveillant notre approche. Il avait les mains sous la table, hors de vue – je n'aimais pas ça. J'avais la main droite sur la hanche, légèrement vers l'arrière.

Nous arrivâmes près de lui sans incident et je me remis à respirer un peu plus normalement. Il nous fit signe de nous asseoir. Taille moyenne et tête rasée. Son crâne avait bronzé sous le soleil de la Caroline du Sud et les muscles saillants de son cou indiquaient qu'il était en bonne condition physique. Il était comme beaucoup des Marines que j'avais connus – pas particulièrement baraqué ou impressionnant, mais avec un corps parfaitement musclé qui disait vitesse et puissance.

– Perry et Pritchard, dit-il avec un sourire forcé. Asseyez-vous, messieurs. Et Perry… je peux vous demander un truc ?

– Oui, quoi ?

– Éloignez votre main de l'arme que vous cachez dans votre dos.

J'écartai le bras de ma hanche et posai mes deux mains à plat sur la table en m'asseyant. Hartwick était un pro, pas de doute là-dessus. Il avait décelé mes moindres gestes… et moi qui me croyais discret !

– Ravi de faire votre connaissance, reprit-il. Au cas où vous vous demanderiez comment j'ai pu savoir que vous étiez Perry, ça n'a pas été très difficile. Pritchard avait l'air plus âgé au téléphone.

– C'est une vieille peau, dis-je. Pas difficile à voir.

– Ouais, ouais. Vous vous êtes bien débrouillés tous les deux pour trouver mon nom aussi rapidement. Je dois vous accorder ça. Quand vous êtes passés en bagnole près de moi pour la deuxième fois hier, j'ai compris que vous m'aviez repéré, mais je pensais avoir gagné quelques jours en posant des plaques volées sur la voiture de location.

– Ce n'était pas mal comme astuce, dit Joe. Mais on est superbons. Alors, vous allez nous dire ce que vous fichiez là-bas ?

– Je surveillais les Russes. Comme vous d'ailleurs, sauf que je n'ai pas trouvé indispensable de leur parler en personne. (Il inclina légèrement la tête et me regarda.) C'était quoi, ce plan ?

– J'ai juste choisi le mauvais moment, répondis-je.

Il détourna le regard et scruta la pénombre du cimetière comme s'il avait vu ou entendu quelque chose de suspect. Je n'avais rien entendu, mais je savais que Kinkaid devait être en haut de la colline. Hartwick sonda l'obscurité pendant quelques secondes, puis il changea légèrement de position et porta à nouveau son regard sur nous.

– Alors comme ça, vous bossez pour John ?

– Oui, dit Joe en se penchant en avant. Tout ce qui nous intéresse, c'est de lui donner quelques réponses. Rien à cirer de ce que vous foutez ici, mais on veut ces réponses.

J'eus l'impression d'entrevoir une lueur vacillante sur l'épaule de Hartwick. Je fronçai les paupières pour mieux voir, mais le point lumineux avait disparu. Il portait un sweat-shirt noir et son bras droit disparaissait dans la pénombre. Je gardai les yeux rivés sur l'endroit où j'avais vu l'éclat lumineux et me demandai s'il avait un pistolet ou un couteau sous le bras, armes sur lesquelles la lumière de la rue aurait pu se réfléchir un instant.

– Vous voulez des réponses, dit-il en esquissant un sourire. Eh bien, peut-être pourrions-nous échanger quelques questions-réponses, Pritchard. Je crois qu'on devrait pouvoir. Mais moi, je suis venu ici pour régler une affaire et je ne vous laisserai pas, ni vous ni personne, m'empêcher de faire ce que j'ai à faire.

La lueur réapparut et cette fois je la vis clairement. Ce n'était pas simplement un reflet, c'était un petit point rouge, comme un pointeur laser ou un…

– Baissez-vous, hurlai-je en bondissant de ma chaise.

Je venais de comprendre que le point rouge était un spot laser. Il disparut aussi vite qu'il était venu et je perçus un bruit étouffé – comme un uppercut dans la partie molle d'un abdomen – au moment où un trou noir perforait la poitrine de Randy Hartwick. Joe et moi plongeâmes sur le trottoir tandis que Hartwick s'affalait sur la table avant de glisser à terre, mort, du sang s'écoulant de la cavité béante qu'il avait près du cœur.

Je heurtai violemment le sol, roulai sur le côté en me glissant partiellement sous la table et m'emparai de mon arme. Je savais que Joe était quelque part sur ma gauche, mais je ne pris pas la peine de regarder. Le corps d'Hartwick gisait devant moi, la bouche à demi ouverte, les yeux vides. Je restai par terre quelques secondes, attendant un deuxième coup de feu. Mais rien. Derrière moi, Joe hurlait dans son portable, il avait appelé police-secours et leur indiquait notre position. Je roulai vers la droite et m'accroupis avant de faire glisser le cran de sûreté du Glock et de passer la tête au-dessus de la table.

À droite, le parking était désert et, à gauche, la concession Ford brillamment éclairée n'avait rien de dangereux. Personne entre les rangées de voitures. Derrière nous, dans la rue, rien d'inhabituel non plus dans le flot des véhicules et personne sur le trottoir. Le tireur avait utilisé un silencieux pour étouffer la détonation et personne ne semblait avoir remarqué l'incident. Je m'agenouillai et me penchai vers Hartwick. Nous ne pouvions plus rien pour lui. Il était mort avant d'avoir touché le sol.

J'avais vu le point rouge du laser passer sur son épaule droite avant de s'arrêter sur sa poitrine. Ça voulait dire que le coup avait pu être tiré depuis le cimetière, mais il était plus vraisemblable que la balle soit partie de la concession Ford. Je m'élançai vers les rangées de voitures.

– Lincoln, nom de Dieu, où tu vas ? hurla Joe.

J'ignorai sa question et continuai de courir, l'arme à la main. Je fis le tour du parking au pas de course sans apercevoir personne. Mais il y avait une sortie qui donnait à la fois sur l'avenue et sur la rue latérale. Si le tireur se trouvait dans un véhicule, ça faisait longtemps qu'il était parti. Je retournai vers la table de pique-nique.

– Il est mort, dit Joe à mon retour.

Il s'était agenouillé près du corps.

– Sans déconner !

– Le coup a probablement été tiré depuis la concession.

– J'ai déjà vérifié. Il n'y a personne. Ç'aurait aussi pu venir du cimetière. L'angle n'est pas génial, mais c'est à envisager.

Il leva les yeux.

– Où est passé Kinkaid, bordel ?

Nous nous tournâmes ensemble vers la grille du cimetière en hurlant son nom. Personne ne répondit.

– Je n'aime pas ça, dit Joe.

Je savais qu'il se demandait si Kinkaid était toujours vivant. Je me dirigeai vers le cimetière, tandis que des sirènes se mettaient à hurler dans le lointain. Avant que j'aie pu atteindre le grillage, Kinkaid surgit de l'obscurité, pâle et déconcerté.

– Qu'est-ce qui se passe ? demanda-t-il en posant ses deux mains sur le haut de la clôture pour pouvoir se hisser par-dessus et venir nous rejoindre.

Il fit quelques pas dans notre direction avant d'apercevoir le cadavre.

– Oh, merde ! C'est quoi, ce bordel ?

– Quelqu'un vient de liquider Hartwick, dis-je. Où étiez-vous ? Vous avez vu quelque chose depuis le cimetière ?

Il fit signe que non, ses yeux écarquillés toujours rivés sur le cadavre.

– Non. Ça faisait à peine une minute que j'étais dans le cimetière. Vous ne m'aviez pas dit que le portail serait fermé. J'ai été obligé de laisser ma bagnole dehors, de sauter par-dessus la clôture et de courir jusqu'ici. Il est immense, ce cimetière !

– Il n'y avait personne d'autre à l'intérieur ?

– Non, je n'ai vu personne.

Il venait de sortir son arme, un Colt Python gigantesque probablement capable d'arrêter un éléphant en train de charger. Il regardait autour de lui d'un air anxieux.

– D'où est parti le coup de feu ?

– Du cimetière ou d'un endroit près du concessionnaire Ford. Je pensais que vous auriez peut-être vu quelqu'un.

– Non, dit-il avant de s'agenouiller près d'Hartwick pour examiner sa blessure. Quel que soit l'endroit d'où est parti le coup, le mec n'était pas tout près. Il devait avoir un fusil.

– Aucun doute là-dessus, dis-je. Et avec un silencieux et un spot laser. J'ai vu le point rouge une demi-seconde avant qu'Hartwick se fasse descendre.

Une voiture de patrouille s'engagea dans le parking, gyrophare et sirène allumés. Une fois à l'arrêt, le conducteur coupa la sirène et laissa le gyrophare allumé, baignant le cadavre d'Hartwick d'éclairs de lumière colorés qui m'obligeaient à plisser les paupières. Deux policiers en tenue s'approchèrent, arme au poing, et nous crièrent de nous éloigner de la table et de lever les mains en l'air. Ce que nous fîmes.

– Nous sommes armés, dit Joe d'une voix calme. Prenez nos armes et ne paniquez pas.

Le plus grand des deux – il avait un nez fin et pointu comme un bec d'oiseau et une poitrine étroite et malingre sur laquelle flottait sa chemise – regarda Joe en plissant les paupières.

– Nom de Dieu, dit-il, mais… c'est Pritchard ?

– Oui, c'est lui, répondit son partenaire.

Il était plus petit et plus rond et je le reconnus tout de suite. Il s'appelait Baggerly, mais j'avais oublié son prénom. Ils nous prirent nos armes et reculèrent de quelques pas pour examiner le cadavre à leurs pieds.

– Aïe ! dit le plus grand. On lui en a balancé une en plein cœur. C'est qui, ce mec ? demanda-t-il en se tournant vers Joe.

– Il s'appelle Randy Hartwick. Vous allez devoir contacter les inspecteurs et leur dire de rappliquer ici illico.

– On dirait bien, en effet.

Il nous regarda tous les trois à tour de rôle, puis il murmura quelque chose à l'oreille de Baggerly, qui s'éloigna de quelques pas pour parler dans son micro. Au bout d'une minute, il revint vers nous.

– Les inspecteurs sont en route, dit-il. Jusqu'à leur arrivée, on ne bouge pas. L'équipe médicale ne devrait pas tarder. Ils s'occuperont du cadavre.

Nous patientâmes. Une autre voiture de patrouille arriva et Baggerly demanda aux officiers de délimiter un périmètre de sécurité et d'éloigner les curieux qui s'étaient rassemblés, attirés par les voitures de police. Quelques minutes plus tard, les inspecteurs arrivèrent. Je les regardai descendre de voiture et ne pus réprimer un grognement. C'était Janet Scott et son coéquipier, Tim Eggers. Eggers était un mec correct, mais Scott était une vraie garce. Nous ne nous étions jamais entendus pendant tout le temps que j'avais passé dans la police et je savais qu'elle n'était pas non plus très appréciée de Joe.

Elle était vêtue d'un jean et d'une veste en cuir et portait son badge autour du cou, au bout d'une cordelette en nylon. Ses cheveux blonds et courts étaient pleins de petites mèches coupées en dégradé – ça devait être la mode. Elle avait dû payer cinquante dollars pour une coupe pareille, mais j'aurais pu lui faire la même avec des cisailles de jardinier. Scott était petite et mince et je savais que de nombreux collègues la trouvaient super-sexy. Je n'avais jamais réussi à passer outre sa personnalité caustique et son manque de jugement. Les rares fois où j'avais travaillé avec elle, elle s'était montrée particulièrement insupportable. Ses capacités d'enquêtrice étaient pour le moins limitées, mais elle affichait une confiance totale dans ses compétences. L'association était désastreuse. Eggers et elle faisaient équipe depuis quelques années, et même si son caractère amène le reléguait au second plan, tout le monde savait que c'était lui le cerveau.

– Lincoln Perry et Joe Pritchard, dit Scott en avançant vers nous à grands pas. Ça alors, quelle surprise ! Je me souviens de l'époque où vous étiez du côté de la loi. (Elle jeta un rapide coup d'œil au cadavre.) On dirait que ça a changé, pas vrai ?

– Malheureusement, nous ne l'avons pas tué, lui renvoya Joe.

– C'est ce que disent toujours les assassins.

Elle s'accroupit près du corps comme je l'avais déjà fait et l'examina avec attention, agitant la tête de gauche à droite avec le petit claquement de langue de la mère qui gronde son gamin. Puis elle se releva et se tourna vers moi.

– Ça fait longtemps, hein, Perry ?

– Trop longtemps, dis-je avec une sincérité feinte. Tu m'as manqué, Janet.

– J'en suis sûre. Voyons… quand est-ce que je t'ai vu pour la dernière fois ? (Elle fronça les sourcils et leva les yeux au ciel comme si elle essayait de se rappeler quelque chose.) Ah, oui… juste avant que tu tabasses un des avocats les plus connus de la ville et que tu te fasses virer pour ta connerie. (Elle me sourit d'un air affable.) Comment ai-je pu oublier ?

– C'est drôle comme on peut oublier certaines choses, lui renvoyai-je.

L'avocat en question avait une liaison avec ma fiancée et ce jour-là j'étais ivre, mais en gros elle ne s'était pas trompée sur les faits.

– Alors tu fais quoi maintenant, Perry ?

– Je suis masseur en Belgique. Je viens de rentrer aujourd'hui même.

Elle me jeta un regard froid.

– Ne fais pas trop le malin, Perry. J'ai toute la nuit pour m'occuper de toi. Et vu l'état de ton copain étendu sur le trottoir, j'ai comme l'impression que tu en auras pour un bout de temps avant de pouvoir aller te coucher.

Elle tourna les talons et partit consulter Eggers. Le type de l'équipe médicale était arrivé pour s'occuper du cadavre. Je baissai les yeux sur Hartwick et lâchai un juron entre mes dents. Il avait été à deux doigts de nous parler. Prêt à échanger quelques réponses, comme il avait dit. Et maintenant il ne pourrait plus donner de réponses à quiconque. Quelqu'un avait eu sacrément la trouille de ce qu'il aurait pu nous dire. À nous de découvrir de quoi il s'agissait.

12

Scott nous fit attendre dix heures avant de nous libérer. Elle nous obligea à rester sur les lieux un moment, puis elle demanda à des officiers de nous accompagner au commissariat et nous y faire attendre. Nous y passâmes le reste de la nuit. Elle voulait tout savoir sur Hartwick, mais comme nous ne savions pas grand-chose… Kinkaid lui dit qu'il le connaissait seulement parce que c'était un ami de Wayne Weston et ne fit aucune allusion aux histoires de trafic d'armes. Joe et moi expliquâmes que nous étions tombés sur lui en enquêtant sur l'affaire Weston. À ces mots, le regard de Scott s'illumina et je compris qu'elle rêvait déjà aux gros titres et à la notoriété qui irait de pair avec cette enquête. Je savais aussi que rien de tout ça ne serait pour elle. C'était le FBI qui menait le jeu. Et même si l'assassinat d'Hartwick tombait sous la juridiction du CPD, le FBI ferait en sorte que Scott soit tenue en dehors du coup et ne se mêle pas de l'affaire Weston, même si les deux incidents étaient manifestement liés.

Pendant un moment, elle voulut nous faire croire que nous étions soupçonnés de meurtre. Elle pensait sans doute nous faire peur pour nous amener à en dire plus sur Hartwick. Mais sa ruse était stupide étant donné qu'Hartwick avait été tué avec un fusil à longue portée. On nous interrogea séparément, puis à nouveau ensemble, nous obligeant à ressasser les mêmes choses. À la fin du dernier interrogatoire, Kinkaid sortit pour aller aux toilettes et Scott alla passer un coup de fil, nous laissant seuls, Joe et moi, avec Eggers.

– Hé, Tim, lui dis-je, tu pourrais peut-être te renseigner sur Kinkaid.

Il fronça les sourcils.

– Tu crois qu'il a buté le mec ?

Joe me regarda, lui aussi, en haussant les sourcils. Je fis non de la tête.

– Non, je ne crois pas qu'il ait flingué Hartwick, mais ça vaudrait peut-être le coup d'en savoir un peu plus sur lui. De l'endroit où il se trouvait, il aurait pu tirer le coup de feu et nous ne savons vraiment pas grand-chose de lui. Au départ, il a menti à Joe, en tout cas c'est ce qu'il prétend, puis il s'est pointé dans notre bureau pour nous offrir son aide. C'était plutôt sympa, mais on n'a pas eu le temps de faire les vérifications d'usage. Je ne sais pas… il aurait pu avoir peur de ce qu'Hartwick allait nous dire. Peut-être même assez pour vouloir le tuer.

– Qu'est-ce que ça peut lui faire qu'Hartwick ait voulu nous parler ? demanda Joe. Ça fait des années qu'il ne bosse plus avec Weston et qu'il n'a pas mis les pieds en ville.

– Je ne dis pas que c'est vraisemblable, je dis juste que ça vaut le coup de se renseigner un peu mieux.

Eggers acquiesça d'un hochement de tête.

– Je suis sûr qu'on va découvrir que c'est une cartouche de fusil qui a causé la mort d'Hartwick. Kinkaid avait un revolver Colt Python. C'est un sacré gros pétard, mais ce n'est pas l'arme qui a été utilisée ici.

– Qu'il ait un Colt Python ne veut pas dire qu'il n'ait pas eu aussi un fusil avec lui, dis-je.

– Tu veux dire qu'il aurait pu utiliser un fusil dans le cimetière et le balancer dans le coffre de sa bagnole avant de venir vous retrouver ? (Eggers haussa les épaules.) On va vérifier toutes les voitures, ne t'inquiète pas, mais franchement, je n'y crois pas trop. Ce cimetière est sacrément grand pour qu'il ait pu le traverser en courant.

Joe hocha la tête.

– Ce n'est pas Kinkaid, fit-il remarquer. Traverser en courant et se pointer juste après le coup de feu aurait déjà été assez surprenant, mais quand il est arrivé, il n'était même pas essoufflé. En plus, s'il a balancé le flingue quelque part dans le cimetière, on va le retrouver.

Kinkaid entra dans la pièce, la colère au visage.

– Merci de votre confiance, Pritchard, dit-il avant de se tourner vers moi et d'enchaîner : Et, vous, Perry, vous êtes un beau salaud.

Je sentis une vague de chaleur empourprer mon cou et ma figure.

– Désolé, Kinkaid. Je n'ai pas dit que je vous soupçonnais d'être le tueur, d'accord ? Mais nous ne savons pas grand-chose de vous et, de l'endroit où vous vous trouviez, vous auriez pu tirer ce coup de feu.

Il hocha la tête avec une moue de dégoût.

– Croyez ce que vous voulez, Perry.

Il se tourna vers Eggers.

– Où sont les toilettes pour hommes ? Je n'ai pas réussi à les trouver. Heureusement d'ailleurs, sinon j'aurais manqué cette petite conversation.

Ils nous laissèrent enfin partir vers cinq heures du matin, épuisés. Il nous fallut appeler un taxi – la Taurus de Joe et la voiture de Kinkaid étaient retenues par les services de police.

– Écoutez, Aaron, je m'excuse, dis-je tandis que nous attendions le taxi, debout sur le trottoir. Ne le prenez pas personnellement. C'est juste une vieille réaction d'enquêteur qui essaie de savoir d'où venait le coup de feu.

Il hocha la tête sans me regarder.

– C'est bon, Perry. Je comprends. Je ne vais pas vous mentir en vous disant que je m'en fiche, parce que ça ne m'a pas vraiment fait plaisir, mais je ne vais pas laisser ça gêner notre travail. Je veux retrouver Julie Weston et, pour cela, nous devons bosser ensemble.

– Avez-vous déjà réservé une chambre d'hôtel ? lui demanda Joe.

– Oui, je l'ai fait avant de venir. J'avais prévu de rester en ville quelques jours.

– Alors, allez dormir. Quand vous vous réveillerez, venez au bureau et on se mettra au boulot. Quelqu'un a tué Hartwick pour empêcher qu'il nous parle et nous devons découvrir qui c'est.

– Nous aurons des nouvelles de Cody dès demain, annonçai-je. Il aura quelques questions à nous poser quand il apprendra ce qui s'est passé.

– Sans doute, oui, dit Joe.

– Nous sommes en train de faire bouger des choses. C'est clair. Notre enquête semble inquiéter certaines personnes.

– Mais alors, pourquoi le tireur ne vous a-t-il pas butés tous les deux ? demanda Kinkaid. Ou au moins essayé.

Joe hocha la tête.

– Je ne sais pas. Mais ne nous plaignons pas.

Kinkaid monta dans le premier taxi qui arriva et Joe et moi restâmes sur le trottoir à attendre le suivant. Je suivis des yeux les feux arrière du taxi de Kinkaid jusqu'à ce qu'ils disparaissent au bout de la rue et détournai le regard. J'avais vu assez de points rouges pour la journée.

Lorsque je m'éveillai plus tard dans la matinée, la douleur de la veille dans ma nuque et mes épaules avait empiré et mon premier mouvement m'arracha un grognement. J'avais l'impression que les muscles de mon dos étaient des cordes de guitare sur lesquelles Jimi Hendrix venait de faire un solo. Un coup d'œil au réveil m'apprit qu'il était presque onze heures, ce qui signifiait que j'avais dormi quatre heures. J'avais besoin d'une bonne douche chaude, mais je savais que Joe serait déjà au bureau et je ne voulais pas perdre plus de temps. Je m'habillai, m'aspergeai le visage d'eau froide, me brossai les dents, me passai un coup de peigne et sortis.

Comme je m'y attendais, Joe était déjà arrivé. Assis à son bureau, il parlait au téléphone. En pantalon de toile, chemise et cravate, il avait l'air de quelqu'un qui reprend le travail après une semaine de vacances, reposé et revigoré. Je hochai la tête. Joe était un type incroyable. À l'époque où nous faisions équipe aux Stups je m'étais rendu compte jusqu'à quel point il pouvait tenir le coup en dormant très peu ou même sans dormir du tout. Et quoi qu'il arrive, il semblait ne jamais perdre son acuité d'esprit. Sa capacité à conjurer – ou à ignorer – la fatigue physique était exceptionnelle.

Je me laissai tomber sur la chaise à côté de lui et écoutai ce qu'il disait. Il semblait parler d'Hartwick avec un flic. Peut-être Eggers. Scott devait être encore au lit après sa nuit blanche. Elle était réputée pour son éthique de travail – presque autant que Joe, mais pour une raison complètement différente.

Joe raccrocha en m'adressant un sourire radieux.

– Bonjour, LP. Tu as passé une bonne soirée ?

– Je te hais, toi et ta foutue énergie, dis-je en le foudroyant du regard.

– J'ai presque deux fois ton âge, mon petit. Alors, arrête de raconter des conneries !

Je poussai un grognement et me mis à siroter le café que j'avais acheté dans le magasin de donuts avant d'arriver au bureau.

– À qui parlais-tu ?

– À Eggers.

– J'en étais sûr. Qu'est-ce qu'il t'a dit ?

– Il n'a pas dit que sa coéquipière était une imbécile malgré mes efforts pour lui arracher son assentiment. Mais il a dit qu'ils avaient localisé la chambre d'hôtel d'Hartwick.

– Ils ont trouvé des trucs ?

– Pas vraiment. En tout cas, rien qui puisse expliquer ce qu'il faisait à Cleveland. Mais Eggers a dit qu'ils avaient trouvé un sacré paquet de munitions, deux autres armes de poing et même une grenade. On dirait qu'Hartwick se préparait à entrer en guerre.

Je haussai les sourcils.

– Une grenade ? Tu plaisantes ?

– C'est ce que dit Eggers. Je suis bien content qu'il l'ait laissée dans sa chambre d'hôtel, parce qu'elle aurait pu péter hier soir et bousiller la moitié de l'avenue – toi et moi compris. Ah oui… nous devons aussi retourner au commissariat cet après-midi pour bavarder encore un peu avec Scott et Eggers.

– Ils n'avancent pas, c'est ça ? S'ils avaient une piste, ils ne perdraient pas tout ce temps avec nous.

– Non, ils n'avancent pas. Personnellement, je pense que c'est un des Russes qui l'a liquidé. Pas toi ?

Mon café ayant suffisamment refroidi pour que je puisse le boire, j'avalai plusieurs grandes gorgées avant de répondre.

– Moi aussi, je suis persuadé que ce sont les Russes. Évidemment, on n'a aucune preuve, mais ça paraît logique. Nous savons que certains de ces mecs faisaient partie de la division des opérations spéciales et il est clair que celui qui a tiré savait se servir d'un fusil. Le spot laser était aussi un truc de pro.

– C'est vrai. Au fait… Cody devrait arriver d'une minute à l'autre. Je lui ai dit de te donner jusqu'à onze heures. Kinkaid ne devrait pas tarder non plus.

– Et toi, ça fait longtemps que tu es ici ?

Il jeta un coup d'œil à l'horloge.

– Oh… disons trois heures.

– Joe, est-ce que tu as dormi un peu ?

– Ne t'inquiète pas pour moi.

Je n'insistai pas.

– Bon, j'ai une question pour toi.

– Oui ?

– Après les événements d'hier, notre conversation avec Dan Beckley peut paraître insignifiante, mais je crois qu'elle nous a appris des trucs importants sur les relations entre Weston et Hubbard. On poursuit de ce côté-là ou on se concentre sur Hartwick et les Russes ?

Joe joignit les mains et y appuya le menton. Il avait l'air d'être en prière.

– Je ne sais pas, dit-il. Je crois que les deux pistes sont intéressantes et il se peut qu'elles soient liées. Mais ce dont je suis sûr, c'est que je ne veux pas que nous en parlions à Cody.

– Que nous lui parlions de Dan Beckley ? demandai-je. (Il acquiesça d'un hochement de tête.) Mais pourquoi ? On lui a déjà donné Hubbard.

– Je sais, mais maintenant que nous comprenons un peu mieux les liens qui unissaient Weston à Hubbard, je préfère ne pas en parler pendant quelque temps. Hubbard est sacrément puissant, LP, peut-être bien le mec le plus puissant de la ville. Et je ne fais pas entièrement confiance à Cody. Il nous a déjà menés en bateau et je n'aime pas ça.

– Tu veux dire qu'Hubbard pourrait tirer les ficelles au FBI ? Dis-moi, Joseph, tu n'aurais pas un problème de confiance par hasard ?

Quelqu'un frappa à la porte et la tête d'Aaron Kinkaid apparut dans l'embrasure.

– Bonjour, dit-il.

J'étais content de voir qu'il avait une mine encore plus défaite que la mienne. Il entra et vint s'asseoir.

– La nuit a été longue, dit-il. Je suis crevé.

– Thad Cody ne devrait pas tarder à arriver, dit Joe. Probablement accompagné de deux flics du CPD. C'est l'agent du FBI qui dirige les opérations sur l'affaire Weston. Il va avoir pas mal de questions à vous poser.

À cet instant précis, la porte s'ouvrit et Cody fit son entrée, suivi de Swanders. Kraus ne les accompagnait pas cette fois. Heureusement que je m'étais réveillé assez tôt parce que j'aurais pu me faire sortir du lit par un agent du FBI furibard.

– C'est Kinkaid ? demanda Cody en montrant du doigt notre visiteur aux cheveux roux.

– Aaron Kinkaid, dit celui-ci.

– Bien. Alors nous sommes tous là.

Cody prit une chaise, mais Swanders resta debout, appuyé contre le mur. L'agent du FBI portait un costume et, comme la dernière fois, avait sa mallette avec lui. S'il s'était montré plutôt cassant lors de notre première rencontre, ce n'était rien comparé à son humeur d'aujourd'hui. Il était carrément furieux.

– Très bien, messieurs, dit-il. Voyons ce que vous avez à dire. Et vous n'avez pas intérêt à nous raconter des bobards ou à omettre des détails, parce que s'il s'avère que vous avez compromis mon enquête, je passerai le restant de mes jours au FBI à vous le faire regretter.

C'était une sacrée entrée en matière. Nous nous exécutâmes. Joe expliqua comment Kinkaid avait débarqué dans notre bureau la veille et comment nous avions découvert l'identité de Randy Hartwick. Kinkaid intervint ensuite pour dire ce qu'il savait sur ce dernier. Et cette fois, il n'oublia pas de mentionner le trafic d'armes. Cody fronça les sourcils et se pencha en avant, l'air très intéressé.

– Pour qui travaille-t-il ?

– Je l'ignore, dit Kinkaid.

– Pas même une petite idée ? Jamais entendu de noms ? De quel genre d'armes s'agit-il ? Autre chose ?

Kinkaid fit non de la tête.

– Non. Tout ce que je sais, c'est ce que Wayne Weston m'a dit. Il n'a pas souhaité donner plus de détails et je n'en ai pas demandé.

– Je vois. Mais pour commencer, monsieur Kinkaid, dites-moi ce qui vous amène ici.

Celui-ci fixa le bout de ses chaussures comme il l'avait fait quand il nous avait parlé la veille.

– Heu… disons que j'éprouve des sentiments pour Julie Weston, dit-il. J'étais assez proche d'elle, vous savez. Et j'aimerais beaucoup aider à la retrouver.

La conversation dura une bonne heure. De temps en temps, Swanders intervenait pour poser une question, mais il était clair que c'était Cody qui menait le jeu. Ils ne donnèrent aucune explication sur l'absence de Kraus – ni où il était ni pourquoi il ne les avait pas accompagnés.

– Je dois reconnaître que vous avez l'art de compliquer les choses, dit Cody. Ce Hartwick était peut-être l'élément qui nous aurait permis de résoudre l'affaire. Mais vous, espèce de crétins, est-ce que vous nous appelez pour nous tenir au courant ? Non, bien sûr. Vous essayez de vous démerder tout seuls et le problème, c'est que vous vous êtes fait avoir. Et du coup, c'est moi qui trinque parce que le mec à qui j'aurais dû parler est mort. (Il hocha la tête d'un air dégoûté.) Je vous avais dit que je voulais qu'on travaille ensemble. Mais vous n'avez manifestement aucune intention de coopérer.

J'avais l'impression d'être un écolier en train de se faire réprimander par le principal – conscient des conséquences de mes actes, mais en même temps amusé par la situation. Cody n'avait jamais eu l'intention de collaborer avec nous. Il l'avait prouvé en demandant à Swanders et à Kraus de nous brancher sur la piste des jeux d'argent. S'il avait été plus malin, il aurait pu avoir Hartwick. Mais s'il lui était tombé dessus avant nous, je suis sûr qu'il n'aurait pas pris la peine de nous en informer. Maintenant il était en rogne contre nous et son enquête avait l'air de stagner. Il n'avait pas voulu travailler avec nous, mais il avait bien vu que nous progressions plus vite que lui et, ça, c'était insupportable.

– Nous avons essayé de travailler avec vous, lui renvoya Joe. Nous vous avons dit de vous renseigner sur Hubbard. Vous l'avez fait ?

– Oui, on y travaille, Pritchard. Mais ça ne va pas se faire en un jour, d'accord ?

– Nous, nous avons bien trouvé Hartwick en un jour, dis-je.

– Et il s'est fait descendre dans la même journée, pauvre crétin. (Cody soupira et tira sur sa cravate.) Je suis furieux contre vous quand je vois comment les choses ont tourné, mais ce n'est pas la peine de revenir là-dessus. Il est mort et il ne pourra plus rien nous dire. Il faut trouver quelqu'un d'autre qui puisse nous aider. Connaissez-vous quelqu'un qui pourrait être lié à Hartwick ?

Joe et moi fîmes non de la tête et Cody se tourna vers Kinkaid.

– Je ne sais pas, dit celui-ci. Comme je vous l'ai déjà dit, c'était juste un type qui vivait dans un autre État et que j'ai vu seulement deux ou trois fois. C'est tout. En tout cas, d'après moi, vous perdez votre temps avec Jeremiah Hubbard. Il est évident que les Russes sont impliqués dans cette affaire. Le fait que Weston bosse pour Hubbard n'est pas forcément lié. Il est plus probable que sa connexion avec les Russes se soit faite par l'intermédiaire d'Hartwick, pas d'Hubbard.

Cody sembla apprécier l'idée.

– Vous avez raison. Hubbard est un homme d'affaires. Hartwick était un gangster professionnel.

Apparemment Wayne Weston en était un aussi. En tout cas, un extorqueur professionnel. Je regardai Joe en pensant à Dan Beckley et il m'adressa un imperceptible hochement de tête.

– Voici ce que je vous propose, reprit Cody. Je vais voir ce qu'on peut trouver sur ce Hartwick. En attendant, vous ne bougez pas d'ici, pigé ? Ça ne me gênait pas de vous laisser enquêter tant que je pensais que nous collaborions, mais, manifestement, ce n'était pas le cas. Vous compromettez encore une fois mon enquête et cette fois je veillerai à ce qu'on vous retire vos licences. Compris ?

– C'est ça, votre proposition ? demandai-je. Sacrée proposition, Cody.

Il sourit froidement.

– D'accord, ce n'est pas une proposition, c'est un ordre, Perry. Un ordre, vous entendez ? Et vous feriez bien de vous y tenir. (Il se leva.) Je vous contacterai.

Après le départ de Cody et de Swanders, Kinkaid se tourna vers nous.

– C'est des conneries, tout ça, dit-il. Votre activité est tout à fait légitime. Il ne peut pas vous empêcher d'enquêter, sauf s'il a quelque chose sur vous.

– C'est vrai, dit Joe. Mais il peut sérieusement nous compliquer la vie.

– Vous n'êtes quand même pas en train de me dire que vous allez l'écouter ? Nom de Dieu, Pritchard, vous ne pouvez pas abandonner comme ça !

Joe lui jeta un regard à la fois perplexe et dégoûté, comme si Kinkaid venait de lui suggérer d'abandonner son métier de détective pour devenir patineur artistique.

– Je ne vais pas abandonner, dit-il d'un ton condescendant. Je dis seulement que les choses vont être un peu plus compliquées. Il va falloir faire profil bas.

– Bon alors, qu'est-ce qu'on fait maintenant ? demanda Kinkaid. Comment on procède ?

– D'après moi, il y a deux choses à faire, dit Joe. Il faut qu'on en sache plus sur les Russes : avec qui ils travaillent, dans quel genre de trafic ils sont impliqués… tout ce qui peut les lier à Weston ou Hartwick. Ou Hubbard. Même chose pour Hartwick. En gros, nous devons faire des recherches approfondies sur tous ceux qui sont mêlés à cette affaire.

– Ça va être difficile pour Hartwick, dis-je. Il était basé en Caroline du Sud, pas à Cleveland. Pour autant qu'on sache, il n'était qu'en visite.

– Eh bien, dit Joe, on dirait bien que l'un de nous doit se rendre en Caroline du Sud.

Kinkaid fronça les sourcils.

– Se séparer ? Je n'aime pas ça.

– Hier soir non plus vous n'étiez pas d'accord, Kinkaid, et nous avons ignoré vos conseils. Alors pareil pour aujourd'hui, dit Joe d'un air suffisamment détaché pour ne pas risquer d'ajouter au mécontentement de Kinkaid. Si nous nous tirons tous les trois en Caroline du Sud, Cody va péter les plombs. Et nous perdrons du temps.

– De toute façon, Cody va piquer une crise. Que nous partions tous les trois ou pas.

– J'imagine que quelques jours là-bas devraient te suffire, dit Joe. Pendant ce temps, je ferai en sorte que Cody ne remarque pas trop ton absence. Et s'il apprend ton départ, je lui dirai que tu as quitté l'État pour enquêter sur une affaire qui n'a rien à voir avec Wayne

Weston. Il ne peut pas nous empêcher de bosser, même s'il aimerait beaucoup essayer.

– Tu crois que quelques jours me suffiront ? Et donc… je viens d'être élu l'homme de Caroline du Sud ?

Joe acquiesça d'un hochement de tête.

– T'as tout compris. Scott et Eggers voudront probablement garder Kinkaid à l'œil plutôt que toi ou moi et je me suis dit qu'il valait mieux que je reste ici avec lui pour voir ce qu'on peut faire avec les Russes. En plus, comme les Russes présentent la plus grande menace, il vaut mieux être deux ici.

– Scott et Eggers, dis-je. Merde, je les avais oubliés ceux-là. Ils ne vont jamais me laisser quitter la ville après le meurtre dont j'ai été témoin.

– C'est vrai, dit Joe pince-sans-rire en ouvrant de grands yeux innocents, peut-être vaudrait-il mieux ne pas leur dire que tu t'en vas.

13

En descendant de l’avion à Myrtle Beach, tard dans la matinée du lendemain, je fermai les yeux et pris une profonde et délicieuse respiration. Il faisait vingt et un degrés et le soleil brillait. Quelques heures plus tôt, à Cleveland, la température dépassait à peine quelques degrés et le vent glacé venu du lac soufflait des rafales de neige. Pour la première fois depuis que j’avais entendu parler de lui, j’étais reconnaissant à Randy Hartwick d’avoir choisi la Caroline du Sud.

Je longeai le bord de mer au volant d’une Ford Contour de location en espérant tomber sur le Golden Breakers. Mais je me rendis compte très rapidement que la tâche ne serait pas aussi facile que je l’avais espéré. La quantité d’hôtels qui défilaient sous mes yeux était impressionnante. Pendant le quart d’heure que je passai dans Ocean Avenue en roulant à faible allure, je ne vis que des hôtels – des centaines d’hôtels. La plupart de ceux qui se trouvaient côté plage étaient de grands édifices élégants alors que, de l’autre côté de la rue, c’étaient des bâtiments plutôt minables à un ou deux étages – rien à voir avec leurs prestigieux voisins. À peine cinquante mètres d’écart, mais la différence de standing – et le prix des chambres, sans aucun doute – était incroyable. Après avoir dépassé tous ces hôtels sans avoir aperçu le Golden Breakers, je déclarai forfait et quittai Ocean Avenue à la recherche d'une station-service. Le Business Highway 17, artère commerciale du lieu, courait parallèlement à Ocean Avenue. Les hôtels y étaient peu nombreux, mais impossible de cracher à la portière sans atteindre une boutique de t-shirts ou un restaurant de fruits de mer. Je m'arrêtai sur le parking de la première station-service et entrai dans la boutique pour demander mon chemin.

L'employée, en train de tortiller ses cheveux blonds avec un air d'ennui, me dit que je me trouvais à huit rues au sud du Golden Breakers avant d'ajouter :

– Tous les hôtels ont des plans d'accès sur leurs brochures et leurs coupons de réservation, vous savez.

Quelle pimbêche celle-là ! Évidemment, je n'avais ni brochure ni réservation.

Je trouvai le Golden Breakers huit rues plus haut, vers le nord, comme elle me l'avait indiqué. Sacré bâtiment. La partie centrale était occupée par un hall d'entrée de plain-pied, bordé de part et d'autre par deux tours de quinze étages abritant les chambres et les suites. Le toit de la partie basse avait été aménagé avec terrasse et piscine. Pas mal. Je me garai devant l'hôtel et entrai dans le hall. Un panneau annonçant qu'il restait des chambres libres, je me dis que je ferais aussi bien de rester sur place. Je demandai les tarifs : ils étaient plus élevés que ce que je voulais dépenser, mais le seraient encore plus dans quelques mois, lorsque la saison touristique battrait son plein. De toute façon, la facture serait à la charge de John Weston. Je demandai une chambre pour deux nuits et payai avec ma carte de crédit en prenant soin de conserver le reçu pour mes notes de frais.

Dès que j'eus réglé ma note, je repris le volant pour aller me garer de l'autre côté de la rue, dans le parking couvert de l'hôtel. Pour la première fois, j'étais content d'avoir une petite voiture. Je n'avais jamais vu un parking aussi bas de plafond – mon pick-up ne serait probablement pas entré. Peut-être qu'ici tout le monde roulait en petites voitures de sport. Manifestement les quatre roues motrices n'étaient pas d'une grande utilité par ici. Je trouvai un emplacement, sortis mon sac du coffre et retournai à l'hôtel. Ma chambre se trouvait au premier étage de la tour nord. Je pris l'ascenseur pour m'y rendre.

Je pénétrai dans une suite de trois pièces : un salon avec canapé et téléviseur, une petite cuisine entièrement équipée et une chambre à coucher. Dans le salon et la chambre, des portes vitrées coulissantes ouvraient sur un grand balcon surplombant la plage. Je laissai tomber mon sac sur le canapé et passai sur le balcon.

Le soleil réfléchissait ses rayons sur la surface de l'eau, faisant scintiller les vagues. Plusieurs personnes allongées sur des couvertures prenaient un bain de soleil sur la plage et un petit groupe d'enfants jouait au ballon au bord de l'eau. Celle-ci était encore un peu fraîche pour aller se baigner. Un seul bateau arborant une voile bleu et jaune aux tons éclatants fendait les flots à quelques centaines de mètres de la plage. Je me penchai par-dessus la balustrade pour regarder en bas. Il y avait peu de gens sur la plage, mais je n'en fus pas étonné. C'était encore trop tôt pour les congés en famille et les prochaines vacances universitaires qui verraient débarquer les étudiants ne commençaient pas avant une ou deux semaines. Je laissai la porte du balcon ouverte pour que la petite brise tiède pénètre dans la pièce et retournai à l'intérieur. C'était une journée magnifique et j'avais une chambre superbe, mais j'étais ici pour travailler. J'enlevai ma chemise à manches longues et enfilai un polo en mailles légères avant de glisser mon Glock dans le holster, tout contre mon dos. Je ne m'attendais pas à rencontrer des problèmes, mais Randy Hartwick en avait attiré quelques-uns à

Cleveland et je ne voulais pas être pris au dépourvu si je tombais sur d'éventuels complices. Je glissai la carte-clé de la chambre dans ma poche et pris l'ascenseur pour descendre dans le hall d'entrée. Me voyant arriver, la réceptionniste m'adressa un sourire.

– La chambre vous convient ?

– Elle est superbe, dis-je. (Son sourire s'élargit comme si rien ne pouvait lui faire plus plaisir.) Mais j'ai une autre question.

– Oui ?

– J'aimerais parler au propriétaire. Savez-vous où je peux le trouver ?

Elle hésita.

– M. Burks n'est pas ici. Est-ce qu'un des responsables pourrait vous aider ? Puis-je vous demander pourquoi vous voulez lui parler ?

– Parce que je veux savoir qui est responsable de ce dépotoir, dis-je en faisant un geste vers le hall d'entrée.

Son sourire disparut.

– Mais non, je plaisante ! ajoutai-je.

– Oh !

Son sourire était revenu. Elle était soulagée.

– J'aimerais parler au propriétaire d'une relation commune, dis-je. Quelqu'un qui n'est plus, malheureusement.

Elle porta la main à sa poitrine.

– Oh, mon Dieu ! Nous semblons poursuivis par le malheur ces temps-ci. Il y a à peine deux jours, un homme a appelé pour annoncer à notre chef de la sécurité qu'un de ses amis proches venait de mourir.

C'était donc elle que j'avais eue au téléphone. Probablement la fille la plus sympa de la terre et voilà que j'avais jeté une ombre sur sa journée, deux fois dans la même semaine. J'étais de Cleveland, il ne fallait pas l'oublier. Elle aurait dû s'y attendre.

– Hum, dis-je. C'est vrai, c'est déprimant. Avez-vous une idée de l'endroit où je pourrais trouver le propriétaire ? M. Burks, c'est ça ?

– Oui, Lamar Burks. Comme je vous le disais, il n'est pas ici aujourd'hui et je ne pense pas qu'il passera, mais je pourrais lui laisser un message.

– Je voulais vraiment le voir aujourd'hui.

Elle fronça les sourcils.

– Je crois qu'il joue au golf, mais je ne sais pas où.

– J'imagine qu'il suffirait de passer quelques coups de fil pour le savoir.

Elle me sourit en faisant non de la tête.

– Vous êtes mal tombé, dit-elle. Il y a une bonne centaine de golfs à moins d'une heure de l'hôtel.

– Quelle poisse !

Je réfléchis un instant en pianotant sur le comptoir. La réceptionniste portait un badge permettant de l'identifier : REBECCA. Joli prénom. Joli visage aussi. Probablement jolies jambes derrière le comptoir. Mais à quoi étais-je en train de penser ? Ah, oui, trouver le proprio.

– Vous disiez que l'hôtel proposait des prix promotionnels sur certains golfs ?

– Oui, dit-elle en hochant la tête.

– Eh bien, peut-être Burks fréquente-t-il ces lieux. Il est probablement en excellents termes avec la direction.

– Super-idée, dit-elle d'un air vraiment impressionné.

Je m'efforçai de ne pas rougir. Eh oui, ma belle. J'en ai plein des super-idées. En fait, j'en ai même quelques-unes qui te concernent en ce moment précis.

Elle traversa le hall pour prendre une brochure sur un présentoir accroché au mur. J'avais vu juste. Elle cachait de super-belles jambes derrière ce comptoir.

– Nous offrons des promotions sur cinq terrains de golf différents, dit-elle. Il faudrait peut-être commencer par là.

– Je peux utiliser votre téléphone ? demandai-je en prenant la brochure.

– Je ne suis pas censée vous laisser l'utiliser, mais ça restera entre nous.

– Marché conclu !

Elle posa le téléphone sur le comptoir et j'entrepris d'appeler les différents golfs en demandant chaque fois si Lamar Burks était là. J'essayais d'avoir l'air désinvolte, comme si j'étais sûr de le trouver. Je ne voulais surtout pas que mes appels soulèvent la moindre inquiétude. Au quatrième appel, je parvins à le localiser. Il était au Sweetwater Bay Golf Course.

– Oui, Lamar est bien ici, dit une voix d'homme. Il a même passé toute sa fichue journée avec nous ! Ça fait des heures qu'on essaie de le virer.

Un rire sonore retentit derrière lui. Rien de plus drôle que de fumer des cigares et de discuter golf toute la journée pendant que les autres bossent pour gagner leur vie.

– Je ne le vois pas pour l'instant, mais il prend le départ dans une heure, me dit l'homme. Il est probablement sur le putting green ou sur le practice.

– Merci, je vais aller voir.

Je raccrochai en souriant.

– Bingo, Rebecca. Merci de votre aide.

Apparemment, ça lui avait plu que je l'appelle par son prénom.

– Avec plaisir. Si vous avez besoin de quoi que ce soit, n'hésitez pas à me le demander.

– Il vaudrait mieux que j'hésite, dis-je. Il ne faudrait pas qu'un homme comme moi dévergonde une femme aussi adorable et élégante que vous.

Elle sourit en passant le bout de sa langue sur sa lèvre inférieure.

– Un peu de dévergondage ne fait de mal à personne.

Ouah ! Il valait mieux que je parte sinon Lamar Burks et Randy Hartwick risquaient d'être vite oubliés.

– Il faut que j'y aille, Rebecca. Mais jurez-moi que je vais vous manquer.

– Je vous le jure, dit-elle en riant.

Je quittai l'hôtel. La Caroline du Sud commençait vraiment à me plaire.

Le golf de Sweetwater Bay n'était qu'à un quart d'heure de route de l'hôtel. Grâce au plan d'accès qui figurait sur la brochure, je le trouvai sans difficulté. La boutique du club était un petit bâtiment de bardeaux blancs entouré de palmiers. Pour quelqu'un qui vient juste de passer un hiver à Cleveland, les palmiers sont une des plus belles visions du monde. Des panneaux placés au départ des allées indiquaient « Parcours de championnat » et « Parcours Nature ». Je garai la voiture et entrai. Un homme corpulent vêtu d'un short kaki et d'un polo Nike était assis au comptoir. Je lui demandai s'il avait vu Lamar Burks.

– C'est vous qui avez appelé tout à l'heure ? s'enquit-il sans lâcher des yeux la petite télévision suspendue au plafond.

La chaîne Golf était allumée et quelqu'un était en train de montrer comment exécuter un chip.

Fascinant.

– Oui, c'est moi. Lamar est dans le coin ?

– Ouais, dit-il en faisant un signe de tête vers le devant du bâtiment sans me jeter le moindre regard. Il est sur le practice. Il ne devrait pas tarder à prendre le départ du Parcours Nature.

Je jetai un coup d'œil par la fenêtre et aperçus le practice de l'autre côté du parking. Six personnes s'y trouvaient, dont trois femmes. Deux jeunes Blancs et un Noir d'une cinquantaine d'années.

– Pouvez-vous me donner un seau de balles ? demandai-je.

– Prenez-en un sur le présentoir, dit-il. C'est cinq dollars.

– D'accord. Vous avez des clubs que je pourrais utiliser ?

Il lâcha l'écran des yeux et me fixa comme si je lui avais demandé de me prêter ses caleçons.

– Vous n'avez pas de clubs ?

– Je suis de passage en Caroline du Sud. Je n'avais pas prévu de jouer.

Il hocha la tête de gauche à droite comme si je venais de lui annoncer une nouvelle incroyable.

– Il y a des cannes dans le râtelier contre le mur. Prenez ce que vous voulez.

Après avoir payé mon seau de balles, je choisis un fer sept, un pitching wedge et un driver. Ces « cannes », comme il disait, étaient d'une qualité bien supérieure à tous les clubs que j'avais jamais possédés.

Je sortis et me dirigeai vers le practice. Les deux Blancs étaient partis, ne laissant que les femmes et le Noir. Lorsque je m'approchai d'eux, une des femmes lâcha :

– Joli coup, Lamar.

Lamar Burks frappait sa balle à même le gazon. Je vidai la moitié de mon seau à côté de lui et il me sourit en m'adressant un petit signe de tête. Âgé d'une cinquantaine d'années, il était trapu et solidement bâti, avec d'énormes épaules. Il portait une chemise et un short blancs et avait des cuisses et des fesses impressionnantes. Pas vraiment grosses, mais massives. Le genre de carrure qui en impose sur un terrain de basket.

Je trouvai un tee dans l'herbe et le plaçai sous une des balles avant de saisir le driver et de me mettre en position. Je n'avais jamais été un très bon joueur. C'était une activité un peu trop lente pour moi et pas suffisamment physique pour remplacer une bonne séance de musculation ou un match de basket improvisé. Je ne jouais qu'occasionnellement, réservant ce sport à mes années de retraite, lorsque mon corps vieillissant ne pourrait plus endurer les exercices de musculation ou le basket. Ça devait bien faire un an que je n'avais pas touché un club. Je répétai plusieurs fois les gestes pour avoir le driver bien en main, puis j'avançai vers le tee.

Mon premier coup atteignit presque les cent quarante mètres sans décoller. Partie en sifflant, la balle avait rebondi plusieurs fois sans jamais dépasser trente centimètres de hauteur. Je plaçai une autre balle sur le tee et tentai un autre swing. Cette fois, la balle décolla, mais elle était horriblement slicée. Même chose pour ma troisième tentative. Et pour la suivante.

À côté de moi, Lamar Burks étouffa un petit gloussement.

– Peut-être devrais-je m'éloigner un peu pour éviter la ligne de tir.

– Ne vous moquez pas, Lamar. Je suis un peu rouillé, c'est tout.

Il haussa les sourcils.

– Tiens donc, on connaît mon prénom.

– Lincoln Perry, dis-je en lui tendant la main. Je voulais vous parler d'un de vos employés.

– Lequel ? demanda-t-il en me serrant la main.

– Randy Hartwick.

Ses yeux se rétrécirent.

– Et qui êtes-vous exactement, monsieur Perry ?

Je sortis mon portefeuille pour lui montrer ma licence. Il l'examina attentivement et hocha la tête.

– Très bien. Nous pouvons parler. Mais sachez que je vais commencer par finir mon seau de balles.

– D'accord.

– Allez-y vous aussi, finissez votre seau, j'essaierai de ne pas rire. Ça ne va pas être facile. C'est peut-être bien le swing le plus moche qu'on ait jamais vu dans tout le comté.

Je posai le driver et saisis le fer sept.

– Très bien, Lamar. Je parie cinquante dollars que je peux envoyer la balle plus loin que vous.

– Vous plaisantez, mon petit ! Oh, d'accord, d'accord. J'adore les paris, et encore plus les paris idiots, dit-il en éclatant d'un rire sonore. Combien de swings ?

– C'est vous qui décidez.

– Alors, trois.

– Marché conclu.

Je ne craignais pas vraiment de perdre mon argent. J'avais déjà vu Burks exécuter plusieurs swings et même si ses trajectoires étaient très précises, elles n'étaient pas très longues. Il avait les bras courts et des gestes très contrôlés. Quand j'étais arrivé, il était en train d'utiliser un bois cinq et avec ça il n'avait pas dépassé les cent quatre-vingts mètres. En plus, son driver avait une tête absolument énorme, le genre qu'apprécient les golfeurs qui ont du mal avec les coups longs. Je n'étais pas très bon avec les bois, mais je me débrouillais plutôt bien avec les fers plus ouverts. Je n'étais pas très doué pour le golf, mais ma taille et ma force me permettaient généralement de frapper fort et loin.

Burks sortit un fer sept de son sac et fit quelques mouvements d'échauffement. C'était bien ce que je pensais. Son swing manquait d'ampleur.

– Je commence, dit-il.

Il frappa la première balle droit devant, mais celle-ci atteignit à peine les cent vingt-huit mètres. Joli coup, mais pas assez puissant.

– Bon sang ! dit-il. J'ai frappé comme une grand-mère. Balle suivante.

Il exécuta un deuxième swing, avec un mouvement des poignets un peu trop rapide cette fois. La balle dévia légèrement vers la droite, mais dépassa la précédente de quatorze mètres.

– Cent quarante-deux mètres, annonça-t-il fièrement.

C'était une belle distance pour un fer sept ; la plupart des joueurs s'en seraient contentés. Il frappa sa troisième balle, mais elle ne dépassa pas les cent vingt-huit mètres.

– Vous devez faire mieux que cent quarante-deux mètres, dit-il en reculant de quelques pas. Et je sais bien que c'est impossible.

– Nous verrons.

Avec la tête du club, j'amenai la balle en position et effectuai mon premier swing. Je relevai le menton au moment où le club percutait la balle et celle-ci partit à nouveau en biais, pour atteindre les cent dix mètres et à peu près autant sur la droite. Burks éclata d'un rire sonore. Je plaçai la deuxième balle et effectuai quelques rotations d'épaules pour essayer de me détendre. Plus mon coup serait fluide, mieux ce serait. Cette fois, je gardai la tête baissée et exécutai un geste ample et sans à-coup. C'était mon coup le plus droit de la journée – avec juste un petit effet de slice – et la balle atteignit la marque des cent soixante mètres. Je me tournai vers Burks en souriant.

– Bon Dieu ! s'exclama-t-il. C'est pas vrai ! Et avec un swing aussi moche en plus ! Et quand je dis moche, je n'exagère pas.

Il hocha la tête de gauche à droite.

– Nous n'avons pas parié sur la qualité du swing, dis-je en riant, mais sur la distance. Vous me devez cinquante dollars, mais je veux bien laisser tomber si vous vous montrez coopératif.

– Je ne vous dirai que ce que j'ai envie, lança-t-il d'un air sérieux. Je suis un homme honnête et je n'aime pas les ennuis. Si vous avez l'intention de chercher des noises à Randy, il faudra vous adresser ailleurs.

– Ce n'est pas moi qui vais lui chercher des noises, lui répondis-je. Ni moi ni personne d'autre. M. Hartwick a été assassiné avant-hier, à Cleveland.

En train de s'échauffer avec son pitching wedge, il laissa tomber le club et se tourna vers moi, surpris.

– C'est vrai ?

– Oui.

Il regarda au loin ; la tristesse et la compassion se lisaient dans ses yeux. Lamar Burks avait éprouvé de l'amitié pour Randy Hartwick. Au bout d'un moment, il ramassa son club et le remit dans son sac.

– Allons prendre un verre, dis-je.

Nous montâmes jusqu'au club-house et nous installâmes sur la terrasse qui donnait sur le practice et le putting green. Burks prit une bière et moi une citronnade. La bonne humeur qui s'était emparée de lui pendant notre petite compétition s'était évanouie. J'avais vraiment le don de gâcher la journée des gens.

– Vous ne buvez pas ? me demanda-t-il.

Je fis non de la tête.

– Pas quand je travaille. J'ai perdu un boulot comme ça après une mauvaise nuit.

– C'était quoi, ce boulot ?

– J'étais flic.

Je n'en dis pas plus, mais il garda le silence, espérant sans doute que j'allais poursuivre. J'avalai quelques gorgées de ma citronnade et entrepris de lui raconter ce qui s'était passé.

– J'étais fiancé à une jeune femme à laquelle je tenais beaucoup. Plus qu'elle ne tenait à moi. Quand j'ai appris qu'elle couchait avec un avocat très connu, je suis allé au bar de la police pour noyer mon chagrin dans l'alcool. Quelque part entre ma onzième et ma douzième bière, j'ai décidé que ce serait une bonne idée d'aller voir le type et de lui parler. Son aimable secrétaire m'ayant déclaré qu'il était en train de dîner à son country club, j'ai traîné mon pauvre corps imbibé jusqu'à la voiture pour m'y rendre. Je l'ai trouvé dans le parking et notre rencontre ne s'est pas très bien passée. Il n'arrêtait pas de sourire comme si la situation était comique et m'a appelé « champion » une fois de trop.

Burks m'écoutait avec intérêt, mais sans porter de jugement.

– Je ne l'ai frappé qu'une fois, dis-je, mais c'était un sacré coup de poing. Je l'ai laissé face contre terre dans le parking, avec le nez cassé. Je n'avais pas repris le volant depuis plus de dix minutes lorsque je me suis fait arrêter par la police – un appel avait été lancé à toutes les patrouilles pour retrouver ma voiture. J'ai été poursuivi pour conduite en état d'ivresse et coups et blessures. Reconnu coupable pour les deux chefs d'inculpation et viré de la police. Mon chef a déclaré que j'étais une source d'embarras pour la police.

Je terminai ma citronnade et écartai mon verre.

– Au moins avez-vous eu le plaisir de casser le nez de ce salaud, dit Burks.

– Ça n'a pas été aussi jouissif que je l'aurais cru.

Il hocha la tête.

– Alors comme ça, Randy est mort ?

– Avant-hier soir. J'étais avec lui quand c'est arrivé. Il s'est fait descendre avec un fusil à lunette.

– À quoi était-il mêlé ?

J'écartai les mains en signe d'impuissance.

– C'est ce que j'essaie de découvrir. Il a été tué avant d'avoir pu me parler. Mon associé et moi essayons de retrouver une femme et une fillette portées disparues. Le mari de la femme était impliqué dans des affaires suspectes ; il se peut même qu'il ait été de mèche avec la Mafia russe. Apparemment, Hartwick avait des relations avec les mêmes personnes et a débarqué à Cleveland il y a quelques jours.

– Randy Hartwick de mèche avec la Mafia russe ? ! s'exclama Burks comme s'il trouvait ça difficile à croire.

– C’est ce qu’on nous a dit.

Il hocha la tête.

– Tout est possible, mais je suis tout à fait surpris d’apprendre ça. C’était un type vraiment sympa.

– Depuis combien de temps travaillait-il pour vous ?

– Environ dix ans. J’ai acheté l’hôtel il y a douze ans. Je voulais améliorer la sécurité, vous savez, pour des histoires d’assurance et tout ça et j’ai commencé à me renseigner auprès de plusieurs sociétés de sécurité. Quelqu’un m’a suggéré de contacter Randy en me disant qu’il venait juste de quitter les Marines et qu’il cherchait du travail. Je l’ai appelé et on s’est arrangés. Et il a toujours été un bon employé.

– À Cleveland, un type nous a dit que son emploi ici n’était qu’une façade pour pouvoir se consacrer au trafic d’armes avec d’autres pays, dis-je. Il était souvent ici ?

– Il prenait des congés de temps en temps, mais, oui, la plupart du temps, il était ici. Je n’ai jamais eu la moindre plainte à son sujet. Nous nous voyions toutes les deux ou trois semaines pour faire le point. Il m’a toujours semblé prendre son travail très au sérieux.

– Qui est l’homme qui vous a recommandé Hartwick ?

– Un certain John Brewster. Il gère un autre hôtel et c’est aussi un ex-Marine, comme Randy. Vous savez comment sont ces types lorsqu’il s’agit de s’entraider pour trouver un boulot… C’est un peu comme une confrérie d’étudiants, sauf que c’est pas une bande de tapettes blanches bourrées de pognon.

– Vous croyez qu’il pourrait m’en dire plus sur Hartwick ?

– Plus que moi en tout cas.

Nous continuâmes de discuter pendant une demi-heure. Burks ne savait pas grand-chose de la vie privée d’Hartwick ; seulement qu’il pouvait compter sur lui et lui faire confiance en tant que patron. Il proposa tout de même de me laisser voir son dossier d'embauche. Faute de mieux, je pourrais peut-être y trouver quelque chose. Il me donna aussi le numéro de téléphone de John Brewster.

– Désolé de ne pas pouvoir vous aider davantage, mon vieux. Et désolé aussi pour ce qui est arrivé à Randy.

– Ne vous inquiétez pas, dis-je. Vous avez fait ce que vous pouviez et j'apprécie beaucoup. En plus, ça m'a amusé de vous piquer votre pognon.

Il rit en hochant la tête.

– Bon Dieu, ça valait bien quelques dollars de voir un swing aussi moche.

Je quittai le golf et regagnai le Golden Breakers. J'appelai John Brewster de ma chambre, mais n'obtins pas de réponse. Burks m'avait promis le dossier d'Hartwick pour le lendemain matin et je devais donc attendre. Je quittai ma chambre et trouvai deux agents de sécurité qui ne purent rien m'apprendre sur Hartwick. Apparemment, c'était un type discret et peu sociable. À dix-sept heures, j'abandonnai et décidai d'aller dîner.

Je choisis un restaurant de fruits de mer qui proposait un « buffet à volonté » pour un prix raisonnable. Comme je n'avais rien mangé à midi, j'en eus vraiment pour mon argent. Une fois rassasié, je rentrai à l'hôtel et décidai d'aller faire une balade sur le front de mer – j'avais trop mangé pour pouvoir courir. Sur le trottoir, je croisai surtout des couples d'un certain âge – la femme agrippée à d'énormes sacs renfermant les courses de la journée et l'homme, quelques pas derrière, revivant mentalement son dernier parcours de golf. L'été, il devait y avoir des familles avec de jeunes enfants et des étudiants en quête de fêtes, mais début mars la ville était calme. J'eus le sentiment que j'aurais moins aimé cet endroit si j'y étais venu pendant l'été.

Je fis quelques kilomètres vers le sud avant de faire demi-tour et de revenir sur mes pas. Cette fois, je quittai le trottoir, coupai derrière les hôtels et marchai sur le sable, à quelques pas seulement du bord de l'eau. Marée montante, au matin cette bande de plage serait recouverte par la mer. Il faisait déjà nuit et la pleine lune jetait un pâle reflet sur les eaux noires, accrochant une lueur dorée sur l'écume des vagues.

De retour dans ma chambre d'hôtel, je passai rapidement en revue les différentes chaînes de télévision pour me rendre compte qu'il n'y avait rien d'intéressant. J'essayai d'appeler Joe. Personne ne répondit au bureau et son portable passa directement en messagerie vocale – il l'avait éteint. Parfait. Je m'assis sur le balcon et contemplai l'océan encore quelque temps avant de rappeler sans plus de résultat.

À vingt-deux heures, j'enfilai un vieux short de sport et descendis. Je n'avais pas amené de maillot de bain – j'étais venu pour le travail, pas pour les vacances –, mais, vu l'endroit, pourquoi ne pas profiter du jacuzzi.

C'était une nuit magnifique. Il faisait doux et il flottait dans l'air une odeur d'océan et de jacinthes. J'allumai le jacuzzi et m'enfonçai dans l'eau fumante. Une brise fraîche venue de l'océan me caressait le visage, le contraste avec l'eau chaude sur mon corps me procurant une sensation à la fois étrange et vivifiante. Je basculai la tête en arrière et contemplai la lune, puis je fermai les yeux et écoutai le doux clapotis des vagues sur la plage. Je me demandai ce que Joe pouvait bien faire à Cleveland et si lui et Kinkaid avaient du nouveau sur les Russes ou sur Hubbard. Ils risquaient d'être déçus du peu de progrès que j'avais accompli. Je songeai à John Weston et à Randy Hartwick. Des images du visage souriant de Betsy Weston et de sa superbe maman me traversèrent l'esprit. Il était facile de les oublier ici, assis dans ce jacuzzi, la brise fraîche de la nuit caressant mon visage et le bruit des vagues berçant mes oreilles. Je n'avais pas envie de penser à elles. La nuit était trop belle.

Ça faisait vingt minutes que j'étais dans le jacuzzi lorsque j'entendis la porte de l'hôtel s'ouvrir et se refermer. J'ouvris un œil et aperçus une femme brune, debout dans l'ombre, en train d'enlever la serviette qu'elle avait autour de la taille pour la placer sur une chaise longue. Même de côté et dans la pénombre, il était évident qu'elle avait un corps sublime. L'espace d'un instant, il me sembla la reconnaître et je me demandai s'il ne s'agissait pas de Rebecca, la réceptionniste. Mais ses cheveux étaient trop bouclés. Je fermai à nouveau les yeux, déçu. Peut-être retrouverais-je Rebecca à la réception le lendemain matin.

Un petit coup de vent arriva de l'océan, me rafraîchissant le visage et le cou et faisant courir un frisson le long de mon dos malgré la température de l'eau. Au loin, on jouait une douce musique de jazz sur un des balcons. Touche parfaite et bienvenue pour une nuit comme celle-là. J'entendis un petit bruit d'eau à côté de moi lorsque la femme pénétra dans le jacuzzi. J'ouvris les yeux et la regardai. Elle m'adressa un sourire timide avant de faire ce que j'avais fait plus tôt : basculer la tête en arrière, regarder la lune et fermer les yeux. Cette fois, je gardai les miens ouverts. Pas étonnant que son visage me dise quelque chose. C'était Julie Weston.

14

La musique de jazz continuait à jouer, les vagues à déferler et le vent à souffler. Julie Weston garda les yeux fermés un moment et je continuai à la regarder. J'ignore combien de temps je restai là. Mon cerveau avait fini par enregistrer que Julie Weston – une femme recherchée par toutes les polices et que beaucoup croyaient morte – était assise tout près de moi, mais cette information n'était pas facile à digérer. Je respirai un grand coup et détournai les yeux, regardant vers la mer. Puis je les fermai à nouveau et respirai à fond plusieurs fois avant de les rouvrir. Elle était toujours là. Je pouvais abandonner ma théorie du mirage. Il ne me restait plus qu'à affronter la situation.

Je m'enfonçai un peu plus dans l'eau, le vent était devenu plus glaçant que rafraîchissant. Julie Weston n'ayant pas l'air pressée de partir, je n'avais aucune raison de me précipiter. J'en fus soulagé : je ne savais pas encore comment j'allais gérer la situation. J'étais trop occupé à enregistrer les faits.

Julie Weston était à Myrtle Beach dans l'hôtel où Randy Hartwick avait été employé. Hartwick, lui, était à la morgue de Cleveland. Il avait passé quelques jours dans cette ville avant d'y être assassiné. Où se trouvait Julie Weston pendant ces quelques jours ? Ici ? Mais alors pourquoi Hartwick était-il parti ? Et où était passée Betsy Weston ? J'avais voulu aborder cette enquête sans idée préconçue sur ce qui s'était passé la nuit de la mort de Wayne Weston, mais au plus profond de moi j'étais convaincu qu'il avait été assassiné et que sa femme et sa fille avaient été enlevées ou tuées. Les quelques mots trouvés dans le journal de Betsy Weston m'avaient redonné espoir de les trouver vivantes, mais je les imaginais quand même dans une situation de danger ou de crise. Je n'aurais jamais pensé trouver l'une d'elles en train de se relaxer dans le jacuzzi d'un hôtel de vacances. Pour la première fois, je me demandai si Julie Weston avait pu tuer son propre mari. Mais pour quelle raison ? Pour s'enfuir avec Hartwick, qui s'était lui-même enfui à Cleveland ? Et que venaient faire les Russes dans tout ça ? Ça n'avait aucun sens. Ça n'en avait jamais eu. Et pourtant, ce soir-là, j'étais assis en face d'une femme qui pouvait enfin m'aider à comprendre.

Comme si elle avait perçu l'intensité de mes pensées, Julie Weston ouvrit les yeux et les braqua directement sur les miens. Je ne croyais pas possible de détourner mon esprit de toutes ces questions, mais il lui suffit d'un sourire timide pour me les faire oublier. Cette femme était à couper le souffle. Son visage aux traits fins avait des proportions parfaites ; ses yeux sombres et pétillants faisaient ressortir sa peau fine ; ses lèvres rouges et pulpeuses semblaient pouvoir éloigner tous les soucis du monde par leur simple contact. Ses cheveux bruns tombant en boucles sombres sur ses épaules nues étaient mouillés par la vapeur du jacuzzi. L'eau dissimulait son corps, mais je l'avais déjà vu et ce coup d'œil furtif avait suffi à l'imprimer à jamais dans ma mémoire.

– Belle nuit, dit-elle.

Je gardai le silence. Elle sourit à nouveau, l'air un peu gêné, et je me rendis compte avec un temps de retard que c'était à cause de mon mutisme.

– Magnifique, dis-je.

J'arrachai mon regard de son visage pour contempler la lune une fois de plus. Elle semblait presque à portée de main au-dessus des palmiers, comme s'il avait suffi de grimper tout en haut et de s'étirer au maximum pour pouvoir la décrocher. Elle suivit mon regard et poussa un léger soupir.

– La lune est superbe, n'est-ce pas ? Elle a l'air tellement différente ici.

– Différente d'où ? demandai-je.

Cette simple question fit s'évanouir l'attitude insouciante qu'elle avait. Ses yeux se rétrécirent légèrement et, ses épaules se contractant, elle remua sur le banc du jacuzzi.

– Chicago, dit-elle d'une voix froide et cassante. Je suis de Chicago.

Depuis son départ de Cleveland, son apparence n'avait pas changé. Elle n'avait modifié ni sa coiffure, ni sa couleur de cheveux. Elle n'avait pas cherché non plus à se dissimuler derrière du maquillage. C'est peut-être ce qui me surprenait le plus. Il y avait plus d'une semaine qu'elle avait disparu de Cleveland, et voilà qu'elle réapparaissait ici, apparemment indemne. Si elle avait voulu se cacher, pourquoi n'aurait-elle pas cherché à modifier son apparence ? Et comment avait-elle pu éviter de se faire repérer sans rien changer à son aspect ? Son visage avait fait la une de toutes les chaînes de télévision. Quelqu'un aurait dû la reconnaître.

– Chicago, dis-je. (Elle hocha la tête.) C'est sympa comme ville. Je viens moi-même d'une ville proche des lacs.

– Vraiment ?

Le ton de sa voix révélait un manque d'intérêt total. Elle se laissa glisser dans l'eau, bascula la tête en arrière une deuxième fois et ferma les yeux. Sa façon à elle de mettre fin à mes questions.

– Oui, dis-je en faisant semblant de ne pas avoir remarqué son changement d'attitude. Une ville similaire, mais un lac différent. Je suis de Cleveland.

Elle était tellement immobile dans l'eau qu'on aurait dit qu'elle ne respirait pas. Au bout de quelques secondes, je me rendis compte qu'elle retenait effectivement son souffle, même si elle n'en avait pas conscience. Un instant, je pensai la rejoindre dans son silence, laissant la mention de Cleveland faire son chemin dans son esprit tandis que je réfléchissais à la meilleure façon de l'aborder. Mais j'abandonnai l'idée. Il n'y avait aucune manière simple de l'aborder. Tant pis.

– Que faites-vous ici, Julie ? lui demandai-je doucement.

Ses paupières s'ouvrirent tout net, comme un store baissé sur lequel on a tiré trop vite, et j'aperçus de la terreur dans ses yeux. Elle jaillit hors de l'eau et se précipita vers le sac qu'elle avait abandonné près du jacuzzi. Je me lançai à sa suite, le poids de l'eau ralentissant mes mouvements. Elle avait déjà la main à l'intérieur du sac. Je plongeai vers elle, pensant qu'elle essayait de saisir une arme. De mon bras gauche tendu, je la pris par la taille avant de retomber dans l'eau en l'entraînant avec moi. Elle tenait quelque chose dans la main droite : un petit aérosol de défense au poivre. Je lui enserrai la taille, plus que je ne l'aurais voulu, mais suffisamment pour qu'elle ne puisse pas utiliser sa bombe contre moi. Elle la laissa tomber dans l'eau et se tourna vers moi en essayant de me donner un coup de genou dans l'entrejambe. Le poids de l'eau gêna son mouvement et le coup dévia mollement vers le haut de ma cuisse. Je saisis ses avant-bras et les lui plaquai dans le dos, l'immobilisant alors qu'elle tentait une fois de plus de me donner un coup de genou. Elle ouvrit la bouche pour crier, mais je plaçai ma main gauche sur ses lèvres pour étouffer son cri tout en maintenant ses frêles poignets dans une seule main.

– On se calme, dis-je en attirant son corps contre le mien pour l'empêcher de me décocher des coups de genou. Je ne vous veux aucun mal. Je travaille pour John Weston, le père de votre mari.

Elle continuait à se débattre, mais à ces mots, ses yeux changèrent d'expression et elle n'essaya plus de crier. Elle voulut me mordre la main, je la retirai de ses lèvres. Mais elle n'en profita pas pour appeler à l'aide.

– Du calme, répétai-je. Si j'étais venu pour vous tuer, madame Weston, vous seriez déjà morte.

Je relâchai mon étreinte et avançai vers le centre du jacuzzi en faisant glisser mon pied sur le fond carrelé à la recherche de l'aérosol. Dès que je l'eus trouvé, je pliai les genoux et le ramassai sans quitter des yeux Julie Weston. Elle recula contre le bord du jacuzzi, ses bras croisés étreignant sa poitrine comme une petite fille. Ses cheveux mouillés lui tombaient sur le visage et elle respirait précipitamment en me regardant comme un animal apeuré habitué à être la proie plutôt que le prédateur.

– Vous avez plusieurs options, repris-je en retournant vers le bord du jacuzzi et en me hissant hors de l'eau pour m'asseoir sur la bordure en ciment.

Le contact du vent sur ma peau mouillée me fit frissonner.

– Vous pouvez sortir de l'eau et partir en courant. Mais je me lancerai à votre poursuite. Pas pour vous faire du mal, mais parce que c'est mon boulot. Vous pouvez vous mettre à hurler à pleins poumons et être sûre d'attirer l'attention. Mais est-ce vraiment ce que vous voulez ? Vous êtes une femme que le monde entier recherche. (C'était un peu exagéré, mais pour quelqu'un de Cleveland qui aurait vu Julie Weston à la télé la veille, ça ne l'était pas.) Ou bien vous pouvez me faire confiance. Je vous conseille de choisir cette dernière solution.

Elle se dirigea vers le côté opposé du jacuzzi et s'assit sur le bord comme je l'avais fait. Elle gardait les bras étroitement serrés autour de sa poitrine, mais sans doute pas à cause du froid. Elle avait l'air très vulnérable. Et elle l'était probablement depuis un certain temps. Elle se frictionna le haut des bras et braqua ses yeux sur moi.

– Vous dites que c'est John qui vous a embauché ?

– C'est ça.

– Parlez-moi de lui.

Je fronçai les sourcils, mais me rendis compte que c'était sa façon de me mettre à l'essai, de voir si j'étais bien celui que je prétendais être.

– C'est un vieux soldat grande gueule et têtu, dis-je. Et beaucoup de gens doivent le trouver intimidant. Un solitaire, et il l'est plus que jamais maintenant. (À ces mots, son visage se crispa.) Il adore son fils, il adore sa petite-fille et il vous adore. Il nous a ouvert son compte d'épargne – à moi et à mon associé – en espérant pouvoir vous retrouver, ou au moins savoir ce qui vous est arrivé. C'est sa raison de vivre désormais. La dernière fois que je l'ai vu, il était assis sur la terrasse à l'arrière de votre maison, les yeux rivés sur le bonhomme de neige de votre fille comme si celui-ci représentait tout ce qui lui restait d'âme.

Je ne voulais pas l'attrister ou la culpabiliser. Je lui avais simplement parlé de John Weston avec les premiers mots qui me venaient à l'esprit. Quand j'arrivai au bonhomme de neige, Julie Weston pleurait doucement. Ses mains agrippaient ses bras et des larmes coulaient le long de son nez et de ses joues avant de tomber en grosses gouttes sur ses cuisses. J'étais assis en face d'elle, immobile. J'avais envie de traverser le jacuzzi, de la prendre dans mes bras et de lui dire que tout allait bien se passer. Mais je savais qu'elle n'aurait pas aimé et j'ignorais si, de fait, tout allait bien se passer.

Elle continua de pleurer pendant quelques minutes et je gardai le silence. Si elle choisissait de me faire confiance, elle devrait le faire de son plein gré. Sinon, il faudrait que j'appelle Cody pour lui dire d'envoyer des agents qui viendraient la récupérer et la renverraient à Cleveland. En fait, c'était ce que j'aurais dû faire. Mon boulot, c'était de la retrouver et je venais de le faire. Il était temps de refiler l'affaire aux fédéraux et de les laisser s'en débrouiller. Pourtant, je ne bougeai pas d'un pouce. Je voulais entendre ce qu'elle allait dire. Au bout d'un moment, ses larmes s'arrêtèrent et elle respira un grand coup, encore toute tremblante. Puis elle leva la tête et me regarda, la masse de ses cheveux mouillés et les ombres de la nuit masquant à demi son visage. Pourtant, ses yeux étaient visibles ; posés sur moi, ils ne me quittaient plus, cherchant à voir au plus profond de moi, comme si elle sondait mon âme avant de prendre une décision. Lorsqu'elle parla enfin, sa voix fut aussi douce que le bruissement des feuilles de palmier dans le vent au-dessus de nous.

– J'ai besoin d'aide, dit-elle.

J'attendis qu'elle en dise plus, mais rien ne vint. Je hochai la tête.

– On dirait que j'ai bien fait de venir.

Elle demanda à voir mes papiers et ma licence de détective privé. C'était une requête inutile – il est facile de se procurer des faux papiers et elle avait déjà décidé de me faire confiance de toute façon –, mais peut-être cette vaine précaution la rassurait-elle. Nous montâmes dans sa chambre, elle se sécha et enfila un sweat-shirt par-dessus son maillot tandis que j'attendais dans le salon. C'était une suite de trois pièces et la porte de la deuxième chambre était close. Lorsqu'elle sortit de la salle de bains, elle vit que je regardais la porte.

– Oui, elle est là, dit-elle en devinant mes pensées.

Elle me regarda, marqua un instant d'hésitation et alla ouvrir la porte. Je ne bougeai pas, mais de là où j'étais il y avait assez de lumière venant de la salle de bains pour que je puisse distinguer la fillette endormie sous les couvertures, sa chevelure sombre éparpillée sur l'oreiller. Betsy Weston. Je la fixai des yeux quelques secondes.

– Je suis heureux de voir qu'elle est saine et sauve, dis-je d'une voix légèrement rauque.

Julie Weston était debout dans l'embrasure de la porte, légèrement de côté pour que la lumière me permettre de voir à l'intérieur, mais pas assez pour que je puisse passer. Protectrice. Je me détournai, elle referma doucement la porte avant de me conduire sur le balcon.

– Nous ferions mieux de parler ici, dit-elle. Je ne veux pas la réveiller. (Elle se pencha par-dessus la balustrade et regarda la piscine au-dessous.) Je n'aurais jamais dû descendre. J'avais peur de la laisser ici toute seule. Mais il fallait que je sorte. Je n'en pouvais plus de cette fichue chambre. C'est comme une prison.

Je m'assis sur une chaise longue en plastique et la regardai, debout et de dos, qui contemplait la piscine. Le sweat-shirt couvrait le bas de son maillot, mais j'arrivais à distinguer le galbe de ses longues jambes dans la pénombre. Elle se tourna vers moi, mais resta debout, appuyant son dos à la balustrade. Puis elle me raconta son histoire.

C'était la famille parfaite. Ils étaient heureux, riches et en bonne santé. Elle avait fait la connaissance de Wayne alors qu'il travaillait pour l'agence Pinkerton. Au cours d'une rencontre arrangée par une de ses amies. Ils étaient sortis ensemble une première fois, elle l'avait trouvé un peu trop arrogant, un peu trop superficiel et un peu trop sûr de lui. Mais il était bel homme, intelligent et plein de charme. Alors, quand il l'avait rappelée pour lui proposer un deuxième rendez-vous, elle n'avait pas eu le courage de refuser. Après ça, il y avait eu un troisième rendez-vous, puis ils avaient passé une semaine ensemble en Suisse et là, il lui avait demandé de l'épouser dans un merveilleux chalet de montagne. Ils s'étaient mariés six mois plus tard et Wayne avait pris le risque de s'installer à son compte après avoir quitté Pinkerton et tous les avantages qui allaient avec.

Et ça avait marché. Très bien même, d'après ce qu'elle savait. Au départ, Wayne avait un associé, un certain Aaron Kinkaid, ajouta-t-elle, mais ils avaient décidé de se séparer et son mari avait travaillé seul après ça. J'observai son visage lorsqu'elle mentionna Kinkaid et je n'y décelai pas la moindre émotion ou passion – ou alors elle était très forte pour cacher ses sentiments.

Ainsi l'heureux mariage avait-il perduré, l'activité professionnelle du mari prospérant et la famille s'agrandissant avec la naissance d'une fille. Wayne gagnait bien sa vie – très bien même – et lui disait que les affaires marchaient bien ; tout allait pour le mieux et il avait de nouveaux clients tous les jours. Pour leur dixième anniversaire de mariage, il lui avait offert une Lexus flambant neuve. Bel homme, plein de charme et enclin à faire des cadeaux extravagants, Wayne Weston avait tout l'air du mari parfait. Et c'était bien un mari parfait, elle me le confirma. Jusqu'à ce fameux jour de février. Elle sourit en y repensant, même si les émotions qu'elle ressentait n'étaient pas habituellement associées au sourire. Son expression était dure, froide et amère – non pas liée au souvenir lui-même, mais à son incroyable naïveté et à la confiance imméritée qu'elle avait accordée à son mari.

– Ce soir-là, il est rentré tôt, dit-elle, et j'ai tout de suite vu que quelque chose n'allait pas. D'habitude, quand il rentrait, Betsy se précipitait vers lui, lui sautait au cou et l'embrassait et il réagissait toujours avec entrain. Mais là, on aurait dit qu'elle se heurtait à un mur. Il l'a embrassé comme un automate en lui demandant d'aller jouer dans sa chambre jusqu'à l'heure du dîner parce qu'il avait mal à la tête. Et c'est ce qu'elle a fait, mais j'ai tout de suite compris qu'il ne s'agissait pas d'un simple mal de tête. (Elle agrippa la balustrade à deux mains, faisant saillir les articulations de ses doigts.) Il m'a dit qu'il avait un aveu à me faire. Et moi, j'étais là, debout dans la cuisine, avec un attendrisseur dans les mains, en train de le regarder et de me dire : « Quoi qu'il arrive, nous ferons face. Qu'il s'agisse d'une liaison ou d'un cancer, on s'en sortira. » Et c'est là qu'il m'a tout avoué. Il ne s'agissait ni d'une liaison ni d'un cancer. C'était bien pire. Il m'a dit qu'il travaillait pour un homme d'affaires, qu'il l'aidait à conclure certaines transactions et à obtenir les meilleurs prix. Je lui ai dit que je ne voyais pas ce qu'il y avait de mal à ça, alors, il m'a tout raconté. (Un sourire glacial reparut sur ses lèvres.) Il fouinait dans la vie privée des gens et fournissait des renseignements à son patron. Il filmait des hommes mariés en train de faire l'amour avec leurs maîtresses, fouillait dans le passé des gens pour y découvrir leurs problèmes de dépendance, leurs difficultés psychologiques ou leurs secrets de famille – tout ce qui pouvait servir à leur faire peur. Ensuite, il communiquait tout ça à son patron et ensemble ils s'occupaient de transformer les peurs de ces gens en argent comptant. Mon mari, dit-elle froidement, n'était qu'un maître chanteur. C'était son métier. Détruire des vies ou proférer des menaces pour qu'un autre individu puisse gagner plus d'argent ou avoir une plus grande influence sur les affaires de la ville.

Je restai assis sans broncher. Je ne voulais pas lui dire que c'était une pratique courante, que dans le monde des affaires les secrets se négocient, que la peur est un moyen de pression et que plus on sait de choses, plus on est puissant.

– Je n'ai jamais voulu fourrer mon nez dans ses affaires, reprit-elle. Je savais qu'il était tenu à la confidentialité et les rares fois où je lui posais des questions, c'est ce qu'il me répondait. Mais, quelque part, je me disais toujours qu'il était plus noble, qu'il essayait de résoudre des affaires ayant échappé à la police ou qu'il aidait des avocats à monter des dossiers légitimes. Je savais qu'un jour ou l'autre il serait amené à enquêter sur des affaires d'adultères et que son travail aurait des côtés désagréables, mais lui… tout ce qu'il faisait, c'était de chercher comment il pouvait faire du mal aux gens. C'est tout. Il allait travailler tous les jours dans le seul but de découvrir d'horribles secrets et de souiller des vies pour qu'un homme avide d'argent puisse en gagner davantage.

Elle soupira et hocha la tête avant de retirer ses mains de la balustrade pour se frotter à nouveau les bras – même si elle ne risquait pas d'avoir froid avec ce sweat-shirt.

– Et il faisait ça depuis des années. Toujours pour le même individu.

– Jeremiah Hubbard, dis-je en prenant la parole pour la première fois depuis le début de son récit.

Elle me regarda et me sourit.

– Excellent, dit-elle. Manifestement, vous connaissez votre métier, monsieur Perry. La police le sait-elle aussi ?

Je haussai les épaules.

– Nous l'avons dit aux flics, mais je ne suis pas sûr qu'ils nous aient pris au sérieux.

– Je vois. Eh bien, oui, c'était M. Hubbard. Et un beau jour, toute cette magnifique combine est tombée à l'eau. Wayne m'a dit qu'au cours d'une de ses vidéosurveillances – avec des caméras installées illégalement, bien sûr – il avait filmé un meurtre.

– Un meurtre ?

– Oui.

– Savez-vous qui était la victime ? Ou l'assassin ?

– Je ne connais aucun nom. Wayne ne voulait pas que je sache.

– D'accord, dis-je, ne voulant pas interrompre son récit. Continuez.

Elle respira fort et marqua une pause, essayant de se rappeler où elle s'était arrêtée.

– Oui, voilà… il avait filmé un meurtre. Quand il me l'a dit, je l'ai regardé et j'ai répondu : « Eh bien mais… où est le problème ? Appelle la police. » Mais il m'a dit que c'était impossible. Que les individus en cause étaient trop dangereux. Que c'étaient des professionnels qui faisaient partie d'une organisation criminelle russe et que nous serions obligés d'être placés dans un programme de protection de témoins si jamais nous remettions cette vidéo aux autorités. Il m'a dit qu'ils nous poursuivraient tous, lui, moi et Betsy. Je n'arrivais pas à le croire. Le programme de protection des témoins… Ça voulait dire renoncer entièrement à nos vies. (Elle hocha vigoureusement la tête au souvenir de ce soir-là.) Je lui ai dit d'appeler le FBI. C'est ce qu'on fait dans un cas comme celui-là, non ? Si c'est trop grave pour la police, on contacte le FBI. Mais il m'a dit qu'il ne pouvait pas faire ça non plus, parce que les caméras avaient été installées illégalement. C'était un crime d'avoir filmé dans ces conditions. Mais c'était absurde ; la police ne s'intéresserait certainement pas à quelque chose de si bénin si ça pouvait les aider à résoudre un meurtre. C'est ce que je lui ai dit, mais il ne faisait confiance ni à la police ni au FBI – d'après lui, les individus impliqués dans ce meurtre étaient trop malins, trop puissants et trop dangereux. Et il a ajouté que ça ne plairait pas à M. Hubbard, dit-elle d'une voix où perçaient la colère et le mépris. (Elle leva les yeux vers moi.) Vous entendez ? Ça ne plairait pas à M. Hubbard ! C'est ce qu'il m'a dit. Incroyable, non ? Mon mari rentre à la maison et m'annonce que ma fille et moi sommes en danger à cause de sa bêtise et de sa cupidité et pourquoi ne peut-on pas en parler à la police ? Parce que ça ne plairait pas au salaud plein aux as qui l'a fichu dans ce pétrin. Ça ne lui plairait pas ! (Elle cracha ces derniers mots comme s'ils lui salissaient la bouche.) Et après m'avoir expliqué tout ça, il est resté planté là, à me regarder. J'étais toujours avec mon attendrisseur à la main, debout dans la cuisine, à écouter mon mari me dire que nos vies étaient en train de s'écrouler. Puis je lui ai demandé ce que nous allions faire.

Elle me regarda d'un air distant.

– Je parie que vous mourez d'envie d'entendre la suite, pas vrai ? Il vous tarde de savoir comment ça s'est terminé.

– J'aimerais assez l'entendre, oui.

– Super, dit-elle. J'ai très envie de vous le raconter. Tout s'est passé si parfaitement, vous savez. (Le sarcasme de ses propos n'avait rien à envier à Jerry Seinfeld ou George Carlin[1].) Il m'a dit craindre que les Russes soient déjà au courant pour la vidéo.

– Comment ?

– Aucune idée. Je lui ai posé la question moi aussi, mais il ne m'a pas répondu. Il m'a dit que nous étions en danger et que nous devions nous enfuir. Que Hubbard allait lui donner assez d'argent pour que nous puissions partir. Tout allait si vite… Je venais juste de rentrer des courses. J'avais acheté les provisions pour

1. Humoristes et comédiens célèbres aux États-Unis. *[NdT]*

la semaine et il était en train de m'annoncer que nous devions fuir pour échapper à une mort certaine.

– Et vous êtes venues ici ?

Elle acquiesça d'un hochement de tête.

– Ça devait être temporaire. Juste une escale. Wayne m'a dit qu'il voulait que je prenne Betsy et que je parte. Il devait rester un jour de plus, régler les histoires d'argent avec Hubbard et parler à son père avant de prendre un avion pour nous rejoindre ici. Ensuite, nous partirions en Amérique du Sud. Il avait déjà un travail qui l'attendait. Moniteur de plongée dans un hôtel de tourisme. Il m'a dit que ce serait super, comme de vivre au paradis, qu'on pourrait faire des balades sur la plage tous les matins. (Elle hocha la tête tristement.) Le paradis… C'est là qu'on devait aller.

– Il vous a dit tout ça et vous êtes parties le soir même ?

– Non. C'était la veille de notre départ. Il pensait que nous avions un peu de temps. Nous avons dîné et après avoir couché Betsy, nous avons discuté jusqu'au matin. J'avais très peur, mais son idée semblait la meilleure. En restant chez nous, nous allions nous faire tuer. Si nous étions pris en charge par un programme de protection de témoins, notre vie serait entre les mains du gouvernement. On nous dirait où habiter, Wayne devrait travailler à Wal-Mart [1] ou un truc comme ça. Mais si nous suivions son idée et que nous ne parlions pas à la police, Hubbard paierait pour que nous puissions partir. Il nous donnerait assez d'argent pour commencer une nouvelle vie.

– Et la famille ? demandai-je en pensant à John Weston et à la souffrance qu'il devait endurer.

– Je suis fille unique et Wayne est aussi fils unique, dit-elle. Mes parents sont morts. J'allais abandonner

1. Chaîne de grande distribution. *[NdT]*

quelques amies chères, bien sûr, mais pour ce qui est de la famille, c'était juste le père de Wayne et quelques cousins. Wayne allait parler à son père. Mais il s'est fait tuer avant de pouvoir le faire.

À ces mots, sa voix sembla se briser et je compris que malgré le choc et la déception qu'elle avait endurés, elle aimait toujours son mari.

– Que s'est-il passé cette nuit-là ? lui demandai-je. La nuit où Wayne a été tué.

Elle se frotta les tempes du bout des doigts comme pour chasser un début de mal de tête ou un mauvais souvenir.

– Il était agité quand il est rentré ce soir-là, dit-elle. Il avait vraiment peur. Il m'a aussitôt amenée dans la chambre. Il pensait que les Russes étaient au courant de ce qu'il avait fait. Il m'a dit que je devais prendre Betsy et partir le soir même. Il quitterait la maison, mais resterait en ville et, dès le lendemain, il parlerait à son père et réglerait les choses avec Hubbard. Il avait loué une voiture sous un faux nom et il nous a fait monter dedans en nous disant de nous rendre à Columbus. Comme il ne voulait pas que nous partions de l'aéroport de Cleveland, il avait réservé un vol pour Myrtle Beach depuis Columbus. Il m'a dit que Randy était au courant de tout et qu'il allait s'occuper de nous. Randy était le meilleur ami de Wayne. Celui en qui il avait le plus confiance.

Elle parlait maintenant d'une voix monocorde et heurtée, essayant manifestement de contrôler ses émotions.

– Nous avons pris l'avion et Randy est venu nous chercher à l'aéroport, enchaîna-t-elle. Il m'a dit de ne pas m'inquiéter, qu'il allait s'occuper de nous jusqu'à l'arrivée de Wayne. Puis nous sommes parties. Mais le lendemain après-midi nous étions toujours sans nouvelles de Wayne et je commençais à me faire du souci. C'est là que Randy est venu dans ma chambre pour m'annoncer que Wayne avait été assassiné. Il avait lu un article sur le site Internet du journal de Cleveland.

Elle marqua une pause.

– Et… ? dis-je.

– Et… ?

Je haussai les sourcils.

– Et qu'est-ce que vous avez fait après ? Ça fait plusieurs jours qu'il est mort.

– Je voulais appeler la police tout de suite. Je pensais que si je leur disais tout, ma fille et moi serions à l'abri du danger. Mais Randy m'a dit de ne pas le faire. D'après lui, les Russes étaient toujours à notre recherche parce qu'ils savaient que nous étions vivantes et que nous pouvions témoigner contre eux. Il ne faisait pas confiance à la police ni au FBI, pour les mêmes raisons que Wayne – il pensait qu'Hubbard pouvait tirer les ficelles. Alors nous sommes restées ici en attendant de voir ce que la police allait découvrir. Quand on a compris que la police n'arrivait à rien, Randy est parti à Cleveland pour régler tout ça.

– Régler tout ça ? répétai-je. Mais comment ?

Elle fronça les sourcils.

– En tuant les Russes ? Ou Hubbard ? Ou tous ceux qui étaient mêlés à cette affaire ? Je n'en sais rien, mais, en tout cas, je suis sûre que c'est ce qu'il avait en tête. Randy est lui aussi un homme très dangereux, monsieur Perry. Ça fait des années que je le connais et je dois admettre qu'il me fait encore peur. Je sais qu'il ne nous ferait jamais aucun mal, ni à moi ni à ma fille, mais, malgré ça, je ne suis pas à l'aise avec lui. Dès que nous avons appris l'assassinat de Wayne, Randy nous a fait clairement comprendre que c'était lui qui prenait en charge les opérations. Je n'ai pas discuté. J'avais peur, j'étais seule et je n'avais personne d'autre vers qui me tourner. Il m'a dit qu'il irait à Cleveland et qu'il serait de retour dans quelques jours.

– Et vous l'avez laissé partir.

Elle écarta une mèche de cheveux de son visage et la glissa derrière son oreille.

– Qu'étais-je censée faire ? L'empêcher de partir ? M'opposer à sa décision ? (Elle fit non de la tête.) On voit bien que vous ne connaissez pas Randy Hartwick.

– Je l'ai rencontré, dis-je. Dix secondes à peine, juste avant qu'une balle lui traverse la poitrine.

Elle voulut porter la main à sa bouche, mais interrompit son geste à mi-chemin, figée sur place, bouche bée et les yeux écarquillés.

– Randy est mort ?

– Oui, Randy est mort. C'est ce qui m'a conduit jusqu'ici. Je ne m'attendais pas à vous y trouver ; j'essayais juste d'en savoir un peu plus sur lui.

Elle se laissa mollement tomber sur la chaise longue en plastique à côté de moi, comme si cette dernière information avait étouffé les derniers tisons qui nourrissaient son énergie.

– Alors… ce sont les Russes qui ont tué votre mari ? demandai-je en sachant qu'elle en avait assez des questions et qu'elle essayait encore d'assimiler tout ça.

Elle tourna la tête vers moi et rencontra mon regard.

– Non. Ce ne sont pas les Russes qui ont tué mon mari. Mais celui qui l'a tué a voulu faire croire à un suicide, monsieur Perry.

– Lincoln.

– Celui qui l'a tué a voulu faire croire à un suicide, Lincoln. Les Russes n'auraient jamais pu entrer chez nous pour le tuer. Wayne est beaucoup trop malin pour ça.

– Alors qui l'a tué, d'après vous ?

– Jeremiah Hubbard, dit-elle d'une voix éteinte comme s'il n'y avait pas le moindre doute dans son esprit.

C'était nouveau pour moi, mais je préférai ne pas discuter. Il était facile de penser qu'Hubbard puisse être mêlé à la mort de Weston, mais j'avais du mal à imaginer le magnat de l'immobilier vieillissant en train de manier une arme.

– Et donc, vous êtes restée cachée dans cet hôtel parce qu'Hartwick vous a dit de ne pas parler à la police ?

– C'était ma décision, dit-elle d'une voix ferme. Mon ancienne vie est finie. Je l'ai compris et dois l'accepter. Mon mari s'était mis à dos les hommes les plus dangereux du pays. Ils nous tueront, moi et ma fille, s'ils nous trouvent. Et Jeremiah Hubbard aussi. Si nous parlons à la police, nous serons prises en charge par le programme de protection des témoins et nous serons obligées de mener la vie qu'ils nous choisiront. Ce n'est pas comme ça que je compte élever ma fille. Mais je ne peux pas non plus laisser croire que c'est Wayne qui nous a tuées, Betsy et moi, comme ils le disent aux infos. Et je ne peux pas laisser Jeremiah Hubbard s'en sortir comme ça.

– Que comptez-vous faire ?

Elle détourna le regard.

– Je ne sais pas. Randy m'a dit d'attendre ici et c'est ce que j'ai fait. Mais je sais que nous ne sommes plus en sécurité désormais. Vous l'avez prouvé en nous retrouvant.

Nous restâmes assis en silence un moment.

– Alors, c'est ça votre histoire ? Je sais tout ce que je dois savoir maintenant ?

– Oui, dit-elle. Enfin… presque. Il y a encore une chose que vous devriez savoir.

– Quoi ?

– Vous vous souvenez de la cassette vidéo sur laquelle Wayne a filmé le meurtre ?

– Oui.

– C'est moi qui l'ai.

15

Nous restâmes sur le balcon pendant une heure encore, puis, aux environs de minuit, voyant qu'elle était fatiguée, je lui dis que j'allais partir pour qu'elle puisse se coucher. Mais elle m'arrêta à la porte et me demanda si je voulais bien dormir sur le canapé.

– D'accord, dis-je, surpris, mais pas mécontent.

L'idée de me réveiller le lendemain matin et d'apprendre qu'elles avaient quitté l'hôtel et disparu à nouveau m'avait taraudé, sans parler du plaisir que j'aurais eu à appeler Joe. « Salut, Pritchard, j'ai une bonne nouvelle pour toi. J'ai retrouvé Julie et Betsy Weston. – Où sont-elles ? – Eh bien, en voilà une bonne question ! Disons qu'elles se sont éclipsées pendant mon sommeil. »

Après avoir dit à Julie que j'allais revenir très vite, je descendis dans ma chambre. Ça faisait du bien d'être un peu seul. Je n'étais ici que depuis quelques heures et pourtant il me semblait que plusieurs jours s'étaient écoulés. Je fermai la porte du balcon et saisis mon sac. Le Glock était là, avec un chargeur plein et un autre de réserve. Je vérifiai qu'il était chargé et le remis dans le sac. C'était un Glock 26, appelé « Baby Glock » à cause de son canon court, mais quand même équipé d'un chargeur à dix coups. Assez petit pour passer inaperçu dans un holster plaqué dans le dos, mais assez puissant pour causer de sérieux dégâts en très peu de temps. C'était la première arme de poing dont j'avais été propriétaire. Une vieille amie désormais. Je n'avais aucune raison de penser que j'allais en avoir besoin, mais je me sentais rassuré par sa présence. Randy Hartwick était la dernière personne qui avait voulu aider Julie et il avait péri sous mes yeux. Et avant, quelqu'un avait assassiné le mari de la dame. Je n'avais pas envie d'être le suivant.

Avant de remonter, j'essayai à nouveau d'appeler Joe depuis mon portable. Cette fois, j'appelai chez lui en sachant qu'il y était probablement en train de dormir. Il n'avait pas de répondeur et il fallut huit sonneries avant qu'il décroche. Mais je laissai sonner, persuadé qu'il finirait par décrocher, furieux.

– Allô ? dit-il enfin d'un ton clairement exaspéré.

– Bien le bonjour depuis les plages paradisiaques de la Caroline du Sud. J'espère que vous passez une agréable soirée, monsieur Pritchard.

– Qu'est-ce que tu veux, bordel ?

Grincheux, le mec.

– J'ai retrouvé Julie et Betsy Weston. Elles sont ici, à l'hôtel où travaillait Hartwick. Je viens de passer deux heures avec Julie.

Il retint son souffle, mais garda le silence.

Je lui fis un résumé de ce que m'avait raconté Julie, sans lui dire qu'elle avait la vidéo du meurtre. Lorsqu'il reprit la parole, il était complètement réveillé et toute trace d'irritabilité avait disparu de sa voix.

– Quand a-t-il filmé ce meurtre ?

– Je ne sais pas.

– Et elle, elle le sait ?

– Peut-être. Je ne le lui ai pas demandé.

– Demande.

– D'accord.

Il souffla un grand coup.

– Beau boulot, Lincoln. J'imagine que l'affaire est bouclée, alors ?

– Faut croire, dis-je doucement. Mais qu'est-ce qu'on fait maintenant ?

– Qu'est-ce qu'elle veut qu'on fasse ?

– Elle ne sait pas vraiment. Elle m'a dit qu'Hartwick était parti à Cleveland pour « régler tout ça ». Elle ne sait pas ce qu'il a voulu dire exactement, mais, à son avis, il avait l'intention de laisser quelques cadavres derrière lui. Elle m'a aussi dit qu'elle ne voulait pas que les médias pensent que Wayne les avait tuées, elle et sa fille, mais elle a peur d'être placée dans un programme de protection de témoins.

– Elle a peur qu'ils ne soient pas capables de la protéger contre les Russes ? Mais pourquoi les Russes se préoccuperaient-ils d'elle maintenant que Weston est mort ?

– Pour plusieurs raisons. La première, comme l'a dit Cody, c'est que ces types sont de vrais malades. La deuxième, c'est qu'ils doivent penser que son mari lui a dit des choses qui pourraient leur nuire et ils savent qu'on lui demandera de témoigner. Et la troisième, c'est qu'ils la soupçonnent peut-être de détenir la vidéo du meurtre.

– Et pourquoi croiraient-ils un truc pareil ?

– Parce que c'est elle qui l'a.

– Tu rigoles !

– Non.

– Tu l'as vue ?

– Pas encore. J'espère pouvoir le faire demain.

– Elle remet la vidéo à la police, elle témoigne s'il le faut et ils vont en taule, dit-il. C'est simple. Sauf que ça ne marche pas comme ça avec la Mafia. Elle témoigne, ils se font coffrer et leurs potes la traquent jusqu'à ce qu'ils la retrouvent et la liquident pour marquer le coup.

Il soupira encore une fois. Mon appel lui avait vraiment gâché sa soirée.

– Ce n'est peut-être pas notre problème, dis-je.

Je n'avais pas envie de livrer Julie et Betsy Weston au FBI, mais vu la situation, c'était le plus logique.

– Tu crois qu'il faut les livrer à la police ? demanda Joe.

– C'est pas ce qu'on devrait faire ?

– J'hésite et je vais te dire pourquoi : pendant que tu te prélassais au bord de la piscine, Kinkaid et moi avons fait du sacré bon boulot. Nous avons usé nos semelles à interroger tous ceux qui pouvaient savoir quelque chose sur nos chers amis russes. Et devine ce qu'on a trouvé ?

– Aucune idée.

– Il se trouve que Dainius Belov finance plusieurs entreprises locales. Une simple couverture pour lui permettre de blanchir son argent. Eh bien, une de ces prétendues sociétés se trouve justement dans le quartier des « Flats ». C'est un petit établissement charmant : *The River Wild.*

– Tu veux dire… la boîte de strip-tease qu'Hubbard veut acheter ?

– Exactement.

Je contemplai l'étendue sombre de l'océan et réfléchis un instant. Les Russes étaient furieux parce que Wayne Weston avait tourné une vidéo dans un but de chantage. Il se pouvait donc que le meurtre ait eu lieu au *River Wild.* Ça correspondait tout à fait au moment où Hubbard avait voulu acquérir cette propriété.

– À quoi tu penses ? me demanda Joe.

– Tout ça me paraît logique. Tu n'as pas entendu parler d'un meurtre au *River Wild*, ces derniers temps ?

– Non, mais ça ne veut pas dire grand-chose. Je vais vérifier.

– D'accord.

Je fis passer le téléphone dans ma main gauche et m'appuyai contre le mur, contemplant les crêtes écumeuses des vagues qui scintillaient au clair de lune sur les eaux sombres.

– Il y a un instant tu disais hésiter à livrer les Weston à la police. Je ne cherche pas à te contredire, mais ton raisonnement m'échappe.

– C'est parce que je n'ai pas pu finir de t'expliquer. Comme je te le disais, pour Kinkaid et moi, la journée s'est avérée fructueuse. Que Belov ait des intérêts financiers dans le *River Wild* n'est qu'une partie de ce que nous avons appris. J'ai voulu me renseigner sur Cody ; j'ai toujours eu un mauvais pressentiment à son égard. Je n'ai pas du tout apprécié la façon dont il a voulu nous lancer sur une fausse piste au début de l'enquête, ni le fait qu'il ait ignoré notre tuyau sur Hubbard.

– C'est vrai.

– Eh bien, nous avons fait des recherches assez poussées sur lui. Et il se trouve que M. Cody a fini ses études de droit il y a dix ans.

– Je vois.

Ça ne me surprenait pas ; de nombreux agents du FBI étudient le droit. La meilleure façon d'entrer au FBI si on ne vient pas de la police est d'avoir un diplôme de droit ou de comptabilité.

– Et pendant ses études de droit, ce M. Cody a fait un stage d'été à Cleveland. Et tu ne devineras jamais où.

– Dans la société immobilière d'Hubbard ?

– Non, mais pas loin. Je te donne un indice. Tu l'as appelé Dicky D.

Le mot d'esprit que j'avais lâché dans le bureau d'Hubbard quand il avait mentionné son avocat.

– Cody a travaillé pour Richard Douglass ?

– Oui. Il a travaillé trois étés d'affilée pour maître Douglass et associés. Et après avoir obtenu son diplôme, il est revenu et a travaillé encore un an et demi pour le même cabinet d'avocats avant d'être accepté à l'école du FBI.

– Nom de Dieu ! m'exclamai-je. Tu veux dire que c'est Hubbard qui tire les ficelles dans cette enquête ?

– Je n'ai pas dit ça, enfin… pas encore. Mais avec ce qu'on sait sur Hubbard et Weston, et sur Cody maintenant, as-tu vraiment envie de l'appeler et de lui dire où se trouvent la femme et la fille de Weston ?

– Non.

– Bien.

Je me passai la main dans les cheveux et fermai les yeux un instant. Ce qui avait commencé comme une soirée tranquille ne l'était plus du tout.

– Mais qu'est-ce qu'on va faire, Joe ? On ne va quand même pas les mettre dans un avion pour Belize ou ailleurs et laisser croire à tout le monde qu'elles sont mortes. S'il y a bien quelqu'un à qui nous nous devons de le dire, c'est John Weston.

– On va se débrouiller, dit Joe. Pour le moment, le plus important, c'est de les protéger. Et ça, c'est ton boulot.

Génial. J'étais le gardien désigné d'une femme qui attirait les cadavres presque aussi vite qu'elle attirait le regard des hommes.

– Alors je reste ici ? Je ne bouge pas de l'hôtel et je veille sur elles, c'est ça ? Et après ? Il faudra bien faire quelque chose.

– Je sais. Laisse-moi un jour pour régler tout ça.

« Régler tout ça. » C'est ce que Randy Hartwick avait dit à Julie avant de partir. Et ça ne lui avait pas vraiment réussi.

– Qu'est-ce que tu comptes faire ? demandai-je.

– Il faut qu'on en sache plus sur ce meurtre. Dès qu'on saura ce qui s'est passé, on pourra parler de ce qu'on va faire. Demain, tu regardes la vidéo. Et tu vois ce que tu peux en tirer ; si tu reconnais des visages, par exemple. Pendant ce temps, Kinkaid et moi ferons la même chose de notre côté. Appelle-moi demain après-midi et nous ferons le point.

– D'accord.

– LP ?

– Oui ?

– Essaie de les garder vivantes, d'accord ?

Il raccrocha avant que j'aie pu répondre. Je posai le téléphone, tirai les rideaux de la porte du balcon et remontai dans la chambre de Julie. Elle ouvrit dès qu'elle m'entendit frapper.

– Ç'a été long, dit-elle. Je commençais à m'inquiéter.

Elle avait enfilé un t-shirt trop grand pour elle. Ses jambes étaient nues et elle ne portait pas de soutien-gorge. J'essayai de ne pas la regarder. La pièce était plongée dans la pénombre, mais elle était debout tout près de moi.

– Désolé. J'ai appelé mon associé.

Elle recula d'un pas en fronçant les sourcils.

– Est-ce qu'il sait où nous sommes ?

– Julie, lui dis-je doucement, si vous me faites confiance, vous devez aussi faire confiance à mon associé. Nous formons un lot, d'accord ? Et je vous promets qu'il n'existe personne au monde de plus fiable que Joe Pritchard. La dernière chose qu'il m'a dit avant de raccrocher était de bien veiller sur vous.

Elle me regarda d'un air pensif et hocha la tête.

– D'accord, dit-elle. Vous avez sans doute raison. Bon, je vais me coucher.

– Bonne nuit, dis-je en posant mon sac par terre avant de me diriger vers le canapé.

– Bonne nuit.

Elle fit quelques pas vers sa chambre, parut hésiter et tourna les talons. Elle me rejoignit en trois enjambées et me serra doucement l'avant-bras.

– Je suis contente que vous soyez là, murmura-t-elle avant de disparaître dans sa chambre en refermant la porte derrière elle.

Debout derrière la porte close, je sentis des fourmillements dans mon bras, à l'endroit où sa main s'était posée. Moi aussi j'étais content d'être là. Peut-être un peu trop d'ailleurs.

16

Une femme incroyablement belle se tenait à quelques pas de moi, un couteau à la main.

C'est la première chose que je vis en ouvrant les yeux le lendemain matin. Il fallut quelques secondes à mon cerveau pour émerger de la brume du sommeil et des rêves et pour que je me souvienne comment et pourquoi je me trouvais là. La femme, c'était Julie Weston, et dans la main qui ne tenait pas le couteau, elle avait une assiette de bagels. Elle se pencha vers moi et m'adressa le même sourire timide que la veille au soir dans le jacuzzi.

– Bonjour, dit-elle. Je prépare le petit déjeuner.

– Super, merci.

Je ramassai ma montre posée par terre et regardai l'heure. Presque neuf heures. À ma grande surprise, j'avais bien dormi. Je m'étirai et me levai, le corps endolori par la nuit que j'avais passée sur un canapé trop court et avec les pieds et la tête plus hauts que le reste du corps. Julie fit brusquement volte-face et partit mettre les bagels dans le grille-pain. Je me rendis compte que je ne portais pas de chemise. Je croyais me réveiller avant elle. Mais bon, certaines femmes seraient ravies de trouver un jeune homme torse nu sur leur canapé le matin. Il n'y avait pas de quoi se sentir coupable.

Je passai dans la salle de bains et ouvris le robinet de la douche. Dès que l'eau fut assez chaude, je me glissai sous le jet et laissai l'eau m'asperger la figure, chassant les derniers vestiges du sommeil. Les courbatures dues à ma position inconfortable n'avaient pas complètement disparu, mais au moins j'étais réveillé. Je coupai l'eau, m'essuyai et m'habillai. En sortant de la salle de bains, je faillis renverser Betsy Weston. Elle se tenait juste derrière la porte, vêtue d'un pyjama rose avec des petits chats et chaussée d'énormes pantoufles roses. Ses longs cheveux noirs étaient éparpillés autour d'elle, encore sous l'effet de l'électricité statique accumulée sur l'oreiller. Elle me regardait avec des yeux pleins de sommeil, mais n'avait pas l'air effrayée. Je me dis que sa mère avait dû l'avertir de ma présence. Je me demandai ce qu'elle lui avait dit et qui j'étais censé être à ses yeux. Probablement pas le détective qui essayait de découvrir qui avait tué son papa.

– Maman m'a dit que vous étiez là pour nous tenir compagnie, dit-elle en mettant fin à mes questions. Je m'appelle Elizabeth, poursuivit-elle en me tendant la main. Mais vous pouvez m'appeler Betsy.

Je m'agenouillai pour être à sa hauteur et pris sa petite main dans la mienne. Elle la serra d'un air sérieux.

– Enchanté de faire ta connaissance, Betsy. Je m'appelle Lincoln.

– Comme le président ?

Elle prononça « pressdent ».

– Oui, c'est ça.

Je portais effectivement le nom de quelqu'un, pas d'Abraham Lincoln, mais de Percy Lincoln, le soldat qui avait sauvé la vie de mon père au Vietnam. Voulant rendre hommage à cet homme mais n'osant pas affubler son fils du nom de Percy Perry, il avait choisi Lincoln.

– Je vais aller manger, annonça Betsy avant de se diriger vers la cuisine.

Je restai agenouillé par terre. Une petite fille. Intéressant. Les enfants n'étaient pas vraiment ma spécialité. Pas que je ne les aurais pas aimés ; simplement que je n'avais jamais passé assez de temps en leur compagnie pour m'y trouver à l'aise. Je me sentais parfaitement incapable de prendre la voix joyeuse et haut perchée de personnages de dessins animés qu'utilisent de nombreux adultes en s'adressant à eux. Je leur parlais généralement comme j'aurais parlé à n'importe qui, en évitant juste de dire des grossièretés. Ça me semblait la meilleure solution.

Je me rendis à la cuisine et Julie me tendit une assiette en carton avec un bagel aux raisins.

– C'est tout ce que j'ai pour le petit déjeuner, dit-elle. Ils servent un petit déjeuner continental en bas, mais le service finit à neuf heures et je crois bien que nous l'avons manqué.

– Merci.

– Je suis en train de faire du café et il y a du jus de pomme dans le réfrigérateur, dit-elle en étalant de la margarine sur un autre bagel avant de le tendre à Betsy.

Julie portait un short vert olive et une chemise blanche en coton près du corps. Elle était aussi ravissante qu'en maillot de bain, mais j'essayai de ne pas y prêter attention. Lincoln Perry, garde du corps professionnel, à votre service. Pas question d'éprouver des sentiments pour les clients et encore moins de ressentir de l'attirance. Impossible.

– Un café serait le bienvenu, merci, dis-je.

Elle me tendit une grande tasse sur laquelle figuraient le dessin d'un palmier et le logo de l'hôtel. Après avoir pris une petite gorgée de mon café noir, je levai les yeux vers elle, impressionné.

– Ce n'est quand même pas le café de l'hôtel, si ?

Elle rit en hochant la tête.

– Ça ne risque pas. Je n'arrive pas à boire ce truc. J'ai trouvé un magasin qui vend du bon café en bas de la rue et ils m'en ont moulu du frais.

Bon sang ! Il n'était déjà pas facile d'ignorer sa beauté, mais il fallait en plus qu'elle fasse du bon café. C'était de pire en pire.

Appuyé au comptoir de la cuisine, je sirotai mon café, observant la mère et la fille. Je m'étais fourré dans une drôle de situation.

– Quels sont les projets pour la journée ? demandai-je.

Je ne savais pas si elles se sentaient assez en sécurité pour sortir de l'hôtel pendant la journée, mais je me voyais mal rester enfermé pendant douze heures dans un espace clos, même si cette chambre était certainement très agréable.

– Quels sont nos projets ? répéta Julie. Eh bien, je n'en sais rien. Pouvons-nous sans danger… (Elle regarda sa fille et reformula la question.) Pourrions-nous aller nous promener sur la plage ?

– Vous l'avez déjà fait ?

Elle hocha la tête, les yeux baissés et l'air gêné, craignant que je voie là une terrible violation aux règles de sécurité les plus élémentaires.

– Oui, on l'a déjà fait. On met des lunettes de soleil et des casquettes de base-ball et on n'y reste pas longtemps. (Elle jeta un coup d'œil à sa fille, mais Betsy était en train de mastiquer son bagel sans prêter attention à la conversation.) C'est dur de passer toute la journée dans la chambre.

– Je comprends. Je me demandais juste ce que vous en pensiez.

– Alors… vous croyez qu'on peut sortir ?

J'acquiesçai d'un hochement de tête.

– Pourquoi pas ? Mettez vos lunettes et vos casquettes, mais il y a pas mal de monde ici. On croise des milliers de visages inconnus et personne ne fait attention.

Je n'étais pas sûr que ce soit vrai, mais je n'aimais pas plus qu'elle l'idée de rester enfermé toute la journée.

– Génial, dit-elle, soulagée. Eh bien, dès que Betsy sera habillée, nous pourrons aller nous promener sur la plage. Tu es contente, ma chérie ?

La fillette sourit, des miettes collées à ses lèvres.

– Superrrrr, grogna-t-elle à la manière de Tony le Tigre.

– Encore une chose, dis-je. (Julie se tourna vers moi.) J'aimerais regarder la vidéo dont nous avons parlé hier soir.

– La vidéo.

– Oui. Vous m'avez bien dit que vous l'aviez ?

Elle baissa les yeux.

– Oui, je l'ai, mais je ne l'ai pas regardée. Honnêtement, je préférerais ne pas la voir.

– Je comprends. Mais moi, il le faut.

– Je vous l'apporte et vous pourrez la regarder pendant que Betsy et moi rangerons la chambre.

Elle se dirigea vers la chambre, la fillette sur les talons. Une minute plus tard, elle revenait une cassette vidéo à la main.

– La voici, dit-elle en me la tendant à bout de bras, l'écartant d'elle le plus possible comme s'il s'agissait d'un scorpion endormi.

– Merci.

Évidemment, la télévision possédait un lecteur de cassettes intégré – le Golden Breakers n'avait pas cinq étoiles pour rien. Julie s'apprêtait à rejoindre sa chambre lorsque je l'attrapai doucement par le bras.

– J'ai réfléchi et j'ai encore quelques questions à vous poser.

– D'accord.

– D'abord, avez-vous la moindre idée de la date à laquelle cette cassette a été enregistrée ? Le jour, la semaine, le mois ?

Elle se mordit la lèvre inférieure et fit non de la tête.

– Je ne sais pas. Non, je suis sûre que Wayne ne me l'a jamais dit. Mais pour moi, c'est relativement récent. Ce n'est pas le genre de chose qu'on laisse traîner pendant des semaines.

– Je vois. Encore une question... (Je baissai la voix et me penchai vers elle, rapprochant mon visage du sien.) Votre fille sait-elle que son père est mort ?

Ses yeux rencontrèrent les miens et se couvrirent d'un voile humide.

– Non, murmura-t-elle d'une voix enrouée. Je ne peux pas le lui dire ici. Ça m'est impossible. Je ne sais pas ce qui va nous arriver et... jusqu'à ce que je le sache, je veux qu'elle soit heureuse. Notre situation est assez difficile comme ça, mais si elle n'était pas heureuse... (Elle hocha à nouveau la tête.) Je ne pourrais pas le supporter.

J'acquiesçai d'un petit hochement de tête.

– C'est compréhensible. Je ne vous le reproche pas et ne vous suggère pas non plus de la faire asseoir sur ce lit pour le lui dire immédiatement, je voulais juste savoir. Dernière question... quels sont vos liens avec Aaron Kinkaid ?

Elle fronça les sourcils, perplexe.

– Aaron ? C'était l'associé de Wayne.

– Ça, je le sais. Il travaille avec nous sur cette affaire et il affirme être amoureux de vous. Il nous a dit que leur association avait pris fin parce que votre mari était furieux de découvrir ses sentiments pour vous.

Elle leva les yeux au ciel en riant.

– Aaron m'a fait des avances une fois, à une soirée de Noël. Il était pompette et c'était juste un truc idiot.

Wayne n'était pas très content, mais il n'y avait pas de quoi en faire un plat. Je n'arrive pas à croire qu'Aaron ait pu y voir autre chose.

Je la contemplais, saisi par l'éclat de sa beauté, et me dis qu'aux yeux d'une femme comme elle ce qui passait pour un jeu idiot d'homme ivre pouvait représenter beaucoup plus pour quelqu'un comme Aaron Kinkaid. Elle regagna sa chambre et j'examinai la cassette vidéo que j'avais à la main. Je fus surpris de constater qu'il s'agissait d'une simple cassette VHS Sony prévue pour huit heures d'enregistrement. Je croyais que Weston aurait utilisé du matériel plus sophistiqué. Je glissai la cassette dans le lecteur, allumai la télévision et appuyai sur la touche lecture.

Il n'y eut d'abord qu'un écran bleu, puis une pièce faiblement éclairée apparut à l'image. Je me penchai en avant et plissai les paupières. Une table de jeu ronde et un mur lambrissé, rien de plus. Je ne connaissais pas cette pièce. Un homme seul était assis à la table. Seule la partie supérieure de son corps était visible, mais elle était impressionnante. C'était un homme extraordinairement gros et chauve, avec des sourcils grisonnants en broussaille. Il leva les yeux vers un endroit hors champ et hocha la tête avant de se lever et de quitter la pièce. Trois autres hommes apparurent ensuite dans le champ de la caméra et j'en reconnus immédiatement deux – Alexei Krashakov et Ivan Malaknik. Krashakov était le grand blond qui m'avait donné un billet de vingt dollars. Malaknik, je ne l'avais jamais rencontré, mais Cody nous avait montré des photos de lui. Quant au troisième individu, plus petit que Krashakov mais tout en muscles sous sa chemise noire, je ne l'avais jamais vu. Il était rasé de près et portait une chaîne en argent autour du cou. Il avait des cheveux bruns et frisés coupés court.

Les trois hommes qui prennent place autour de la table et commencent à discuter. J'essayai de monter le volume, mais sans succès, il n'y avait pas de son. Wayne Weston n'avait pas été aussi efficace que je m'y attendais. J'avais du mal à le croire. Il y avait probablement une cassette audio qui se baladait quelque part.

Deux minutes s'écoulèrent. Je m'attendais à un accès de violence, mais je fus quand même surpris quand il eut lieu. Les trois hommes étaient en train de rire ensemble de bon cœur lorsque Krashakov sortit brusquement une arme de sous la table et tira une balle en plein dans la poitrine du troisième homme. Je sursautai. C'était totalement inattendu dans cette ambiance joviale. L'homme qui s'affale sur la table et le sang qui se met à couler par terre. Krashakov et Malaknik qui se lèvent et tirent le cadavre de la chaise. Puis Malaknik ouvre une porte qui donne sur l'arrière d'un bâtiment ; on devine la lueur des lampadaires de la rue sur le trottoir. Il disparaît à l'extérieur et revient une minute plus tard avec une bâche en plastique bleue. Krashakov l'aide à y placer le cadavre. Ils en ferment les deux extrémités – probablement pour éviter que le sang ne coule sur leurs vêtements – et transportent le tout dehors. Plusieurs minutes s'écoulent avant que Malaknik revienne, accompagné d'un autre homme. Vladimir Rakic, celui qui vivait avec Krashakov. Rakic avait un seau et une serpillière. Les deux hommes entreprennent de nettoyer par terre. Krashakov ne reparaît plus. Il doit être en train de se débarrasser du cadavre. Rakic et Malaknik passent un bon moment à frotter le sol.

J'entendis Julie et Betsy Weston rire dans la chambre d'à côté et compris qu'il ne me restait plus beaucoup de temps. J'appuyai sur la touche d'avance rapide. Les deux hommes continuent à laver par terre et quittent eux aussi la pièce. Personne d'autre n'entre. Quelques secondes encore et l'enregistrement prit fin et l'écran redevint bleu.

Je rembobinai et repassai les cinq premières minutes du film en portant toute mon attention sur le premier homme qui s'était trouvé dans la pièce et sur celui qui avait été tué. Je ne connaissais ni l'un ni l'autre, mais je voulais pouvoir en faire une bonne description. J'étais loin d'être un expert en caméra de surveillance, mais je me dis que Weston avait dû utiliser une caméra sans fil. Il avait dit à sa femme que le meurtre avait été enregistré avec une caméra installée illégalement. Ce qui voulait dire qu'il avait dû entrer par effraction pour pouvoir l'installer et qu'elle était de petite taille et parfaitement dissimulée. Une caméra en circuit fermé semblait hors de question vu les circonstances : ça aurait signifié que la caméra, le magnétoscope et la cassette se trouvaient sur les lieux. Et c'était beaucoup plus difficile à dissimuler qu'une simple caméra sans fil. Joe et moi avions des catalogues spécialisés qui présentaient des caméras vidéo couleur extrêmement petites, capables d'émettre un signal à plus de cinq cents mètres. Certaines d'entre elles, excessivement chères, utilisaient la transmission par satellite – comme les téléphones cellulaires – et pouvaient émettre aussi loin que vous le souhaitiez. Hubbard aurait certainement pu s'offrir ce genre d'appareil, s'il en avait eu besoin.

Le rire de Betsy me parvenant plus distinctement, je m'aperçus qu'elles avaient quitté la chambre. J'éjectai la cassette, la replaçai dans son boîtier et la glissai sous le canapé avant de me tourner vers elles. Les yeux de Julie sondaient mon visage comme si elle essayait de savoir ce que j'avais vu, sans me poser la moindre question. Je demeurai impassible.

– Vous avez rangé la chambre ?

– On a fait le lit super-bien, dit Betsy. Vous voulez voir ?

– Je ne crois pas que M. Perry ait besoin de voir, ma chérie, dit Julie en riant.

– Elle peut m'appeler Lincoln. Vous êtes prêtes pour notre balade ?

– Oui ! s'exclama Betsy en battant des mains. J'adore la plage !

– Très bien. Alors, allons-y. Donnez-moi juste une seconde pour que je me brosse les dents.

J'emmenai mon sac dans la salle de bains et en sortis le Glock. Je fixai le holster sur ma ceinture au niveau des reins. Il était partiellement dissimulé par le haut de mon short et s'agrafait à la ceinture avec deux clips – je n'avais donc pas besoin d'enlever ma ceinture chaque fois que je voulais l'accrocher. Le Glock était bien en place et difficile à détecter, mais je pouvais le sortir facilement. Je n'avais pas jugé utile de l'avoir constamment sur moi en venant, mais j'avais changé d'avis. La mort débarque parfois quand on s'y attend le moins. La vidéo que je venais de voir me l'avait rappelé.

17

C'était une journée magnifique. Le soleil brillait de tous ses feux, réfléchissant ses rayons sur le sable et l'eau et faisant scintiller la plage. Une brise légère montait de la mer et il faisait près de vingt-cinq degrés. Nous marchâmes un moment sur le sable mouillé. Betsy trottinait au bord de l'eau, s'écartant prestement lorsqu'une vague arrivait et hurlant de rire chaque fois que l'eau lui léchait les pieds.

– C'est froid, dit-elle. Trop froid pour aller nager. C'est pas juste. Je voulais nager, moi !

Vu la couleur dorée de sa peau, elle avait manifestement passé pas mal de temps au soleil ces derniers jours. Julie était tout aussi bronzée. J'essayais de ne pas trop regarder sa peau. Si je commençais, c'était trop dur d'arrêter. Il valait mieux ne pas la regarder du tout.

– Arrête de te plaindre, dit Julie. Si tu continues, Lincoln va en avoir assez et te jeter à l'eau.

– Il ne ferait jamais ça ! s'exclama Betsy en me regardant, les yeux écarquillés.

– Ça, ce n'est pas sûr, dis-je en haussant les épaules.

– Maman ! cria-t-elle. Ne le laisse pas me jeter à l'eau !

– Il a l'air costaud, répondit Julie sur un ton qui se voulait sérieux. Je ne sais pas si je pourrais l'en empêcher.

Il y avait des dizaines de gens sur la plage, allongés sur des couvertures ou assis sur des chaises pliantes, en train de se prélasser au soleil – rien par rapport à ce que ça devait être en été quand la saison touristique battait son plein. Nous longeâmes le bord de mer sur presque deux kilomètres vers le nord. Le long de la plage, on ne voyait que des hôtels, les uns à la suite des autres, quelle que fût la direction dans laquelle on regardait. C'était incroyable. Combien y en avait-il donc dans cette ville ?

Au bout de deux kilomètres, nous fîmes demi-tour. Betsy continuait de batifoler en évitant les vagues, mais sans lâcher la main de sa mère. Elles allaient bien ensemble, la mère et la fille, très naturellement, un peu de chacune dans l'autre. Je me demandai si Wayne Weston se fondait aussi bien au tableau – si les gens assis sur la plage eussent pensé « Quelle parfaite petite famille » en les voyant passer tous les trois. Peut-être qu'à leurs yeux j'étais le morceau de puzzle qui n'avait pas sa place ici. Peut-être aurais-je dû marcher main dans la main avec Julie pour m'intégrer moi aussi au tableau.

– Eh bien, Lincoln ? me dit Julie.

– Oui ?

– Vous n'écoutiez pas ?

– Désolé, j'étais perdu dans mes pensées.

– Betsy était en train de vous parler, ajouta-t-elle avec un sourire.

– Je suis désolé, répétai-je en baissant les yeux vers la fillette. Qu'est-ce que tu disais ?

– Je savais bien que vous n'alliez pas me jeter à l'eau. J'avais raison. Nous voilà revenus à l'hôtel et vous ne l'avez toujours pas fait.

Je claquai des doigts comme si je venais de me rappeler quelque chose.

– Je savais bien que j'avais un truc à faire avant de rentrer.

– Pas question, dit-elle en faisant non de la tête. Vous n'allez pas me jeter à l'eau !

– Ah bon ? Qui t'a dit ça ?

– C'est moi, dit-elle en pouffant de rire.

Je jetai un coup d'œil à Julie et compris à son sourire qu'elle s'amusait de ce petit jeu entre sa fille et moi. Je m'arrêtai et retirai mes tennis, mes pieds s'enfonçant dans le sable chaud.

– Très bien, dis-je. Tu vas y aller puisque c'est ça.

– Non ! hurla Betsy en essayant de se cacher derrière sa mère.

Je me penchai vers elle, la pris sous les bras et courus vers la mer en la tenant bien haut au-dessus de ma tête. Elle était incroyablement légère. J'avais déjà soulevé des chats plus lourds qu'elle. Elle criait et riait en même temps tandis que je me précipitai dans l'eau. Elle ne s'était pas trompée en disant que l'eau était froide – elle l'était sacrément. J'arrêtai de courir lorsque j'eus de l'eau jusqu'aux genoux, mais une vague arriva et me trempa le bas du short. Je tenais Betsy au-dessus de ma tête – en veillant à ce que mon t-shirt ne remonte pas trop, au risque d'exposer mon arme – et je commençai à compter.

– Un… deux… trois…

Je fis semblant de la lancer dans l'eau et elle poussa un petit cri, mais je ne relâchai pas mon étreinte.

– D'accord, dis-je. Je suis plus gentil que je le croyais. Je ne vais pas te jeter à l'eau avant cet après-midi.

Je la ramenai sur le sable en me demandant si je venais de faire un truc idiot qui risquait d'avoir agacé Julie. Mais elle riait en nous attendant et n'avait pas du tout l'air agacé.

– Vous auriez dû le faire, dit-elle quand je reposai Betsy sur le sable à côté d'elle. J'aurais approuvé.

– J'étais sûre qu'il allait me jeter à l'eau, dit Betsy haletante, mais en pouffant.

Julie jeta un coup d'œil à mes jambes trempées et eut un petit sourire.

– Froid ? dit-elle.

– Un peu, oui.

Elle se remit à rire.

Comme elles voulaient faire des courses, nous passâmes les deux heures suivantes à déambuler dans les magasins du front de mer. Je vis davantage de t-shirts marqués Myrtle Beach que je l'imaginais possible et toutes sortes de créations bizarres à base de coquillages, mais rien qui me donnât envie de sortir mon portefeuille. Julie et Betsy avaient l'air de bien s'amuser. Nous déjeunâmes dans un Subway avant de reprendre le chemin de l'hôtel. Elles montèrent se reposer dans leur chambre et je leur dis que j'allais descendre dans la mienne pour passer un coup de fil.

J'appelai Joe.

– Tu as regardé la vidéo ? demanda-t-il dès que je lui eus dit bonjour.

– Oui. Un type s'est effectivement fait descendre, mais je n'ai pas la moindre idée de son identité. Par contre, j'ai reconnu celui qui a tiré.

– Qui c'est ?

– Krashakov.

– Ce crétin de grand blond ?

– C'est ça.

Je lui racontai en détail ce que j'avais vu sur la vidéo.

– Tu ne sais pas où ç'a été filmé ?

– Pas vraiment, mais j'imagine que c'est l'arrière-salle d'un bar – peut-être même le *River Wild*. C'est ce qui semble le plus probable. Tu as déjà trouvé le lien avec les Russes, et Weston avait une bonne raison de vouloir filmer dans cet endroit.

– Il y a un truc qui me gêne.

– Quoi ?

– Weston a filmé avec une caméra cachée, non ? Un appareil sans fil, j'imagine. Et manifestement, les Russes ignoraient sa présence. Pourtant, quand Weston a parlé à sa femme, il lui a dit que les Russes allaient se lancer à leur poursuite.

– C'est vrai.

– Comment ont-ils su qu'il avait la cassette ?

– Peut-être ont-ils trouvé la caméra avant qu'il ait pu la reprendre.

– Et tu crois qu'il aurait mis son adresse sur l'appareil ? Gravé ses initiales sur le côté ? Ces caméras sont faites pour passer inaperçues. Il n'y en a pas beaucoup en circulation, c'est vrai, mais il est quand même difficile de remonter à leur propriétaire dans la plupart des cas.

– Bien vu. (N'ayant pas de réponse à ses questions, je changeai de sujet.) Tu as pu savoir qui était la victime ?

– Non, pas encore. J'ai appelé quelques-uns de nos vieux copains aux Homicides, mais ils m'ont dit qu'ils rappelleraient.

– D'accord. Je pensais appeler Amy pour qu'elle nous donne un coup de main.

– Fais attention à ce que tu lui dis.

– On peut lui faire confiance, Joe.

– Je sais qu'on peut lui faire confiance, mais je ne tiens pas à ce qu'elle ait de nouveaux ennuis à cause de nous. Et ce n'est pas parce que tu es amoureux d'elle qu'il faut l'appeler à la première occasion.

– Je ne suis pas amoureux d'elle !

– C'est ça oui, grommela-t-il. En parlant d'amour, elle ressemble à quoi la veuve Weston ?

– Rien de spécial. Elle est particulièrement photogénique, mais en réalité elle ressemble plutôt à ma grand-tante Nedra.

– Bien sûr.

– Où est Kinkaid ?

– Assis juste en face de moi.

– Vous êtes en train de jouer aux échecs tous les deux ?

– Silence, fiston. Nous sommes sur le point d'exposer l'affaire au grand jour.

– Pas facile en restant assis sur son derrière.

– Je sais. C'est pour ça que nous étions sur le point de sortir. J'ai envie d'aller voir un peu du côté de nos amis russes, histoire de savoir où ils sont et ce qu'ils concoctent.

– Fais gaffe à toi, Joseph.

– Ne t'inquiète pas. Je fais toujours gaffe. Je t'appelle sur ton portable en fin de journée, dès que j'aurai des nouvelles des Homicides.

Je raccrochai et appelai Amy à son bureau. Elle décrocha à la première sonnerie, ce qui était rare. Elle était d'une sale humeur, ce qui n'était pas rare du tout.

– Je te manque ? demandai-je lorsqu'elle me répondit enfin.

– Non, tu ne me manques pas. Tu fais partie du lot.

– Quel lot ?

– Les hommes en général, dit-elle sèchement. Tu sais, ces gens qui ont un pénis ? Tu en as un toi aussi, non ?

– C'est quoi, ton problème ?

– Les hommes.

– Je vois. Et bien sûr, il ne s'agit pas d'un problème avec M. Terry.

– M. Terry peut aller se faire foutre. Hier soir, ma copine Rochelle l'a vu dans un restaurant en train de tenir la main d'une pouffiasse et de prendre un verre.

En plus, d'après elle, c'était une bonne bouteille. Il commande toujours du vin bon marché avec moi, le salaud.

– Je suis désolé, Amy, dis-je, compatissant.

Je n'étais pas particulièrement fan de Jacob Terry, mais j'aimais trop Amy pour me réjouir de son malheur.

– Qu'il aille se faire foutre ! dit-elle. De toute façon, un mec qui se tartine de gel coiffant, ce n'est pas pour moi. Notre relation était vouée à l'échec dès le départ.

– J'ai essayé de te le dire.

– Oui, oui, toi et tes conseils… Je ne les ai jamais écoutés et ce n'est pas maintenant que je vais commencer. C'est pas parce que tu avais raison pour Terry que tu n'es pas un imbécile. Bon, alors, qu'est-ce que tu veux ?

Je n'avais pas prévu de lui raconter tous les détails, mais sachant qu'elle allait me harceler de questions, je décidai de lui donner quelque chose d'autre à penser que sa haine des hommes.

– Je suis en Caroline du Sud.

– Vraiment ? Qu'est-ce que tu fous là-bas ? Dis donc, je n'ai pas entendu dire que tu avais été témoin du meurtre d'un type près de ton bureau, l'autre jour ? Je t'ai appelé, mais tu n'étais pas chez toi. Maintenant que j'y pense, il n'était pas de Caroline du Sud, ce mec ?

– Amy, dis-je en interrompant sa tirade, tu veux entendre ce que j'ai à te dire, oui ou non ?

– Oui.

– J'ai retrouvé Julie et Betsy Weston.

Pendant un long moment, je n'entendis que le faible murmure des voix autour d'elle dans la salle de rédaction. Lorsqu'elle reprit la parole, sa voix était douce et grave.

– Tu n'as pas intérêt à me faire marcher, Lincoln. Je ne suis pas d'humeur à plaisanter.

– Je ne te fais pas marcher. Elles sont en Caroline du Sud depuis la mort de Weston. Mais personne, tu entends bien, personne, ne doit le savoir. Il y a encore trop de choses en suspens. Des tueurs professionnels sont à la recherche de cette femme et il se peut qu'ils aient des sources dans la police.

– Qu'est-ce qu'elles font là-bas ? chuchota-t-elle. Savent-elles qu'elles sont recherchées par le FBI ?

– Julie le sait. La fillette ignore tout de la situation. Et elles sont ici parce que Weston s'était mis la Mafia russe à dos. Il a filmé un meurtre et ils l'ont appris.

– Alors, ce sont bien les Russes qui l'ont assassiné ?

– Ce n'est pas ce que pense Julie. Elle croit que c'est Hubbard ou un de ses sbires.

– C'est énorme, Lincoln, n'est-ce pas ?

– Plus que tu peux l'imaginer, dis-je en pensant à Hubbard, à Cody et aux Russes.

C'était énorme, ça oui. Et terriblement effrayant.

– Je ne dirai pas un mot à qui que ce soit, mais tu dois me tenir au courant.

– D'accord. Écoute, tu peux faire un truc pour moi ?

– Bien sûr.

– Comme je te le disais, Weston a filmé un type en train de se faire descendre par les Russes. Nous ne savons pas qui c'est. J'ai visionné la cassette et je ne l'ai pas reconnu. Plutôt petit, très musclé, cheveux bruns et frisés, une chaîne autour du cou. Je voudrais que tu te renseignes pour voir si tu peux établir une liste de candidats potentiels. Il est probablement lié à Belov et aux autres.

– Je m'en occupe.

– Merci. Je t'appelle en fin de journée pour faire le point.

Elle se mit à rire.

– Quoi ? dis-je.

– J'espérais pouvoir faire autre chose avec toi ce soir. Y a des tas de trucs qu'on pourrait faire, mais faire le point, c'est un peu léger si tu veux mon avis. Et ça veut dire quoi exactement, hein ?

– Au revoir, Amy.

Je raccrochai et poussai un long soupir. Ah, mes amis ! Que voulez-vous que je vous dise ?

Je remontai jusqu'à la chambre de Julie et frappai à la porte. Elle m'ouvrit une minute plus tard avec un sourire radieux.

– J'ai de bonnes nouvelles, dit-elle. Betsy a décidé ce qu'elle voulait faire cet après-midi.

– C'est quoi ?

– Jouer au mini-golf, dit la fillette.

Elle était assise sur le canapé, les jambes ballantes – elle était trop petite pour que ses pieds touchent par terre. Ce doit être le genre de choses auxquelles les parents ne font pas attention, mais quand on n'est pas habitué à être avec des enfants, c'est une vision plutôt drôle.

– Au mini-golf, dis-je.

Le travail prestigieux du détective privé ne s'arrête jamais.

– Oui. Je lui ai dit que nous devions d'abord nous reposer pendant une petite heure, dit-elle en m'adressant un clin d'œil. J'ai pensé qu'il vous faudrait au moins ça pour vous préparer à passer un après-midi entier avec nous.

Je pris place sur le canapé à côté de Betsy et regardai les dessins animés avec elle pendant les premières vingt minutes. Puis mon portable sonna et je sortis sur le balcon pour pouvoir parler.

– Allô ?

– Cette fois, tu es dans de beaux draps, mon vieux, dit Amy.

– Je croyais que c'était moi qui devais t'appeler. Il te tardait trop d'entendre ma belle voix sexy, c'est ça ?

– Non, il me tardait trop de t'annoncer dans quel genre de pétrin tu t'es fourré.

Je me doutais un peu du genre de pétrin dont elle parlait, mais j'attendis qu'elle développe.

– Je crois savoir qui était la victime du meurtre, dit-elle. Tu m'as bien dit que c'était un mec pas très grand, musclé, brun et frisé, c'est ça ?

– Oui.

– C'est une description parfaite du mec dont j'ai la photo sous les yeux. En fait, il porte même une chaîne en argent. Il n'a pas encore été retrouvé mort, mais ça fait trois semaines qu'il est porté disparu et il est indéniablement lié aux Russes.

– Qui est-ce ?

– Yuri Belov, le fils de Dainius Belov.

18

– Son fils, répétai-je, hébété.

Brusquement vidé de toute énergie, je sentis un frisson glacé me parcourir l'échine en dépit de la chaleur du soleil. Je fixais d'un regard vide l'intérieur de la chambre à travers les baies vitrées lorsque j'aperçus Betsy qui me faisait un petit signe de la main. Je lui adressai un sourire forcé et répondis à son geste avant de me retourner pour contempler l'océan.

– Qu'est-ce que tu vas faire ? me demanda Amy.

– Je n'en sais rien. Mais ce que tu viens de me dire explique certaines choses. Peut-être que ça simplifie un peu les choses. Ou que ça les complique.

– Comment cela pourrait-il simplifier les choses ?

– Si les Russes ont liquidé Yuri Belov, ce n'est certainement pas son père qui a commandité l'opération. À mon avis, il s'agit plutôt d'un problème interne, d'un désaccord ou d'une brouille entre les hommes de Belov et son fils. Ce qui veut dire que ce n'est pas la Mafia russe tout entière qui recherche Julie et Betsy, seulement quelques-uns de ses hommes.

– Peut-être, dit-elle d'un air sceptique, mais ces quelques hommes ont l'air particulièrement dangereux.

Effectivement. À supposer qu'ils aient été vraiment responsables non seulement du meurtre de Yuri Belov, mais aussi de celui de Wayne Weston et de Randy

Hartwick, ils étaient particulièrement redoutables. Sans oublier Jeremiah Hubbard. Le témoignage de Julie Weston pouvait lui être extrêmement préjudiciable. Et si elle avait vu juste en le déclarant responsable de la mort de son mari, lui avait déjà prouvé qu'il n'hésiterait pas à tuer pour se protéger.

– Plusieurs meurtres inexpliqués semblent se rejoindre ici, dis-je. De vilaines choses se trament dans l'ombre et cette femme en sait assez pour reconstituer le puzzle. Mais certains individus puissants feront tout leur possible pour que ces choses-là restent dans l'ombre. Et si ça veut dire ajouter quelques meurtres à leur liste, ce n'est pas ça qui va les empêcher de dormir.

– Tu sais comment faire sortir une chose effrayante de l'ombre, Lincoln ? Il faut l'exposer à la lumière.

Je fronçai les sourcils.

– Ce qui veut dire ?

– Ce qui veut dire que tu devrais me laisser écrire un article sur tout ça.

– Amy… commençai-je, agacé de voir qu'elle ne pensait qu'à elle.

Mais elle ne me laissa pas continuer.

– Je ne plaisante pas, Lincoln, écoute-moi. Je ne pense pas seulement à cet article, même si j'avoue que j'ai très envie de l'écrire. Je pense à cette femme et à sa fille. Certains individus sont prêts à les tuer parce qu'ils croient que Julie Weston sait des choses et possède une vidéo qui pourrait leur nuire, c'est bien ça ? Eh bien… si les trucs qu'elle sait et le contenu de la vidéo sont rendus publics, les tuer ne servira plus à rien, sauf à se venger. Et si l'affaire est portée à l'attention du public, toute tentative de vengeance ne fera qu'empirer les choses.

– Les Russes se fichent de tout ça, Amy. Ils n'hésiteront pas à tuer par simple vengeance, sans se préoccuper des conséquences.

L'idée était intéressante. Au moins, serait-ce un moyen de tenir Hubbard à distance.

– Je ne suis pas complètement opposé à ton idée, dis-je en cédant du terrain. J'en parlerai à Julie dès ce soir pour voir ce qu'elle en pense.

– D'accord, Lincoln. Mais n'oublie pas une chose : tu en sais pratiquement autant qu'en savaient Wayne Weston et Hartwick, et ils sont morts tous les deux. Tu représentes donc toi aussi une menace pour les individus impliqués, autant que Julie Weston en tout cas.

Encourageant, ça.

Je raccrochai et retournai à l'intérieur. Julie avait pris ma place sur le canapé à côté de Betsy et elles regardaient les dessins animés. Elle leva les yeux vers moi et fronça les sourcils.

– Qu'est-ce qui se passe ?

– Rien, dis-je, surpris qu'elle ait pu lire sur mon visage aussi facilement. La réception de mon portable est mauvaise sur le balcon, c'est tout. C'est frustrant.

– Oh, dit-elle. (Je voyais bien qu'elle n'en croyait pas un mot.) Devez-vous redescendre pour passer un autre coup de fil ?

– Non, j'ai fini avec le téléphone pour le moment.

Je remis le portable dans ma poche et glissai ma main le long de mes reins, effleurant au passage le canon de mon Glock sous ma chemise. Il était toujours là – présence peu agréable, mais réconfortante.

– Je croyais qu'on allait jouer au mini-golf, dis-je en essayant de mettre de la bonne humeur dans ma voix.

J'aurais pu passer le reste de l'après-midi à ressasser les propos d'Amy, mais ça n'aurait avancé à rien et ça risquait d'inquiéter Julie. Si j'arrivais à leur faire passer un bon après-midi à toutes les deux, je pourrais avoir une conversation sérieuse avec Julie dans la soirée, dès que Betsy serait couchée.

– Allons-y ! s'exclama Betsy en sautant du canapé. C'est moi qui vais gagner !

– Sûrement pas, dis-je. C'est moi.

– Je parie une glace que c'est moi qui gagne, déclara la fillette d'un ton assuré.

Au moment où j'acceptais en riant, un voile de tristesse passa sur le visage de Julie, disparaissant presque aussi vite qu'il était venu pour faire place au sourire. Je pensai au pari que je venais de faire en me disant que c'était probablement quelque chose que la fillette avait appris de son père.

– Avec Papa, c'est toujours moi qui gagne et j'ai une glace à chaque fois, dit Betsy en confirmant mes soupçons. Il dit que je suis courte pour les bons coups.

– Les coups courts, dit Julie doucement en tournant le regard vers l'océan. Il dit que tu es bonne pour les coups courts.

Entre moi qui étais préoccupé par Belov et Julie qui pensait à son mari, je craignais un après-midi difficile. Mais je me trompais. À peine arrivés dans le hall d'entrée, Betsy avait déjà réussi à nous faire rire, nous obligeant à reléguer nos sombres pensées à l'arrière-plan. Il y avait plusieurs mini-golfs où nous aurions pu nous rendre à pied, mais apparemment Betsy en avait repéré un avec des alligators géants en plastique – elles étaient passées devant en voiture quelques jours plus tôt – et c'est là qu'elle voulait aller.

Julie n'ayant pas loué de voiture, je dus prendre le volant. Elles étaient venues de l'aéroport en taxi et Hartwick leur avait fait faire quelques tours en voiture, mais le reste du temps elles étaient restées dans les environs de l'hôtel.

– Elle est trop petite pour vous cette voiture, dit Betsy en s'installant sur le siège arrière.

Je fermai la portière de ma Ford Contour de location et jetai un coup d'œil à la fillette dans le rétroviseur.

– C'est vrai. Elle est beaucoup trop petite pour moi.

– Mais pour moi, elle va bien, dit-elle.

– Tu veux conduire ? lui demandai-je d'un air impassible.

– Je ne suis pas assez grande pour conduire, répondit-elle tout aussi sérieuse.

– Eh bien, je vais le faire alors.

Nous nous rendîmes au mini-golf avec les alligators géants en plastique. Il n'était qu'à quelques kilomètres au sud de l'hôtel et le décor extravagant ne s'arrêtait pas aux alligators. Il y en avait, ça, c'est sûr, mais il y avait aussi un énorme bateau de pirates en plastique, une pieuvre et plusieurs faux pirates avec crochet et bandeau sur l'œil. Un petit ruisseau serpentait au milieu du parcours et – comme partout ailleurs dans la ville – des palmiers en bordaient les limites.

Nous jouâmes pendant près de deux heures. Betsy commençait et j'essayais de faire à peu près le même nombre de coups pour que ce soit plus amusant pour elle. Ça avait l'air de marcher ; arrivée au dernier trou, elle était vraiment concentrée. Elle posa la balle sur le tapis en plastique et recula un peu, puis elle s'accroupit et tapota son club sur le sol, comme si elle vérifiait la surface du green.

– Elle a observé son père, dit Julie avec un sourire cette fois.

Betsy réussit à mettre la balle dans le trou en quatre coups et lorsque je manquai mon quatrième coup elle poussa un cri de victoire.

– Vous me devez une glace, dit-elle d'un air moqueur.

– Ce n'est pas juste, dis-je en pointant mon club vers l'alligator en plastique qui surveillait le trou. Il n'arrêtait pas de me regarder. Ça m'a mis mal à l'aise.

Elle rit à nouveau, puis nous allâmes rendre nos clubs avant de partir. Il était encore tôt, mais Betsy déclara qu'elle avait faim. Ni Julie ni moi n'étant prêts à dîner, nous décidâmes d'aller faire un tour en voiture pour passer le temps avant de s'arrêter pour manger. Je quittai Myrtle Beach et pris le Business Highway 17 vers le sud. Des panneaux indiquaient Murrells Inlet et Julie reconnut ce nom pour l'avoir vu sur des brochures.

– Ils ont des bateaux de pêche là-bas, dit-elle. Tu veux aller sur les docks regarder les bateaux, ma chérie ? Et après, on ira dîner.

Betsy haussa les épaules.

– On peut aller regarder les bateaux, mais j'ai quand même faim.

Elle était d'accord, mais pas vraiment impressionnée par l'idée.

Arrivés à Murrells Inlet, nous allâmes nous balader sur les quais. J'avais fait pas mal de voile sur le lac Érié, mais je n'étais jamais sorti en mer. La plupart des bateaux ici étaient d'énormes engins à moteur. Je repensai au petit voilier que j'avais aperçu au large, la veille, et me demandai quel effet ça faisait de se trouver dans un si petit bateau sur un si grand océan.

– J'adore l'eau, dit Julie en se tenant à la balustrade et en se penchant en arrière, les yeux sur l'horizon. L'océan est tellement grand ! C'est incroyable. On pourrait monter sur un de ces bateaux et avec du beau temps et assez d'essence, on pourrait le traverser. On voguerait jusqu'à ce qu'on trouve la terre de l'autre côté.

Elle avait dit ça comme si c'était quelque chose qu'elle aurait vraiment aimé faire. Je baissai les yeux vers elle, mais gardai le silence. Elle poussa un soupir.

– Mais c'est impossible, n'est-ce pas ? Nous devons rester ici et faire face. Avant, ça ne me gênait pas, et puis tout s'est compliqué et maintenant, je ne sais plus quoi faire. Fuir, se cacher ou rentrer à la maison ?

– Ça va aller, Julie, lui dis-je. Je vais vous aider à vous sortir de tout ça.

Elle me sourit, mais ses lunettes dissimulaient ses yeux et je n'arrivais pas à savoir ce qu'elle pensait. Elle allongea le bras vers moi et me serra brièvement la main.

– Je sais que vous allez m'aider. Et j'espère que vous savez ce que ça représente pour moi.

Nous dînâmes dans un restaurant de poissons de Murrells Inlet. C'était le même genre de restaurant que celui que j'avais choisi la veille, mais vu que j'y avais bien mangé, je ne voyais aucune raison de rechercher la variété. Je commandai des pattes de crabe et Betsy observa attentivement ma façon de les casser pour en extraire la chair.

– Ils ont l'air méchants, dit-elle.

– De l'extérieur seulement. Mais à l'intérieur, c'est vraiment bon.

– Je peux essayer ? demanda-t-elle.

J'étais impressionné. La plupart des enfants ont tendance à éviter les aliments qu'ils ne connaissent pas, surtout quand il s'agit de pattes de crabe. Je jetai un coup d'œil à Julie, mais elle se contenta de hausser les épaules. Je sortis un petit bout de chair et le plaçai sur l'assiette de Betsy. Elle le piqua du bout de sa fourchette et le mit dans sa bouche sans hésiter.

– Miam, c'est bon ! s'exclama-t-elle. J'en veux encore !

Nous commandâmes une autre assiette. Qu'est-ce qu'elle pouvait manger ! Elle n'avait pas exagéré en disant qu'elle avait faim. Nous avalâmes nos deux assiettes de crabe sans en laisser une miette. Julie y goûta, mais préféra s'en tenir aux crevettes qu'elle avait commandées.

– Je crois qu'elle a mangé son pesant de crabe, dis-je lorsque nous eûmes terminé.

Julie se mit à rire.

– Elle mange autant qu'un adolescent, mais elle ne grossit pas.

– Amenez-la dans un laboratoire et demandez-leur de fabriquer une pilule à partir de son métabolisme, suggérai-je. Vous pourriez gagner beaucoup d'argent.

Nous rentrâmes à l'hôtel au soleil couchant. La plage était pratiquement déserte à cette heure, hormis quelques rares promeneurs et un groupe d'enfants qui jouaient au Frisbee. Il faisait encore très doux. Nous regagnâmes la chambre ; Julie et Betsy jouèrent à des jeux de société pendant que je lisais le journal et que j'essayais de téléphoner à Joe. J'appelai plusieurs fois, toujours sans réponse. C'était frustrant de savoir qu'il avait un portable mais qu'il ne pensait pas à le prendre ou à le recharger. Faire accepter de nouveaux moyens technologiques à un vieux flic, c'était facile, mais l'obliger à s'en servir, c'était une autre histoire.

Vers neuf heures, Betsy alla se coucher. Assis sur le balcon, j'avais sorti mon Glock de son holster et l'avait posé contre le mur derrière moi. Surpris de voir apparaître Betsy sur le balcon, je déplaçai mon pied rapidement pour tenter de dissimuler mon arme. Elle avait les bras grands ouverts.

– Bonne nuit, dit-elle.

Elle m'enlaça et je lui tapotai le dos, légèrement mal à l'aise. Je n'étais pas habitué à ce type d'effusion, mais si elle s'en rendit compte, elle ne s'en affecta pas. Je devais bien admettre que son geste m'avait touché.

– N'oubliez pas ma glace, dit-elle en rentrant dans la chambre. J'ai gagné.

– Je n'oublierai pas.

Vingt minutes plus tard, Julie vint me rejoindre. Elle aperçut le pistolet, mais ne fit aucun commentaire.

– Il faut que nous parlions, dit-elle.

J'acquiesçai d'un signe de tête.

– C'est sans doute une bonne idée.

Elle s'assit sur la chaise en plastique à côté de moi.

– À votre avis, Lincoln, qu'est-ce que je dois faire ? J'ai très peur et je ne sais plus du tout où j'en suis. Je sais que nous devons faire quelque chose, que nous ne pouvons pas rester ici indéfiniment, mais…

Je lui fis part de mes conversations avec Joe et Amy et lui parlai de Yuri Belov.

– Amy pense que vous devriez la laisser écrire un article sur vous. Pour elle, si toute l'histoire était rendue publique, vous ne seriez plus une menace aux yeux de certains.

Elle se pencha en avant d'un air intéressé.

– Et vous, qu'en pensez-vous ?

Je haussai les épaules.

– Je ne pense pas que ce soit la solution miracle. Pour les Russes, ça risque d'être une motivation supplémentaire. Mais pour Jeremiah Hubbard, ça peut avoir un effet assez radical. C'est un personnage public très connu et il tient à préserver son image.

Je me mis à pianoter sur l'accoudoir de la chaise et poussai un soupir. Aucune de ces solutions ne me semblait très prometteuse.

– Dans des circonstances normales, je vous conseillerais de contacter la police directement. Mais, d'après mon associé, Hubbard y disposerait de certaines sources très influentes. Et si nous nous précipitons, les choses risquent de mal tourner.

– Alors que suggérez-vous ?

– De contacter quand même la police, mais en étant très prudents. Il faut choisir quelqu'un de haut placé et digne de confiance à qui nous pourrons raconter votre histoire et parler de nos craintes concernant l'influence et les relations d'Hubbard.

– Je refuse d'être placée dans un programme de protection de témoins, dit-elle à voix basse.

Je hochai la tête.

– Je sais. Et je peux vous aider à disparaître si c'est ce que vous décidez de faire. En fait, je devrais pouvoir trouver des gens qui savent exactement comment s'y prendre pour vous faire disparaître. Mais la protection de témoins n'est pas le plus gros problème ici. Votre mari a été assassiné et Randy Hartwick aussi. Et les responsables doivent être jugés. Vous ne pouvez pas non plus laisser ignorer ce qui vous est arrivé, à vous et à votre fille, et surtout laisser croire que c'est votre mari qui vous a assassinées. Je ne permettrai pas que cela arrive à John Weston.

C'était un discours beaucoup plus véhément que je l'aurais voulu, mais il reflétait exactement mes sentiments. La veille, j'avais été tellement surpris de tomber sur Julie et de découvrir le lien vraisemblable entre Cody et Hubbard qu'il m'avait fallu du temps pour évaluer la situation. Maintenant, je ne voyais plus qu'une solution : faire prévaloir la justice grâce au témoignage de Julie. Et c'était à moi d'y veiller tout en protégeant la mère et la fille.

– Je travaille pour votre beau-père, repris-je. Je me dois de lui expliquer ce qui vous est arrivé la nuit où son fils a été assassiné. Et j'ai bien l'intention de respecter mes engagements. Mais je dois aussi veiller à ce qu'il ne vous arrive rien. (Je me penchai en avant et saisis sa main.) Et je vous promets qu'il ne vous arrivera rien.

Elle sourit et serra ma main dans les siennes avant que je me dégage.

– Ça fait déjà un moment que je ne me sens plus en sécurité, mais je vous crois, je ne sais pas pourquoi. Et vous avez raison. Il faut que je parle à la police ou au FBI, à quelqu'un en tout cas. Mais… ne vaudrait-il pas mieux rentrer à Cleveland pour ça ? Je n'aime pas vraiment l'idée d'aller voir la police ici, en Caroline du Sud, alors qu'ils ignorent tout de l'affaire.

– J'allais justement vous suggérer de retourner à Cleveland. C'est par là que nous devons commencer, c'est sûr.

Je m'attendais à ce qu'elle parle des interrogatoires et des témoignages à venir, mais au lieu de cela elle regarda le ciel et soupira.

– La lune est toujours aussi belle et la nuit aussi magnifique. Vous imaginez le temps qu'il doit faire ce soir à Cleveland ?

– À peu près pareil, dis-je. Avec peut-être un peu de gel sur les palmiers au matin.

Elle rit et se pencha pour regarder en bas.

– Ce jacuzzi a vraiment l'air tentant. J'ai très envie d'y retourner.

– Allez-y. Je reste ici pour garder Betsy.

– Elle n'a pas besoin qu'on la surveille. Elle dort profondément. Il pourrait y avoir un feu d'artifice qu'elle ne broncherait pas.

Elle se leva et s'appuya à la balustrade en posant sur moi un regard appuyé.

– Descendons au moins une demi-heure.

J'étais sur le point de dire que je préférais ne pas laisser sa fille seule lorsque ces belles paroles s'évanouirent quelque part entre mon cerveau et ma bouche à la pensée de revoir Julie en maillot de bain.

– Pourquoi pas ? dis-je. Juste une demi-heure.

Cinq minutes plus tard, nous fermions la porte à clé et descendions. Julie portait le même maillot de bain deux pièces noir que la veille. Elle était incroyablement belle.

Je mis le jacuzzi en marche et nous nous débarrassâmes de nos serviettes avant de nous glisser dans l'eau chaude. La même petite brise, la même lune, les mêmes sensations physiques que la veille. Et pourtant, j'avais l'impression que des mois s'étaient écoulés depuis.

– Qu'est-ce que ça fait du bien, dit Julie en plaçant son dos juste au niveau d'une arrivée d'eau. Je ne pourrais jamais avoir un truc comme ça chez moi : je n'en sortirais plus.

– Je crois que je pourrais m'en accommoder, dis-je. Une demi-heure tous les soirs me ferait un bien fou.

Nous échangeâmes quelques banalités, puis le silence s'installa, chacun perdu dans ses pensées. J'avais posé mon portable au bord du jacuzzi et me surpris à y jeter un coup d'œil dans l'espoir que Joe appelle. Il m'avait dit qu'avec Kinkaid ils allaient essayer d'en savoir plus sur les Russes et je n'avais toujours pas de nouvelles. Ça ne me plaisait pas beaucoup. Je voulais aussi lui parler de Yuri Belov.

J'étais encore perdu dans mes pensées lorsque je perçus un bruit de sanglots étouffés près de moi. Je regardai Julie et m'aperçus qu'elle pleurait.

– Julie, dis-je en m'approchant d'elle sans réfléchir et en passant mon bras autour de ses épaules, ça va aller.

Elle se tourna vers moi, m'entoura de ses bras et posa sa tête contre mon torse nu en pleurant de plus belle. Passé un premier instant de surprise, je me dis que sa réaction était tout à fait normale. Après tout, elle était en cavale et son mari venait d'être assassiné. Et qu'elle ait tenu le coup toute la journée ne voulait pas dire qu'elle n'allait pas craquer. Ce n'était pas juste de penser ça.

Je gardai le silence, sachant qu'aucune parole ne pourrait la réconforter à cet instant. Je me contentai de la tenir dans mes bras pendant qu'elle pleurait. On fait ce qu'on peut. Quelques minutes s'écoulèrent, puis ses larmes finirent par se tarir et elle leva les yeux vers moi en m'adressant un sourire forcé.

– Je suis désolée de vous faire subir ça, murmura-t-elle.

– Il n'y a pas de quoi.

Elle était toujours contre moi, les bras serrés autour de mon torse et je n'avais aucune envie de la repousser.

– C'est dur, c'est vraiment dur, mais il faut que je sois courageuse et que j'aie l'air gaie… pour Betsy. Je ne peux pas lui laisser voir combien j'ai peur. Je ne veux surtout pas qu'elle se rende compte de quoi que ce soit en ce moment.

– Je comprends.

Elle poussa un profond soupir et appuya son visage contre mon torse.

– J'espère que vous comprenez à quel point je vous suis reconnaissante d'être ici. Votre présence m'a beaucoup aidée aujourd'hui. Je me sens rassurée de vous savoir ici avec nous.

Elle leva le visage vers moi et plongea son regard dans le mien. Nos visages n'étaient qu'à quelques centimètres l'un de l'autre et j'avais un sens aigu de sa poitrine contre mon torse.

– J'ai peur et je me sens très seule, chuchota-t-elle en me serrant la nuque de la main. Terriblement seule.

L'espace d'un instant électrique nous restâmes les yeux dans les yeux, puis elle se pencha et effleura mes lèvres d'un baiser. C'était probablement un simple petit baiser pour me témoigner sa reconnaissance dans un moment d'émotion. Mais je me laissai emporter et lui rendis son baiser. Je ne pouvais pas m'en empêcher.

Ce fut un long et tendre baiser. Et lorsqu'elle s'écarta de moi et me sourit, je me sentis tout bête. Je pensai à John Weston, à son fils mort et à sa petite-fille Betsy endormie dans la chambre, et je ressentis de la honte.

– Je n'aurais pas dû…

Elle approcha son visage et m'embrassa à nouveau. Je voulais vraiment la repousser, mais j'en étais incapable. Elle m'attirait trop. Je lui rendis son baiser et sentis son corps bouger dans l'eau. Elle glissa ses cuisses par-dessus les miennes et s'assit sur mes genoux, sans relâcher l'étreinte de sa main sur ma nuque et en continuant de m'embrasser, ses seins frottant contre mon torse dans un mouvement de va-et-vient tandis que mes mains glissaient le long de son dos, caressant sa peau mouillée.

J'étais au comble de l'excitation. Et pourtant, tandis que nos deux corps s'étreignaient et que nos lèvres se joignaient, d'autres images me traversaient l'esprit. Je revoyais les photos du cadavre de Wayne Weston et son père, dans la maison de son fils, assis sur la terrasse en train de contempler un bonhomme de neige avec les yeux les plus tristes du monde. Cette fois, j'interrompis le baiser.

– Il ne faut pas, dis-je en respirant bruyamment.

– Chuuut, dit-elle en posant son index sur mes lèvres.

– Je dois respecter mes obligations envers John. Ce n'est pas l'envie qui m'en manque, mais je ne peux pas…

Je ne terminai pas ma phrase. Elle m'embrassait dans le cou. Tant pis ! Je lui avais donné l'occasion de faire marche arrière et elle ne l'avait pas fait. Je voulais cette femme, je la voulais plus que tout. J'attirai sa tête vers moi et l'embrassai à nouveau.

Elle passa ses mains dans mes cheveux et me caressa les épaules sans interrompre notre baiser tandis que je laissai mes doigts s'aventurer vers les attaches de son haut de maillot. J'effleurai les cordons noués et elle appuya son baiser, me serrant entre ses cuisses pour encourager mon geste. Je tirai sur les liens pour défaire le nœud et son haut de maillot se détacha, libérant ses seins nus et tièdes contre mon torse. Nous étions seuls dans le jacuzzi, mais quelqu'un pouvait surgir à tout moment. J'avais complètement oublié où j'étais. Julie était la seule chose qui comptait.

Elle se glissa un peu plus haut le long de mes cuisses, soulevant sa poitrine juste au-dessus de la surface. Le haut de son maillot se détacha complètement et elle appuya la paume de sa main sur l'intérieur de ma cuisse en remontant jusqu'à mon entrejambe. C'est à ce moment-là que mon téléphone se mit à sonner.

– Merde, lâchai-je entre deux baisers.

Ah non, pas maintenant !

– Laissez, murmura-t-elle en effleurant mon menton de la pointe de sa langue.

Je tournai légèrement la tête en me penchant en arrière pour voir qui appelait. Bien net sur le fond vert de l'écran de contrôle, le numéro de Joe clignotait.

– Il faut que je réponde, c'est mon associé.

– Non, dit-elle en m'embrassant dans le cou. Vous l'appellerez plus tard.

Je réprimai une forte envie de suivre son conseil et tendis le bras gauche vers le téléphone. Elle émit un petit grognement en me mordillant le lobe de l'oreille. Je saisis mon portable et le portai à mes lèvres. Elle soupira et s'écarta de moi en tâtonnant dans l'eau à la recherche de son haut de maillot. Au moment où je décrochai, j'eus envie de hurler à Joe de me laisser tranquille et de me rappeler dans une heure. Ou six.

Mais au lieu de ça, je me contentai de lui dire :

– Tu tombes vraiment très mal.

– Je m'en fous, dit-il d'un ton sec. Lincoln, on est dans la merde.

– Qu'est-ce qui se passe ?

Julie avait retrouvé son haut de maillot et en rattachait les liens dans son dos. Elle perçut l'inquiétude dans ma voix et me regarda.

– Impossible de trouver les Russes cet après-midi, dit-il. J'ai eu un mauvais pressentiment et je me suis rendu à l'aéroport pour montrer leurs photos à quelques employés. Krashakov et Rakic ont quitté la ville aujourd'hui. Ils ont pris un vol pour la Caroline du Sud. Ils vous cherchent.

19

Je me détournai de peur que Julie ne remarque le frisson d'angoisse qui venait de m'envahir en écoutant Joe.

– Tu es sûr ? demandai-je en sachant pertinemment qu'il l'était.

Joe n'était pas enclin aux suppositions gratuites.

– Absolument. Kinkaid et moi sommes allés faire un tour chez eux aujourd'hui. On pensait planquer toute la nuit. Le 4 × 4 était garé devant la maison qui nous a semblé vide. Je suis allé me balader dans le quartier et j'ai parlé à une de leurs voisines, une vieille dame qui était dehors en train de nourrir des chats errants. Elle m'a dit avoir vu les Russes partir en taxi une heure avant notre arrivée. Ça ne m'a pas plu du tout – pourquoi prendre un taxi quand leur voiture était garée juste devant chez eux ? Je suis revenu à la voiture pour en parler à Kinkaid. D'après lui, ils avaient peut-être décidé de ne pas utiliser leur propre véhicule pour se rendre dans un lieu où ils ne voulaient pas se faire remarquer, mais je n'étais pas de son avis. Tout de suite, j'ai pensé à l'aéroport. Je l'ai obligé à m'y accompagner et nous avons montré les photos des Russes à plusieurs personnes jusqu'à ce que quelqu'un les reconnaisse.

– À quelle heure était leur vol ?

Je venais de sortir du jacuzzi. Le vent était froid sur mon corps mouillé. J'avais les yeux rivés sur la fenêtre de la chambre de Julie, là où Betsy Weston dormait sans surveillance.

– Seize heures trente, dit-il. Mais ils avaient une escale et le vol devait arriver à Myrtle Beach aux environs de vingt et une heures ce soir.

– Quelle heure est-il ?

– Vingt et une heures trente.

– Merde, Joe ! Pourquoi as-tu attendu aussi longtemps pour m'appeler ?

– J'ai essayé plusieurs fois, LP. Mais ou bien ton portable était éteint, ou bien il n'y avait pas de réception là où tu te trouvais.

Ah, les portables. Il faut vraiment avoir de la patience.

– Il faut partir, et vite. D'après les agents de l'aéroport, Krashakov et Rakic étaient accompagnés de deux hommes.

– Ils sont quatre, dis-je d'une voix monocorde. Super !

– Es-tu avec Mme Weston et sa fille ?

Ça faisait bizarre de dire madame Weston pour Julie – la veille encore ça m'aurait paru tout à fait normal.

– Oui, je suis avec Julie. Nous sommes dehors. Betsy dort dans la chambre.

– Eh bien, vous foncez là-haut, vous l'embarquez et vous vous tirez. Quand vous serez en lieu sûr et que tu auras une minute, tu m'appelles.

– Très bien, dis-je avant de raccrocher.

Mon cœur battait toujours aussi vite, mais ce n'était plus à cause de Julie. Je me tournai vers elle. Elle était debout au bord de la piscine serrant une serviette autour de son corps.

– Je suis désolée, dit-elle.

Elle évitait mon regard.

– Je n'aurais pas dû. Rien de tout ça n'aurait dû arriver.

– C'est ma faute. Vous n'avez pas à vous excuser. Mais pour le moment on ferait mieux de laisser tomber, on n'a pas le temps d'en parler davantage.

– Qu'est-ce qui se passe ?

Je ne voulais pas le lui dire, mais j'étais bien obligé.

– Mon associé est allé à l'aéroport de Cleveland et on lui a dit que quatre Russes avaient pris un vol pour Myrtle Beach dans l'après-midi. Ils sont en route.

Ses yeux s'agrandirent et elle porta sa main à sa bouche.

– Betsy, dit-elle. Oh, non.

Elle m'écarta d'un geste et se précipita vers la porte de l'hôtel. Je la suivis en regrettant d'avoir laissé mon arme dans la chambre. Joe avait dit qu'ils devaient arriver à vingt et unes heure. Il était vingt et une heures trente. Largement le temps de louer une voiture.

L'ascenseur était déjà au rez-de-chaussée et la porte s'ouvrit dès que Julie appuya sur le bouton. Une fois dans la cabine, je la pris par les épaules et la pressai contre le mur.

– Vous devez continuer à être forte, dis-je. Je sais que vous avez peur, mais nous devons absolument rester calmes. Il ne faut surtout pas que Betsy panique. Si elle perçoit votre angoisse, elle va s'inquiéter. Rassemblez vos affaires et préparez-la à partir, mais surtout rassurez-la, il faut qu'elle reste calme.

– Qu'est-ce que je lui dis ?

– Dites-lui que les gens de l'hôtel ont fait une erreur et que quelqu'un d'autre a besoin de la chambre. Dites-lui que vous avez besoin de changer d'air. Dites-lui ce que vous voudrez, ça m'est égal, il suffit qu'elle vous croie et qu'elle ne panique pas.

La porte de l'ascenseur s'ouvrit et nous nous engageâmes dans le couloir du septième étage. Julie poussa un soupir de soulagement en constatant que la porte était toujours fermée et ne semblait pas avoir été forcée. J'insérai sa carte-clé dans la serrure et la devançai dans la pièce, juste au cas où nous aurions été attendus. J'étais sans arme, pieds nus et torse nu. Pas vraiment les conditions de combat idéales. J'allumai la lumière et jetai un coup d'œil dans la pièce. Elle était vide et la porte du balcon était fermée et verrouillée. Julie me bouscula en se ruant vers la porte de la chambre. Elle l'ouvrit et regarda à l'intérieur.

– Elle dort toujours.

– Réveillez-la et faites vos valises. Il faut se dépêcher.

Elle entra dans la chambre pour réveiller sa fille et je gagnai la salle de bains pour y prendre mon sac. J'y avais rangé mon Glock avant de descendre. Je le pris et le posai sur le bord du lavabo après avoir vérifié le chargeur. Dix balles dans le chargeur et une dans le canon. Onze façons de donner la mort – comment pouvais-je trouver ça rassurant ? Ça en disait long sur ma vie. Je saisis un t-shirt et un jean, attachai mon holster et enfilai des chaussettes et des tennis. Je ne m'étais toujours pas essuyé, mais il n'y avait pas une minute à perdre. Je refermai le sac et retournai dans le séjour.

Betsy était debout au milieu de la pièce, les yeux encore pleins de sommeil. Elle serrait un chat en peluche sous son bras droit et avait le pouce gauche dans la bouche. Elle avait l'air plus endormie qu'éveillée, mais avait quitté son pyjama pour passer un short et un t-shirt. Je lui souris d'un air qui se voulait décontracté.

– Salut, mignonne. Désolé d'avoir dû te réveiller, mais il va falloir que nous changions d'hôtel. Tu pourras te rendormir dès que nous serons dans la voiture.

Elle hocha la tête d'un air ensommeillé.

– N'oubliez pas ma glace.

– Bien sûr que non.

Dans la chambre, Julie jetait frénétiquement leurs affaires dans des valises. Elle était toujours en maillot. Je m'approchai et lui mis la main sur l'épaule.

– Détendez-vous. Il faut faire vite, mais sans s'affoler. Habillez-vous avant de partir sinon Betsy va penser que quelque chose ne va pas et aura peur.

Elle se tourna vers moi et me saisit les bras.

– Vous devez la protéger.

– Je le ferai.

– Vous le devez.

– Julie, dis-je doucement, je vous protégerai. Au péril de ma vie s'il le faut, vous comprenez ?

– Je ne vous demande pas de mourir pour moi, dit-elle en posant sur moi un regard brûlant. S'ils sont à nos trousses, votre mort ne nous sera d'aucune utilité. Ce que vous devrez faire, c'est tuer pour nous. Pouvez-vous tuer pour ma fille, Lincoln ? Tuer pour la sauver ?

Ses doigts s'enfonçaient dans mes biceps et lorsque je regardai dans ses yeux, je compris qu'elle avait déjà posé cette question et avait été déçue par la réponse. Elle l'avait probablement posée à son mari, peut-être même à Hartwick. Tous les deux n'avaient réussi qu'à mourir pour elle et Betsy.

– Oui, je peux tuer pour vous.

Elle relâcha son étreinte et hocha la tête. À défaut de mots, quelque chose dans l'expression de mon regard ou le son de ma voix l'avait convaincue que je disais vrai.

– Très bien, dit-elle. Maintenant, partons d'ici.

Je retournai dans le séjour et m'assis sur le canapé, les yeux rivés sur la porte. La fermeture électronique était enclenchée et le verrou tiré. Personne ne pourrait entrer sans faire de bruit et au moindre bruit je tirerais. Je poserais les questions plus tard.

– Je suis fatiguée, dit Betsy en se laissant glisser par terre, où elle s'assit en tailleur à mes pieds. J'étais en train de faire un beau rêve. J'étais à califourchon sur un poisson.

– Je suis désolé. Tu pourras t'allonger sur le siège arrière et reprendre ton rêve de poisson. Je te le promets.

Julie sortit de la chambre, une petite valise dans chaque main. Je fus d'abord surpris qu'elle ait si peu de choses, puis je me souvins de sa maison à Brecksville où rien ne semblait manquer. Elles avaient été obligées de partir comme si leur départ n'avait pas été prévu et ça voulait dire emporter le minimum.

– Prête ? demandai-je.

– Oui.

Sur le point de lui prendre les valises des mains, je me ressaisis et changeai d'avis. Tant pis pour le savoir-vivre – en cas de problème, j'allais avoir besoin de mes deux mains.

– Vous les portez, lui dis-je. (À son expression, je vis qu'elle comprenait la raison de ma décision.) Autre chose ?

– Non.

– Alors, allons-y.

Julie avait enfilé un short et un sweat-shirt par-dessus son maillot, mais ses cheveux pendaient en mèches mouillées sur ses épaules. Nous prîmes l'ascenseur jusqu'au hall d'entrée. Rebecca, la réceptionniste à laquelle j'avais fait du charme la veille, leva les yeux vers nous et nous sourit. Mais lorsqu'elle aperçut Betsy, son sourire sembla tout d'un coup hésiter.

– Bonsoir, dit-elle. Je ne vous ai pas vus cet après-midi. Aujourd'hui j'ai la garde de nuit.

– Désolé de vous avoir manquée, dis-je sans m'arrêter un instant.

Offenser une jolie réceptionniste était vraiment le moindre de mes soucis à cet instant.

– Attendez ! lança-t-elle.

Je regardai par-dessus mon épaule tout en ouvrant la porte de sortie. Elle avait une grande enveloppe à la main.

– J'ai quelque chose pour vous.

Quelque chose pour moi ? Qu'est-ce que ça pouvait bien être ? Je demandai à Julie et Betsy de m'attendre à la porte et repartis au pas de course vers la réception pour prendre l'enveloppe.

– C'est de la part de Lamar, dit-elle en jetant un coup d'œil à Julie et à Betsy par-dessus mon épaule comme si elle sentait que quelque chose n'allait pas. Il m'a dit que vous étiez au courant. Il m'a aussi demandé de vous dire que vous aviez le swing le plus moche qu'il ait jamais vu.

Le dossier d'embauche de Hartwick. Après avoir retrouvé Julie dans le jacuzzi la veille, j'avais complètement oublié ce dossier.

– Merci. Mais nous devons partir tout de suite. La petite fille ne se sent pas bien et nous devons l'emmener voir un docteur.

C'était une excuse assez minable, mais je n'avais rien trouvé de mieux.

Nous franchîmes le seuil et je fis quelques pas à l'extérieur, les muscles tendus à l'extrême, prêt à recevoir une pluie de balles. Mais la rue était pratiquement déserte et aussi tranquille qu'un chemin de campagne. J'incitai Julie et Betsy à presser l'allure pour traverser la rue et rejoindre le parking. La Ford Contour était garée au rez-de-chaussée, près de la sortie. J'ouvris le coffre et y balançai les sacs, puis j'aidai Betsy à s'installer sur le siège arrière avant de monter à l'avant. Je démarrai, enclenchai la marche arrière pour quitter la place de parking et m'engageai dans la rue. On avait réussi.

Je pris vers le nord en roulant lentement. Je devais décider de la meilleure chose à faire. Nous pouvions aller à l'aéroport, mais ce n'était sans doute pas une bonne idée. Dès que les Russes comprendraient que nous avions fui, c'est là qu'ils iraient pour savoir quel vol nous avions pris. Il y avait aussi le risque que leur vol ait eu du retard et que nous tombions sur eux. Cette pensée me fit frissonner. Je pouvais rouler jusqu'à Charleston ou Columbia pour essayer d'y prendre un vol pour Cleveland, mais je ne voulais pas faire ça non plus. Je pris donc la décision de rouler toute la nuit. Je n'avais pas assez de liquide pour acheter trois billets d'avion et les Russes devaient avoir les moyens de retrouver nos traces si j'utilisais ma carte de crédit. Ça leur permettrait même de savoir exactement quand nous devions rentrer à Cleveland, et ce n'était pas une idée très réjouissante.

– Je crois que nous allons rouler pendant un bout de temps.

Julie hocha la tête, mais garda le silence.

– Où allons-nous ? demanda la fillette.

– C'est une surprise, dis-je, mais je te promets que ça te plaira. Tu devrais essayer de dormir un peu, tu ne crois pas ?

Arrivé à un feu rouge, je jetai un coup d'œil aux voitures alentour, mais aucun des conducteurs ne semblait s'intéresser à nous, juste des *strangers in the night* [1], comme dans la vieille chanson de Sinatra. Lorsque le feu passa au vert, j'eus un instant d'hésitation, le pied en suspens au-dessus de l'accélérateur, comme quand on s'aperçoit qu'on a oublié quelque chose. C'était une sensation que j'éprouvais souvent après avoir quitté un hôtel, mais je n'avais pas le temps de m'en préoccuper aujourd'hui. Mais impossible d'ignorer ce sentiment. Lorsqu'on klaxonna derrière moi, j'appuyai sur la pédale de l'accélérateur et repris la route lentement. Mais quelque chose n'allait pas.

– Qu'y a-t-il ? demanda Julie en percevant mon malaise.

1. Soit « des inconnus dans la nuit ». *[NdT]*

– Rien, dis-je en hochant la tête.

Qu'y avait-il d'important que j'aie pu oublier ? Je n'avais pas signalé mon départ et j'allais perdre la caution de ma carte-clé, mais ce n'était vraiment pas grave. Julie, elle, ne figurait sur aucun registre de l'hôtel. J'avais mon arme et Julie et Betsy étaient avec moi. C'était tout ce qui comptait.

La vidéo.

– Ah, merde ! m'exclamai-je en tapant du plat de la main sur le volant.

Dans le rétroviseur, je vis Betsy écarquiller grands les yeux.

– Que se passe-t-il ? demanda Julie en m'agrippant le bras.

– La vidéo, murmurai-je pour éviter que Betsy entende. Je l'ai laissée dans la chambre.

– Où était-elle ?

– Je l'ai glissée sous le canapé quand vous êtes entrées dans la pièce toutes les deux ce matin. Nous sommes partis tellement vite que je l'ai oubliée.

Je me sentais vraiment idiot. Il est déjà assez gênant d'avoir ce genre de déficience mentale et d'oublier quelque chose d'important, mais là, c'était pire. Retourner à l'hôtel pouvait s'avérer dangereux. C'était vraiment nul d'avoir oublié cette cassette.

– Il faut y retourner. Cette vidéo est trop importante.

Je fis demi-tour dans le parking suivant et repris la direction de l'hôtel. Nous n'étions qu'à une vingtaine de rues, mais le retour me parut beaucoup plus long. Je m'engageai dans le parking d'un hôtel qui se trouvait à une rue du Golden Breakers et de l'autre côté de la route et laissai les clés sur le contact.

– Je vais la chercher. Restez dans la voiture et ne vous faites pas voir. Si je ne suis pas revenu dans dix minutes, tirez-vous d'ici. Allez dans un lieu public très fréquenté et appelez la police. Il se peut qu'ils ne comprennent pas tous les détails de la situation, mais ils vous mettront à l'abri du danger.

Et ils le feront probablement mieux que moi, pensai-je.

Je descendis de la voiture et partis en courant vers le Golden Breakers.

Trois voitures étaient garées dans la zone réservée aux visiteurs devant l'entrée principale. Je n'arrivais pas à me souvenir si elles s'y trouvaient déjà quand nous avions quitté l'hôtel. Je franchis les épaisses portes en verre et me dirigeai vers l'ascenseur. À mi-chemin, je m'arrêtai net.

Il n'y avait personne à la réception. Aucun signe de Rebecca. Depuis combien de temps étions-nous partis ? Dix minutes au plus. Elle avait pu aller aux toilettes ou sortir pour fumer une cigarette. Mon instinct me disait que ce n'était pas le cas. Je me précipitai derrière le comptoir de la réception.

Elle était étendue face contre terre, une blessure enflée et sanguinolente sur le côté droit du visage. Je m'agenouillai près d'elle et tendis les bras pour la retourner. À mon contact, elle ouvrit les yeux et eut un mouvement de recul comme si j'étais l'incarnation du mal qui hantait son esprit.

– Tout va bien, lui dis-je.

Ses yeux étaient brumeux. Ils me rappelèrent ceux des drogués ou des ivrognes que je fréquentais quand j'étais dans la police – des yeux qui voyaient un monde différent de la réalité. Au moment où elle laissait retomber sa tête par terre, je lui saisis la nuque et l'obligeai à me regarder.

– Où sont-ils ?

Elle serra fort ses paupières pour essayer de reprendre ses esprits. Du sang s'échappait de sa pommette ouverte et coulait sur ma main. Je le regardai et, sentant sa chaleur sur ma peau, je fus saisi d'une rage folle. Elle n'avait rien à voir avec tout ça et pourtant ils s'en étaient pris à elle. Je sortis mon arme et fis sauter le cran de sûreté. Julie m'avait demandé si j'étais capable de tuer pour protéger sa fille. Ces salauds de Russes n'allaient pas tarder à s'en rendre compte.

– Où sont-ils ? répétai-je en lui tapotant la joue avec mon pouce pour la faire revenir à elle.

– En… envoyé… votre chambre, bredouilla-t-elle, les yeux papillotant et roulant comme des billes.

Elle était à nouveau sur le point de perdre connaissance. Je la secouai doucement, elle parvint à fixer son regard un instant.

– Je les ai envoyés dans votre chambre. Ils ont pris ma carte passe-partout. (Chaque mot lui demandait un effort.) Je ne voulais pas la leur donner, mais… ils m'ont frappée.

Sa voix changea avec ces dernières paroles, comme si elle ne s'adressait plus à moi mais à elle-même et qu'elle était étonnée de ce qu'elle entendait.

– Ils m'ont frappée. Des inconnus sont entrés dans l'hôtel et m'ont frappée.

Je la reposai doucement par terre et jetai un coup d'œil alentour. Il fallait qu'un médecin s'occupe d'elle, mais il fallait aussi que je récupère la cassette. Les Russes devaient être à l'étage et lorsqu'ils s'apercevraient que la chambre était vide, ils redescendraient pour poser davantage de questions. Et ils seraient en colère. Je ne pouvais pas laisser Rebecca.

Je posai mon arme et soulevai délicatement la jeune femme, l'entourant de mes bras pour la conduire dans le bureau du directeur qui se trouvait derrière le comptoir de la réception. Il n'y avait qu'une table de travail et deux meubles à tiroirs dans la pièce, mais au moins pourrais-je verrouiller la porte. Je la déposai par terre, saisis le téléphone et appelai les secours. Puis au lieu de raccrocher, je posai le combiné sur le bureau. Je savais qu'ils étaient tenus d'envoyer un agent si personne ne répondait. Je n'avais pas le temps de leur expliquer la situation. Je poussai le bouton de verrouillage automatique à l'intérieur de la porte et la refermai derrière moi. Je vérifiai la poignée : la porte était bien verrouillée. Si les Russes tentaient de la forcer, elle ne résisterait pas longtemps, mais au moins Rebecca était hors de vue et les secours n'allaient pas tarder. Ignorant l'ascenseur, je me ruai vers l'escalier.

Je grimpai les marches avec la précipitation désespérée de ceux qui les dévalent pour s'échapper d'un bâtiment en flammes. Lorsque j'arrivai au sixième étage, mon cœur battait à tout rompre et une sueur froide s'échappait de tous les pores de mon corps. J'ouvris la porte et bondis dans le couloir, braquant mon arme droit devant. Devant moi, se tenaient quatre femmes d'un certain âge. Elles se mirent à hurler comme des hystériques en voyant un homme armé. Je me figeai un instant, puis, ignorant leurs cris, je me précipitai vers la chambre de Julie, fouillant mes poches à la recherche de la carte-clé. Les femmes hurlaient toujours lorsque j'ouvris la porte et la claquai derrière moi.

La pièce était vide. Sans allumer, je me dirigeai vers le canapé, m'agenouillai et glissai mes mains dessous. Rien. J'avançai mon bras aussi loin que possible et le déplaçai lentement d'un bout à l'autre du canapé. Toujours rien. Je sentis ma gorge se serrer. Où pouvait-elle bien être ? Je posai mon Glock par terre et agrippai le rebord du canapé. Je l'éloignai du mur, le soulevai et le fis basculer sur le côté. La cassette était là, dans un coin éloigné, hors de portée. Je la ramassai et la glissai dans la ceinture de mon jean, sous ma chemise.

Dans le couloir, les hurlements étaient de plus en plus aigus. Je me tournai vers la porte et m'accroupis, l'arme à la main droite. Le voyant rouge de la serrure électronique était allumé, indiquant que la porte était verrouillée.

Quelques instants avant que Randy Hartwick ne trouve la mort, j'avais aperçu un point rouge sur sa poitrine, juste avant qu'il ne disparaisse à nouveau. Et maintenant, alors que j'avais les yeux rivés sur un autre point rouge, il venait de disparaître à son tour, remplacé par une lumière verte. Quelqu'un venait de glisser une carte-clé dans la serrure.

Je mis un genou à terre et braquai mon arme sur la porte à l'instant où elle s'ouvrait. La première chose que j'aperçus fut, non pas une silhouette, mais le canon d'une arme, suivi du fracas étourdissant d'une rafale de mitrailleuse. Je répliquai par deux coups de feu avant de me jeter par terre et de rouler derrière le canapé renversé tandis que les balles crépitaient autour de moi et que la porte du balcon volait en éclats dans une pluie de verre.

Je sortis la tête d'un côté du canapé et regardai la porte, surpris de la voir à nouveau fermée. Les coups de feu partaient du couloir, traversant la porte et les murs. Peut-être une de mes balles avait-elle touché l'homme qui avait ouvert la porte. Je lâchai encore deux coups de feu à travers le battant de la porte et les détonations en provenance du couloir s'interrompirent.

Je tirai encore quatre coups, en prenant mon temps cette fois, puis je me levai et franchis le trou béant ouvert dans la porte vitrée du balcon. Dans le couloir, les tireurs devaient être en train de se ressaisir, mais ils ne tarderaient pas à reprendre l'attaque. Il ne fallait pas hésiter : fuir immédiatement ou mourir très bientôt. Je glissai le Glock dans ma ceinture, à côté de la cassette, et agrippai la balustrade à deux mains. Je n'étais qu'au sixième étage, mais ça faisait haut au moment de sauter par-dessus le balcon. Mes derniers doutes s'évanouirent dès que les coups de feu reprirent, les balles s'écrasant dans les murs derrière moi. D'un bond, je franchis la balustrade.

Je fis glisser mes mains le long des barres métalliques et m'accrochai au dernier barreau. J'étais suspendu six étages au-dessus de la terrasse cimentée qui bordait la piscine. Les détonations retentissaient de plus belle dans la chambre et plusieurs balles ricochèrent sur la balustrade, juste au-dessus de moi, dangereusement proches. D'un coup de rein je me projetai vers l'arrière pour m'écarter du balcon, lâchai la balustrade et partis en arc de cercle avant que mon poids ne me ramène vers la façade. Je franchis de justesse la balustrade du balcon du dessous et m'empêtrai dans une chaise en plastique.

À l'atterrissage, la cassette avait été projetée par terre – à portée de main toutefois – et, coup de chance, mon Glock ne m'avait pas déchargé une rafale dans le postérieur. Je ramassai la cassette et jetai un coup d'œil dans la chambre du cinquième. Elle était plongée dans l'obscurité. La porte-fenêtre donnant sur le balcon était ouverte, seule la porte-moustiquaire était fermée. La chambre était vide, mais ses occupants avaient laissé ouvert pour que l'air puisse circuler. Heureuse initiative. Je passai mon pied à travers la toile métallique et finis de la déchirer à la main. À l'étage au-dessus, une porte claqua contre un mur et des coups de feu retentirent. Ils étaient entrés dans la chambre. Dans quelques secondes, ils sauraient que j'avais sauté du balcon. Sans trace de mon cadavre sur la terrasse cimentée, ils auraient vite fait de comprendre ce que j'avais fait. J'ouvris la porte de la chambre et me précipitai dans le couloir.

Je pensais prendre l'escalier, mais l'ascenseur étant ouvert juste en face de moi, je m'y engouffrai. S'ils avaient posté des hommes dans le hall d'entrée, ils y seraient pour me cueillir que je prenne l'escalier ou l'ascenseur. En position de tir et sur le côté de la cabine, j'attendis que les portes s'ouvrent lentement. Le hall d'entrée était désert. Derrière le comptoir de la réception, le bureau de la direction était toujours fermé. Pour l'instant, Rebecca était en sécurité. Je me ruai vers l'extérieur. Au moment où je franchissais le seuil, une autre porte s'ouvrit – celle qui donnait sur la cage d'escalier. Pensant qu'ils me chercheraient d'abord dans la rue, je pris sur la droite et longeai le bâtiment en direction de la plage, à l'opposé de la rue. Et tombai sur deux hommes armés.

J'en reconnus un : Rakic. L'autre était un gros blond au teint terreux que je n'avais jamais vu. Ils me tournaient le dos et examinaient attentivement les balcons. Lorsqu'ils m'entendirent débouler, ils se retournèrent.

Rakic hurla quelque chose d'incompréhensible et le gros blond pivota sur ses talons, levant vers moi une carabine à canon scié. Je lui tirai deux balles en plein visage et il s'effondra. Un nuage de sang aspergea Rakic. Il lâcha son arme et tomba à genoux en hurlant, puis il porta les mains à sa figure, apparemment convaincu d'avoir été touché – probablement à cause de tout ce sang. Je fis volte-face et partis en courant vers la rue tandis que quelqu'un me tirait dessus depuis le balcon, les balles faisant voltiger des brins d'herbe et des bouts de terre derrière moi.

Je fonçai à toute allure sur le trottoir – je n'avais pas couru aussi vite depuis mes années d'athlétisme au lycée –, parfaitement conscient du fait qu'il y avait encore trois hommes à mes trousses et qu'il ne me restait qu'une balle dans mon chargeur.

Je me précipitai dans la rue, obligeant plusieurs automobilistes à klaxonner et à faire des embardées pour m'éviter. Je regagnai le parking où j'avais laissé Julie et Betsy. Je leur avais dit de partir si je n'étais pas revenu au bout de dix minutes. Depuis combien de temps étais-je parti ? Elles avaient intérêt à être là.

Elles y étaient. Je jetai un coup d'œil par-dessus mon épaule : le trottoir était désert. Je glissai mon arme sous ma chemise et essuyai la sueur sur mon visage avant de frapper à la portière côté conducteur. Julie se pencha pour déverrouiller et je me coulai derrière le volant.

– Que s'est-il passé ? demanda-t-elle.

J'étais trempé de sueur et à bout de souffle. Mon t-shirt était parsemé de gouttelettes de sang du gros blond. Betsy s'était redressée sur le siège arrière et me regardait avec des yeux grands comme des soucoupes.

– Rien. Mais il faut partir tout de suite. Betsy, ma chérie, pourrais-tu, s'il te plaît, t'allonger sur le siège ? Nous allons rouler un moment et j'aimerais que tu dormes un peu. Demain, je t'achèterai une glace de plus si tu t'allonges maintenant.

Elle s'allongea, obéissante, mais garda les yeux grands ouverts et serra son chat en peluche un peu plus fort contre elle. Elle avait peur. C'était une petite fille, pas une idiote, et elle savait que quelque chose n'allait pas.

Le parking avait une sortie sur le Business Highway 17 et une sur Ocean Avenue. Je pris le Business Highway vers le sud sans lâcher des yeux le rétroviseur. Une voiture de police nous doubla, gyrophare allumé et sirène hurlante, et tourna à gauche en direction du Golden Breakers. Ils partiraient bien assez tôt à ma recherche. Rebecca leur dirait mon nom et ils lanceraient un avis à toutes les patrouilles. Ils auraient aussi le numéro d'immatriculation de ma voiture de location puisque je l'avais inscrit sur le formulaire de l'hôtel. J'avais beaucoup plus peur des Russes que de la police, mais je ne voulais pas être arrêté. Je voulais rentrer à Cleveland et parler à Joe. Ensemble, nous trouverions une solution. Au prix de nos vies, s'il le fallait.

20

Je roulai vers le sud pendant une heure, même si c'était la direction opposée de là où je voulais aller. Plus notre itinéraire serait illogique, plus il leur serait difficile de nous suivre. Je disposais probablement d'une heure avant que l'avis de recherche soit lancé et que tous les agents de Caroline du Sud soient à mes trousses. Et à juste titre – j'avais tué un homme. J'y pensais de manière tout à fait détachée, comme si je n'avais pas appuyé sur la détente, mais avais vu quelqu'un d'autre le faire.

J'avais plusieurs fois eu l'occasion de me servir de mon arme quand j'étais dans la police, mais je n'avais jamais tiré pour tuer. L'incident de ce soir aurait certainement un impact bien plus fort sur moi dès que l'adrénaline serait retombée et je le redoutais. Il s'agissait indiscutablement de légitime défense, mais un homme était mort de mes mains et j'avais toujours voulu éviter ça, indépendamment des circonstances et de l'identité de la victime. Julie m'avait demandé si j'étais capable de tuer pour sa fille et je lui avais répondu oui. Même si j'en étais persuadé à ce moment-là et qu'elle avait eu l'air de me croire, je n'avais jamais pensé que ma parole allait être mise à l'épreuve de cette manière.

Je roulai jusqu'à Charleston et pris l'autoroute nord pour quitter la ville. Cleveland était à quelque quatorze heures de route, ce qui voulait dire que la nuit allait être longue – et la matinée aussi. Il était un peu plus de vingt-trois heures lorsque nous quittâmes Charleston, mais l'idée de dormir ne m'avait même pas traversé l'esprit. Je n'avais jamais ressenti quelque chose d'aussi intense que l'adrénaline qui coulait dans mes veines et je me sentais capable d'abandonner la voiture et de courir jusqu'à Cleveland en portant Betsy sur mon dos s'il le fallait.

Ni Julie ni moi ne prononçâmes une parole. Betsy resta éveillée jusqu'à Charleston. Puis la fatigue la gagna, plus forte que la peur, et elle finit par s'endormir. Vingt minutes après avoir quitté Charleston, Julie se tourna vers la banquette arrière et tapota le bras de sa fille pour voir si elle dormait vraiment. Satisfaite, elle se rassit face à la route et tourna son visage vers moi.

– Allez-vous enfin me dire ce qui s'est passé ?

Je ne quittai pas la route des yeux.

– J'ai la cassette. Mais les Russes étaient déjà à l'hôtel. Pendant quelques minutes, ç'a été OK Corral dans votre chambre, puis j'ai sauté du balcon et j'ai atterri sur celui du dessous. Mais au moment où je quittais l'hôtel, je suis tombé sur deux de leurs hommes. L'un d'eux a pointé une carabine sur moi et je l'ai tué.

Ma voix était aussi dénuée d'expression que pendant ma dernière conversation avec Joe. Détachée. Sans émotion. Les paroles de routine d'un tueur froid et calculateur agissant par pur réflexe.

Sept minutes s'écoulèrent avant qu'elle reprenne la parole. J'avais regardé l'horloge de bord.

« Je suis désolée » furent les seuls mots qu'elle prononça lorsqu'elle rompit enfin le silence.

– Pourquoi dites-vous ça ? Ce n'est pas votre faute.

– Si, c'est ma faute. Ils n'étaient pas là pour vous. Ils étaient là pour moi.

– C'est probablement moi qui les ai conduits jusqu'à vous. J'ai utilisé une carte de crédit pour payer mon billet d'avion et ma chambre d'hôtel. Ils savent utiliser ce genre d'informations. J'aurais dû y penser, mais je ne l'ai pas fait. Et donc, c'est autant ma faute que la vôtre.

Je ne savais pas vraiment comment les Russes avaient découvert mon existence et pourquoi je les inquiétais assez pour qu'ils me suivent jusqu'en Caroline du Sud, mais j'étais sûr que c'était comme ça qu'ils étaient parvenus jusqu'à nous.

– Non, dit-elle en hochant la tête dans l'obscurité. Ce n'est ni ma faute, ni la vôtre. Nous n'avons rien fait de mal, nous ne faisons que subir les conséquences d'une histoire qui nous dépasse. C'est la faute de mon mari – la sienne et celle de Jeremiah Hubbard, dit-elle d'une voix triste, mais ferme.

Nous continuâmes à rouler en silence.

– Allons-nous rouler comme ça jusqu'à l'Ohio ? reprit-elle quelques minutes plus tard.

– Je vais essayer.

– Ce n'est pas raisonnable. Vous allez être épuisé.

– Julie, il me faudrait une douzaine de tranquillisants pour me calmer en ce moment.

– D'accord.

– Sans compter que plus nous roulons, mieux c'est. La police va bientôt nous rechercher.

– Et alors, c'est un problème ?

Je haussai les épaules.

– Nous avions décidé de ne pas traiter avec les autorités locales, mais je ne suis pas très inquiet. S'ils m'arrêtent, j'irai en prison et vous n'aurez qu'à demander à parler au FBI. Les pauvres flics du coin seront ravis de satisfaire à votre requête parce qu'ils ne sauront absolument pas quoi faire de vous.

Cody était du FBI, mais je ne voyais pas comment il aurait pu avoir assez d'influence pour mettre la main sur Julie et Betsy une fois qu'elles seraient sous la responsabilité des autorités d'un autre État. Et pourtant, je faisais mon possible pour éviter qu'elles aient affaire à la police. Comme protecteur, je me posais là !

– Pourquoi iriez-vous en prison ? me demanda-t-elle.

– Julie, j'ai tué un homme. C'était de la légitime défense, mais ça reste à prouver devant les juges. Tout ce que savent les flics, c'est que j'ai tiré des coups de feu dans un hôtel et que j'ai tué un homme. Ils ne vont pas me laisser rentrer chez moi tout de suite.

Elle tendit la main vers moi et m'agrippa le bras.

– Nous avons besoin de vous. Si vous êtes arrêté, nous serons séparés.

– Je sais. C'est pour ça que je ne vais pas voir la police. S'ils nous arrêtent, c'est ce qui se passera. Mais ça, nous verrons le moment venu.

Elle détourna le visage et regarda par la portière.

– Je sais que ça peut vous paraître sans importance, mais il faut que nous parlions de ce qui s'est passé dans le jacuzzi ce soir. Je vous dois des excuses.

– Ce n'est pas grave, Julie.

– Si, c'est grave, dit-elle en hochant la tête. Je n'arrive pas à croire que j'aie pu agir ainsi. Mon mari est mort depuis dix jours, Lincoln. Dix jours ! Et je vous saute dessus dans le jacuzzi d'un hôtel. Très classe ! (Elle leva les yeux vers moi et écarta une mèche de cheveux de son visage.) J'ai cédé à des émotions causées par la peur et le désarroi. C'est tout.

– Bien sûr. Je n'ai pas pensé un instant que j'aie pu vous plaire.

C'était une réponse puérile et je la regrettai dès qu'elle eut franchi mes lèvres.

– Ce n'est pas ce que je voulais dire.

– Je sais. Je suis désolé.

Elle laissa échapper un petit rire avant de pousser un soupir.

– C'est bien là le problème, Lincoln. Vous me plaisez. Et sur plusieurs plans. Sur tous les plans, en fait. Je vous connais depuis à peine vingt-quatre heures et vous m'attirez déjà beaucoup. C'est inacceptable. Surtout vu les circonstances. Mais je n'y peux rien. Vous avez surgi dans ma vie au moment où j'avais besoin d'aide et vous avez toutes les qualités que j'ai toujours… que j'ai toujours pensé que mon mari possédait, dit-elle doucement.

Un silence gêné s'installa entre nous. Au bout de quelques minutes, je me rendis compte qu'elle pleurait. Mais cette fois, je ne fis aucun geste vers elle. J'avais appris ma leçon. Au bout d'un moment, elle prit ma main dans les siennes et la porta à son visage, m'embrassant délicatement le bout des doigts. Ses lèvres brûlantes embrasèrent ma peau. Quelques larmes roulèrent sur ma main. Mélange parfait. Elle reposa ma main sur le volant, respira profondément, s'enfonça dans son siège et ferma les yeux.

Je restai seul avec la route. Il y avait peu de voitures et je roulais sur la voie de gauche, le contrôle de vitesse réglé sur 120 km/h. Assez vite pour que le voyage ne soit pas trop long, mais pas suffisamment pour attirer l'attention de la police de la route. J'étais en alerte. Une seule fois, j'aperçus une voiture de patrouille qui venait dans le sens opposé ; elle passa sans ralentir.

Lorsque l'horloge de bord afficha minuit, les paroles d'une chanson me revinrent à l'esprit : *lonely midnight drivers, drifting out to sea*[1]. Qui était l'auteur de cette chanson ? Et comment s'appelait-elle ? Je n'en savais rien et pourtant ces paroles étaient là, prises au piège de ma mémoire. Intéressant.

1. « Conducteurs solitaires au milieu de la nuit, emportés vers le large ». *[NdT]*

Nous quittâmes la Caroline du Sud tôt dans la matinée et traversâmes la Caroline du Nord en deux heures avant d'atteindre la Virginie. Tout le littoral atlantique en une seule nuit palpitante. Des voitures de police me doublaient sans ralentir. Julie et Betsy dormaient profondément. Je m'arrêtai une seule fois pour faire le plein et appelai Joe. Il répondit immédiatement et j'éprouvai un sentiment de culpabilité à l'idée qu'il n'avait probablement pas fermé l'œil, attendant que je l'appelle. Je lui racontai ce qui s'était passé et lui dis que j'espérais arriver à Cleveland en fin de matinée. Nous échangeâmes quelques recommandations de prudence avant de raccrocher et je poursuivis ma route, conducteur solitaire dans la nuit, emporté vers… vers quoi au juste ? Une solution simple et rapide, pensai-je, optimiste. Mais je n'y croyais pas. Pas une seconde.

Le jour se leva alors que je traversais la Virginie occidentale. Les collines surgirent de la brume, se dessinant plus nettement à chaque minute, le soleil qui se levait dissipant le brouillard et les ombres de la nuit. Je me sentais toujours aussi vigilant, mais je commençais à éprouver des tensions dans le corps – les heures passées dans un véhicule exigu ajoutées au manque de sommeil me faisaient rêver d'un bon lit et des quelques heures que je pourrais y passer. Julie s'éveilla vers six heures, s'étira et m'adressa un sourire ensommeillé.

– Je n'arrive pas à croire que j'aie pu dormir si longtemps, dit-elle. Je suis désolée. J'aurais dû rester éveillée pour vous aider à passer le temps.

– Je n'aurais pas été un interlocuteur très loquace. J'ai dû mobiliser toute mon énergie pour rester concentré sur la route et je n'aurais pas pu faire beaucoup plus. Mais j'ai été surpris que vous ne vous soyez pas réveillée quand je me suis arrêté pour prendre de l'essence.

– Vous vous êtes arrêté pour prendre de l'essence ? dit-elle en riant. Et ma fille, est-ce qu'elle a bougé ?

– Pas d'un pouce.

– C'est bien.

Nous roulâmes encore un moment, puis je remarquai que l'aiguille de la jauge à essence frôlait à nouveau le zéro. Je n'avais pas parcouru de telles distances depuis des années et ce qui me surprit le plus, ce fut la vitesse à laquelle l'essence semblait disparaître. Je pris une bretelle de sortie qui indiquait plusieurs stations-service et un restaurant Cracker Barrel. Et ça, ça voulait dire café. Après dix heures de route, un café serait vraiment le bienvenu.

Julie réveilla sa fille qui descendit de la voiture en titubant de sommeil. Debout au milieu du parking, elle se frotta les yeux avec ses petits poings et bâilla à s'en décrocher la mâchoire.

– Où c'est qu'on est ? demanda-t-elle avec l'énergie d'une couleuvre.

– Où sommes-nous ? la corrigea Julie.

J'eus envie de rire. Nous étions au milieu des montagnes, poursuivis par des gangsters armés et recherchés par la police, et Julie corrigeait la grammaire de sa fille. Chacun ses priorités, j'imagine.

– Nous sommes en Virginie occidentale, dis-je. Tu sais où c'est ?

– Bien sûr, dit la fillette comme si je lui avais demandé si elle connaissait son propre nom.

Il ne faut jamais sous-estimer les enfants.

– On rentre à la maison ?

Julie et moi échangeâmes un regard.

– Pas exactement, dit Julie. (Je fus soulagé qu'elle ait décidé de répondre.) Mais nous ne serons pas loin.

– Je vais voir papa ?

Le sourire de Julie se figea.

– Allons manger, ma chérie. Tu me fatigues avec tes questions. Il est trop tôt pour parler de tout ça.

Betsy haussa les épaules et fit quelques pas en direction du restaurant avant de s'immobiliser et de me regarder fixement. Je suivis son regard : elle avait les yeux rivés sur ma chemise parsemée de minuscules gouttelettes de sang séché.

– Que s'est-il passé ? demanda-t-elle.

– J'ai saigné du nez pendant que tu dormais. Rien de grave.

Je détournai le regard. S'il y a pire que mentir, c'est de mentir à une petite fille. Je traversai le parking, les jambes raides et engourdies – j'avais passé trop de temps dans cette fichue bagnole.

Nous pénétrâmes dans le restaurant. Je commandai des œufs brouillés, du bacon et du pain grillé et avalai six tasses de café. Fort et savoureux, il me revigora et m'éclaircit l'esprit, faisant de cette matinée le début d'une nouvelle journée et non plus la continuation d'une nuit aussi longue qu'étrange. Julie prit une omelette et Betsy des mini-pancakes qui baignaient dans une quantité écœurante de sirop d'érable. Ah, les enfants ! Je m'étais trompé de profession. Si j'avais voulu gagner de l'argent, j'aurais dû être dentiste. À ma grande surprise, la fillette ne reparla pas de son père. La plupart des enfants que je connaissais insistaient jusqu'à obtenir une réponse qui les satisfasse. Peut-être avait-elle perçu comme un avertissement dans la voix de sa mère, ou bien posé tant de fois la question au cours des derniers jours qu'elle avait renoncé à obtenir une réponse. Peut-être était-elle tout simplement distraite par ses pancakes.

– Tu devrais aller aux toilettes, ma chérie, dit Julie lorsque sa fille eut fini de manger. Nous avons encore pas mal de temps à passer dans la voiture.

– D'accord.

Betsy abandonna son assiette pleine de sirop et se rendit aux toilettes.

– Quel est le programme de la journée ? me demanda Julie en se tournant vers moi.

– Nous avons rendez-vous avec mon associé en dehors de la ville. Nous allons pouvoir parler tous les trois.

– Et votre amie journaliste ?

Je fus surpris de l'entendre mentionner Amy.

– Je peux lui demander de se joindre à nous, si c'est ce que vous voulez.

– Oui, dit-elle avec un hochement de tête. Je crois que c'est ce que je veux, en effet.

– Je vois, dis-je en sirotant mon café. Puis-je vous demander pourquoi ?

– Pourquoi je veux qu'une journaliste entende mon histoire ?

Je hochai la tête et elle ajouta :

– Par précaution, je suppose.

– Par précaution ?

– Oui. Imaginons que quelque chose m'arrive – que, par exemple, Dieu nous en préserve, la police ne fasse pas son boulot ou qu'Hubbard achète son silence –, mon histoire serait quand même rendue publique. Ça me rassure de le savoir.

– Vous avez plus peur d'Hubbard que des Russes, n'est-ce pas ?

Elle soutint mon regard un instant avant d'acquiescer d'un hochement de tête.

– Oui, c'est vrai. Il a tué mon mari, Lincoln. Vous n'êtes pas obligé de le croire, mais moi, je sais que c'est la vérité. Et je sais aussi que mon mari avait peur de lui. Mon intrépide et audacieux mari qui s'était toujours cru invincible avait peur de Jeremiah Hubbard. Tellement peur même qu'il a préféré renoncer à sa vie… à notre vie, plutôt que de déplaire à cet homme.

Vous croyez que Wayne a évité la police parce qu'il avait peur des Russes ? dit-elle en hochant énergiquement la tête. Jamais de la vie ! Bien sûr que les Russes l'inquiétaient, mais la seule personne qu'il craignait vraiment, c'était Jeremiah Hubbard.

Je pensai à Cody avec son badge du FBI et à Richard Douglass, le meilleur avocat de la ville… peut-être que moi aussi j'avais un peu peur d'Hubbard. Les Russes utilisaient des méthodes que je comprenais, des façons de faire que j'avais déjà vues à l'œuvre. Mais Hubbard, lui, naviguait dans des eaux bien différentes : son arme, c'était son chéquier. Et il ne faisait aucun doute que ce chéquier était bien plus puissant que toutes les armes réunies.

Betsy revint des toilettes, coupant court à notre conversation. Je payai l'addition, fis moi aussi un tour aux toilettes et regagnai la voiture. Ça ferait bientôt vingt-quatre heures que je n'avais pas dormi, mais je ne sentais toujours pas la fatigue.

Nous quittâmes la Virginie occidentale et entrâmes dans l'Ohio. Tandis que nous roulions vers le nord, Julie occupait sa fille en jouant à celle qui trouverait le plus vite les lettres de l'alphabet sur les panneaux qui bordaient la route. Toutes les deux restèrent bloquées sur le X pendant un bon moment, jusqu'à ce que Betsy aperçoive une enseigne d'hôtel vantant un choix exceptionnel de chaînes de télé. Elle gagna le jeu en trouvant la lettre Z sur un panneau publicitaire pour la station de radio « Rock 93, WZPL ». Mais la victoire dut avoir raison de ses dernières forces parce qu'elle se rendormit aux alentours de onze heures alors que nous approchions d'Akron.

– Je suis contente de rentrer, dit Julie tandis que nous traversions la ville avant de prendre la I-77 en direction de Cleveland. C'est bizarre, mais je me sens plus en sécurité ici.

Quelques minutes plus tard, je m'arrêtai sur une aire de repos. Julie alla aux toilettes et nous laissâmes Betsy dormir. Appuyé contre l'arrière de la voiture, j'appelai Joe.

– Où es-tu ? me demanda-t-il.

– Juste au sud de la ville. Et toi ?

– La petite maison de Don Gellino, au bord du lac. Tu t'en souviens ?

Don Gellino était un flic à la retraite qui possédait une maison dans le comté de Medina. Il l'appelait la maison du lac, mais la pièce d'eau au bord de laquelle elle se trouvait avait plutôt des allures de grande mare. D'après lui, en tout cas, c'était un bon coin pour la pêche.

– Je m'en souviens. Mais qu'est-ce que tu fous là ?

– Don passe l'hiver au Nouveau-Mexique avec ses enfants. Il m'a laissé la clé en me demandant d'aller y jeter un coup d'œil de temps en temps. Je me suis dit que ce serait un endroit aussi bien qu'un autre pour se retrouver.

– Rien à redire. Kinkaid est-il avec toi ?

– Pas encore. Mais je dois l'appeler bientôt. Je me suis dit que ce n'était peut-être pas une bonne idée qu'il débarque ici après ce que Mme Weston a vécu ces derniers temps.

– Tu as raison.

Je ne tenais pas non plus à ce que Julie voie Kinkaid. Que ce soit pour la protéger elle ou à cause des sentiments que j'éprouvais à son égard, c'était une question à laquelle je ne me sentais pas prêt à répondre.

– Julie veut voir Amy.

– Pourquoi ?

Je lui expliquai ses raisons du mieux que je pus.

– C'est logique, Joe. S'il y a bien un moyen de pression qui peut faire effet sur Hubbard, c'est le menacer de rendre toute l'affaire publique.

– Je ne vois pas pourquoi nous aurions besoin de faire pression sur lui. Il ne s'agit pas d'une négociation commerciale, tu sais ? Cette femme doit parler à la police.

– Laissons-la décider, Joe.

– Très bien.

Je raccrochai et appelai Amy au bureau. Je tombai sur sa boîte vocale et décidai d'essayer son portable. Cette fois, elle décrocha.

– Lincoln, j'ai attendu ton coup de fil toute la journée. J'ai bien failli appeler la police avec tout ça.

– Avec tout ça ?

– Oui, espèce de crétin. Quand l'article est arrivé au bureau ce matin, je n'en croyais pas mes yeux.

– Quel article ?

– Celui sur la fusillade au Golden Breakers. Et ne viens pas me raconter que tu n'y es pour rien ! Je ne suis pas si naïve.

– Je n'ai pas dit ça. Mon nom apparaît-il dans l'article ?

– Non, il ne donne aucun nom sauf celui du flic qu'ils ont interrogé et celui du propriétaire de l'hôtel, un certain Burks.

– Lamar Burks, oui. Mais qu'est-ce qu'il raconte, cet article ?

– Simplement qu'il y a eu un échange de coups de feu à l'intérieur et à l'extérieur de l'hôtel hier en début de soirée et que personne n'a été arrêté. Apparemment, une réceptionniste a été agressée, mais elle serait hors de danger.

– Aucune mention d'un homme ayant trouvé la mort dans la fusillade ?

– Non. Pourquoi ? C'est un oubli ?

Je fronçai les sourcils.

– Oui. S'ils avaient trouvé un cadavre, est-ce que les journalistes le sauraient à l'heure qu'il est ? Se peut-il que les flics ne veuillent pas en parler ?

– La presse serait déjà au courant, dit-elle d'un ton assuré. Tout ce qu'on a eu, c'est une petite dépêche sur les infos nationales. J'ai appelé le bureau de l'Associated Press en Caroline du Sud pour obtenir des détails, mais ils m'ont dit qu'ils ne savaient rien de plus. Aucun blessé, aucune arrestation.

Aucun blessé ? Avais-je tout simplement imaginé tirer à bout portant dans le visage d'un homme ? Impossible ! Ce n'était pas le genre de chose sur laquelle on pouvait faire erreur. Je l'avais bel et bien tué. Et si son cadavre avait disparu, c'était parce que les Russes l'avaient embarqué. À y réfléchir, ça semblait logique. S'ils avaient abandonné un cadavre, la police serait remontée jusqu'à eux – et ça, ils voulaient absolument l'éviter (encore plus que moi).

– Que s'est-il passé ? demanda Amy.

– Je ne peux pas t'en parler maintenant.

– Nom de Dieu, Lincoln…

– Écoute, j'ai des trucs beaucoup plus importants à t'annoncer. Tu vas m'adorer quand tu sauras.

– Quoi ?

– Je suis de retour dans l'Ohio, Julie Weston est avec moi et elle t'accorde une interview exclusive. Si tu n'es pas d'accord, je peux appeler ton copain Jacob Terry pour voir si ça l'intéresse.

– La ferme.

– D'accord.

– Quand et où puis-je lui parler ?

Je lui expliquai comment se rendre à la maison du lac. Elle me dit qu'elle y serait dans une heure et je lui suggérai d'apporter une caméra et un tampon encreur. Pour que l'interview de Julie ait une quelconque portée, il faudrait que son identité puisse être vérifiée. Une vidéo et des empreintes digitales devraient faire l'affaire.

– À tout à l'heure, dit-elle. Après la nuit que tu viens de passer, j'imagine que tu es soulagé d'être près de chez toi et de te sentir entouré.

Me sentir entouré. Par les Russes. Je raccrochai et mon regard se perdit un instant sur l'autoroute et son flot inoffensif de voitures. Je me demandai combien de temps il faudrait pour que cette illusion de sécurité vole à nouveau en éclats.

21

La maison de Don Gellino se trouvait à proximité de Hinckley, un petit patelin au sud de Cleveland. J'y étais venu deux fois, il y avait plusieurs années de ça, à l'époque où Gellino y organisait des barbecues l'été. C'était un coin magnifique. Le point d'eau était niché au creux d'une haute futaie de pins et bordé sur un côté par un escarpement rocheux. La maison était petite, mais agréable. Gellino avait passé tout un mois de juin à construire un ponton en bois rouge qui surplombait l'eau. J'avais oublié à quel point cet endroit était charmant jusqu'à ce que je quitte l'autoroute pour m'engager dans l'étroit chemin gravillonné qui conduisait vers le petit lac et la maison.

– À qui appartient cet endroit ? me demanda Julie tandis que nous roulions entre les rangées de grands pins.

– À un flic qui a pris sa retraite il y a quatre ou cinq ans et qui passe ses hivers au Nouveau-Mexique chez ses enfants. Joe a une clé. On s'est dit que ce serait un bon endroit où se retrouver aujourd'hui.

Betsy s'était réveillée. Assise sur le siège arrière, elle chantonnait doucement. Cette enfant m'impressionnait. Au cours des dix derniers jours, elle avait dû abandonner sa maison pour aller se cacher dans un hôtel, puis quitter cet hôtel au milieu de la nuit pour passer quatorze heures dans une voiture en compagnie d'un homme qu'elle connaissait à peine. Elle ne savait toujours pas où nous allions, mais ne se plaignait pas. Sympa, la gamine.

Le chemin descendait en pente douce entre les arbres et débouchait sur le petit lac et la maison. La Taurus de Joe était garée devant, mais Amy n'était pas encore arrivée. Il y avait encore quelques plaques de neige sous les arbres et la douceur de l'air de la Caroline du Sud semblait déjà un souvenir lointain.

– C'est joli, dit Betsy en collant son visage à la vitre. On va rester ici ?

Quelque chose dans sa question laissait entendre qu'elle commençait à s'habituer à changer de domicile. Je jetai un coup d'œil à Julie et la vis faire une petite grimace. Elle ne répondit pas.

– On risque de rester un peu, dis-je. Mais pas longtemps.

J'arrêtai la voiture et nous descendîmes. Debout sur la terrasse, Joe nous regardait. Il était déjà entré dans la maison, mais il avait gardé son blouson, ce qui voulait dire qu'il portait une arme. Il avait l'air fatigué.

– Content de te voir, dit-il tandis que je grimpais les marches conduisant à la terrasse. Si je me souciais un peu de ton sort, je me serais fait des cheveux blancs ces derniers jours.

– D'accord, j'ai compris.

Je le présentai à Julie et à Betsy. La fillette disparut derrière les jambes de sa mère ; c'était la première fois qu'elle se montrait timide depuis que je la connaissais. Joe pouvait faire cet effet.

– Ravi de vous rencontrer, madame, dit-il à Julie. En fait, c'est un vrai plaisir de vous connaître. J'ai bien cru ne jamais en avoir l'occasion. (Il regarda vers le haut du chemin.) Lois Lane est en retard, mais ça ne me surprend pas vraiment. On pourrait peut-être rentrer pour parler un peu.

– Bonne idée.

Nous pénétrâmes dans la maisonnette et nous installâmes dans le séjour. Les murs étaient couverts de lambris en faux bois, comme on en voit souvent dans les maisons de vacances. Un andouiller impressionnant était fixé au mur, plusieurs poissons empaillés et une lampe en crâne de bison constituant le reste du décor. Charmant. Le vieux Gellino s'y connaissait en déco. La moquette était un mélange de couleurs ternes qui rappelait le pelage d'un chat tigré. C'était un choix judicieux : la plupart des taches s'y fondaient parfaitement. Les meubles étaient vieux et usés, mais plutôt confortables.

Il faisait froid dans la maison et Betsy grelottait. Nous étions tous les trois en tenue d'été – il allait falloir faire quelque chose. Je demandai à Julie si elle avait des sweat-shirts ou des vestes dans la voiture et elle me répondit que oui. J'allai chercher leurs sacs et elles passèrent dans une des chambres pour se changer. Dès qu'elles eurent disparu, Joe se tourna vers moi en hochant la tête.

– Je n'arrive pas à le croire. Elles continuent à faire la une de tous les journaux du coin et moi, je suis ici, avec elles.

Il regardait fixement ma chemise, observant les taches de sang près du col.

– La nuit a été dure, hein ?

– Ça n'a pas été la meilleure, en effet.

– Tu crois que les flics de Cleveland sont déjà au courant ?

– C'est possible. J'ai parlé à Amy et elle m'a dit que la police de Myrtle Beach enquêtait sur la fusillade d'hier soir.

– Ce n'est pas surprenant.

– Si, en fait, il y a quelque chose de surprenant. Apparemment, ils n'ont retrouvé aucun cadavre.

– Tu es sûr qu'il est mort, ce type ? demanda-t-il en fronçant les sourcils.

Je revis le visage du gros blond disparaissant dans un nuage de sang.

– Oui, Joe. J'en suis sûr.

– Eh bien, disons qu'ils ont dû embarquer le corps et se tirer avec. En tout cas, c'est plutôt une bonne nouvelle pour toi. Tu n'es plus recherché que pour des broutilles.

Dehors, des pneus crissèrent sur le gravillon. Nous nous levâmes pour nous approcher de la fenêtre. L'Acura d'Amy venait de s'immobiliser devant la maison. Elle avait fait réparer et repeindre la carrosserie. Elle descendit de voiture et grimpa les quelques marches conduisant à la terrasse, un sac dans chaque main, dont un qui ressemblait à un étui de caméra.

Nous sortîmes sur le seuil pour l'accueillir et, à ma grande surprise, elle posa ses sacs et me serra fort dans ses bras.

– Tu n'es pas mort ! dit-elle en reculant de quelques pas.

Elle eut l'air un peu gênée en voyant que Joe nous regardait en souriant.

– Non, pas encore.

– Tant mieux. Ça veut dire que je peux encore te tuer moi-même. Dès que j'aurai réglé son compte à Jacob Terry, je m'occupe de toi. (Elle se pencha pour regarder derrière moi et jeter un coup d'œil vers la maison.) Aussi heureuse que je puisse être de te revoir, Lincoln, j'ai envie de voir tes invitées. N'étais-tu pas censé amener de la compagnie ?

– Ah, zut ! Je savais bien que j'avais oublié quelque chose dans cette station essence de Virginie.

– Sans rire, où sont-elles ?

À cet instant, la porte de la chambre s'ouvrit et Betsy apparut sur le seuil en jean et sweat-shirt. Sa mère se tenait juste derrière elle.

– Oh, nom de Dieu ! chuchota Amy. Ce sont bien elles.

Nous entrâmes dans la maison.

– Madame Weston ? dit-elle en tendant la main. Je me présente, Amy Ambrose.

Elle serra la main de Julie et s'agenouilla devant Betsy pour lui serrer la main à son tour.

– J'imagine que toi, c'est Betsy ?

La fillette la regarda d'un air timide, mais ne se cacha pas derrière les jambes de sa mère, comme elle l'avait fait avec Joe.

– Amy Ambrose, répéta la fillette en prononçant chaque syllabe. C'est un joli nom.

– C'est l'allitération qui te plaît, pas vrai ?

Betsy me regarda d'un air perplexe.

– L'alter… nation ?

– C'est ça, oui, l'autre nation, celle à laquelle on rêve, dis-je.

– Quoi ?

– Ne l'écoute pas, dit Amy. Il dit n'importe quoi.

– Vous avez de jolis cheveux, dit Betsy. Je peux… ?

Elle s'interrompit, soudain gênée de demander.

– Si tu peux les toucher ?

Betsy hocha la tête en pouffant.

– Mais bien sûr, dit Amy en se baissant pour permettre à la fillette de passer ses doigts entre ses boucles blondes.

– Joli nom et jolis cheveux, dit Julie en riant. Vous avez passé tous les tests avec succès, mademoiselle Ambrose.

– Me voilà rassurée, dit Amy en se redressant. J'ai passé du temps à ma coiffure ce matin pour pouvoir résister à un examen minutieux.

Joe se racla la gorge.

– Désolé de vous interrompre, mesdames, mais avant de nous préoccuper de nos coiffures et de notre vernis à ongles, nous devons discuter de quelques petites choses.

Sacré Joe, toujours aussi délicat.

– Oui, dit Julie pas du tout offusquée par sa remarque, vous avez raison. Mais, pour cela, la présence de Betsy n'est pas nécessaire.

Je craignis un instant que Joe ne suggère d'enfermer la fillette dans un placard, mais il devait être agréablement disposé car il se contenta de hausser les épaules, laissant la décision à Julie.

– À propos de vernis à ongles, dit Amy, j'en ai dans mon sac à main. Ça te plairait d'en mettre, Betsy ? C'est toi qui choisis la couleur.

Betsy acquiesça d'un signe de tête et Amy la conduisit dans la chambre, où elle la laissa avec assez de vernis pour se couvrir tout le corps. Elle en avait pour un moment. Joe me jeta un coup d'œil et poussa un soupir.

Amy ressortit de la chambre et Julie ferma la porte derrière elle avant de venir s'asseoir sur le canapé. Un petit nuage de poussière s'échappa des vieux coussins. Elle respira un grand coup, se frotta légèrement les tempes et leva les yeux vers nous en affichant un sourire forcé.

– Très bien, dit-elle. Par quoi on commence ?

– Nous devons d'abord décider de ce que nous allons faire, dit Joe. Je comprends vos craintes, madame Weston, et je comprends aussi vos raisons de ne pas vouloir contacter la police, mais il faut les mettre de côté. Vous détenez des preuves et vous êtes en possession d'une vidéo qui peut envoyer plusieurs individus en prison… individus qui devraient déjà s'y trouver.

– Je comprends, dit-elle en hochant la tête. Mais je sais ce qui m'arrivera si je parle à la police, monsieur Pritchard. L'affaire sera portée devant les tribunaux, n'est-ce pas ? Les tueurs russes seront jugés, puis Jeremiah Hubbard, et éventuellement l'assassin de Randy Hartwick. Tout ça prendra probablement des mois. Et je serai tenue de témoigner dans tous ces procès. Tous, sans exception. Et qu'adviendra-t-il de ma fille pendant ce temps ? Elle ne pourra plus aller à l'école sans risquer d'être kidnappée ou tuée. Et nous ne pourrons plus vivre chez nous, pour les mêmes raisons. Betsy sera obligée de passer les six prochains mois, voire l'année entière, à l'abri des regards et entourée de gardes du corps. Pendant l'été, au lieu d'aller à la piscine ou de jouer avec ses amis, il faudra qu'elle reste cachée, à l'écart. Oh, j'allais oublier… et je ne pourrais pas non plus la laisser allumer la télévision ou lire les journaux de peur qu'elle tombe sur le visage de son père ou qu'elle entende parler des procès en cours. Je ne permettrai pas que ça arrive à ma fille, monsieur Pritchard.

– Avec tout le respect que je vous dois, chère madame, je m'en fiche, dit Joe. Vous détenez des informations concernant plusieurs crimes graves. Et vous devez les communiquer à la police.

– Quelles informations ? dit-elle en écartant les mains. La vidéo d'un meurtre que je n'ai même pas vue ? Donnez-leur la cassette si vous voulez. La seule chose dont je puisse témoigner, c'est que mon mari travaillait pour Jeremiah Hubbard. Je ne sais absolument rien sur ces Russes. Il ne m'a rien dit et je n'ai posé aucune question. Mais la cassette est en ma possession et si je la remets à la police, ces hommes voudront ma peau. Je ne suis guère appréciée, voyez-vous, dit-elle avec un sourire amer.

– Que comptez-vous faire ? demanda Joe.

Au son de sa voix, je savais qu'il faisait un effort pour ne pas s'emporter.

– Je veux que les gens sachent la vérité, dit-elle. (Quelque chose dans sa voix me fit repenser à notre soirée dans le jacuzzi, au contact de son corps contre le mien.) Je veux qu'ils sachent que nous sommes vivantes et que mon mari n'était pas un tueur et, après, je veux quitter la ville. Nous ne pouvons plus rester ici. Wayne l'avait compris et c'est pour ça qu'il voulait fuir. Il ne le peut plus aujourd'hui, mais moi si. Et je peux emmener ma fille avec moi.

– Où pensez-vous aller ? demanda Joe.

Elle sourit.

– N'allez surtout pas vous imaginer que je ne vous fais pas confiance, mais je préfère garder ces informations pour moi.

– Très bien, dit Joe en haussant les épaules. Mais je dois vous dire que c'est sans doute l'idée la plus stupide que j'aie jamais entendue.

– Pourquoi ?

– Vous avez peur que certains individus vous traquent pour se venger, c'est ça ? Alors pourquoi ne pas collaborer à un programme de protection de témoins et laisser des professionnels vous aider à disparaître ? C'est beaucoup moins risqué que de le faire seule.

– C'est vrai, ajoutai-je.

Elle fit non de la tête.

– Si j'entre dans un programme de protection de témoins, il y aura des gens qui sauront où nous sommes. Quelqu'un, quelque part, aura ces informations. Croyez-vous qu'il soit impossible à Jeremiah Hubbard d'acheter ce type d'informations ? Pensez-vous qu'un petit employé refusera cinq, dix ou quinze millions de dollars juste pour lui donner une adresse ?

Joe fronça les sourcils.

– Je croyais que vous aviez peur des Russes. Maintenant c'est Hubbard qui vous inquiète ?

– Je me méfie de tout le monde, monsieur Pritchard. Mon mari était un homme très consciencieux dans son travail. Il avait planifié notre… notre disparition, comme vous diriez. Et je lui fais plus confiance qu'à n'importe quelle agence gouvernementale.

– Il se peut qu'elle n'ait pas besoin de témoigner, dis-je. (Tous les regards se tournèrent vers moi.) Elle pourrait voir le procureur, faire une déclaration sous serment et en rester là. Bien sûr, ils voudront qu'elle témoigne, mais il vaut mieux leur donner ça que rien. Ça prendrait beaucoup moins de temps et Julie et Betsy pourraient quitter la ville bien plus vite.

Joe me jeta un regard noir – il ne m'avait pas demandé mon avis –, puis il se tourna vers Julie.

– N'écoutez pas ce que dit mon crétin d'associé, reprit-il. Les histoires de témoignage ou de déclaration sous serment ne m'intéressent pas. Mais laissez-moi vous dire que cette idée de disparaître comme ça n'est pas bonne. Il n'est pas difficile de retrouver les gens, madame Weston. Nous vous avons déjà trouvée une première fois et c'était pratiquement un hasard. Pensez-vous vraiment pouvoir échapper à des individus déterminés à vous retrouver ?

Elle se pencha en avant, les yeux braqués sur son visage mécontent, lui faisant front avec toute la fermeté et la détermination dont elle était capable. Plus rien ne semblait exister autour d'eux.

– Quoi qu'il arrive, nous allons devoir quitter ce pays, dit-elle. La vie que nous y avons menée est finie à jamais. Mon mari est mort. Betsy est la seule chose qui me reste et je vais m'en occuper de mon mieux. Point final. Je vais lui accorder un entretien, ajouta-t-elle en désignant Amy, et elle veillera à ce que la vérité éclate au grand jour. Si vous tenez vraiment à ce que je fasse une déclaration à la police, je le ferai. Mais ensuite, je partirai en emmenant ma fille. Je n'ai enfreint aucune loi et personne ne peut m'obliger à rester ici.

Pendant un long moment, Joe soutint son regard. Puis il se renversa dans son siège en soupirant.

– Très bien, madame Weston. Si vous voulez disparaître à nouveau, nous ne pouvons pas vous en empêcher. Nous pouvons juste vous y aider.

Elle lui adressa un sourire, plus chaleureux cette fois.

– Merci.

Joe fit signe à Amy.

– Vas-y, fais ton truc, Lois Lane. C'est une caméra que tu as là ?

– Oui. C'est Lincoln qui m'a suggéré de l'apporter ainsi qu'un tampon encreur pour les empreintes digitales.

– Il n'est pas aussi crétin qu'il en a l'air, dit Joe. Allez, au boulot. On va vous laisser tranquilles. (Il se tourna vers moi et me désigna la terrasse d'un signe de tête.) LP, j'aimerais te voir dehors une minute.

Nous sortîmes tandis qu'Amy installait la caméra. Je voyais bien qu'elle était excitée par tout ça et je la comprenais ; cette histoire allait changer sa carrière. Il faudrait que je pense à le lui rappeler chaque fois que j'aurais besoin d'un service.

Sur la terrasse, le dos à la balustrade, nous regardâmes Amy et Julie en train de parler dans la maison.

– Tout ça ne te dit rien qui vaille, pas vrai ? demandai-je.

Il se pencha par-dessus la balustrade et cracha dans l'herbe.

– C'est vrai, LP, ça ne me plaît pas du tout. Ce n'est pas à une bande de petits loubards qu'elle a affaire ; c'est l'organisation criminelle la plus complexe du monde. Et un des hommes les plus riches – et apparemment les plus retors – de l'État. Il ne va pas être facile de leur échapper.

– Dès qu'Amy aura balancé son article, Hubbard va se trouver sous le feu des critiques. Il va avoir autre chose à faire que de s'occuper de Julie et de Betsy.

– Tu crois ça ? dit-il en haussant les épaules. Il risque d'être assez furieux pour vouloir les retrouver à tout prix. Mais, dans l'immédiat, ce sont plutôt les Russes qui m'inquiètent. Cette vidéo va en faire mettre quelques-uns derrière les barreaux, mais elle va aussi déclencher des querelles internes lorsque Belov découvrira l'identité de celui qui a buté son fils. Il y a de quoi les motiver assez pour retrouver cette femme et l'éliminer. Même si nous remettons la cassette à la police, ils voudront la liquider. Tu connais les mecs de la Mafia, la vengeance, c'est leur truc. Et buter le fiston de Belov n'a certainement pas été la décision d'un seul homme. Pour chaque mec qui va se retrouver en taule, il y en a trois qui sont impliqués et qui voudront éliminer Julie Weston.

– Quel genre de pouvoir a Belov ?

– Tout ce que j'ai pu apprendre sur lui depuis deux jours suggère qu'il est énorme. Belov est un gros caïd.

– Très bien. On va pouvoir s'en servir. Il doit avoir très envie de voir la vidéo. Suffisamment j'espère pour pouvoir les convaincre tous de laisser Julie et Betsy tranquilles. Après tout, cette vidéo ne lui causera aucun tort. C'est son contenu qui l'intéresse.

Joe me regarda, réfléchissant à mon idée.

– C'est vrai. Mais les individus dont les Weston doivent se méfier ne sont pas très disciplinés. Ils ont tout de même flingué le fils de Belov.

– À mon avis, après avoir vu la vidéo, il réglera la situation à sa manière. Il fera le grand ménage.

Joe hocha la tête d'un air pensif. Il comprenait.

– Il va y avoir des morts.

– Il faut bien mourir un jour, dis-je. Si on remet la vidéo à la police, il ne faudra pas longtemps pour que son contenu parvienne aux oreilles de Belov et, là, nous n'aurons plus aucun moyen de pression.

– Tu proposes qu'on utilise la Mafia russe pour protéger Julie et Betsy de la Mafia russe ?

– Ça paraît compliqué, mais à mon avis, ça devrait marcher.

Joe se passa la main dans les cheveux en soupirant.

– Ça veut dire qu'il va falloir contacter Belov, c'est ça ?

– Dans le ventre de la bête, dis-je.

– Tu sais, LP, les choses sont beaucoup plus calmes par ici quand tu n'es pas là.

– Toi aussi, tu m'as manqué.

22

Amy passa une heure et demie avec Julie. Vers le milieu de l'entretien, Betsy sortit de la chambre et vint nous rejoindre sur la terrasse. Elle avait les ongles peints de toutes les couleurs. Amy avait vraiment une quantité incroyable de vernis à ongles dans son énorme sac à main. Joe trouva un vieux Frisbee dans la maison et nous jouâmes avec la fillette en attendant qu'Amy et Julie aient terminé. L'air était plutôt frais – carrément glacial comparé à la Caroline du Sud –, mais pas aussi froid que lorsque j'avais quitté la ville. Peut-être que l'hiver n'allait pas réussir à gagner la bataille après tout. Aux environs de treize heures, Amy sortit de la maison et me fit signe de la rejoindre sur la terrasse. Je lançai le Frisbee à Joe et grimpai les marches en courant.

– Énorme, Lincoln, dit-elle lorsque j'arrivai près d'elle. Cette histoire est absolument énorme. L'article de mes rêves ! ajouta-t-elle avec un large sourire.

– Ravi d'avoir pu t'être utile. Le seul problème, c'est que tu ne vas pas pouvoir l'écrire pour demain.

– Combien de temps faut-il que j'attende ? demanda-t-elle en fronçant les sourcils.

– Au moins vingt-quatre heures. Joe et moi devons régler certains trucs avant que tu puisses le publier. Avant même que tu puisses en parler à tes rédacteurs.

– Quels trucs ?

– Nous allons rendre une petite visite à Dainius Belov.

Elle haussa les sourcils et se croisa les bras sur la poitrine.

– Tu plaisantes ou bien tu es juste suicidaire ?

– À mon avis, nous n'avons rien à craindre de Belov. N'oublie pas que c'est son fils qu'ils ont buté. D'après nous, le vieux Dainius va être sacrément content de savoir qui a assassiné son fils. Nous comptons sur sa coopération en échange d'une copie de la cassette.

– Vous allez lui filer une copie de la cassette ?

J'acquiesçai d'un hochement de tête.

– C'est là que tu entres en jeu. Est-ce que vous avez le matos adéquat dans vos bureaux ?

– Oui.

– Parfait. Il nous faut une copie de la vidéo du meurtre et tu devrais sans doute faire une copie de l'interview que tu viens d'enregistrer. Planque ces deux copies en lieu sûr et rapporte-moi la copie de la vidéo du meurtre ainsi que l'enregistrement d'origine.

– OK, patron. Les mecs du labo ne vont pas vouloir me laisser faire seule, mais en principe rien ne résiste à mes ruses de femme.

– Tes ruses de femme ?

– J'adore te taquiner, dit-elle en me décochant un clin d'œil.

Julie nous rejoignit sur la terrasse et me sourit.

– Ma fille est-elle en train de rendre fou M. Pritchard ?

– Ça fait des années qu'il est atteint, Julie. Aucun risque de voir la situation s'aggraver.

– Bon, j'y vais, dit Amy en pointant son doigt sur ma poitrine. Mais il me faut la cassette si tu veux que j'en fasse une copie.

J'allai à la voiture et sortis la cassette de sous le siège avant où je l'avais glissée. Ça ne me plaisait pas beaucoup de la donner à Amy ; ce truc-là attirait le danger et la mort autant que la bagnole de James Bond. Mais il m'en fallait une copie.

– Tu la planques, d'accord ? Tu peux me les rapporter ce soir ?

– Ce n'est pas la porte à côté, mais je le ferai.

Elle ouvrit la portière de sa voiture, mais resta dehors.

– Ça fait combien de temps que tu n'as pas dormi, Lincoln ?

– Quelques heures, au moins.

– Va dormir. Tu auras besoin d'énergie quand ils t'arrêteront.

Elle partit et je remontai les quelques marches menant à la terrasse. Joe jouait toujours avec Betsy dans le jardin. Je m'assis à la table de pique-nique près de Julie et hochai la tête.

– Il a l'air d'un grand-papa gâteux. C'est incroyable !

– Il a l'air de s'intéresser beaucoup plus à ma fille qu'à moi, ça, c'est sûr, dit Julie en riant.

– Il ne faut pas lui en vouloir. Il essaie juste de faire de son mieux.

– Lincoln, est-ce que je suis complètement folle ? me demanda-t-elle en braquant les yeux sur moi.

– D'essayer de disparaître toute seule ? Je ne sais pas, Julie, répondis-je en haussant les épaules. J'aimerais pouvoir faire en sorte que vous n'ayez pas besoin de fuir. Mais je ne crois pas que ce soit possible. Si vous restez à Cleveland, vous prenez un gros risque. D'ordinaire, je vous conseillerais plutôt de vous en remettre à des professionnels, mais Wayne en était un et vous semblez dire qu'il avait déjà tout prévu.

– Oui.

– Avez-vous assez d'argent ?

– Nous avons tout ce qu'il nous faut, dit-elle avec un large sourire. Wayne avait mis tout notre argent sur un compte offshore et il y avait aussi déposé une partie de l'argent d'Hubbard. C'était l'argent qu'il lui avait versé pour acheter son silence.

Je ne lui demandai pas de combien d'argent il s'agissait. C'était probablement une belle somme. J'étouffai un bâillement et Julie fronça les sourcils.

– Vous n'avez toujours pas dormi ?

Je fis non de la tête.

– Allez vous allonger à l'intérieur, m'ordonna-t-elle. Votre associé est là pour veiller sur nous. Il faut que vous dormiez.

Sur le point d'objecter, je me ressaisis. C'est vrai que j'avais besoin de dormir et que Joe était là. Pourquoi m'épuiser davantage ? Je dis à Julie que j'allais faire un petit somme et descendis parler à Joe.

– Je vais dormir quelques heures. Tu devrais pouvoir veiller sur elles, non ?

– Je ne peux pas vraiment faire pire que toi. Va dormir. Quand tu te réveilleras, je retournerai en ville pour voir si je peux organiser une rencontre avec Belov.

Je pénétrai dans la maison et m'allongeai sur un lit étroit et poussiéreux. À travers la porte fermée, la voix de Julie et le rire de Betsy parvenaient jusqu'à moi, mais très vite, je sombrai dans le sommeil.

Lorsque je m'éveillai, la pièce était plongée dans l'obscurité. Je me tournai sur le côté et regardai par la fenêtre : dehors, tout était sombre. Je consultai ma montre. Presque sept heures du soir. J'avais dormi près de six heures. Je sautai du lit, enfilai mon pantalon et mon t-shirt et sortis de la chambre. Joe, Julie et Betsy étaient assis autour de la petite table carrée de la cuisine, un tas de cartes à jouer devant eux.

– Coucou, Lincoln ! lança Betsy en agitant la main. On joue à la bataille. Tu veux jouer ?

Je regardai Joe.

– À la bataille ?

– C'est plus compliqué que je croyais, grommela-t-il.

– Je n'arrête pas de le gagner, dit Betsy.

Joe lui décocha un regard mauvais qui la fit rire. Je regardai Julie et lui adressai un petit sourire. Joe Pritchard et sa nouvelle copine Betsy. Comme c'était mignon !

J'allai m'asseoir dans le salon en attendant qu'ils finissent, puis Joe vint me rejoindre.

– Tu nous jouais la Belle au bois dormant ou quoi ? Je commençais à être à court d'idées avec la gamine. Si tu ne t'étais pas réveillé, j'allais lui apprendre à nettoyer une arme.

– Charmant.

– Je vais repartir à Cleveland, dit-il. Il va me falloir un moment pour rentrer en contact avec Belov. Mais quand j'aurai réussi à le joindre, il se peut qu'il veuille nous rencontrer tout de suite, à moins qu'il préfère attendre demain.

– Essaie d'avoir un rendez-vous pour demain, dis-je. Je ne veux pas laisser Julie et Betsy seules.

– D'accord. Mais avec un mec comme Belov, on n'a pas vraiment le choix de l'horaire. S'il nous file rendez-vous à minuit sur la plaque de but du Jacobs Field, c'est là que nous irons le retrouver. Compris ?

– Ouais, c'est bon. Dis donc… Gellino a-t-il laissé de la bouffe dans ce taudis ?

Mon cerveau s'était peut-être déconnecté pendant six heures, mais mon estomac me rappelait que mon dernier repas remontait à une bonne dizaine d'heures.

– Pas grand-chose, mais Lois Lane rapporte de quoi manger.

– C'est vrai ?

– Oui. Elle a appelé sur ton portable pendant que tu dormais et j'ai répondu. Elle a dit qu'elle avait fait les copies des cassettes ; elle devrait arriver dans une vingtaine de minutes. Je lui ai dit de faire attention à ne pas se faire suivre. Je ne pense pas qu'il y ait un risque, mais on n'est jamais trop prudent.

Amy arriva peu de temps après le départ de Joe. Elle apportait une pizza, ce qui réjouit Betsy au plus haut point. Je pris quelques bûches dans la pile de bois sous la terrasse et allumai un feu dans la cheminée. Installés tous les quatre près du feu, nous mangeâmes notre pizza et jouâmes à des jeux de cartes. La veille, j'étais sous les coups de feu de tueurs professionnels, suspendu au balcon du sixième étage, et ce soir-là j'avais l'impression d'animer une soirée chez les scouts. Merveilleuse variété du métier de détective. Quand je pense à ceux qui sont comptables ou vendeurs de bagnoles… Quel ennui !

Amy partit vers neuf heures et je lui promis de l'appeler dès le lendemain matin pour lui faire part de nos projets et lui dire quand elle pourrait publier l'article. À dix heures, Joe appela.

– Si tu as une copie de la cassette, moi, j'ai un rancard avec Belov, dit-il.

– Amy les a apportées. Où et quand pouvons-nous le voir ?

– Demain matin. Et tu vas adorer l'endroit !

– C'est où ?

– Dans le centre commercial de Tower City, à côté de la fontaine.

– Tu rigoles ? Les gangsters les plus dangereux de la ville nous filent rendez-vous au centre commercial ?

– Oui. J'imagine qu'on ne traînera pas là-bas très longtemps. Il veut probablement nous voir d'abord dans un lieu public pour être sûr qu'il ne s'agit pas d'un coup monté. Dès qu'on se sera pointés, je parie que ses sbires nous enverrons ailleurs pour le rencontrer.

– Super. Je te rappelle que notre dernier rendez-vous de ce genre ne s'est pas très bien passé.

Je fermai les yeux et revis le point rouge sur la poitrine de Hartwick.

– Je sais. Mais cette fois, s'il y a des morts, ce sera probablement nous.

– Me voilà rassuré.

– À propos… je viens de recevoir un appel de Tim Eggers. La police de Caroline du Sud a quelques questions à te poser et nos vieux copains du CPD aimeraient aussi s'entretenir avec toi.

– Ils attendront.

– C'est ça, oui. La bonne nouvelle, c'est que les Russes ont embarqué le cadavre avec eux : les flics de Caroline du Sud n'ont pas vu l'ombre d'un mort.

– Ça, c'est une bonne nouvelle.

– Je pensais bien qu'elle te plairait. On est censé rencontrer Belov à neuf heures. Tu veux laisser Julie et sa fille seules ou bien tu veux que j'appelle Kinkaid ?

Je réfléchis un instant.

– J'ai une meilleure idée. Pourquoi ne pas amener John Weston ?

– Weston ? Et pourquoi diable ferais-je une chose pareille ?

– On travaille toujours pour lui que je sache, même si on a pu l'oublier avec le chaos de ces derniers jours. Julie aimerait le revoir avant de s'éclipser pour de bon et je me dis que demain matin serait un jour aussi bien qu'un autre.

– D'accord, j'appelle Weston demain matin et je l'amène avec moi. Il va être fou de joie. Dès qu'on aura vu Belov, il faudra qu'on mette Julie en présence d'un représentant de la loi. Tu as une idée de qui elle pourrait voir ?

– Oui. James Sellers m'a parlé d'un procureur qui a déjà traité plusieurs dossiers impliquant les Russes. C'est une femme et je crois que c'est notre meilleur choix. Dès qu'on aura vu Belov, je l'appellerai.

– D'accord. Je serai là vers huit heures demain matin et avec un peu de chance le vieux Weston sera avec moi.

Dès que j'eus fini de parler à Joe, Julie sortit sur la terrasse.

– C'était votre associé ? me demanda-t-elle.

– Oui.

Je lui parlai de notre rendez-vous avec Belov et de ce que nous espérions accomplir.

– C'est un homme dangereux et puissant, précisai-je. S'il décide que rien ne doit vous arriver, ce sera une excellente chose.

– Je serai bientôt loin, très loin, de toute façon.

– Je sais, Julie, mais ça ne peut pas vous nuire d'avoir Belov de votre côté. C'est lui, le grand patron.

Elle s'assit sur la table de la terrasse et me fit signe de venir la rejoindre. Elle portait un sweat-shirt trop grand qui disait MYRTLE BEACH et dont elle avait déroulé les manches jusqu'au bout de ses doigts pour avoir plus chaud. J'avais moi aussi fini par enfiler une veste par-dessus mon t-shirt. La nuit était fraîche, chargée de la senteur des aiguilles de pin.

– Devrai-je parler à la police dès demain ? me demanda-t-elle tandis que je m'asseyais près d'elle.

– Oui. Dès que nous aurons rencontré Belov, je vais contacter un procureur qui a déjà travaillé sur ce genre d'affaires. Je pense qu'elle sera le plus à même de comprendre vos craintes et de veiller à votre sécurité.

– Très bien.

– J'ai demandé à mon associé d'amener votre beau-père demain matin. Vous n'y voyez pas d'inconvénient ?

– John ? Ouah ! dit-elle en poussant un profond soupir et en fermant les yeux. Bien sûr que non ! Il faut que je le voie avant notre départ. (Lorsqu'elle rouvrit les yeux, je vis à son regard étonné qu'elle venait de se rappeler quelque chose.) Il ne sait même pas que nous sommes vivantes, n'est-ce pas ?

C'est incroyable la façon dont certaines personnes arrivent à oublier ce qui compte le plus pour d'autres.

– Non, Julie, il ne le sait pas encore, répondis-je en hochant la tête.

Après quelques minutes de silence, elle me posa une autre question.

– Vous êtes très proche d'Amy, n'est-ce pas ?

– Pourquoi posez-vous cette question ? lui demandai-je en haussant les épaules.

– C'est juste qu'il y a quelque chose dans la manière dont vous vous parlez tous les deux. Et pareil avec votre associé… J'ai l'impression que vous baissez la garde quand vous êtes avec eux. Je ne vous avais encore jamais vu comme ça. Vous devez vous sentir proche de Joe pour avoir accepté de vous associer avec lui et comme vous agissez de la même manière avec Amy, je suppose que vous devez être assez proche d'elle aussi.

Je contemplai un instant l'étendue d'eau sombre devant nous. Une mince couche de glace recouvrait encore le lac, aussi noir et lisse que de l'asphalte.

– Je suis probablement plus proche d'Amy qu'elle ne le croit. L'été dernier, c'est elle qui m'a tiré de mon abattement. J'allais mal et je me morfondais dans la déprime.

Julie inclina légèrement la tête, le visage à demi dans l'ombre.

– Racontez-moi.

Je lui parlai de mon renvoi de la police. Je ne lui avais pas encore raconté cette histoire et elle m'écouta avec intérêt.

– Après ça, j'étais un peu perdu. Complètement même. Ma vie entière était axée autour de mon travail et de ma fiancée, Karen. Et puis d'un seul coup, j'avais tout perdu. Avec le peu d'argent que j'avais, j'ai acheté une salle de sport miteuse dans les quartiers ouest et je me suis coupé de mon ancienne vie. Je n'ai gardé aucun contact avec mes collègues, sauf avec Joe qui ne me laissait pas l'éviter. Pendant la journée, je travaillais à la salle de sport, le soir, je faisais de la musculation et, le reste du temps, je restais tout seul chez moi à broyer du noir. Je n'avais pas la moindre énergie. Un jour, un type qui fréquentait ma salle de sport s'est fait buter et Amy est apparue sur le seuil de ma porte en posant des questions et en insistant pour que je l'aide à enquêter. Elle était vraiment pénible, mais elle n'a pas lâché le morceau. J'ai fini par craquer et par accepter. Et quelque part en cours de route, je me suis retrouvé. Voyant que j'avais changé et que j'avais retrouvé mon énergie en bossant sur cette histoire de meurtre, Joe m'a proposé de m'associer avec lui. J'ai accepté, il a pris sa retraite et nous voilà aujourd'hui. Mais c'est vraiment Amy qui m'a sorti de là et, le plus drôle, c'est que je n'étais qu'un étranger pour elle. Et qu'au début j'étais plutôt imbuvable, il faut bien le reconnaître.

– Je vois, dit Julie.

Elle marqua une pause avant de continuer.

– Je suis contente de vous avoir posé la question, Lincoln. J'ai beaucoup appris sur vous.

– Des trucs plutôt moches, non ?

– Non, pas du tout. Et je suis désolée de ce qui vous est arrivé et de votre renvoi de la police. Cette Karen vous a joué un sale tour. (Le coin de sa bouche se contracta en un sourire glacé.) Je sais ce qu'on ressent.

– Non, dis-je en hochant la tête. Ce qui m'est arrivé arrive à des milliers de gens tous les jours. La plupart réagissent mieux, c'est tout. Ce qui vous est arrivé est complètement différent. Il n'y a aucune comparaison.

– D'accord.

Je me tournai vers elle et me rapprochai doucement.

– Vous m'épatez. Vraiment. La façon dont vous faites face à tout ça est absolument incroyable. Vous devez être terrifiée à l'idée d'abandonner la vie que vous connaissez, mais vous êtes déterminée à le faire parce que c'est ce qu'il y a de mieux pour Betsy.

– C'est vrai, je suis terrifiée, dit-elle dans un murmure. Je crève de peur, Lincoln. Et je ne me suis jamais sentie aussi seule.

Je posai ma main sur son bras.

– Vous n'êtes pas seule, Julie. Aussi longtemps que je pourrai vous aider, je resterai à vos côtés.

– Promis ?

– Oui, promis.

Elle se pencha vers moi et me regarda dans les yeux. Elle était tellement belle que voir son visage si proche du mien me mit mal à l'aise.

– Partez avec nous, Lincoln.

– Partir avec vous ?

Elle éclata de rire, ses joues s'empourprant légèrement.

– Je sais, c'est absurde. Vous n'accepterez jamais, j'en suis parfaitement consciente, mais je vous pose quand même la question, pour que vous puissiez refuser et que nous puissions passer à autre chose. Venez avec nous, Lincoln. J'ai beaucoup d'argent et je connais un endroit tranquille et merveilleux où je pourrai voir grandir ma fille. Mais je ne veux pas l'élever seule. Je ne veux pas être seule.

– Julie, on ne se connaît que depuis trois jours.

Elle hocha la tête.

– Peut-être, mais c'est à vous que je pose la question. Ça n'est pas une preuve suffisante ?

C'est vrai, pensai-je, ça devrait suffire. Mais qu'est-ce que c'était alors ?

Je restai figé sur mon banc de bois, cherchant désespérément une réponse. J'aurais dû lui dire qu'elle avait perdu l'esprit, bien sûr. Mais je ne le fis pas.

– Je suis désolée, dit-elle. Je n'aurais jamais dû vous demander une chose pareille. C'est ridicule et injuste de ma part.

– Ne vous inquiétez pas pour ça.

– Vous vous rappelez… dans la voiture… quand je vous ai dit que ce qui s'était passé hier soir dans le jacuzzi était une erreur ?

– Oui.

– Eh bien, poursuivit-elle, ce n'en était pas vraiment une.

Elle se pencha et posa un baiser sur mes lèvres, tendre mais appuyé, avant de se redresser. Aussi forte qu'ait pu être mon attirance de la veille, ce baiser n'avait rien à voir avec ce que j'avais ressenti à ce moment-là.

Au bout d'un moment, nous quittâmes la table pour aller nous installer dans une des chaises longues en bois. Ce n'était pas très confortable, mais au moins nous avions un dossier. Julie se recroquevilla contre moi et je l'enlaçai. Nous restâmes assis là longtemps dans les bras l'un de l'autre. Les heures passaient et il faisait de plus en plus froid, mais nous ne bougions pas, désireux de prolonger ce moment aussi longtemps que possible.

23

Je me réveillai peu avant huit heures et me dressai d'un bond sur le canapé en cherchant mon arme. Ce n'est que lorsque j'eus la main sur la crosse de mon Glock que je m'immobilisai en me souvenant où je me trouvais. Tout était calme et silencieux dans la maison ; il n'y avait aucune raison de s'inquiéter. Je ne me rappelai pas avoir fait de cauchemar particulièrement violent ou effrayant dans mon sommeil, et pourtant ma première impulsion avait été de saisir mon arme. Cauchemar ou pas, ce n'était pas une façon très positive de commencer la journée.

Je posai mon pistolet et me dirigeai vers la salle de bains en espérant pouvoir me doucher avant que Julie et Betsy se réveillent. Peu enclin à se mettre à la tâche de si bonne heure, le chauffe-eau se contenta de lâcher un filet d'eau à peine tiède. Je sortis de la douche en vitesse, remis mes vêtements de la veille et regagnai le séjour. Julie était assise à la table de la cuisine.

– Vous avez trouvé du café ? lui demandai-je.

– Uniquement du café soluble, répondit-elle avec une grimace. Ça ne va pas être très bon, mais ce sera mieux que rien.

– Je n'en suis pas si sûr.

– À quelle heure Joe doit-il arriver ?

– À huit heures.

Elle consulta sa montre.

– Il ne va pas tarder. Il vaudrait mieux que je réveille Betsy pour qu'elle soit prête quand il sera là.

Elle se leva et s'occupa de préparer le café. Elle ne fit aucune allusion à la nuit passée, ni à sa proposition de la veille. Betsy nous rejoignit dans la cuisine et quelques minutes plus tard nous entendîmes un crissement de pneus sur les gravillons du chemin. Je jetai un coup d'œil à ma montre. Il était exactement huit heures. Joe est toujours d'une ponctualité exceptionnelle. Par la fenêtre de la cuisine, je regardai John Weston se garer juste derrière lui. Il descendit de sa Buick et monta les marches conduisant à la terrasse en s'aidant d'une canne en bois à pommeau de cuivre. Vêtu d'une parka vert olive et d'un pantalon bleu ciel, il avançait aussi vite qu'il pouvait malgré les difficultés qu'il semblait éprouver à marcher.

Il fut le premier à entrer et dévisagea Julie et Betsy comme si elles l'accueillaient à la porte du paradis.

– Grand-père ! s'écria Betsy en bondissant de sa chaise et en se précipitant vers lui.

Elle enroula ses bras autour de ses jambes et le serra contre elle. Le vieil homme laissa tomber sa canne en se penchant pour attraper la fillette et la prendre dans ses bras. Tous deux versèrent quelques larmes, puis Julie les rejoignit et je remarquai avec un temps de retard que Joe n'était toujours pas entré. Je passai sur la terrasse et le trouvai assis à la table.

– Salut, dis-je.

Il m'adressa un petit signe de tête.

– Je préfère attendre ici. Ils sont en famille et ce sont leurs retrouvailles. Je n'ai rien à voir avec tout ça.

– Le vieux John a l'air ravi. Comment a-t-il réagi lorsque tu lui as annoncé la nouvelle ?

– Il m'a traité de sale menteur et a menacé de me casser la gueule.

– Tu plaisantes ? dis-je en écarquillant les yeux.

Il hocha la tête et sourit d'un air railleur.

– Non, c'est exactement ce que m'a dit ce vieil abruti. Je l'appelle ce matin pour lui dire qu'il faut que je le voie. J'avais des nouvelles pour lui. Je débarque chez lui, il m'ouvre la porte et je lui annonce qu'il peut voir sa petite-fille aujourd'hui si ça lui fait plaisir. C'est là qu'il a menacé de me refaire le portrait si je lui racontais des bobards.

– Oh, dis-je, si tu lui racontais des bobards... Ce n'est pas la même chose. C'était sa façon à lui de te dire sa gratitude.

– Ça doit être ça, oui.

La porte s'ouvrit et John passa sur la terrasse. Il tenait à nouveau sa canne et s'essuyait les yeux du dos de sa main estropiée. Il avança jusqu'à nous, Julie et Betsy restant à l'intérieur.

– Tout l'argent que vous voudrez... je vous le donne. Et quelle que soit la somme, ça ne sera jamais assez.

– On facturera le tarif habituel, lui renvoyais-je. Contrairement à vous, monsieur Weston, on était presque sûrs de réussir.

Ma remarque le fit sourire.

– C'est vrai, j'avais oublié, dit-il en me tendant la main.

Nous échangeâmes une poignée de main.

– Vous vous rappelez quand vous m'avez dit pourquoi vous faisiez ce métier ? poursuivit-il.

– Oui, je m'en souviens.

– Moi aussi, dit-il en se raclant la gorge bruyamment. Eh ! fiston ! Je crois qu'on peut dire que vous êtes des bons tous les deux.

– C'est vrai.

– Votre associé n'a rien voulu m'expliquer.

– J'ai pensé que c'était à Mme Weston de vous expliquer, dit Joe en haussant les épaules. Nous l'avons retrouvée. Elle pourra vous dire.

Je hochai la tête.

– John, nous avons certaines affaires à régler. Votre belle-fille est en danger et nous aimerions que vous restiez ici pour veiller sur elle pendant notre absence. Personne ne doit savoir où elles se trouvent, au moins pendant quelques heures encore. Ça devrait vous laisser assez de temps pour parler avec elle.

– Très bien. Mais il faudra que nous parlions tous les trois. Je veux savoir comment vous les avez retrouvées et comprendre ce qui se passe.

– Nous y viendrons, dis-je. Mais, pour le moment, il nous reste quelques trucs à régler.

Ses yeux passèrent de Joe à moi et il parut comprendre la nature de ces « quelques trucs ».

– D'accord. Eh bien… bonne chance. Et merci encore.

À l'intérieur de la maison, Betsy l'appelait. Il se retourna et partit en boitant retrouver sa petite-fille. Nous descendîmes les quelques marches et nous dirigeâmes vers les voitures. Julie m'appela, mais je fis semblant de ne pas l'entendre. Je n'avais pas envie de parler.

– Ça va être juste, dis-je en jetant un coup d'œil à ma montre.

– On devrait arriver à temps, dit Joe. Mais je propose que nous prenions chacun notre voiture.

J'avais déjà la main sur la poignée de la portière de sa Taurus. Je hochai la tête et me dirigeai vers ma voiture de location.

– Allons-y, dis-je. Je déteste faire attendre la Mafia.

– Tu as la cassette ?

– Oui, ici, dis-je en tapotant la poche arrière de mon jean.

Nous prîmes la I-71 jusqu'à Cleveland, franchîmes le Cuyahoga et fonçâmes vers le centre-ville. Joe quitta l'autoroute pour rejoindre Ontario Street et je le suivis.

Nous nous arrêtâmes à un feu rouge, juste en face de la Terminal Tower. Le terrain de Jacobs Field était sur notre droite, encore désert en attendant les beaux jours et les matchs de base-ball qui en feraient un des principaux centres d'activité de la ville. Lorsque le feu passa au vert, nous prîmes à gauche et suivîmes la route qui serpentait jusqu'au bas de la colline, vers le fleuve, avant de remonter vers le pont. Perché sur le parapet, un petit groupe de mouettes contemplait le fleuve. Nous franchîmes le pont et dépassâmes la Northern Ohio Lumber and Timber Company [1], ancien bâtiment de briques avec portes en bois rouge. Je roulai avec fracas sur la courte section de route pavée qui mène au pont transbordeur et aperçus soudain les gratte-ciel dressés au-dessus de moi. J'ai toujours aimé cette partie de la ville où l'ancien quartier commercial qui longe le fleuve rejoint les hautes tours de bureaux. Nous prîmes vers la droite et suivîmes les panneaux indiquant le parking de Tower City. Joe trouva facilement une place au premier niveau et je me garai à quelques emplacements de là. Il s'était écoulé peu de temps depuis que nous étions venus ici pour rendre visite à Jeremiah Hubbard.

Joe verrouilla sa voiture et vint me rejoindre.

– Je crois que c'est le truc le plus stupide qu'on ait jamais fait, dit-il.

– On va s'amuser.

– C'est ça, oui.

Je ne lui avais pas demandé comment il avait réussi à contacter Belov et je n'avais pas l'intention de le faire. Il y a certaines choses qu'il vaut mieux ne pas savoir. Peut-être Joe avait-il des contacts dans le Milieu.

1. « Entreprise de bois de charpente et de construction du nord de l'Ohio ». *[NdT]*

Nous prîmes l'escalier roulant qui mène au centre commercial. D'habitude, l'escalier vous débarque au milieu du tumulte des conversations dans l'espace réservé à la restauration, mais vu l'heure matinale, tout était fermé et très calme. Dans la partie centrale, une grande fontaine coulait en cascade et les employés des magasins s'activaient, se préparant à recevoir la foule qui n'allait pas tarder à arriver. Je ne suis pas un fou du shopping, mais je dois dire que j'aime bien traverser Tower City quand je suis en ville. C'est un lieu magnifique avec de longues rangées de fenêtres donnant sur les vieux bâtiments de l'ancien quartier commercial installé sur les rives du fleuve. Ce jour-là cependant, je n'avais pas le temps d'admirer la vue. J'étais trop occupé à chercher Belov ou ses sbires. Il y avait peu de monde dans le centre, mais assez pour que je me sente relativement en sécurité. Ce sentiment disparut brusquement lorsque quelqu'un s'approcha de moi et me colla le canon d'une arme dans le dos.

À côté de moi, j'entendis Joe qui disait :

– Bonjour, messieurs.

Je ne me hasardai pas à tourner la tête, mais je me dis que Joe devait lui aussi avoir une arme dans le dos.

– Bonjour, répondit l'homme derrière moi. (Il avait un léger accent de l'Est.) Nous allons nous rendre dans le parking et, ensuite, nous irons voir M. Belov. C'est bien ce que vous voulez, non ?

– Oui, oui.

– Parfait.

Une main se glissa sous ma chemise et me prit mon Glock d'un geste rapide et précis. La cassette était toujours dans ma poche.

– Vous pouvez vous retourner maintenant.

Je fis volte-face et me retrouvai face à un homme aux yeux d'un bleu incroyablement clair. On aurait dit deux morceaux de glace. Il était grand – une bonne tête de plus que moi – avec des cheveux fins couleur paille, des épaules larges et un corps tout en muscles. Il m'adressa un grand sourire aux dents éblouissantes de blancheur.

– Nous sommes de vieux amis, n'est-ce pas ? dit-il. En tout cas, on devra faire comme si.

Je compris ce qu'il voulait dire. Son acolyte était beaucoup plus petit et replet, avec des cheveux noirs hirsutes et une barbe de plusieurs jours. Tous deux portaient des jeans et des anoraks ouverts qui laissaient voir les armes enfoncées dans la ceinture de leurs pantalons.

– Tu crois qu'ils vont nous rendre nos armes ? dis-je en regardant Joe.

– On verra bien, me répondit-il en haussant les épaules.

Nous suivîmes les Russes sur l'escalier roulant qui menait au parking. L'homme aux yeux bleus nous conduisit vers une Lincoln Town Car noire et se glissa derrière le volant. Joe et moi montâmes à l'arrière, suivis du petit homme brun.

– Une Town Car, dis-je. Joli choix. Très tendance dans le milieu du crime organisé.

Personne ne rit. C'étaient des durs, des vrais.

Nous quittâmes le parking et prîmes la direction du fleuve. Je m'efforçai de rester calme et de respirer régulièrement, pianotant des doigts sur le bord de la portière. Détendu. Il n'y avait aucune raison de s'inquiéter, pas vrai ? Même si nous aurions préféré qu'ils nous laissent nos armes.

L'homme aux yeux bleus prit le Cleveland Memorial Shoreway [1] qui nous ramena de l'autre côté du fleuve, puis il tourna dans Lake Avenue. Quelques décennies plus tôt, c'était là que se trouvaient certaines des plus luxueuses demeures de la ville. Aujourd'hui, les riches

1. Autoroute express qui longe les rives du lac Érié. *[NdT]*

partaient vivre en banlieue, mais il y avait encore quelques très belles maisons dans l'avenue. Nous nous garâmes dans l'allée conduisant à l'une d'elles, une imposante bâtisse de style victorien.

– Une des maisons de M. Belov, dit l'homme aux yeux bleus.

Une d'elles. Elle coûtait probablement plus d'argent que j'en gagnerais en dix ans, mais, pour Belov, c'était juste un endroit tranquille au bord du lac.

Nous descendîmes de voiture, le barbu sortit à nouveau son arme. Et l'agita en direction d'une porte latérale.

– Entrez.

J'ouvris la porte, tous me suivant à l'intérieur de la maison. Nous nous trouvâmes sur un étroit palier. Quatre marches vers la cuisine, d'autres descendant vers une porte close.

– En bas, dit le barbu.

Je descendis les marches et ouvris la porte. La pièce avait été aménagée en bureau. Elle contenait un bureau noir surmonté d'un plateau de verre, une table basse également en verre, un petit bar avec une bouteille de Scotch, une télévision grand écran et plusieurs chaises de bureau noires. Le barbu me poussa vers une des chaises. Un petit homme à moustache était assis derrière le bureau. Chemise blanche et cravate bordeaux ; visage marqué de rides profondes, yeux marron soulignés de cernes sombres qui lui donnaient l'air fatigué. À le voir comme ça, on l'aurait pris pour le comptable d'une petite entreprise, du genre qui se rend tous les matins au même bureau depuis quarante ans et rêve de prendre sa retraite dans un trois-pièces à Parma [1].

– Les voilà, monsieur Belov, dit le barbu.

1. Ville limitrophe de Cleveland dans le comté de Cuyahoga, Ohio. *[NdT]*

Il fit le tour du bureau et posa nos armes par terre, aux pieds de son maître. L'homme aux yeux bleus s'appuya contre le mur, la main à vingt centimètres de la crosse de son pistolet.

– Lequel de vous deux est M. Pritchard ? demanda Belov.

Il parlait doucement, mais dans sa voix il y avait une tension qui laissait supposer qu'elle pouvait facilement devenir puissante.

– C'est moi, dit Joe.

Belov lui adressa un léger signe de tête.

– Vous avez une manière intéressante d'entrer en contact avec moi, monsieur.

– Je ne savais pas trop comment m'y prendre. J'espère que je ne vous ai pas offensé.

– Pas du tout. Et ma femme de ménage a apprécié les cinquante dollars.

Je regardai Joe.

– Tu as donné cinquante dollars à sa femme de ménage ?

– Et un message, ajouta Joe. Elle m'a promis de le faire parvenir à M. Belov. Il m'a appelé peu après.

Et moi qui m'étais imaginé qu'il avait des contacts dans le Milieu !

– Et vous, qui êtes-vous ? demanda Belov en posant sur moi un regard éteint.

– Lincoln Perry. Son associé.

Il m'observa un instant, puis, d'un geste de la main, il désigna le barbu.

– Je vous présente Alexander.

Puis, passant à l'homme aux yeux bleus, il ajouta :

– Et ça, c'est Thor. C'est un homme instable et dangereux. Je vous conseille de ne pas le contrarier.

Je jetai un coup d'œil à Thor par-dessus mon épaule : ses yeux bleu de glace fixaient le mur devant lui, comme s'il ne me voyait pas. Mais j'étais persuadé qu'aucun mouvement ne lui échappait. Et que Belov ne mentait pas en disant qu'il était dangereux.

– Maintenant que les présentations sont faites, nous pouvons commencer, reprit Belov comme s'il se préparait à ouvrir une réunion sur les avantages de l'achat d'appartements en multipropriété.

Il avait les mains sur le bureau, le bout de ses doigts en contact avec le plateau de verre et les paumes légèrement surélevées, comme s'il était en train de jouer du piano. Il se mit à tapoter doucement le dessus du bureau et braqua son regard sur nous.

– Et donc, vous possédez une cassette qui est censée m'intéresser.

– Oui, dit Joe. Je suis sûr qu'elle va vous intéresser.

– Et vous voulez quelque chose en échange, dit Belov en tapotant le bureau.

Ce n'était pas une question.

– Oui, dit Joe.

– Et de quoi s'agit-il ?

Joe m'adressa un signe de tête.

– Une femme et sa gamine possèdent des informations qui pourraient nuire à certains membres de votre organisation, dit-il.

– Mon organisation, répéta Belov.

– Oui. Ces individus ont déjà tenté de les tuer et j'ai bien peur qu'ils essaient à nouveau. Pourriez-vous veiller à ce que cela ne se produise pas ?

Son regard n'avait toujours pas quitté le mien.

– J'ignore de quelle femme et de quelle gamine vous parlez.

– C'est vrai, vous l'ignorez probablement. Mais certains de vos associés, eux, sont au courant. Et ce sont eux qui nous préoccupent, monsieur.

– Et qu'a fait cette femme pour s'attirer ces problèmes ?

– Elle n'a rien fait, dis-je. Son mari était détective privé, comme nous. Il a enregistré quelque chose qui aurait dû rester secret. Vos associés l'ont appris et veulent récupérer la vidéo de l'enregistrement. Ils veulent aussi tuer la femme parce qu'ils pensent qu'elle a vu cette vidéo alors qu'en fait ce n'est pas le cas.

– Et son mari ? Le détective ?

– Il est mort.

Il cessa de tapoter sur le bureau, cette absence soudaine de mouvement évoquant les quelques secondes qui précèdent l'explosion imminente, comme quand la mèche ayant fini de brûler, la charge n'a toujours pas pété.

– Qu'y a-t-il sur cet enregistrement ?

Je jetai un coup d'œil à Joe avant de reporter mon attention sur Belov.

– Des informations sur la mort de votre fils.

– Quelles informations ?

– Allez-vous faire en sorte qu'il n'arrive rien à cette femme et à sa fille ?

– Quelles informations ? répéta-t-il comme s'il n'avait pas entendu.

Il semblait plus tendu et derrière moi Thor s'était écarté du mur et se tenait bien droit. La mention du fils de Belov avait visiblement capté leur attention.

– Je voulais vous entretenir d'un certain Jeremiah Hubbard, poursuivis-je. Je suis sûr que vous avez déjà entendu parler de lui. Le mari de cette femme travaillait pour lui. Il extorquait des informations qui permettaient à certains de faire pression sur des gens… dans le cadre d'acquisition de biens. Ils s'intéressaient de près à un établissement dénommé *The River Wild*, dont vous êtes propriétaire, si je ne me trompe.

Belov garda le silence, mais me fit signe de continuer.

– Votre fils a été assassiné. Probablement dans l'établissement dont je viens de parler parce que ce détective y avait placé des caméras de surveillance. Nous avons l'enregistrement.

Il s'enfonça dans son siège, son regard passant de Thor à moi. Son expression n'avait pas changé, seule sa respiration s'était accélérée.

– Vous avez cette cassette ?

– Oui, dis-je en la sortant de ma poche pour la poser sur le bureau.

Belov la tendit à Alexander qui la glissa dans la fente d'un magnétoscope placé au-dessus de la télévision. Belov fit pivoter sa chaise pour faire face à l'écran et Alexander appuya sur la touche lecture. Un écran bleu s'afficha pendant quelques secondes, puis une pièce apparut. À côté de moi, Joe, penché en avant, observait intensément l'écran. J'avais oublié qu'il n'avait pas encore vu la cassette.

Nous regardâmes en silence : les rires autour de la table, le coup de feu, l'enlèvement du corps et le nettoyage après. Belov ne dit pas un mot et les autres non plus. Il ne bougea pas d'un pouce et resta les yeux rivés sur l'écran, sans la moindre réaction. Lorsque l'écran repassa au bleu, Alexander éteignit la télévision. Il se déplaçait prudemment, comme s'il avait peur de déranger Belov.

Pendant un long moment, celui-ci garda les yeux braqués sur l'écran vide. Lorsqu'il parla enfin, ce fut sans se retourner.

– La femme et la fille. Et elles s'appellent ?

– Julie et Betsy Weston, dis-je. Wayne Weston, c'était le père. Vous avez dû entendre parler d'eux aux informations ces derniers temps.

– Et M. Weston est mort ?

– Oui.

– Savez-vous qui l'a tué ?

– Non. Peut-être les hommes de la vidéo ou quelqu'un qui travaille pour Jeremiah Hubbard. Nous ne savons pas.

– Et certains de ces individus recherchent cette femme et sa fille ? demanda-t-il, toujours le dos tourné.

– Oui. Ils les ont suivies en Caroline du Sud. Ou bien, ils m'ont suivi moi. J'en ai tué un il y a deux jours.

Je n'avais pas à le lui dire, mais je ne voyais pas non plus pourquoi je le lui aurais caché.

Il ne réagit pas. Au bout d'un moment, je repris en ces termes :

– La femme va bientôt quitter la ville. Elle ne se sent plus en sécurité ici et veut s'en aller. Et nous, nous voulons qu'elle puisse partir tranquille, sans être poursuivie par vos hommes ou ceux d'Hubbard. Nous espérons que vous pourrez nous arranger ça. Je pense que cette vidéo le vaut bien.

– La police a-t-elle vu cet enregistrement ?

– Non. (J'hésitai un instant, mais décidai de ne pas lui mentir.) Mais les flics le verront bientôt. Probablement aujourd'hui, en fait.

À ces mots, Alexander marmonna quelque chose entre ses dents, mais Belov ne réagit pas. Cinq bonnes minutes s'écoulèrent sans que personne ne dise mot. Je n'avais rien de plus à ajouter et Dainius Belov n'était pas le genre d'homme que l'on presse à prendre une décision. Lorsque enfin il reprit la parole, ce fut pour énoncer deux courtes phrases.

– Il ne sera fait aucun mal à cette femme et à sa fille. Vous pouvez partir.

Thor ouvrit la porte et s'écarta pour nous laisser passer. Alexander alla ramasser nos armes avant de nous emboîter le pas. Ni Joe ni moi ne nous adressâmes à Belov avant de sortir. Toujours face à l'écran, il ne s'était pas retourné.

Nous grimpâmes les quelques marches menant à la sortie et nous dirigeâmes vers la voiture. Thor nous reconduisit jusqu'au parking de Tower City et à notre arrivée Alexander nous rendit nos armes. J'ouvris la portière et descendis de voiture, puis je me retournai et fis signe à Thor de baisser sa vitre.

– On peut lui faire confiance ? lui demandai-je.

Il m'adressa un petit sourire. Amusé par ma question.

– Elles sont plus en sécurité maintenant que jamais.

La vitre fut remontée et la Town Car s'éloigna.

Nous restâmes un instant à les regarder partir. Je m'appuyai contre une voiture et poussai un soupir de soulagement.

– Belov n'a pas vraiment l'air de l'homme le plus dangereux de la ville, tu ne crois pas ? dit Joe.

– Non, c'est vrai. Mais je suis convaincu qu'il l'est quand même.

– Moi aussi.

– Et tu penses que Thor dit vrai ?

– Quand il a dit que Mme Weston et sa fille étaient plus en sécurité maintenant que jamais ? demanda Joe en hochant la tête. Oui, j'en suis convaincu. Un mec comme ça ? Comment peut-on mettre sa parole en doute ?

Nous regagnâmes nos voitures. Avant de monter dans sa Taurus, Joe me lâcha :

– J'avais imaginé des cris, des jurons, des menaces. Au moins deux ou trois allusions à la manière dont nos cadavres pourraient être balancés dans le Cuyahoga. Au lieu de ça, on aurait dit qu'il discutait des cours de la Bourse.

– C'est vrai.

– C'est ça qui m'a vraiment fichu les jetons.

– Oui. Moi aussi, dis-je.

24

Nous prîmes le chemin de mon appartement. Dès que je m'engageai dans l'avenue qui conduisait chez moi, je me sentis mieux. J'étais de retour et les choses semblaient s'arranger. Même si Julie s'apprêtait à quitter la ville. Cette pensée gâcha ma bonne humeur.

Au lieu de rentrer chez moi, je transférai mes affaires de la Ford Contour à mon pick-up. J'en avais ras le bol de cette petite bagnole. Dès que j'eus changé de véhicule, nous partîmes pour le bureau. Je trouvai le numéro de téléphone de Sellers et lui passai un coup de fil. Il se souvenait de moi et lorsque je lui fis part de ma proposition, il faillit avoir une attaque. Il m'assura que Laura Winters allait me rappeler immédiatement. En sa qualité de procureur, elle avait déjà plaidé dans plusieurs affaires concernant la Mafia russe de Cleveland et d'après Sellers elle serait probablement ravie à l'idée de s'attaquer à Jeremiah Hubbard. Conformément à ce qu'avait dit Sellers, elle rappela au bout de quelques minutes. Je lui racontai ce qui s'était passé et fus impressionné par sa façon de garder le silence et d'écouter toute l'histoire sans se mettre à crier parce que j'aurais dû avertir les autorités plus tôt, comme l'avait fait Sellers.

– C'est une très grosse affaire, monsieur Perry, dit-elle enfin. Quand pourrez-vous nous amener Mme Weston ?

– Cet après-midi.

– Très bien. Je l'attends à une heure. Avec vous et votre associé. D'après ce que j'ai cru comprendre, la police vous recherche, mais je ne me mêlerai pas de ça pour le moment parce que je n'ai pas envie de les voir débarquer ici avant d'avoir pu m'entretenir avec Mme Weston.

Elle avait une voix ferme et résolue. Probablement le genre de femme qui ne mâchait pas ses mots au tribunal.

– Merci, dis-je.

Je savais qu'elle n'allait pas apprécier ce que j'avais à lui dire, mais il valait mieux la préparer au téléphone – avant de me trouver à portée de sa main.

– Il y a autre chose, madame Winters, ajoutai-je. Une journaliste est déjà au courant. Un article devrait sortir demain.

Pendant quelques instants, le silence s'installa sur la ligne.

– Monsieur Perry, dit-elle enfin, vous allez être un emmerdeur de première, pas vrai ?

Je souris, mais seulement parce que je savais qu'elle ne pouvait pas me voir.

– J'espère que non, madame. Mais je sais que ce n'est pas génial comme début. N'oubliez pas que c'est moi qui vous amène Julie Weston et la cassette. Ça devrait aider un peu, non ?

– C'est vrai, mais ce n'est pas sûr. On se voit à une heure, conclut-elle avant de me raccrocher au nez.

Joe leva les yeux vers moi.

– Alors… ? C'est bon ?

– Elle veut nous voir à une heure.

Nous retournâmes à la maison du lac dans mon pick-up. Amy y avait rejoint Julie, Betsy et John. Je leur racontai notre visite chez Belov et expliquai à Amy qu'elle ne pourrait pas en parler dans son article. Elle me dit qu'elle comprenait. Je lui faisais confiance comme à peu d'autres – comme Julie me l'avait fait remarquer la veille.

Tout le monde était d'humeur joyeuse, sauf moi. J'étais tendu, depuis l'instant même où je m'étais réveillé en me jetant sur mon arme. Les paroles de Belov n'avaient pas suffi à me rassurer. Krashakov et les autres étaient toujours après nous et avaient déjà réussi à nous retrouver une fois.

Pendant que nous étions tous à l'intérieur de la maison, Joe emmena Betsy jouer dehors. J'étais stupéfait de voir combien il appréciait la compagnie de la fillette. Depuis le temps que je le connaissais, je ne l'avais jamais vu avoir la moindre affinité avec les enfants.

– Vous sentez-vous prête à rencontrer Winters ? demandai-je à Julie tandis que nous étions en train de manger.

Elle finit de mastiquer et fronça les sourcils.

– Je crois, oui, dit-elle en hochant la tête. Mais je n'ai pas vraiment le choix, si ?

John tendit le bras vers elle et lui tapota la main.

– Ça va bien se passer.

J'étais sur le point d'ouvrir la bouche lorsque Joe franchit le seuil, l'air renfrogné.

– Madame Weston, pouvez-vous venir, je vous prie.

À l'expression de son visage, Julie comprit que quelque chose n'allait pas. Elle laissa tomber son sandwich dans son assiette.

– Qu'est-ce qu'il y a ?

Son instinct de mère la faisait réagir avant même que Joe puisse s'expliquer.

– Nous étions en train de jouer à cache-cache tous les deux, dit Joe. Mais je ne sais pas où elle est passée et elle ne répond pas quand je l'appelle.

J'avais bondi de ma chaise avant même que Julie ait pu bouger, ma main cherchant instinctivement mon arme. Nous y voilà, pensai-je. Ce mauvais pressentiment que je n'avais pas réussi à chasser… Les Russes nous attendaient et ils tenaient Betsy.

Joe me posa la main sur l'épaule et me retint au moment où je m'apprêtai à franchir le seuil.

– Détends-toi, LP. La gamine s'est planquée, c'est tout. J'étais dehors avec elle et je peux t'assurer qu'il n'y a personne.

– Alors, allons la chercher.

Nous passâmes tous sur la terrasse, moi en tête. Julie appelait Betsy tandis que je scrutais la forêt alentour, guettant le moindre mouvement, la main dans le dos, prêt à dégainer.

– Elizabeth Ann Weston, tu viens ici tout de suite ! cria Julie.

Sa voix se fit plus aiguë sur la fin, trahissant un début de panique.

Nous étions tous sur la terrasse, attentifs au moindre bruit. Mais seul un silence glacial répondait à nos cris.

– Merde, dis-je en me précipitant vers les marches. Ils sont ici.

– Attends, dit Amy en m'agrippant le bras. Écoute.

Nous nous figeâmes tous pour tendre l'oreille et, cette fois, je l'entendis moi aussi. Un petit filet de voix à l'autre bout de la maison.

Nous nous précipitâmes, suivis de John Weston qui clopinait en pestant abondamment contre ses mauvaises jambes. À l'autre bout de la maison, la voix de Betsy nous parvint plus distinctement.

– Je suis coincée, criait-elle.

– Elle est ici, dit Joe en posant un genou à terre tout contre le mur. Il doit y avoir un vide sanitaire sous la maison.

Il tira sur un panneau de bois court et carré à la base du mur. Sans succès. Il poussa un grognement, s'agrippa des deux mains au morceau de bois et tira un grand coup.

Le panneau se détacha, révélant un espace sombre, froid et humide au-dessous de la maison – et le visage effrayé d'une adorable petite fille à l'intérieur.

– Je suis désolée, dit-elle, et ses yeux se remplirent de larmes à la vue de nos visages inquiets. J'étais coincée. J'ai tiré la porte pour qu'il ne puisse pas me voir et elle s'est bloquée.

Les larmes roulaient sur ses joues. Joe la saisit sous les bras et la tira doucement vers lui avant de la passer à Julie. Celle-ci caressa les cheveux de sa fille et lui murmura des mots doux à l'oreille. Elle la tenait inhabituellement serrée contre elle, comme quelqu'un qui vient d'échapper à un terrible incendie.

Je respirai un grand coup et m'appuyai contre le mur un instant. Amy croisa mon regard et me sourit. Je hochai la tête et souris à mon tour. La décharge d'adrénaline que je venais de ressentir n'avait rien à envier à ce que j'avais vécu en Caroline du Sud.

– C'est une sacrée bonne cachette, il faut le reconnaître, dit Joe en jetant un coup d'œil dans le vide sanitaire. Je suis épaté qu'elle y soit entrée. La plupart des filles de son âge ne s'y risqueraient pas sans lampe électrique, même pour tous les bonbons du monde.

C'en était fini de la partie de cache-cache. Nous retournâmes dans la maison, certains se mettant à bavarder, d'autres s'asseyant en silence. Betsy cessa de pleurer très vite et nous tentâmes de minimiser la peur qu'elle nous avait faite. Sans y penser vraiment, je me levais toutes les deux ou trois minutes pour m'approcher de la fenêtre et observer la lisière de la forêt. Au cours des quelques minutes où Betsy avait disparu, je m'étais persuadé que les Russes étaient arrivés. Et même maintenant que nous l'avions retrouvée, ce sentiment ne me quittait pas. Au bout d'un moment, Joe me donna une petite tape sur l'épaule et me fit signe de le suivre sur la terrasse.

– Qu'est-ce qu'il y a ? lui demandai-je après avoir refermé la porte derrière moi.

– Nous avons rendez-vous avec Winters dans quelques heures. Ce n'est pas la peine de trimballer la gamine là-bas, ni elle ni son grand-père. Winters veut nous voir et parler à Julie, c'est tout, pas la peine d'y aller plus nombreux. Plus nous serons, plus les choses seront compliquées et ce n'est pas vraiment ce qu'on recherche.

– Et alors ?

– Et alors, je n'ai pas très envie de laisser John ici, tout seul avec la gamine.

La brève disparition de Betsy l'avait secoué, lui aussi.

J'acquiesçai d'un signe de tête.

– Moi non plus. J'ai un mauvais pressentiment depuis qu'elle est restée coincée dans ce trou. Mais Julie n'est pas encore prête à voir débarquer des flics.

– Je sais. C'est pour ça que je pensais appeler Kinkaid.

Je fronçai les sourcils.

– Julie a assez de soucis comme ça pour aujourd'hui.

– Elle n'aura pas besoin de le voir. Tu commences à partir avec elle et moi, j'attends qu'il arrive. Il faut quelqu'un ici, LP, et il est parfait pour la situation. Mais bon… si tu ne veux pas, on peut toujours laisser la gamine avec un mec de soixante-dix ans pour veiller sur elle, ajouta-t-il avec un haussement d'épaules. C'est toi qui décides.

Je jetai un coup d'œil par la fenêtre et aperçus Betsy et John Weston. Puis je repensai à Krashakov et à Rakic et hochai à nouveau la tête.

– Appelle-le.

Joe sortit son portable et appela depuis la terrasse. Je l'entendis expliquer à Kinkaid comment venir et me rappelai ce que Julie m'avait dit sur l'incident qui avait eu lieu entre eux. D'après elle, il lui avait juste fait des avances un soir où il était un peu pompette et elle l'avait très vite oublié. Mais, apparemment, il n'en était pas allé de même pour lui. Je savais qu'il avait terriblement envie de la revoir et me sentais presque coupable de partir avec elle avant qu'il arrive. Non en fait : pas tant que ça.

– Tu ne lui as pas dit que Betsy serait là, dis-je lorsqu'il eut raccroché.

Il fit non de la tête.

– Je le lui dirai dès qu'il sera là. Je ne voulais pas lui annoncer que Julie était ici, mais qu'elle n'y serait plus quand il arriverait. Ça me paraissait un peu dégueulasse.

– Il faudra bien qu'il s'y fasse.

– C'est vrai.

Julie et moi partîmes peu de temps après. John Weston la serra dans ses bras et posa un baiser sur sa joue avant de retourner s'asseoir sur le canapé, les yeux rivés sur sa petite-fille. Joe patienta en attendant l'arrivée de Kinkaid et Amy partit pour Cleveland – elle voulait commencer à travailler sur son article. Sur la route, j'annonçai à Julie que Kinkaid allait venir pour veiller sur sa fille et sur John Weston.

– J'espère qu'il ne s'est pas mis dans la tête qu'il était amoureux de moi, dit-elle.

– En tout cas, il fait bien semblant.

– Ah, c'est horrible ! Est-ce qu'il sera encore là quand nous reviendrons ?

– Oui. Ça vous ennuie ?

– Non, ce n'est pas grave.

Je traversai le centre-ville lentement pour laisser à Joe le temps de nous rattraper. L'idée de laisser mon arme ne me plaisait pas, mais je savais qu'il me faudrait franchir le détecteur de métaux pour pouvoir pénétrer dans le bureau du procureur. J'abandonnai donc mon Glock dans le vide-poche central fermé à clé. Nous pénétrâmes dans le bâtiment pour y attendre

Joe. Au bout d'un quart d'heure, il n'était toujours pas arrivé. Ou bien Kinkaid était en retard, ou bien il s'était passé quelque chose. Je commençais à m'inquiéter lorsque je le vis grimper les marches et pénétrer dans le bâtiment au pas de course.

– Désolé, dit-il en nous suivant vers le bureau de Winters. Kinkaid voulait plus d'explications que ce que j'étais prêt à lui donner. Sûr qu'il va nous poser des questions quand nous reviendrons.

La porte du bureau s'ouvrit avant que j'aie eu le temps de répondre et une femme parut sur le seuil. Proche de la cinquantaine, belle femme, visage énergique et cheveux auburn. Elle nous regarda tous les trois, s'attardant un instant sur Julie, avant de nous adresser un sourire forcé.

– Quelle bonne surprise ! dit-elle. Et moi qui comptais rentrer tôt ce soir. Lequel de vous est Lincoln Perry ?

– C'est moi.

Nous échangeâmes une poignée de main.

– Voici comment nous allons procéder, reprit-elle. Je ne vais pas vous voir ensemble. Je vous parlerai l'un après l'autre, et puisque c'est vous qui m'avez appelée, monsieur Perry, c'est vous qui allez commencer. Mme Weston et M. Pritchard attendront.

Joe et Julie allèrent s'asseoir sur les chaises de la salle d'attente tandis que je suivais Winters dans une petite salle de conférences. Elle referma la porte qu'elle avait tenue ouverte pendant tout ce temps, alla s'asseoir derrière son bureau et joignit les mains.

– Il faut que je sache un peu ce que cette femme va me raconter, dit-elle. Et c'est vous que j'ai désigné pour ce travail ; c'est quand même vous qui avez choisi de m'impliquer dans ce beau merdier.

Je lui expliquai brièvement l'affaire. Elle m'écouta sans dire un mot, ce qui m'impressionna au plus haut point. Rares sont les représentants de la loi qui savent écouter en la bouclant.

– Quelle histoire ! dit-elle lorsque j'eus terminé. Et Mme Weston a cette vidéo avec elle ?

– Oui, elle aurait pu nous permettre de faire tomber certains individus, mais il se peut qu'il soit déjà trop tard.

– Et pourquoi donc ?

– Si Dainius Belov a découvert qui avait tué son fils, les coupables n'auront pas eu le temps d'être jugés, disons… de manière officielle.

– Y a-t-il la moindre raison qui nous permette de croire qu'il ait pu découvrir l'assassin de son fils ? demanda-t-elle en scrutant mon visage.

– C'est la Mafia, madame Winters, dis-je en haussant les épaules. On règle ses comptes entre soi et soi.

– Je vois, dit-elle en tapotant du pied et me fixant du regard. Mais vous savez ce que je me dis en vous regardant ?

– Que vous aimeriez avoir vingt ans de moins et être célibataire ?

Un léger sourire se dessinant sur ses lèvres, elle soupira et hocha la tête.

– Non. Que j'aimerais assez que vous me disiez ne serait-ce que la moitié de ce que vous savez vraiment. Mais demandons plutôt à Mme Weston de se joindre à nous. Je vais laisser votre associé dans les coulisses pour le moment. Il y a d'autres personnes qui ont très envie de vous voir, vous et Mme Weston.

– Voulez-vous que je sorte ?

– Non, j'ai changé d'avis. Vous allez rester parce que je suis loin d'en avoir fini avec vous. J'ai bien peur que vous n'ayez pas la moindre idée de ce qui vous attend, monsieur Perry, dit-elle en ouvrant la porte pour faire entrer Julie.

– Ah non ?

– Je suis un des derniers bastions de la vieille école, précisa-t-elle.

– Je vois.

Elle pivota sur ses talons.

– Et une sacrée dure à cuire.

Je ne pus m'empêcher de rire.

– L'après-midi va être long, c'est ça ?

– Avec tout ce que vous m'avez raconté, vous vous trompez si vous croyez en avoir fini en un après-midi.

Swanders entra, accompagné d'un autre procureur et d'un des supérieurs du FBI. Il était petit et peu loquace, mais son visage se rembrunit considérablement quand je lui fis part de mes soupçons sur l'agent Thaddeus Cody. Swanders évita de croiser mon regard pendant presque tout le temps que dura l'entretien. Je n'arrivais pas à savoir s'il était en colère contre moi ou s'il était gêné de n'avoir rien su de toute cette affaire. Probablement un peu des deux.

Lorsqu'ils eurent fini avec Julie et moi, Winters ouvrit la porte pour faire entrer Joe. Je m'en voulais qu'il ait dû rester dehors tout ce temps – l'attente avait dû être longue et pénible. Dès qu'il fut entré, Winters ressortit dans le hall pour demander à Julie où se trouvait Betsy.

– Elle est avec son grand-père, dit Julie. En lieu sûr.

– Madame Weston, je ne peux pas le permettre. Je ne peux pas accepter que vous ou votre fille soyez dans un lieu inconnu et j'ai bien peur de devoir vous mettre sous la protection de la police dès maintenant. Je vais être obligée de vous demander de rester dans un hôtel de la ville où je pourrais m'assurer que vous bénéficiez d'une protection adéquate.

– D'accord, dit Julie comme si elle ne voyait aucun inconvénient à être sous la surveillance de la police.

J'essayai de ne pas la regarder.

– Et maintenant, si vous voulez bien me dire où se trouve votre fille, j'enverrai un policier la chercher pour qu'il la ramène ici.

Julie fronça les sourcils.

– Avec tout le respect que je vous dois, madame, cette idée ne me plaît pas du tout. Les jours à venir vont être difficiles pour elle et je n'ai pas envie qu'un officier de police commence par aller l'enlever à son grand-père. Si vous voulez que nous restions à l'hôtel, permettez que Lincoln me raccompagne pour aller chercher Betsy et la ramener ici.

Winters n'aimait pas trop, mais ne s'y opposa pas.

– Je veux qu'elle soit au Marriott près de l'aéroport dès que possible, me dit-elle. Des policiers vous y attendront et ils auront une chambre pour vous. Dès que vous serez installée, nous nous reverrons.

– Devons-nous attendre Joe ? demandai-je.

– Je sais que c'est votre associé, Perry, mais vous ne devriez pas avoir besoin de lui pour jouer au taxi, répondit Winters en levant les yeux au ciel. Allez chercher la fillette et ramenez-les toutes les deux au Marriott. Je veillerai sur votre associé.

– Si vous restez seule avec lui, laissez-moi au moins lui laisser une arme supplémentaire.

– Allez chercher la fille, monsieur Perry, répéta-t-elle avant d'entrer dans la salle de conférences et d'en refermer la porte.

Je conduisis Julie jusqu'à la petite maison du lac. Pendant le trajet, elle voulut savoir comment s'était passée notre rencontre avec Belov. Je me contentai de lui dire qu'il avait promis qu'il ne leur arriverait rien. Je ne lui parlai pas des méthodes que Belov allait probablement utiliser pour assurer leur sécurité.

– Avez-vous pu parler à John sans que Betsy soit là ? demandai-je.

– Oui.

– Sait-il que vous avez prévu de disparaître ?

– Oui.

Je quittai l'autoroute des yeux et me tournai vers elle.

– Quand pensez-vous partir, Julie ?

– Demain.

Je portai à nouveau mon regard sur la route.

– Je vois.

Nous gardâmes le silence jusqu'à la maison du lac. Je m'arrêtai derrière la voiture de Kinkaid et au moment où je refermai le coffre, il apparut sur la terrasse en nous faisant un signe de la main. Je me tournai vers Julie.

– Il va vouloir vous parler, dis-je. Et je vais lui laisser l'occasion de le faire. Mais soyez brève parce que je dois vous ramener en ville avant que Winters envoie une équipe à notre recherche.

– Très bien.

– Lincoln, content de vous revoir, vieux, dit Kinkaid tandis que nous nous dirigions vers la maison. (Il me donna une poignée de main chaleureuse sans lâcher Julie des yeux.) Au début, j'étais furieux d'avoir été tenu à l'écart, mais maintenant je comprends mieux la situation et je ne vous en veux pas.

– Bonjour, Aaron, dit Julie.

Betsy bondit du canapé et se précipita vers sa mère pour l'enlacer. Elle décrivit un grand cercle pour éviter Kinkaid.

– Bonjour, Julie. Ça fait sacrément plaisir de vous voir, dit ce dernier.

Il avait l'air d'un adolescent maladroit à son premier rendez-vous. Son visage couvert de taches de rousseur avait viré au rouge.

Je m'éclaircis la gorge et me tournai vers John Weston, assis sur le canapé.

– John, on peut se voir dehors une minute ?

Il me suivit sur la terrasse. Je ne voulais pas laisser Julie seule avec Kinkaid, mais j'avais encore moins envie de l'entendre déclarer les sentiments qu'il avait pour elle – ce qui n'allait probablement pas tarder. Je racontai à John notre entrevue avec Winters et sa décision de placer Julie et Betsy sous la protection de la police dans un hôtel.

– C'est probablement une bonne chose, dit-il en détournant le regard.

Il ne dit pas un mot sur le fait que Julie avait décidé de partir loin et moi non plus.

– Eh bien, fiston, je suis vieux et fatigué, dit-il. Si vous les ramenez en ville, je vais rentrer chez moi. Surtout, dites bien à Julie qu'elle m'appelle de l'hôtel. Je les verrai demain.

Je l'assurai qu'il pouvait compter sur moi. Nous échangeâmes une poignée de main et il partit en boitillant vers sa Buick. Ne souhaitant pas me retrouver dans la maison entre Kinkaid et Julie, je grimpai dans mon pick-up et entrepris de trier les affaires que j'avais sorties de la voiture de location et jetées au fond de la cabine.

Une chemise cartonnée gisait sur le plancher. Le dossier d'embauche d'Hartwick. Je ne l'avais pas encore regardé. Je le ramassai et le feuilletai. Il n'était plus vraiment nécessaire de décortiquer son passé, mais j'avais du temps à perdre de toute façon. Lorsque je tombai sur la page listant ses références, je me figeai, les yeux rivés sur le troisième nom figurant sur la page.

– J'étais sûr qu'on n'aurait pas dû faire confiance à ce connard, lâchai-je tout haut.

Le troisième nom sur la liste des références citées par Randy Hartwick était Aaron Kinkaid. Et à l'époque de cette demande d'embauche – elle remontait à presque dix ans – la description du poste qu'occupait Kinkaid était encore plus intéressante : chef de la sécurité pour le cabinet Richard Douglass and Associates. Ainsi donc, Kinkaid avait travaillé pour l'avocat de Jeremiah Hubbard.

Je m'avançai sur la terrasse et jetai un coup d'œil à l'intérieur de la maison. Debout dans la cuisine, Kinkaid était en train de parler à Julie. Betsy s'était assise à la table. Je restai un moment à les regarder en me demandant ce qu'il savait et depuis combien de temps. C'était le moment – comme Randy Hartwick l'avait suggéré avant de lâcher son dernier soupir – d'obtenir quelques réponses. Avant de poser la main sur la poignée de la porte, je n'avais pas remarqué que j'avais les poings serrés.

– Hé, Aaron, dis-je en pénétrant dans la maison, je suis désolé de vous interrompre, mais il y a quelques petites choses que j'aimerais vous expliquer. C'est possible ?

– Bien sûr. C'est vous le chef.

Il me suivit dans une des petites chambres. Une fois seuls, il m'adressa un large sourire et m'asséna une tape sur l'épaule.

– Content de vous voir, Perry. Avec Pritchard, on s'est un peu inquiétés quand vous étiez dans le Sud.

Je lui rendis son sourire et lui décochai un direct du gauche en pleine mâchoire. Il partit en arrière, ébranlé, et porta les mains à son visage pour se protéger. Je lui balançai un coup de pied dans l'entrejambe et l'achevai avec un direct du droit derrière l'oreille. Il tomba à quatre pattes avant de s'affaler par terre et de se rouler en boule en essayant de reprendre haleine. Je sortis le dossier d'Hartwick de ma veste et le jetai par terre, tout près de sa figure.

– Chef de la sécurité pour le cabinet Richard Douglass and Associates, hein ? C'est génial ça, Kinkaid ! Et vous qui nous disiez n'avoir jamais rencontré Jeremiah Hubbard ! J'ai un peu de mal à le croire désormais.

– Je ne sais pas de quoi vous parlez, dit-il d'une voix rauque.

Il glissa sa main gauche sous sa chemise. Je lui décochai un coup de pied dans le ventre, glissai ma main sous sa chemise et en sortis le petit revolver calibre .32 qu'il avait dans son holster d'épaule. Apparemment, il avait abandonné son Colt Python pour quelque chose d'un peu plus discret. Je jetai le revolver à l'autre bout de la pièce, le forçai à s'asseoir et lui flanquai une grande gifle. Je ne voulais pas que le bruit inquiète Julie et Betsy, mais je voulais obtenir des réponses à mes questions.

– Dis-moi la vérité, espèce de connard ! repris-je en lui enfonçant mon pouce au point de compression près de la clavicule et le faisant se tordre de douleur. C'est toi qui as dit aux Russes que j'étais en Caroline du Sud, n'est-ce pas ?

– Non, dit-il en hochant la tête pour essayer de se libérer de mon étreinte.

– Aaron, ce petit jeu est terminé. Dis-moi la vérité.

– D'accord, dit-il en s'affaissant contre le mur. D'accord.

25

Quand Wayne Weston et Aaron Kinkaid s'étaient associés, Hubbard les avait contactés sur les conseils de Richard Douglass. La tâche qu'il souhaitait leur confier était simple : obtenir le plus de renseignements possibles sur des individus précis chaque fois qu'il en ferait la demande. Il offrait beaucoup d'argent, ils avaient accepté. Kinkaid m'expliqua que l'épouse d'Hubbard n'avait jamais été impliquée dans tout ça. C'était juste un truc qu'il avait balancé à Joe pour qu'il fasse le lien entre Weston et Hubbard.

Il n'y avait pas eu non plus le moindre problème entre les deux associés au sujet de Julie Weston.

– Il n'y a jamais rien eu entre Julie et moi, reprit-il. Un soir où j'étais pompette, je l'ai un peu allumée, mais on en a ri ensemble après coup.

Les deux associés avaient travaillé pour Hubbard pendant quelque temps, mais Weston étant manifestement plus doué, il avait rapidement passé la majeure partie de son temps sur les affaires du milliardaire. Après discussion, Kinkaid et Weston avaient décidé de se séparer – c'était le plus logique. Hubbard avait accepté de financer la société de surveillance de Kinkaid à Sandusky. Celui-ci avait donc quitté la ville et Weston était resté, enquêtant sur quelques affaires légitimes, mais exerçant essentiellement ses talents d'extorqueur professionnel. Il était doué et Hubbard avait fait de lui un homme riche.

Puis, l'hiver précédent, Hubbard s'était lancé dans un projet de construction dans le quartier des « Flats ». Weston s'était mis au travail, recueillant des informations sur Beckley et le propriétaire du *River Wild*. C'est à ce moment-là qu'il était tombé sur les Russes.

– Wayne a découvert que le proprio était de mèche avec la Mafia et a voulu laisser tomber, enchaîna Kinkaid. Mais Hubbard voyait là une occasion en or. Il se disait que s'il avait la moindre preuve, il pourrait menacer le mec de le dénoncer pour activités criminelles. Alors Wayne s'est introduit dans l'établissement et a installé une caméra sans fil pour savoir ce qui s'y passait.

La plupart des gens ne sont pas assez stupides pour oser s'en prendre à des individus associés à Belov, mais Hubbard était si puissant et depuis si longtemps qu'il ne pouvait même plus concevoir l'idée d'avoir peur de quiconque, même de quelqu'un comme Belov. Bref, quand Weston a eu la vidéo, son riche et arrogant patron a décidé de s'en servir, ajouta Kinkaid. Il l'a envoyée au proprio du bar sans le dire à Weston. Et, dès le lendemain, Krashakov est venu voir Hubbard. Apparemment, il avait intercepté la cassette avant que Dainius Belov la reçoive.

– Hubbard a négocié : il ne dirait rien si les Russes lui vendaient le *River Wild*.

– Et ils ont accepté ?

Il fit oui de la tête. Je n'en revenais pas.

– Les Russes ont vraiment négocié avec lui ? Pourquoi diable ne l'ont-ils pas liquidé ?

– Ils devaient se croire capables de se servir de lui, répondit Kinkaid en haussant les épaules. Ils ont tout de suite vu son potentiel. Après tout, Hubbard est quasiment le mec le plus riche de la ville. Pourquoi le tuer s'il pouvait leur servir un jour ?

Bien vu.

– Et comment tu t'es retrouvé mêlé à ça ?

– J'ai appelé Hubbard pour le prévenir que vous étiez sur le coup après la visite de Pritchard à Sandusky. Le lendemain, il m'a rappelé pour me dire que vous vous étiez pointés tous les deux dans son bureau pour lui poser des questions. Il m'a expliqué ce qui s'était passé avec Wayne et les Russes et m'a proposé beaucoup d'argent pour me rapprocher de vous et le tenir au courant de vos faits et gestes. Je lui ai dit que je ne me mêlerais de tout ça qu'après avoir parlé aux Russes pour m'assurer qu'ils ne me considéreraient pas comme une menace. J'ai rencontré Krashakov pour lui expliquer pourquoi ce serait une bonne chose que je bosse avec vous. Ça ne lui plaisait pas, mais il a accepté parce qu'il tenait vraiment à retrouver Julie et à mettre la main sur cette vidéo. (Il me regarda comme s'il était sur le point de me confier un secret.) Krashakov me fout vraiment la trouille.

J'eus à nouveau envie de le frapper, mais je retins mon geste.

– Qui a piégé le fils de Belov ?

– Tout ce que je sais, c'est que Krashakov voulait imposer sa loi et que le fils de Belov était le premier obstacle sur sa route. D'après moi, ça faisait un moment que l'ambiance était tendue entre eux, répondit-il en essuyant le sang qui lui coulait sur le menton. Moi aussi, je suis dans la merde, Perry. Wayne pensait que les Russes allaient le tuer et, maintenant, je suis dans la même situation. Vous croyez vraiment que j'ai envie d'être mêlé à tout ça ?

– Mais alors pourquoi vous en être mêlé, Kinkaid ?

Il poussa un grognement.

– Vous croyez que j'avais le choix peut-être ? C'est Hubbard qui finance mon entreprise. C'est lui, le patron. Et un mec comme ça, on ne lui dit pas non.

Je m'écartai et me mis à arpenter la petite chambre. Il me regardait d'un air méfiant.

– Et Cody ? Il est aussi au service d'Hubbard ?

– Je n'en sais rien, dit-il en fixant le sol.

Je me penchai vers lui, il me décocha un coup de poing maladroit que je n'eus aucun mal à éviter. Je lui passai mes mains sous les aisselles et le soulevai. Puis je le plaquai brutalement contre le mur, deux fois, et suffisamment fort pour faire trembler la porte. Julie et Betsy avaient dû entendre, mais j'étais trop en colère pour m'en préoccuper.

– Oui, dit-il. Oui, bordel, il paie Cody. Et maintenant, vous me lâchez, Perry. J'ai dit la vérité.

Je le lâchai et reculai de quelques pas.

– Alors, c'est quoi, le plan de Cody, exactement ?

– Il n'a pas fait grand-chose. Il faisait partie du groupe de travail du FBI qui essaie de faire tomber Belov et il savait que Weston était impliqué à cause des écoutes téléphoniques. Hubbard l'a payé pour qu'il ne mentionne pas son nom. Il n'était pas censé entraver l'enquête, il devait juste faire en sorte que le nom d'Hubbard n'apparaisse pas.

– Ce qui revient à dire qu'il entravait l'enquête, dis-je. Voyons, que je récapitule… Krashakov frappe un grand coup et élimine le fils de Belov. Mais qui devait vendre le *River Wild* à Hubbard ?

– Krashakov. C'était lui le patron dans l'affaire, même si ce n'était pas son nom sur les papiers.

– Dainius n'était pas au courant de l'affaire du *River Wild* ?

– Non. C'était l'initiative de Krashakov. Dans la mesure où Belov recevait sa part, il pouvait procéder à la vente.

– C’est toi qui as envoyé les Russes à mes trousses en Caroline du Sud, n’est-ce pas ?

Il se plaqua contre le mur comme s’il cherchait à s’y réfugier pour se protéger, mais cette fois il fut assez malin pour ne pas mentir.

– Oui.

Je repensai à Rakic et au gros blond à la carabine pointée sur moi et je serrai les dents.

– Et Hartwick ?

– Il n’était pas dans le trafic d’armes.

– Sans rire. Je veux parler de son assassinat, Kinkaid. C’est toi qui as monté ça aussi ?

– Non.

– Kinkaid, c’est terminé. Tu le comprends, non, espèce d’enfoiré ? !

Je flanquai un coup de pied dans le mur, juste à côté de sa tête, il sursauta comme si je l’avais touché.

– Tu vas me dire ce qui est arrivé à Hartwick, bordel !

– J’ai juste menti un peu sur lui. Mais pas quand je vous ai dit que c’était le mec le plus dangereux que je connaissais. C’était un taré, ce mec. Pour Hubbard, il n’était pas question qu’il se pointe ici, et pareil pour Krashakov. C’était comme ça avec Randy. Il n’était pas là pour enquêter, il était là pour tuer.

– Des conneries, tout ça ! Il essayait de trouver un moyen de protéger Julie et sa fille, comme Joe et moi. S’il avait voulu tuer Krashakov, il l’aurait fait et serait reparti en Caroline du Sud.

– Je n’en sais rien.

– Sûr que t’en sais rien, Kinkaid. Hartwick se pointe en ville et toi, tu vas dire à Krashakov où il peut le trouver, c’est ça ?

Il avait les yeux rivés sur le plancher sur lequel s’écoulaient des gouttes de sang qui formaient une petite flaque.

– Ils étaient au cimetière avec moi. Quand je vous ai laissés, vous et Pritchard, pour aller fumer une clope, je les ai appelés. Ils se sont garés près de votre bureau et ont attendu. Ce sont eux qui ont tiré du haut du cimetière. J'ai attendu quelques minutes et quand je vous ai entendus m'appeler, je suis venu jusqu'à la grille.

– Qui a tiré ?

– Krashakov. C'est un tireur d'élite.

– Pourquoi buter seulement Hartwick ? Pourquoi pas Joe et moi ?

– Je leur ai parlé de vos progrès dans l'enquête et leur ai dit que s'ils me laissaient encore quelques jours, je pourrais sans doute leur dire où se trouvaient les Weston et la cassette. Hartwick était trop dangereux pour…

Il ne termina pas sa phrase, mais j'en devinai aisément la fin : trop dangereux pour rester en vie.

– Et quand j'ai retrouvé Julie, tu as appelé Krashakov pour lui dire où nous étions, c'est ça ?

Je pensai à Betsy Weston, seule dans la chambre quelques minutes avant que Krashakov et ses sbires débarquent et fus envahi par un sentiment de colère comme je n'en avais jamais ressenti auparavant. Kinkaid les avait appelés et leur avait dit où nous étions, puis il les avait laissés prendre l'avion pour venir nous tuer.

Je m'avançai à nouveau vers lui, prêt à l'empoigner et à l'écraser contre le mur jusqu'à ce qu'il le traverse complètement, mais avant que j'aie pu faire un geste, la porte s'ouvrit et Julie Weston entra dans la pièce.

– Lincoln, dit-elle en regardant le visage ensanglanté de Kinkaid, qu'est-ce qui se passe ?

– Sortez, lui dis-je. Je n'ai pas terminé.

Elle ouvrit la bouche pour protester, jeta un coup d'œil à la flaque de sang sur le plancher et tourna les talons en refermant la porte derrière elle. Je me retournai vers Kinkaid. Il avait les yeux braqués sur la porte.

– Il y a quelque chose que je dois vous dire, ajouta-t-il.

– Sans déconner, Aaron ! T'en avais des choses à me dire !

– C'est super-important. Krashakov sait où nous sommes.

– Quoi ? !

– Je l'ai appelé quand j'ai su que vous étiez allés voir le procureur. Il a pété les plombs et m'a obligé à lui dire où était la gamine.

– Espèce de connard ! C'était quand ?

– Il y a disons… une heure. J'ai essayé de le calmer, mais il a menacé de me tuer. Je ne voulais pas qu'il déchaîne sa fureur contre moi, mais maintenant que j'ai vu la petite… (Il leva les yeux vers moi.) Il faut que vous la sortiez d'ici, Perry. Krashakov va la tuer. Il va tous vous tuer.

Je m'écartai de lui. Ce que Thad Cody m'avait dit sur la soif de vengeance de la Mafia me revint à l'esprit « Nous, les Italiens, on vous tuera, mais les Russes, ils sont cinglés, ils tueront tous les vôtres. » Krashakov savait que nous avions parlé au procureur et ça voulait dire qu'il venait pour tuer et seulement pour ça.

– Merde, on n'a plus beaucoup de temps, dis-je.

J'ouvris la porte et me précipitai dehors, le pistolet de Kinkaid à la main. Betsy l'aperçut et se cacha derrière sa mère.

– Mettez Betsy dans mon pick-up, dis-je. On s'en va.

Au moment où je m'adressai à elle, j'entendis un crissement de pneus sur les gravillons du chemin. Je repartis à toute allure vers la chambre, ignorant Kinkaid recroquevillé par terre et qui s'attendait sans doute à ce que je le frappe à nouveau, et me précipitai vers la fenêtre qui donnait sur le chemin d'accès. En haut du chemin, un 4 × 4 noir venait de surgir d'entre les pins.

Pas le temps de réfléchir, juste le temps d'agir. Impossible de fuir en voiture et la maison n'offrirait aucune protection contre la puissance de tir des Russes. Nous pourrions peut-être fuir par la forêt, mais ils nous verraient et finiraient par nous rattraper.

Je repassai dans le séjour et forçai Julie à prendre le pistolet de Kinkaid.

– Ils sont là ! Emmenez Betsy, prenez l'escalier de derrière et allez vous cacher dans le vide sanitaire où on l'a trouvée ce matin. Veillez à ce qu'elle ne fasse aucun bruit. Si quelqu'un essaie d'entrer, servez-vous de votre arme, mais ne gaspillez pas les balles.

Elle me regardait fixement, bras ballants et bouche bée. Je la fis pivoter sur elle-même et la poussai dehors, vers la terrasse. Elle agrippa la main de Betsy, dévala les marches et disparut à l'angle de la maison. Elles y seraient hors de vue, mais si elles tentaient de fuir, elles seraient à découvert. Je me retrouvai à l'intérieur de la maison, sans arme et avec Kinkaid. Mon Glock était sous clé dans le vide-poche du pick-up et je n'avais aucune chance d'y arriver à temps.

– Qu'est-ce qu'on fait ? demanda Kinkaid en sortant de la chambre, l'air aussi effrayé que Julie.

Je savais qu'il avait peur et savais aussi qu'il n'hésiterait pas à dire à Krashakov où j'avais envoyé Julie et Betsy. Je fonçai droit sur lui et lui décochai un uppercut dans la mâchoire, épaules baissées et jambes fléchies pour plus de puissance, comme j'avais appris à le faire. Le coup l'atteignit en plein dans le menton. Sa tête partit en arrière et il s'effondra. Je lui assénai un coup sec à l'arrière du crâne pour être tranquille. Au moins ne risquait-il pas de parler.

Je l'abandonnai et rejoignis la cuisine en fouillant les tiroirs dans l'espoir d'y trouver un couteau. Avant que j'aie pu trouver quelque chose de plus utile qu'un tire-bouchon, Alexei Krashakov franchissait le seuil de la maison et me braquait un Beretta 9 mm sur la poitrine.

26

Je m'immobilisai et le regardai traverser la pièce, suivi de Rakic et Malaknik. Super ! Toute la troupe débarquait.

Krashakov braquait toujours son arme sur ma poitrine. C'était la première fois que je le revoyais depuis le jour où nous nous étions rencontrés sur le seuil de sa maison.

– Vous me devez vingt dollars, dit-il avec un sourire.

– Je vous en donne cinquante et je vous laisse partir.

– J'ai bien peur que ce ne soit pas si facile, me renvoya-t-il en hochant lentement la tête.

– Cent ?

Il me frappa à la tempe avec son Beretta, un éclair de lumière blanche passant devant mes yeux. Dès que ma vision fut redevenue normale, je me retrouvai à quatre pattes sur le lino miteux. Costaud, le mec. Peu de gens sont capables de me mettre à genoux en un seul coup.

Il appuya le canon de son pistolet sur l'arrière de mon crâne tandis que Rakic jetait un coup d'œil dans chaque pièce. Il reparut en hochant la tête.

– Il n'y a personne, à part lui, dit-il en désignant le corps inerte de Kinkaid.

– Vous êtes bon, me dit Krashakov. Vous vous êtes bien débrouillé à l'hôtel.

– Content que vous approuviez.

– Non. Je n'approuve pas. Vous avez tué un de mes amis.

Il me décocha un violent coup de crosse dans le haut du dos, une douleur fulgurante irradiant aussitôt dans mon dos et mes épaules.

– Où sont-elles ? demanda Krashakov.

Je gardai le silence.

– Vous feriez bien de répondre rapidement, ajouta Rakic. Plus ce sera long, plus vous souffrirez. (Il avait une voix rauque et voilée, comme quelqu'un qui souffre de bronchite chronique.) Où est Mme Weston ?

– Qui ?

Mauvaise réponse. Krashakov m'asséna un autre coup sur la tête avec son Beretta, déclenchant plusieurs éclairs éblouissants. Cette fois, je mis un peu plus longtemps à accommoder. Ma vision commençait à ressembler au ciel du Texas pendant un orage nocturne.

– Où est la femme ? répéta Krashakov.

– C'est fini les mecs, dis-je. Le procureur est au courant et les médias aussi. Le moment est venu de vous tirer. Vous ne ferez qu'aggraver votre cas en me tuant.

Je ne leur dis pas que Belov était au courant lui aussi. S'ils l'avaient su, ils m'auraient tué à coup sûr.

– Il ment, dit Rakic.

– Où est-elle ? insista Krashakov.

– Avec la police. Elle est dans le bureau du procureur et lui raconte toute l'histoire. Vous pouvez aller voir et la faire appeler si vous voulez.

– Vous mentez, dit Krashakov. La femme et la fille étaient ici il y a pas longtemps… avec lui, dit-il en pointant le canon de son arme en direction de Kinkaid. Lui, il est inconscient, et vous, tout seul ici. Et votre pick-up est toujours dehors.

– Je vous l'ai dit, elles ne sont pas ici.

Krashakov me souleva et me projeta contre le plan de travail, où mon crâne heurta le bord de l'évier, puis il me saisit par l'épaule, me fit pivoter et me décocha trois uppercuts d'une rare violence dans l'estomac. Je tombai à genoux et eus un haut-le-cœur, refoulant la bile qui montait dans ma gorge. Il me balança un coup de pied dans la tête et me braqua le Beretta en pleine poitrine, debout au-dessus de moi.

– On n'a pas de temps pour jouer à ça, dit-il. Vous allez nous dire où elle est, parce que c'est vous que je veux tuer en dernier.

– Je suis votre préféré, c'est ça ?

– Tenez-le, ordonna Krashakov.

Rakic et Malaknik avancèrent vers moi, me saisirent par les bras et me transportèrent dans le séjour. Derrière moi, la porte donnant sur la terrasse était restée ouverte et un courant d'air frais me passa sur le visage – dehors le vent se levait. Krashakov s'agenouilla près de moi devant la porte, sa main gauche immobilisant ma cheville droite sur le plancher. Il appuya le canon du Beretta sur ma rotule.

– Je vous donne une chance, dit-il. Après, c'est ce genou qui prend. Puis une autre chance et c'est l'autre genou. Après, il faudra que je sois plus créatif.

Il parlait d'un ton calme et détaché, dans un anglais soigné et légèrement guindé.

Je regardai le Beretta appuyé sur mon genou. Je pouvais oublier mes joggings du soir. Je fermai les yeux – je revoyais le visage de Julie et entendais le rire de Betsy. Je n'allais pas les livrer à ces enfoirés. Pas pour un genou, ni pour deux. Ni même pour ma vie.

Je rouvris les yeux. J'étais sur le point de dire à Krashakov d'en finir au plus vite lorsqu'il fut brusquement projeté loin de moi comme s'il venait d'être pris au lasso et qu'on le tirait violemment vers l'arrière. Il hurla et essaya de lever son arme, mais celle-ci fut projetée au loin tandis que Thor faisait irruption dans la maison et lui plantait un couteau de chasse dans la cuisse. Krashakov voulut crier, mais la main gantée de Thor lui enserra la gorge. Dans son autre main, il tenait une arme qu'il pointait sur Rakic. Derrière lui, Alexander braquait tranquillement un fusil d'assaut AK-47 de fabrication russe sur Rakic et Malaknik.

Derrière nous, Kinkaid, encore sonné, entreprit de se mettre à genoux. Lorsqu'il vit le couteau planté dans la cuisse de Krashakov, il lâcha un « Nom de Dieu ! » retentissant et se laissa retomber en se protégeant la tête de ses mains.

– Lâchez-le, dit Alexander.

Rakic et Malaknik me libérèrent et reculèrent lentement. Krashakov essayait de se dégager de l'étreinte de Thor, mais sans succès. Parfaitement calme, il ignorait la force de celui qui se débattait sous sa poigne. Sa main se resserra autour du cou de Krashakov, empêchant celui-ci de respirer. Au bout de quelques secondes, tous les muscles de son corps se relâchèrent et il glissa au sol, inconscient. Alors seulement Thor le lâcha.

– Dainius voudrait vous voir, messieurs, dit Thor à Rakic et Malaknik. Nous prendrons votre voiture.

Rakic voulut marmonner quelque chose, mais Alexander s'approcha de lui et le frappa plusieurs fois avec la crosse de son AK-47, jusqu'à ce qu'il s'effondre. Puis il prit les armes de Rakic et de Malaknik et leur ordonna de sortir. Je me glissai sur la terrasse et regardai Thor descendre les marches, traînant Krashakov derrière lui, un bras négligemment passé autour de son cou. Arrivé devant le Navigator, il en ouvrit la portière arrière et poussa son corps ensanglanté à l'intérieur. Puis il se pencha, saisit son couteau de chasse et l'essuya avec soin sur le pantalon de Krashakov. Il s'approcha ensuite de Malaknik, tout tremblant en bas des marches, et lui asséna un seul coup dans la mâchoire. Malaknik s'écroula comme si une Honda venait de lui tomber dessus. Thor le souleva comme un enfant et le balança à l'arrière de la voiture, par-dessus Krashakov. Alexander frappa Rakic à l'arrière du crâne d'un coup de crosse de son fusil d'assaut et l'envoya rejoindre les autres à l'arrière de la voiture. Puis il sortit un jeu de clés de sa poche et ferma les portières.

Thor se retourna et braqua ses yeux bleu de glace sur moi. J'étais toujours assis sur les marches de la terrasse.

– Vous les cherchiez et eux me cherchaient, lui dis-je.

Il m'adressa un bref hochement de tête.

– Vous êtes arrivés au bon moment, ajoutai-je.

Il hocha la tête à nouveau, puis il passa à côté de moi et entra dans la maison. Je l'y suivis. Il jeta un coup d'œil dans le séjour et me montra Kinkaid toujours recroquevillé par terre, les mains sur la tête. Une tache humide s'étalait sur le fond de son pantalon.

– Vous le voulez ? demanda-t-il.

– Oui.

– Très bien. Vous devez comprendre qu'il ne s'est rien passé. Vous ne nous avez jamais vus.

– Je comprends, dis-je en hochant la tête.

Il jeta un coup d'œil à Kinkaid.

– Veillez à ce que lui aussi le comprenne.

– Il ne devrait pas être trop difficile à convaincre.

– Non, je ne crois pas, en effet.

Il tourna les talons, passa sur la terrasse et descendit les marches. Rakic était déjà dans le Navigator. Thor ouvrit la portière côté conducteur, mais ne monta pas tout de suite. Je voulais lui demander par où ils étaient arrivés, mais il me répondrait sûrement avec un sourire froid et indifférent. Je décidai de laisser tomber. Ils avaient dû laisser leur voiture en haut du chemin pour ne pas se faire repérer.

Thor était toujours debout près de la portière ouverte.

– Dainius vous remercie de l'avoir aidé à régler cette affaire. Si un jour vous avez besoin de son aide, il espère que vous n'hésiterez pas à faire appel à lui.

– Très bien.

Sur le point de grimper dans le 4 × 4, il se redressa et se tourna à nouveau vers moi.

– C'est une bonne chose d'avoir le soutien de Dainius, précisa-t-il.

Je pensai au couteau de chasse planté dans la cuisse de Krashakov.

– Je veux bien le croire, dis-je.

Ils quittèrent les lieux. Je regardai le Navigator grimper la côte et disparaître en haut du chemin et m'efforçai de ne pas penser à leur prochaine étape. Kinkaid était assis sur la terrasse, l'air nauséeux. Je m'approchai et m'agenouillai près de lui. Et dire que dix minutes plus tôt, j'avais voulu le démolir. J'étais incapable de lever la main sur qui que ce soit maintenant. Je me sentais complètement vidé.

– Kinkaid, ces hommes ont bien failli te tuer. Et ils peuvent encore le faire. Tu t'es opposé à eux et ce n'est pas le genre d'individus qui apprécient.

Il respirait à un rythme anormalement précipité. Je l'observai en repensant à Hartwick, au gros blond et au pistolet appuyé sur ma rotule. Je pensais à tout ça pour voir si j'arrivais à ressentir de la colère. Mais non, rien.

– Retourne à Sandusky, Kinkaid.

Debout sur la terrasse, j'attendis qu'il ait démarré sa voiture, les mains tremblantes, et qu'il soit parti. Puis j'allai chercher Julie et Betsy.

Je descendis vers le vide sanitaire et entrepris de tirer sur le panneau de bois qui en obstruait l'entrée, mais je m'interrompis en me disant qu'il valait mieux que je crie mon nom avant de recevoir une balle en pleine poitrine.

Elles sortirent en rampant et se jetèrent, en larmes, dans mes bras. Je m'assis sur l'herbe et les tins enlacées, le visage de Betsy enfoui contre ma poitrine et Julie en train de s'essuyer les yeux et de reprendre contenance.

– Que s'est-il passé ? demanda-t-elle. Lincoln, j'ai eu si peur. Où sont-ils ?

– Ils sont partis. Et ils ne reviendront pas. C'est ça qui compte.

Je caressai les doux cheveux de Betsy et écartai délicatement son visage de ma chemise.

– Ne t'inquiète pas, ma jolie. Tout va bien. Tu n'as rien.

Nous restâmes assis là un moment, enlacés dans une étreinte plus forte que toutes celles dont je pouvais me souvenir, puis Betsy déclara qu'elle avait froid. Je la pris dans mes bras et la portai à l'intérieur.

– Tu es plus grand que mon papa, dit-elle tandis que nous grimpions l'escalier.

Je fermai les yeux et gardai le silence.

Elles rassemblèrent leurs affaires et je les transportai jusqu'au pick-up.

– Mettez Betsy dans le pick-up. J'aimerais vous parler seul à seul, dis-je en interceptant Julie devant la maison.

Elle me dévisagea pendant quelques secondes, puis elle hocha la tête et remonta les marches. Je regardai l'ondulation de ses hanches. Demain. Elle allait partir demain.

J'avançai jusqu'au bord du lac et y lançai quelques galets. Ils rebondirent sur la surface gelée sans briser la glace près de la berge. J'en jetai plus loin vers le large, ils rencontrèrent des trous de glace fondue et s'enfoncèrent dans l'eau. L'effort réveilla les douleurs que Krashakov m'avait laissées, mais je n'y prêtai aucune attention.

Quelques minutes plus tard, Julie sortit de la maison et vint me rejoindre. Elle resta debout à côté de moi et me regarda lancer mes galets dans l'eau. Je ne m'interrompis que lorsqu'elle prit la parole.

– Betsy est sur la banquette arrière du pick-up, dit-elle. Nous pouvons partir quand vous voulez.

– D'accord.

Je lançai encore quelques galets.

– Je ne veux pas vous quitter, dit Julie.

– Je sais, dis-je en laissant tomber le galet que j'avais dans la main.

– Vous ne pouvez pas venir avec nous.

– Non, je ne peux pas, dis-je en hochant la tête.

Elle soupira.

– Je ne peux pas rester ici, Lincoln. Je ne peux pas élever ma fille dans cette ville.

– Non, vous ne pouvez pas.

Elle se déplaça et vint se mettre face à moi, puis elle glissa ses bras sous les miens et les referma sur mon dos. Elle s'approcha encore un peu et pressa son corps contre le mien. Je regardai son beau visage et ses beaux yeux, et je crois bien que j'oubliai de respirer pendant quelques secondes. Elle me serra fort, puis s'écarta un peu sans pour autant relâcher son étreinte. Elle leva les yeux vers moi et me sourit.

– Étiez-vous aussi proche de votre mari quand vous lui avez tiré dessus ? lui demandai-je.

Au départ, c'était juste une possibilité parmi d'autres dans une affaire obscure. Je l'avais écartée comme on écarte une idée absurde. Mais petit à petit, elle s'était transformée en un doute tenace, en une question à laquelle je pensais sans arrêt. Pour finir, c'était devenu une quasi-certitude. Maintenant, alors que j'avais les yeux rivés sur son visage, je savais que c'était la vérité.

– Non, me souffla-t-elle d'une voix rauque. Je n'étais pas aussi près.

Elle relâcha son étreinte et s'écarta de moi. Au moins n'avait-elle pas essayé de nier. Ça n'aurait pas dû être important à mes yeux et pourtant, ça l'était.

– Quand avez-vous compris ce qui s'était passé ? me demanda-t-elle.

– Ça fait un moment que j'y pense. Wayne était un professionnel et je vois mal comment il aurait pu laisser quelqu'un le tuer avec sa propre arme en faisant croire à un suicide. Il ne se serait jamais fait coincer comme ça par les Russes. Un moment j'ai cru à votre histoire avec Hubbard, probablement parce que j'avais envie de le croire. Mais ça non plus, ça ne tenait pas la route. Vous m'aviez dit qu'il vous avait donné beaucoup d'argent pour vous permettre de disparaître, et s'il y a bien une chose à laquelle Jeremiah Hubbard tient plus qu'à tout, c'est l'argent. S'il avait prévu de tuer Wayne ou de le faire tuer, il ne lui aurait pas versé tout cet argent. Et quand j'ai vu à quel point vous étiez déterminée à emmener Betsy et à quitter le pays, ça a encore aiguisé ma curiosité.

– Je vois.

– Le soir où nous étions dans le jacuzzi, j'ai vu un autre aspect de votre personnalité, mais il y avait quelque chose qui clochait. J'ai eu du mal à mettre mon ego de côté, mais lorsque j'y suis arrivé, je me suis demandé si j'étais assez séduisant pour faire craquer une veuve éplorée dans les jardins d'un hôtel.

Elle me lança un regard glacé.

– Vous croyez que je faisais semblant ? Que j'essayais de détourner votre attention pour que vous arrêtiez de penser à Wayne ?

Je haussai les épaules.

– Croyez ce que vous voudrez, reprit-elle, mais ce n'était pas le cas.

– Hier soir, vous avez dissipé mes derniers doutes.

– Ah oui ? Comment ça ?

– Quand vous m'avez posé des questions sur Amy. Vous m'avez dit qu'avec elle ou Joe, je baissais la garde et que vous ne m'aviez jamais vu comme ça. J'y ai beaucoup réfléchi et je me suis dit que vous aviez sans doute raison. Vous ne m'aviez jamais vu autrement que sur mes gardes et je me suis demandé pourquoi. Et c'est là que j'ai commencé à penser à toutes les raisons qui pouvaient expliquer mon attitude envers vous. La liste était plutôt longue des choses que vous m'aviez dites et qui m'avaient semblé bizarres et…

Je poussai un soupir en hochant la tête, puis je portai à nouveau le regard sur le lac gelé.

– Et… quoi ? dit-elle.

Elle avait les bras serrés autour de la poitrine et regardai fixement par terre.

– Et je l'ai vu dans vos yeux le soir où nous avons quitté la Caroline du Sud. Quand vous m'avez arrêté pour me demander si je pourrais tuer pour protéger votre fille. Il y avait quelque chose dans la façon dont vous m'avez posé la question… (Je hochai à nouveau la tête.) Je me suis dit que vous aviez dû demander la même chose à Wayne et que vous aviez dû être déçue parce qu'il n'aurait donné sa vie que pour elle. Mais ce n'était pas ça. C'est vous qui étiez capable de tuer pour elle et, indirectement, c'est ce que vous essayiez de me dire. Vous vouliez savoir si je pouvais aller aussi loin que vous.

Elle s'approcha de moi et posa les mains sur mes bras.

– Et vous l'avez fait. Vous avez tué pour la protéger, dit-elle. Comme je l'avais fait moi-même.

– Non, dis-je en m'écartant d'elle. Ce n'est pas vrai. J'aimerais pouvoir dire que je l'ai fait, ce serait beaucoup plus noble. Mais, en vérité, quand j'ai vu cet homme lever son arme vers moi, j'ai appuyé sur la détente pour sauver ma peau. Je n'ai pas eu la moindre pensée pour vous ou votre fille. Simple instinct de survie.

Elle fit quelques pas vers le lac et s'immobilisa sur la berge, me tournant le dos. Je la rejoignis et m'approchai d'elle.

– Racontez-moi comment ça s'est passé.

Elle ne quittait pas le lac des yeux.

– Ça n'était pas prévu. Vous n'êtes pas obligé de me croire, mais c'est la vérité. J'avais très peur, Lincoln. Nous devions fuir, quitter notre maison en pleine nuit parce que des gens voulaient nous tuer. Betsy était dans la voiture que nous avions louée et je suis revenue dans la maison avec Wayne. Il m'a montré la salle de séjour en me disant de bien la regarder parce que je ne la reverrais jamais. Quand il m'a dit ça, ma peur a disparu pour faire place à la colère. Je n'allais plus jamais revenir… dans ma propre maison…

Elle frémit et eut un mouvement de recul comme si elle était réellement en face de quelque chose de terrifiant.

– Puis il m'a mis un pistolet dans la main. Il m'a dit qu'il voulait que je le prenne avec moi dans la voiture, au cas où il nous arriverait quelque chose. Je pourrais en avoir besoin pour protéger Betsy, a-t-il ajouté. Voilà ce qu'était devenue ma vie, Lincoln… une vie où mon mari me donnait une arme pour protéger la vie de ma fille, une vie où nous devions fuir en pleine nuit. Et pourquoi ? À cause de la cupidité de cet imbécile. Et il ne m'en avait même pas parlé, Lincoln. Il ne m'avait jamais dit ce qu'il faisait. Nous vivions une vie heureuse, en toute innocence, et il nous a mises en danger. Il a mis la vie de ma fille en danger.

Elle leva les yeux vers moi.

– Il m'a montré comment libérer le cran de sûreté et m'a fourré le pistolet dans la main. Je l'ai porté à sa tempe et j'ai tiré.

Pendant un long moment, le silence ne fut interrompu que par le souffle du vent dans les pins et le craquement de la glace en train de fondre dans le lac. Le soleil avait disparu derrière les nuages, mais la température, bien qu'inférieure à dix degrés, suffisait à faire fondre la glace. J'avais le regard perdu au loin. Plusieurs minutes passèrent, puis je me retournai et partis vers la voiture.

Julie me suivit.

– Vous allez le dire à la police, n'est-ce pas ?

Je m'immobilisai et me tournai vers elle.

– Je ne travaille pas pour la police, Julie. J'ai été embauché par votre beau-père pour savoir ce qui était arrivé à son fils. C'est chose faite. Je vais aller le trouver et lui dire ce que j'ai découvert.

Je montai dans le pick-up et mis le contact. Assise sur le siège arrière, Betsy me fit un grand sourire.

– Elle est haute, cette voiture, dit-elle. Maman a dû me soulever pour m'aider à monter.

– Je les aime comme ça, lui dis-je. Tu veux conduire ?

À ces mots, ma voix se brisa et notre conversation s'arrêta. Julie grimpa sur le siège passager et attacha sa ceinture. Pendant tout le trajet du retour, je gardai le silence. Je ne prononçai pas une seule parole. Betsy et Julie parlaient, je conduisais.

Arrivé au Marriott, je garai le pick-up et aidai Betsy à descendre. Elle serra ses bras autour de mon cou jusqu'à ce que je la pose sur le trottoir et déclara qu'elle me verrait le lendemain matin. Je lui dis que je serais ravi de la revoir.

– Vous me devez toujours une glace, dit-elle en partant vers l'hôtel en sautillant.

Je m'appuyai au pick-up et détournai les yeux.

Julie s'approcha. Nous avions tous les deux les yeux braqués sur Betsy.

– Je veillerai à sa sécurité et à son bonheur, dit-elle. Et lorsque nous serons loin et hors de danger, je lui dirai que Wayne est mort. Je ferai tout pour qu'elle soit élevée convenablement et en toute quiétude, loin du danger et de toute la publicité autour de cette affaire.

– Est-ce que vous lui direz la vérité un jour ? Est-ce que vous lui direz ce que vous avez fait ?

– Je ne sais pas, dit-elle, la gorge serrée et le regard lointain.

– Alors, tu viens maman ? lança Betsy qui était arrivée devant la porte de l'hôtel.

Julie se tourna vers moi.

– Vous allez parler à la police ?

– Je vais parler à John, comme je vous l'ai dit.

Elle me regarda dans les yeux, cherchant la réponse que je refusais de lui donner, puis elle hocha la tête.

– D'accord, Lincoln.

Elle se pencha et m'embrassa tendrement sur la joue, son visage s'attardant quelques secondes contre le mien.

– Je vous dois ma vie et celle de ma fille. Vous allez peut-être me haïr maintenant. Vous en avez le droit. Sachez seulement que je n'ai que de la gratitude envers vous.

Elle fit volte-face et s'éloigna, une valise dans chaque main. Betsy poussa sur la porte pour la maintenir ouverte, son petit corps appuyé contre le lourd battant de verre. Puis elles disparurent à l'intérieur. Je grimpai dans mon pick-up et partis voir John Weston.

27

Bien que la maison semblât plongée dans l'obscurité, il répondit dès que je frappai à la porte. Il était en pyjama et en peignoir et avait l'air épuisé.

– Entrez, dit-il en s'écartant pour me céder le passage.

– Désolé de vous déranger à une heure si tardive.

– Ne vous excusez de rien avec moi, fiston. Vous pouvez débarquer ici tous les jours à deux heures du matin, je ne m'en plaindrai pas. Je vous dois plus que je ne pourrai jamais vous le dire.

Nous allâmes nous asseoir dans le séjour. La fumée de cigarette y était plus dense que jamais. Il en alluma une et prit quelques bouffées.

– Quelque chose vous tracasse, me dit-il. Vous êtes venu vider votre sac. Alors, videz-le.

– Vous savez qu'elles s'en vont, lui dis-je.

– Oui, je sais, dit-il en hochant la tête. Et même si je suis triste de les voir partir, je respecte la décision de ma belle-fille. C'est dans l'intérêt de sa fille qu'elle le fait. J'en suis convaincu.

– Moi aussi, dis-je avec un hochement de tête.

Il avait allumé une lampe, mais la pièce était encore sombre. La fumée de cigarette flottait dans l'air et il faisait tellement chaud que je transpirais. Il écrasa sa cigarette dans un cendrier et attendit que je prenne la parole.

– Vous m'avez embauché pour que je découvre ce qui était arrivé à votre famille, dis-je.

– Oui. Et c'est ce que vous avez fait.

Je fis non de la tête.

– Je vous ai dit ce qui était arrivé à votre petite-fille et à sa mère. Je ne vous ai pas dit ce qui était arrivé à votre fils.

Il attendait la suite, mais je marquai une pause. Il est parfois difficile de savoir par où commencer.

– Je suis vieux et fatigué, fiston. Alors dites-moi ce que vous avez sur le cœur.

Je le lui dis. Je lui dis comment j'avais eu mes premiers soupçons et lui rapportai ma conversation avec Julie. Et je lui confiai que je n'avais pas encore parlé à la police. Lorsque j'eus terminé, le silence s'installa entre nous.

– Je suis navré d'entendre ça, finit-il par dire. Mais je ne peux pas dire que je lui en veuille. Et je sais que Wayne ne lui en voudrait pas non plus, où qu'il soit. Il avait perdu de vue sa famille. Il avait perdu sa loyauté et son honneur.

Sa voix était rauque et voilée.

– Nous devons appeler la police, dis-je. Il le faut.

Le bout de sa cigarette rougit lorsqu'il tira dessus.

– Pour qui travaillez-vous, monsieur Perry ?

– Je travaille pour vous, dis-je en le regardant.

Il acquiesça d'un hochement de tête.

– Alors il me semble que cette décision me revient, non ?

Je fis non de la tête.

– Il s'agit d'un crime, monsieur. Elle a tué un homme. Je ne peux pas l'oublier.

Il souffla un nuage de fumée dans ma direction.

– Vous avez passé du temps avec ma petite-fille, n'est-ce pas ?

– Oui.

– Comment la trouvez-vous ?

Je baissai les yeux.

– C'est une enfant formidable. Elle est intelligente, drôle et bien élevée. C'est quelqu'un de très spécial.

– Vous avez sacrément raison. (Il se racla la gorge et éteignit sa cigarette.) Je suis vieux et malade. Il ne me reste plus beaucoup de temps. À part Julie, je suis la seule famille qu'ait cette enfant. Dites-moi un peu qui va l'élever si sa mère va en prison ?

Je haussai les épaules.

– Une famille d'accueil, j'imagine. Elle deviendra pupille de l'État.

– Exactement. Et maintenant, regardez-moi.

Je levai la tête et rencontrai son regard.

– N'oubliez pas que vous travaillez pour moi. Je vais vous demander quelque chose et j'attends que vous obéissiez à mes ordres.

– Très bien.

– Prenez la nuit pour réfléchir. Rentrez chez vous, allez dormir. Demain matin, vous agirez selon ce que vous dictera votre cœur.

J'acceptai, puis je me levai en lui disant de ne pas se déranger. J'étais à mi-chemin de la porte d'entrée lorsqu'il m'interpella de nouveau.

– Monsieur Perry ?

Je me retournai.

– Oui ?

Son visage disparaissait à moitié dans l'ombre et la fumée de cigarette.

– J'ai fait appel à vous pour connaître la vérité. Je ne vous ai pas demandé de me l'enrober dans un tas de conneries. Je vous ai demandé la vérité et vous me l'avez dite. Je vous en remercie.

– Je vous en prie.

Je voulais lui demander s'il se sentait plus seul qu'avant ou moins, mais n'en fis rien. Je sortis dans la nuit en refermant doucement la porte derrière moi. Je lui avais appris la vérité. C'était une belle réussite et j'aurais dû en être fier. Mais c'était tout le contraire. Parfois la vérité n'a rien de réjouissant.

Je m'arrêtai dans un restaurant de North Olmsted, mais touchai à peine à la nourriture que j'y commandai. Cette soirée n'avait rien d'ordinaire et je n'avais pas faim. Je finis par m'en rendre compte et décidai de rentrer chez moi et de me changer avant de descendre à la salle de sport. Grace était partie depuis longtemps. Et c'était mieux ainsi. Je n'avais aucune envie d'échanger des banalités.

J'avais un mal de tête carabiné depuis la raclée que m'avait flanquée Krashakov, mais je préférais ne rien prendre. Ce soir, j'acceptais volontiers la douleur. Ça faisait plusieurs jours que je n'avais pas fait d'exercice et mes muscles en avaient besoin. Mon mal de tête se fit plus violent et je redoublai de ténacité pour tenter d'évacuer mon malaise dans l'effort, la sueur et la douleur. Rien à faire. Je m'acharnai pendant près de deux heures jusqu'à ce que mon corps abandonne. Je remontai à l'appartement.

Je venais juste de sortir de la douche lorsque la sonnerie du téléphone retentit. Je saisis le combiné sans fil et décrochai.

– Où est-elle, monsieur Perry ?

C'était Laura Winters.

– Où est qui ?

– Julie Weston. Je vous en prie, dites-moi qu'elle est avec vous.

– Non. Je l'ai déposée au Marriott il y a plusieurs heures.

– Merde !

– Que se passe-t-il ?

– Elle a disparu, voilà ce qui se passe. Elle a réussi à s'enfuir malgré notre surveillance. Elle a accompagné sa fille à la piscine en bas de l'hôtel et les policiers les ont suivies. Mais quand elles ont repris l'ascenseur pour remonter dans leur chambre, ils ont préféré attendre le suivant pour ne pas effrayer la gamine. Et ils ne les ont plus revues.

Pas mal. Wayne Weston aurait été fier d'elles.

– Essayez d'appeler chez John Weston, lui dis-je.

– Nous y avons déjà envoyé des flics. Apparemment, il s'est tiré lui aussi. Des voisins l'ont vu mettre deux valises dans sa voiture avant de partir tôt ce matin.

Voilà qui était plus surprenant.

– Elle l'a fait exprès, n'est-ce pas ? enchaîna Winters. D'après votre amie journaliste, Julie Weston avait prévu de quitter le pays. Elle a dit qu'elle ne pouvait pas faire confiance à la police pour la protéger.

– Je le lui ai entendu dire en effet, mais je n'ai jamais été au courant de projets spécifiques concernant son départ, dis-je en toute honnêteté.

– Vous saviez qu'elle allait se barrer, espèce d'enfoiré ! Vous avez intérêt à les retrouver.

– Vous avez entendu son histoire, lui renvoyai-je. C'est suffisant.

– C'est moi qui décide si c'est suffisant ou pas, Perry. Et qu'on les retrouve ou pas, vous avez intérêt à vous pointer dans mon bureau dès demain matin. J'ai une flopée de flics qui veulent vous parler de la longue liste des délits dont vous êtes coupable.

– J'y serai.

Je m'assis sur le plancher du séjour sans allumer les lumières. Julie était partie. Il lui aurait été plus facile de s'enfuir quand elle était avec moi, mais elle avait attendu d'être sous la protection de la police. Elle avait dû vouloir m'éviter des ennuis et me faciliter un peu les choses avec les autorités. C'était gentil de sa part. Maintenant, c'était leur faute si elle avait disparu, pas la mienne. J'aurais pu l'empêcher de partir si je les avais appelés assez tôt. Mais John Weston m'avait demandé de ne pas le faire. Il avait juste oublié de me dire qu'il allait partir avec elles.

J'appelai Joe pour le mettre au courant. Il ne fut pas surpris – ni par la disparition de Julie, ni par la décision de John de ne pas appeler la police, ni même par le fait qu'il soit parti avec elles. Il fut un peu plus étonné que Julie ait tué son mari, mais il est difficile d'ébranler un type qui a passé plus de trente ans dans la police.

– Ça va, toi ? me demanda-t-il.

– Ça va.

– Bien sûr. (Il marqua une légère pause avant d'ajouter :) Va dormir, LP. Tu l'as bien mérité.

– À demain, Joe.

À une heure du matin, Amy arriva. Elle n'avait pas appelé, mais ce n'était pas un problème. Je ne dormais pas et elle s'en était doutée. Je la fis entrer et nous allâmes nous asseoir sur le canapé. Je lui dis ce que je savais. Je lui racontai tout : la visite de Thor et de Krashakov, la conversation que j'avais eue avec Julie au bord du lac et John Weston me demandant de prendre une nuit pour réfléchir à tout ça.

– Ouah ! Elle tue son fils et il la laisse filer. Et en plus, il part avec elle !

– Il permet à Betsy de garder sa mère, dis-je. On pourrait croire que c'est la même chose, mais je ne crois pas que ça le soit pour lui.

– Et ce n'est pas comme s'il allait passer beaucoup de temps avec elles. Il lui reste quoi ? Six mois… un an ?

– De quoi tu parles ?

– John Weston va mourir, Lincoln. Tu ne le savais pas ?

Quand elle vit à mon expression que je l'ignorais, elle hocha la tête et ajouta :

– Oh, je croyais que tu étais au courant. C'est Julie qui me l'a dit au cours de notre entretien. Il est en phase terminale d'un cancer du poumon.

Je ne savais pas quoi dire, ce qui semblait être désormais le cas dans de nombreuses situations.

– Que va-t-il arriver à Hubbard et à Cody ? me demanda Amy.

– Des poursuites vont être engagées contre Hubbard. Et, d'après moi, le FBI va s'occuper de Cody à sa manière. Il sera difficile de prouver l'étendue de ce qu'il savait et dans quelle mesure il a pu nuire à l'enquête. À mon avis, ils feront leur possible pour étouffer l'affaire et d'ici juin, il va se retrouver à l'antenne de Des Moines à trier des papiers.

Elle hocha la tête.

– Sacrée journée pour toi, Lincoln !

– C'est vrai. Dans la même journée, un des pires criminels de la ville me remercie de ma coopération et je me fais remonter les bretelles par un procureur. Je m'en sors plutôt bien, non ?

– Tu es vivant et elles aussi, dit-elle. Tu ne t'es pas trop mal débrouillé.

– Elles sont vivantes. Vivantes et envolées ! Heureusement qu'on avait demandé un chèque d'acompte à Weston.

– Mon article sera publié demain. D'après certaines de ses déclarations, on comprend que Julie continuait à vivre dans l'angoisse et qu'elle souhaitait disparaître pour protéger sa fille. Mais rien n'y indique qu'elle a tué son mari.

– Et c'est mieux comme ça. Laissons la police faire son travail, tu veux ?

– Mais ça t'embête, non ? dit-elle en me regardant. Tu aurais pu l'emmener au commissariat au lieu de la déposer à l'hôtel. Tu aurais pu parler à quelqu'un de ce que tu savais. Mais tu ne l'as pas fait.

– Oui, ça m'embête. Ça m'embête parce que je n'éprouve aucune tristesse. Je sais qu'elle a tué son mari et je sais qu'elle est partie, mais je ne suis pas déçu. Je suis content qu'elle soit partie. Et je suis content qu'elle ne soit pas en prison.

– Elle a quand même tué un homme, LP. Et son mari, en plus !

– C'est vrai. Tu as raison.

Elle hocha la tête.

– Et tu arrives quand même à trouver une justification à ses actes ? Tu examines la situation et tu comprends son geste… à tout le moins son désir de liberté.

– Oui. Même si je ne devrais pas. Tuer, c'est tuer. Ce n'est pas à moi de justifier quoi que ce soit. Elle a pris une vie, Amy. Et John a accepté de la laisser partir parce qu'il n'a que l'intérêt de sa petite-fille en tête. Cela dit, il aurait quand même mieux valu que la gamine ait ses deux parents, non ?

Amy replia ses jambes sous elle.

– Tu as failli mourir pour elles, tu sais ?

– Je sais.

– Deux fois.

– Oui.

– Des regrets ?

– Non.

Nous restâmes assis un moment, le regard dans le vide. Toutes les lumières étaient éteintes et c'était parfait comme ça. J'étais bien dans le noir.

– Tu l'aimais, n'est-ce pas ? me demanda-t-elle doucement.

Je fis non de la tête.

– Non, je ne l'aimais pas. Je ne la connaissais que depuis trois jours, Amy.

– D'accord, tu ne l'aimais pas. Mais tu avais l'espoir de l'aimer, non ?

Je haussai les épaules.

– Laisse tomber.

– On joue au dur, c'est ça ? me lança-t-elle avec un sourire.

– Pas vraiment, on essaie juste d'être réaliste.

Elle m'effleura l'arrière du crâne, caressant au passage les bosses que m'avait laissées l'arme de Krashakov.

– Les gens font irruption dans nos vies, puis ils disparaissent. On ne choisit pas quand et comment ils arrivent, ni quand et comment ils repartent. On finit par apprendre, on gère ses sentiments et on passe à autre chose. C'est comme ça. Et c'est ce que tu dois faire maintenant.

– Profond, dis-je. Tu devrais être écrivain.

Elle me donna une chiquenaude sur une de mes bosses, assez fort pour que ce soit douloureux.

– Et toi, tu devrais être un âne. Oh, mais j'oubliais… c'est déjà fait.

Je ris, puis je poussai un soupir et appuyai ma tête contre le dossier du canapé.

– Je fais ce que je peux.

– C'est vrai. Et c'est tout ce que tu peux faire, Lincoln. Je vais te laisser dormir. Tu vas en avoir besoin avant de passer la journée sous les lampes d'interrogatoire.

– Ça va être le pied, dis-je. Les flics vont sans doute vendre des billets… si tu veux assister au spectacle…

Je la raccompagnai à sa voiture. Elle me serra longuement dans ses bras avant de grimper dans son Acura et de s'en aller.

Je remontai chez moi et sortis le journal de Betsy Weston du tiroir dans lequel je l'avais caché. J'en relus quelques pages, souriant à ses fautes d'orthographe, associant désormais le son de sa voix et ses gestes à son souvenir. Puis je le refermai sèchement et le jetai à la poubelle. Le petit prisme en forme de cœur que j'avais pris dans sa chambre ce même matin se trouvait lui aussi dans le tiroir. Je faillis le jeter, mais me ravisai. Je descendis dans la salle de sport et l'accrochai à la petite fenêtre près du bureau. Un de ces jours, le soleil transpercerait les nuages et ses rayons viendraient le faire scintiller… ça ferait peut-être sourire Grace. On fait ce qu'on peut.

Je fermai le bureau à clé et gagnai le parking. Un avion passait dans le ciel à basse altitude avant d'atterrir à l'aéroport, à quelques kilomètres de là. Le bruit était assourdissant, grondement qui m'ébranla au point que j'en oubliai tout le reste. Je levai les yeux et regardai la traînée de fumée et les feux arrière de l'engin vrombissant. Je me demandai d'où il venait et où il allait. Et s'il avait emmené Julie et Betsy quelque part ? Il volait tellement bas qu'il finit par disparaître derrière les immeubles. Le nuage de vapeur s'évanouit doucement dans le ciel nocturne et il ne resta bientôt que le souvenir du bruit.

Je remontai chez moi et allai me coucher.

RÉALISATION : NORD COMPO À VILLENEUVE-D'ASCQ
IMPRESSION : CPI BRODARD ET TAUPIN À LA FLÈCHE
DÉPÔT LÉGAL : MARS 2008. N° 96957-2
N° D'IMPRIMEUR : 54864
Imprimé en France